KB121379

달콩한
계약연애

달콤한 계약 연애 1

2021년 04월 26일 초판 1쇄 인쇄
2021년 04월 29일 초판 1쇄 발행

지은이 김지호
발행인 김정수 강준규

기획 편집 송영경 이해인 이은정
마케팅 지원 배진경 임혜솔 송지유 이영선

발행처 (주)로크미디어
출판등록 2003년 3월 24일
주소 서울시 마포구 성암로 330 DMC첨단산업센터 318호
편집 문의 (070)7860-2771 **구입 문의** (02)3273-5135
홈페이지 rokmedia.blog.me
E-mail romance@rokmedia.com

ⓒ 김지호, 2021

값 9,000원

ISBN 979-11-354-9756-8 04810 (1권)
ISBN 979-11-354-9755-1 04810 (세트)

1

달콤한
계약연애

김지호 장편소설

Sweet contract
relationship

목 차

1. 동생 애인의 형과 동생 애인의 언니   7

2. 가짜 연애의 시작   67

3. 가짜 연애의 나비 효과   157

4. 감정의 자각, 그리고......   243

1. 동생 애인의 형과 동생 애인의 언니

"참, 나 다음 주 주말에 여행 가."

"여행? 어디로?"

"방콕! 가서 호캉스 하고 올 거야. 요즘 일이 너무 힘들었어. 한 달 내내 야근한 거 있지."

짐짓 울상을 지은 샛별이 젓가락을 쥔 손으로 제 어깨를 주물러 가며 하소연을 했다.

듣고 보니 얼굴이 전보다 좀 해쓱해진 것 같기는 했다. 은영은 고생했다고 다독이며 샛별의 밥그릇에 그녀가 좋아하는 떡갈비를 한 점 얹어 주었다.

"많이 먹어. 하나 더 시킬까?"

"아냐. 나 다이어트해야 해. 예약한 호텔에 수영장 있거든."

"가서 비키니라도 입으려고?"

"응, 있지."

두 손을 무릎 위로 다소곳하게 내려놓은 샛별이 은영을 보며 헤헤 웃었다.

두 사람의 나이 차, 아니, 분 차는 고작해야 30분.

꼴랑 30분 늦게 세상 빛을 봤어도 동생은 동생이라고, 샛별은 은영의 앞에서 애교를 많이 부렸다.

"나 남자 친구랑 같이 간다?"

"남자 친구?"

"응. 다음 주에 사귄 지 1년 되거든. 1주년 기념 여행이야."

"벌써 1년이나 됐어?"

은영은 샛별이 퇴짜 놓은 떡갈비를 제 입으로 가져가며 동생에게 들었던 그녀의 남자 친구 이야기를 떠올렸다.

"동갑이라고 했던가?"

"아니, 연상! 동갑은 전에 사귀던 남자 친구가 동갑이었고."

"아아, 맞다. 수영 선수 출신이라고 그랬지?"

"그건 저저번에 사귀었던 사람이고!"

"그랬나?"

사귀는 사람이 연상이다, 동갑이다, 수영 선수 출신이다, 기타 등등, 작년에만 최소 세 사람 이야기를 들었더니 머릿속에서 정보가 뒤죽박죽 섞였다.

은영은 그중에서 제일 마지막에 들었던 이야기가 뭐더라 하고 떠올리다가 포기하고 고개를 흔들었다.

"그래도 이번엔 오래 사귀었네. 1년이나 사귄 건 이번이 처음 아냐?"

"맞아. 그래서 기념 여행도 가는 거잖아."

과연 샛별의 남자 친구는 1주년 기념 여행이 이렇게 뜻깊단 사실을 알려나 모르겠다.

"나중에 시간 한번 내줘. 언니한테 내 남자 친구 정식으로 소개해 줄게."

"정말?"

노릇노릇 잘 익은 조기에서 가시를 발라내던 은영은 놀라서 샛별을 바라봤다. 우연히 마주친 걸 제외하고, 샛별이 남자 친구를 직접 소개해 준 적은 한 번도 없기 때문이었다.

"이번엔 진지하게 만나는 거야?"

"뭐래. 난 항상 진지하게 만났거든?"

새치름한 표정으로 저를 흘겨보는 샛별에 은영은 퍽이나 그렇겠단 얼굴로 맞받아쳤다.

"짧으면 한 달 만에 헤어지고, 바로 그다음 날에 새로운 남자랑 사귀면서?"

"항상 진지해. 끝나면 바로 정 뗄 뿐이야."

이미 헤어진 남자 두고 미련 떠는 것만큼 미련한 짓은 없다며 샛별이 제 연애관에 대해 종알종알 떠들어 댔다.

"그래도 이번엔 진짜 오래갈 거 같아. 엄청 잘생겼거든."

"그래? 얼마나 잘생겼는데?"

"기다려 봐, 사진 보여 줄게."

샛별은 곧 핸드폰 액정에 사진을 띄워 은영에게 내밀었다.

"어때? 잘생겼지?"

사진 속에선 샛별과 한 남자가 다정하게 팔짱을 낀 채 활짝 웃고 있었다. 동생의 눈에 콩깍지가 쓰인 거라도 적당히 맞장구쳐 줘야겠다고 생각했던 은영은 사진을 본 순간 저도 모르게 감탄사를 내뱉고 말았다.

"와…… 진짜 잘생겼다."

"그치, 그치? 내가 이제까지 사귄 남자 중에 제일 잘생겼어."

뿌듯한 미소를 지은 샛별이 좀 더 자세하게 보라고 잔뜩 들떠서 사진을 확대시켰다.

사람 얼굴이 커다란 화면에 가득 찼는데도 전혀 부담스럽지 않았다. 아마 열이면 열, 모르는 사람에게 물어도 전부 잘생겼다고 감탄할 거다.

"벌써 1년이나 만났는데 나도 아직 감탄한다니까? 우리 승재 오빠 어쩜 이렇게 잘생겼나 몰라."

"이름이 승재야?"

"응. 권승재. 나보다 네 살 많아."

궁합도 안 보는 네 살 차이라며 재잘대는 얼굴을 보아하니 정말로 좋은 모양이었다.

이번에는 오래 사귀면 좋겠는데.

동생의 연애사에 꽃길만 펼쳐지기를 바라며 은영은 샛별에게 핸드폰을 돌려줬다.

"어디서 만났는데?"

"그게, 어디서 만났냐 하면……."

동생의 행복한 목소리를 들을 때까지만 해도 은영은 예상하지 못했다. 늘 강 건너 불구경만 했던 동생의 다사다난한 연애사에 자신이 섶을 지고 뛰어들게 되리라는 걸.

❀❀❀

일주일 후.

―나, 여행 안 갔어.

원래대로라면 비행기를 탔어야 하는 어제, 남자 친구와 싸웠단다.

새벽부터 전화로 은영을 깨운 샛별은 자세한 이야기는 하지 않고 엉엉 울기만 했다.

위로를 해 주고 싶어도 사정을 모르니 할 수 있는 말이 없었다. 은영은 이따 퇴근하고 집으로 가겠단 말만 하고 전화를 끊었다.

그리고 저녁 6시.

"그럼 먼저 들어가 보겠습니다."

은영은 아침 9시부터 저녁 6시까지 카페에서 파티셰로 일했다.

그녀의 근무 시간은 케이크 주문이 많을 경우 상황을 봐서 유동적으로 조절되고는 했지만, 보통은 제시간에 퇴근하는 편이었다. 다행히, 오늘 역시도.

"오늘도 고생했어, 은영아. 월요일에 봐!"

"네, 월요일에 봬요."

다른 직원들과도 인사를 나누고 가게를 나선 은영은 역을 향해 걸으며 샛별에게 전화를 걸었다.

―……여보세요.

"저녁은 먹었어?"

―안 먹었어. 먹기 싫어서.

기분이 좋지 않을 때의 샛별은 극과 극을 달렸다. 아예 안 먹고 울기만 하거나, 아니면 폭식을 하거나.

오늘은 전자인 모양이라고 생각하며 은영은 주변을 둘러봤다.

"너 좋아하는 거 사 갈까? 먹고 싶은 거 없어?"

―딱히……. 먹을 건 됐으니까 얼른 와.

알았다고 답하며 전화를 끊은 은영은 근처에 있는 마카롱 전문점에 들어가 한 세트를 구매했다.

"감사합니다, 손님. 안녕히 가세요."

"네, 많이 파세요."

이건 좋아하는 거니까 기분이 안 좋아도 몇 개는 먹겠지.

뭘 또 사 가면 좋아할까, 고민하며 걷던 중 은영의 걸음이 우뚝 멈추었다. 그녀는 곧 자신의 눈을 의심하며 뒤를 돌아봤다.

그곳엔 조금 전 그녀를 스쳐 지나간 남자가 어떤 여자를 에스코트하며 레스토랑으로 들어가고 있었다.

선을 보는 중인 걸까? 그리 친한 관계는 아닌 듯 두 사람 사이에선 거리감이 느껴졌다.

하지만 뺨을 살짝 붉힌 여자의 얼굴이나 그런 그녀를 정중하게 대하는 남자의 태도는 앞으로 좋게 발전할 수 있는 사이로 느껴졌다.

거기엔 아무런 문제가 없었다.

남자가, 동생의 애인만 아니었다면.

'내가 잘못 본 건가?'

은영의 가슴이 세차게 두근거렸다. 한순간에 머릿속을 스쳐 지나간 막장 드라마가 그녀의 머리를 뜨겁게 달구었다.

'그래, 내가 잘못 본 걸 거야.'

하지만 그 얼굴은 분명 동생의 남자 친구였다.

어떻게 헷갈리겠는가. 그렇게 잘생긴 얼굴이 대한민국에 또 있을 리가 없는데.

"어서 오세요, 손님. 혼자 오셨습니까?"

"네? 헉!"

그제야 은영은 자신이 남자의 뒤를 쫓아 레스토랑 안으로 들어왔단 사실을 깨달았다.

무의식중에 저지른 스스로의 행동에 놀라 은영은 고개를 두리번거리며 주변을 살폈다.

"먼저 온 일행분이 있으신가요?"

그런 그녀의 행동을 오해한 직원의 질문에 은영은 황급히 고개를 흔들었다.

가게를 착각했다고 말하고 나가야지.

"아니요. 혼자 왔어요."

그러나 그녀의 입에서 흘러나온 말은 정반대의 것이었다.

"자리를 안내해 드릴까요?"

"저는……."

그때 은영의 시야로 테이블에 자리 잡는 남자와 여자의 얼굴이 들어왔다.

"저기, 저 자리 앉고 싶은데. 괜찮을까요?"

은영이 가리킨 곳은 남자의 등 뒤에 있는 테이블이었다. 직원은 그녀가 가리킨 곳을 한 번 보고는 고개를 끄덕였다.

"네, 그쪽으로 안내해 드리겠습니다."

직원의 뒤를 따라 테이블로 이동하며 은영은 의식적으로 남자에게 시선을 주었다.

그 시선을 느낀 걸까? 남자 역시 은영을 바라봤다. 그렇게 두 사람의 시선이 마주쳤다.

은영의 얼굴, 그러니까 애인과 똑같은 얼굴을 본 남자에게선 어떤 반응이 있어야 했다. 하지만 남자는 아무런 동요 없이 맞은편의 여자에게 시선을 돌렸다. 그 반응이 어찌나 자연스럽던지 은영은 '내가 착각한 건가?' 하고 생각하고 말았다.

생각해 보면 은영은 샛별의 남자 친구를 딱 한 번, 그것도 사진으로만 봤다. 잘못 봤을 수도 있었다.

'일단 상황을 지켜보자.'

자리에 앉아 대충 아무거나 주문한 은영은 샛별에게 메시지를 보냈다.

[근데 너 남자 친구랑 왜 싸운 거야?]

그리고 그녀는 등 뒤 테이블을 향해 귀를 쫑긋 세운 채 열심히 머리를 굴렸다.

'이름이 뭐랬더라? 분명 권, 권, 권승……'

"미국에 오래 계셨다고 하셨죠? 오랜만에 한국 와서 안 힘드셨어요? 저는 외국에 오래 있다 한국에 오니까 한국이 외국 같더라고요."

"별로 안 힘들었습니다. 어차피 집에만 있는 걸 좋아해서요."

"어머, 정말요? 저랑 승현 씨랑 맞는 구석이 많네요. 저도 집에서 쉬는 걸 좋아하거든요."

그래, 권승현!

등 뒤에 있는 남자는 내 동생의 남자 친구가 맞다. 그런데 내 동생을 두고 다른 여자와 선을 보고 있다!

은영이 그렇게 결론을 내린 그때. 때마침 그녀의 핸드폰이 울리고 샛별의 답장이 도착했다.

[갑자기 일이 생겨서 여행 못 갈 거 같다고, 나 혼자 가라고 해서. 진짜 너무하지 않아?]

메시지를 몇 번이고 읽던 은영은 가입만 해 두고 방치했던 SNS 앱을 켰다. 그리고 샛별의 계정을 찾아 남자 친구와 찍은 사진을

14

확인했다.

'역시, 맞네.'

이걸로 확인 작업은 전부 끝났다.

차가운 물을 단숨에 들이켠 후, 천천히 뒤를 돌아보는 은영의 눈에선 불꽃이 튀고 있었다.

❋❋❋

"어머, 정말요? 저랑 승현 씨랑 맞는 구석이 많네요. 저도 집에서 쉬는 걸 좋아하거든요."

그럼 우리 이만 각자 집으로 돌아가 쉬는 건 어떻습니까?

그 말이 목 끝까지 차올랐지만 승현은 현명하게 입을 다물었다.

오늘만 참으면 그는 자유다. 그러니 나중에 쓸데없는 잡음이 나오지 않도록 이 선자리를 깔끔하게 마무리 지어야 했다.

결혼은커녕 연애에도 관심이 없는 그가 어쩌다가 선을 보게 되었는가? 그건 전부 뇌출혈로 쓰러진 그의 할아버지 때문이었다.

'그래, 내가 졌다. 결혼은 안 해도 된다. 대신 선자리에 한 번만 나갔다 오면 안 되겠느냐?'

권씨 가문의 장손에게서 증손자를 보는 게 소원이라고 늘 말씀하셨던 분이다.

승현이 비혼 선언을 하고, 그의 부모님이 그를 지지해 주면서 결국 포기하고 만 소원이었지만.

'승현아, 네가 할아버지한테 한 번만 져 주렴.'

'증손자 안아 보는 게 꿈이시라던 분이 겨우 선자리에 나가는 걸로 정말 만족하시겠어요?'

'아무렴 증손자 하나만 바라셨을까 봐? 네 할아버지는 네가 좋은 여자 만나서 단란한 가정을 꾸리길 바라셨어.'

'……'

'죽은 사람 소원도 들어준다잖니. 마지막으로 효도한다고 생각하고…… 응?'

솔직히 말해 내키지 않았다.

하지만 부모님까지 그의 눈치를 보며 어렵게 부탁하는데 어떻게 딱 잘라 거절할까.

'이번이 처음이자 마지막입니다.'

'그럼, 당연하지! 딱 한 번만 보면 돼, 딱 한 번. 그 뒤는 이 애비가 알아서 하마.'

그렇게 해서 나오게 된 선자리였다.

승현의 부친은 어려운 부탁을 들어준 아들을 위해 친한 친구에게 부탁해 가벼운 분위기의 선자리를 만들었다.

맞선 상대도 대충은 알고 나온 자리였다. 그러니 애프터의 부담도 없고, 딱 이 자리에서만 예의를 지키면 된다.

'그래, 조금만 더 버티자.'

승현은 입가에 의식적으로 미소를 띠었다. 덕분에 그의 속내와 달리 테이블 위의 분위기는 나쁘지 않았다.

"와, 나왔다! 승현 씨, 저 이거 사진 좀 찍어도 될까요?"

"네, 그러세요."

선뜻 고개를 끄덕인 승현은 거의 예술 작품 수준으로 플레이팅된 접시를 무감하게 내려다보며 그런 생각을 했다.

'누가 집에 좀 보내 주면 좋겠네.'

지성이면 감천이라. 그의 진심 어린 기도에 신이 화답했다.

"자기야! 지금 여기서 뭐 하는 거야?"

하늘에 맹세코, 그는 절대 바라지도 상상하지도 못한 형태로.

"자, 자기?"

선보는 두 남녀에게 폭탄처럼 던져진 그 발언은 평화롭던 분위기를 초토화시켰다.

그러나 은영의 폭탄 발언은 거기서 끝이 아니었다.

"이게 어떻게 된 거야? 갑자기 일이 생겨서 여행 못 갈 거 같다더니. 그 일이 선보는 거였어?"

"여행?"

"어떻게 이럴 수가 있어! 난 당신한테 비키니 입은 거 보여 주려고 다이어트까지 했는데!"

"비키니?!"

경악으로 물들었던 맞선 상대의 눈에 분노가 가득 차올랐다.

저를 향해 쏟아지는 날카로운 눈빛에 당황한 승현이 서둘러 해명했다.

"지금 사람을 착각한 것 같은데…….."

"착각? 착각이라니, 이렇게 명백한 증거가 있는데!"

은영은 마치 기다렸다는 것처럼 사진을 띄워 놓은 핸드폰을 앞으로 내밀었다.

"세상에…….."

여자는 파르르 떨리는 눈으로 사진 속 남녀의 얼굴과 눈앞에 있는 남녀의 얼굴을 비교했다.

똑같았다. 이건 절대 다른 사람일 수가 없었다. 쌍둥이가 아니고서는!

"이 나쁜 놈!"

자리에서 벌떡 일어난 그녀는 컵을 들어 승현의 얼굴에 물을 끼얹었다.

좌악!

"엄마야!"

은영이 깜짝 놀라 뒤로 물러나고, 난데없이 물벼락을 맞은 승현은 눈을 감은 채 천천히 손으로 얼굴을 쓸어내렸다.

이윽고 눈을 뜨는 승현의 무표정한 얼굴에선 제법 살벌한 기운이 흐르고 있었다. 그러나 분노로 눈이 뒤집힌 여자의 눈엔 보이지 않았다.

"애인이 따로 있으면서 선자리를 만들어? 이 일은 어른들께 정식으로 항의할 테니까 그런 줄 아세요!"

그녀는 뒤도 돌아보지 않고 자리에서 일어나 레스토랑을 빠져나갔다. 미처 붙잡을 새도 없이 빠르게.

"잠깐! ……하아."

흘러내리는 물기 때문에 시야가 가려져 앞으로 뻗은 손은 허무하게 허공만 갈랐다.

체념한 승현은 손으로 몇 번이고 젖은 얼굴을 훑다가 주머니에서 손수건을 꺼냈다. 그걸로 얼굴을 닦아 내니 겨우 앞이 보였다.

'저 여자…….'

당황한 얼굴로 그를 보다가 애써 표정을 갈무리하는 여자는 분명 태어나 처음 보는 사람이었다. 그녀로 인해 마른하늘에 날벼락이나 다름없는 물벼락을 맞았지만, 승현은 일단 욱하는 감정을 내리눌렀다.

　그녀가 내민 사진을 그 역시 봤다. 사진 속 남자는 분명 그의 쌍둥이 동생인 승재였다. 그러니 그녀는 동생의 애인이리라.

　자신을 승재로 착각했다면 그녀가 화를 내는 건 당연한 일이었다. 당연한 일인데…….

　'어떻게 애인씩이나 되면서 날 승재로 착각할 수가 있지?'

　승현과 승재는 얼굴은 물론이거니와 키와 체격 역시 비슷했다. 그러나 두 사람을 구별 못 하는 사람은 아무도 없었다. 거울에 비춘 것처럼 똑같은 겉모습과 달리, 속 알맹이는 완전히 다르기 때문이었다.

　"후…… 일단 오해를 먼저 풀어야 할 것 같은데…….."

　"오해는 무슨 오해! 내가 똑똑히 보고 들었거든요? 선자리 아니었다, 그냥 아는 여자다, 우습지도 않은 핑계 댈 생각은 하지도 말아요. 안 통하니까!"

　"아니, 내가 말하는 오해는 그게 아니라…….."

　"1주년 기념 여행을 가기로 한 날, 다른 것도 아니고 선을 봐?"

　불같은 분노를 꽉꽉 욱여넣은 얼음장 같은 목소리를 듣는 순간, 승현은 뺨이라도 한 대 맞는 줄 알았다.

　그러나 그녀는 손을 올리지 않았다. 대신 서릿발 같은 목소리로 선언했을 뿐이었다.

　"헤어져."

　"사람 말을 좀…….."

"다신 연락하지 마!"

그렇게 외친 그녀는 몸을 돌려 자리를 뛰쳐나갔다. 승현이 반사적으로 손을 뻗었지만 그의 손은 이번에도 허무하게 허공만 갈랐다.

"이봐요!"

만약 이름을 부를 수 있었다면 무언가가 달라졌을까?

하지만 승현은 그녀의 이름을 알지 못했고, 그가 붙들지 못한 그녀는 간발의 차로 레스토랑을 벗어났다.

레스토랑 안에서 그녀를 잡지 못한 건 큰 실수였다. 그가 음식 값을 계산하고 밖으로 나왔을 때 그녀는 이미 인파 속으로 종적을 감춘 뒤였던 것이다.

"젠장……."

'승재한텐 뭐라고 말하지?'

차라리 뺨을 한 대 맞는 게 나았다. 승현은 이름도 모르는 여자를 찾아서 애타게 주변을 두리번거리다가 끝내 한숨을 내쉬고 말았다.

✳✳✳

지금으로부터 약 1년 전, 승현은 승재에게 새 애인이 생겼다는 사실을 그날 바로 알게 되었다.

"형! 나 애인 생겼어!"

"어, 그래…… 축하한다?"

"뭐야, 반응이 왜 그래?"

"그럼 무슨 반응을 기대했는데? 눈물이라도 흘려 줘?"

승재가 온몸으로 서운하다는 티를 내든 말든 승현은 감흥 없는 얼굴로 읽던 책의 페이지를 마저 넘겼다. 제게 시선조차 주지 않는 형이 야속해 승재는 입술을 삐죽거렸다.

"눈물은 됐고, 관심은 좀 가져 주지? 나 결혼할지도 몰라."

"뭐?"

그 말엔 과연 승현도 놀라고 말았다. 그가 읽던 책을 덮고 저를 바라보자 승재는 짓궂은 얼굴로 입꼬리를 씨익 끌어 올렸다.

그에 속았다는 사실을 알게 된 승현은 들고 있던 책을 집어 던지는 시늉을 했다. 그러자 승재가 두 팔로 가드를 올리며 얼른 소리를 질렀다.

"으악! 타임, 타임! 폭력 반대!"

"그럼 내가 폭력 쓸 일이 없게 하든가."

쯧, 혀를 찬 승현은 덮었던 책을 다시 펴 책상 앞으로 몸을 돌렸다.

그러나 몇 초 후, 책에 집중하는 데 실패한 그는 복잡한 표정으로 다시 승재를 바라봤다.

"그래서 결혼 이야긴 뭔데. 너 혹시 사고 친 건 아니지?"

"미쳤어? 오늘 사귀기로 했다니까?"

"그런데 결혼 이야기가 왜 나왔냐고."

승현은 저절로 힘이 들어가는 미간을 검지로 꾹꾹 문질렀다.

일찌감치 비혼 선언을 한 그 때문에라도 승재는 결혼이란 단어를 쉽게 꺼내지 않았다.

그걸 잘 아는 승현은 새 애인을 사귄 지 고작 하루 만에 결혼을 입에 담는 승재가 걱정이 안 될 수가 없었다.

"사고 안 쳤고, 칠 생각도 없으니까 걱정 안 해도 돼."

"진짜냐?"

"진짜야. 형, 있잖아. 나 이제야 겨우 내 운명의 상대를 만난 것 같아."

"운…… 뭐? 뭘 만나?"

"운명의 상대."

그런 말을 눈 하나 깜짝 않고 잘도 하는 승재에 승현은 팔뚝에 소름이 돋는 걸 느꼈다. 그는 팔을 벅벅 긁으며 동생에게 물었다.

"그럼 이제까지 만난 사람들은 운명의 상대가 아니었고?"

"형, 지나간 인연은 돌아보지 않는 게 예의야."

"누구한테?"

"지금 내가 만나는 사람한테."

씩 웃는 승재에 승현은 고개만 절레절레 흔들었다.

"그래, 잘 만나라."

"나중에 시간 좀 지나면 형한테도 소개해 줄게. 그때 가서 반하면 안 된다!"

"별 걱정을 다 한다."

승현은 쓸데없는 소리 그만하라고 승재를 내쫓았지만, 그날 동생이 했던 말을 잊지는 않았다.

운명의 상대.

승재가 그런 말을 한 건 처음이었다. 그래서 그는 동생의 새 애인에게 호기심이 생겼다.

하지만 그는 그 호기심을 해소하기 위해 어떤 짓도 하지 않았다. 동생이 운명의 상대라고 말하지 않았는가.

그는 그냥 기다렸다. 동생이 애인을 직접 소개해 줄 날을.

하지만 그날이 오기 전에 그는 동생의 애인과 마주치고 말았다.

최악의 타이밍에, 최악의 형태로, 최악의 오해를 안고서.

'미치겠네, 진짜.'

본의가 아니었다고는 하지만 그 때문에 승재의 운명이 파국을 맞이하게 생겼다.

안 그래도 1주년 기념 여행을 취소하며 애인과 싸웠다고 우울해했던 동생이었다.

그런 그에게, 우연히 네 애인이랑 마주쳤는데 나를 너로 오해해서 네가 선보는 줄 알고 이별 선언을 하고 갔다……라고 어떻게 말한단 말인가.

'이게 다 할아버지 때문이야.'

결혼 안 한다고, 애도 안 낳겠다고. 그 말을 도대체 몇 번을 했는가?

기어이 제 목숨을 인질 삼아 되도 않는 선자리를 만들게 하더니 이런 나비 효과까지 불러일으켰다.

그와 승재의 탄생 시간 차이는 겨우 5분.

그 5분이 뭐 대수라고, 그놈의 장손에 집착하다가 권씨 가문의 대가 영영 끊어질지도 모르게 됐단 사실을 알게 되면 과연 그는 어떤 표정을 지을까?

'오해 못 풀기만 해 봅시다.'

죽기 전에 효도가 아니라 불효를 저지를 거다. 승현은 이를 갈며 집으로 돌아갔다.

"다녀왔습……."

"승현아!"

현관문을 열자마자 들려온 모친의 목소리에 승현은 깜짝 놀라

23

석상처럼 우뚝 멈추었다.

하지만 놀라기엔 아직 일렀다. 모친의 뒤를 이어 모습을 드러낸 할아버지, 병원에 있어야 할 태용이 환한 얼굴로 나타났기 때문이었다.

"승현이 너, 사귀는 사람 있다며?"

은영은 레스토랑을 빠져나온 후에도 한참을 씩씩대며 걸었다.

'1주년 기념 여행을 취소하고 다른 여자와 선을 보다니!'

그러나 그것 말고도 은영을 화나게 하는 사실이 하나가 더 있었다.

"내가 샛별이가 아니라는 것도 몰라?"

아무리 얼굴이 같다고 해도 그렇지. 성격도 다르고, 헤어스타일도 다르고, 즐겨 입는 옷 종류도 다른데 어떻게 못 알아볼 수가 있단 말인가.

정말이지 마음에 안 드는 남자였다. 속으로 한참을 투덜거리던 은영은 문득 샛별의 얼굴이 떠올라 작게 한숨을 내쉬었다.

'샛별이한텐 뭐라고 말하지?'

1주년 기념 여행을 취소한 급한 일이라는 게 사실은 다른 여자랑 선보는 일이었다고 알려 줄 자신이 없었다.

그렇다고 말을 안 할 수도 없었다. 이미 이별 선언도 대신 하지 않았던가.

욱한 마음에 충동적으로 저지른 일이긴 하지만 은영은 후회하지 않았다. 그런 남자인 걸 알고도 샛별이 그와 계속 사귈 리는 없으니까.

은영은 심란한 마음을 달래기 위해 샛별이 했던 말을 몇 번이고 곱씹었다.

'항상 진지해. 끝나면 바로 정 뗄 뿐이야.'

눈물도 안 날 만큼 정이 뚝 떨어지길.

은영은 그 한 가지만을 간절히 바랐다.

❀❀❀

'없던 정도 뚝 떨어지게 생겼군.'

"그래, 그 아가씨는 뭐 하는 아가씨야? 언제부터 만난 게야?"

어디서 그런 힘이 솟아난 건지 승현의 등을 떠밀어 거실 소파에 앉힌 태용이 다짜고짜 캐묻기 시작했다.

그 얼굴이 병자가 맞나 싶을 정도로 신수가 훤해 보여 승현은 오만 정이 다 떨어졌다.

그놈의 1주년 기념 여행을 승재가 왜 취소했는데.

'뭐? 여행? 나는 여기 누워 죽어 가고 있는데 손자라는 놈이 희희낙락 여행을 간다고?'

승재의 말실수로 그 사실을 알게 된 태용이 길길이 날뛰었고, 결국 승재는 할아버지를 진정시키기 위해 여행을 취소하고 말았다.

여자 친구와 싸워 우울해하면서도 할아버지의 눈치를 보느라 애써 웃던 승재의 얼굴이 어찌나 눈에 밟히던지.

때문에 마치 10년은 회춘한 것처럼 건강해 보이는 얼굴이 별로 반갑지 않았다. 속으로는 그런 생각마저 들었다.

'내가 선자리 파투 낼까 봐 쇼했던 거 아냐?'

그의 조부라면 그러고도 남았다.

"아버지, 좀 진정하세요. 승현이 놀라겠어요."

"아무렴 나보다 놀랄까 봐? 예끼, 녀석. 그 좋은 소식을 왜 비밀로 한 거야? 진작 말했으면 굳이 선볼 필요도 없었잖아?"

"아버님, 일단 승현이 말도 좀 들어 봐 주세요."

어머니, 미희의 조심스러운 목소리에 아버지, 정호가 고개를 끄덕여 맞장구쳤다.

"저희 아직 심 사장 말밖에 못 들었잖습니까. 그 양반 말이 맞는지 확인하는 게 우선이죠."

그러고는 제 아버지가 캐묻게 놔두는 것보다 제가 묻는 게 낫다고 생각한 건지 정호가 살짝 긴장한 얼굴로 승현을 바라봤다.

"승현아, 심 사장 말이 사실이냐? 너 정말 따로 애인이 있어?"

"그 집 아가씨가 오해한 거면……."

"오해라니? 사귀는 아가씨가 찾아와서 같이 찍은 사진까지 보여 줬다면서? 그게 어디 오해로 벌어질 일이야?"

"아이고, 회장님. 진정하세요."

태용의 옆에 그림자처럼 붙어 있던 윤 박사가 잔뜩 흥분한 그를 만류하고 나섰다.

"혈압 높아지시면 큰일 납니다. 흥분을 가라앉히세요."

"내가 지금 흥분 안 하게 생겼어?"

죄 없는 윤 박사에게 역정을 낸 태용은 이어서 승현을 바라봤다.

26

"왜 조개처럼 입을 딱 다물고 있어? 혹시 우리한테 선뵈기 힘든 아가씨냐? 그래서 그래?"

"아버지!"

"일단."

자리에서 벌떡 일어나던 정호가 엉거주춤한 자세로 제 아들을 돌아봤다. 자리에 있는 모두의 시선이 그를 향했다.

승현은 호기심, 열망, 걱정, 그 모든 게 혼탁하게 뒤섞인 시선 속에서 침착하게 입을 열었다.

"할아버지, 몸은 괜찮으세요?"

병원에서 절대 안정을 취해야 할 양반이 왜 여기 있냐는 물음이었다. 하지만 승현이 절 걱정한다 생각한 태용은 부드러운 미소를 지어 보였다.

"그래, 괜찮다마다. 그러니 여기에 있는 게 아니냐."

"회장님……."

윤 박사가 할 말이 많은 듯한 얼굴로 그를 보다가 초조하게 승현을 돌아봤다.

미처 입을 열지 못하고 있었지만, 그의 속내를 짐작하는 건 그리 어려운 일이 아니었다.

'지금 회장님 심기를 거스르면 큰일 납니다!'

"할애비 속 터져 죽는 꼴 보고 싶은 거 아니면 뜸 그만 들이고 대답해 봐라. 그래서 사귀는 아가씨가 있어, 없어?"

다 죽어 가던 노인이 장손에게 사귀는 여자가 있단 소식을 듣고 병상에서 벌떡 일어났다. 이 희극보다 더 희극 같은 현실의 비극은 그가 그의 의지와 상관없이 무대 위로 올라야 한다는 사실이었다.

일이 이렇게 된 이상 그에게 다른 선택지는 없었다. 일단은 당장의 사태를 해결하는 게 우선이었다.

"애인……."

뒷일은 나중에 생각하자고 생각하며 승현은 어금니를 세게 한 번 깨문 후 대답했다.

"있습니다."

***

원하는 답을 얻어 낸 태용은 덩실덩실 어깨춤을 추며 병원으로 돌아갔다.

"어떤 아가씨든 환영이니까 이 할애비한테 꼭 인사시켜야 한다. 알았지?"

"알겠으니까 얼른 병원으로 돌아가세요."

"그래그래. 내 손주며느리에 증손자까지 보려면 오래오래 살아야지."

나도 이제 갈 때가 됐나 보다, 하고 힘없이 중얼거리던 노인은 온데간데없었다. 껄껄 웃는 태용을 정호가 윤 박사와 함께 다시 병원으로 모셔 가고, 집에는 승현과 미희만이 남았다.

그녀는 둘만 남기만을 기다렸다는 듯 걱정스러운 얼굴로 승현에게 물어왔다.

"승현아, 너 그 말 진짜야? 정말 만나는 아가씨가 있어?"

"나중에 자세히 말씀드릴게요. 그것보다 어머니, 지금 승재 어디 있어요?"

"승재? 승재는 왜?"

"급해요. 저 지금 걔한테 할 말이 있는데."

승현은 미희의 답을 기다리지 못하고 핸드폰을 꺼내 승재에게 전화를 걸었다.

─고객님이 통화 중이어서…….

"젠장, 지금 이 마당에 누구랑 통화 중이야?"

"승현아?"

아들의 입에서 튀어나온 욕설에 미희가 깜짝 놀라 눈을 동그랗게 떴다.

부모님 앞에선 늘 바른 아들이었지만, 지금만큼은 그럴 정신이 없었다. 승현은 초조한 마음으로 전화를 끊고 미희를 돌아봤다.

"승재 어디 갔는지 모르세요?"

"정확하게 어디로 갔는지는 모르는데……."

아들을 따라 덩달아 심각해진 미희는 팔짱을 끼고 1시간 전의 일을 떠올렸다.

침대에 누워 이제나저제나 장손이 선 잘 봤다는 소식만 기다리던 태용은 심 사장의 항의 전화를 받고 자리에서 벌떡 일어났다.

'뭐? 승현이한테 사귀는 사람이 있어? 그게 사실이냐?'

'그쪽에서 뭔가 오해한 거 아닐까요? 형한테 사귀는 사람이 있을 리가 없는데…….'

'오해라니! 승현이 그 녀석이 언제 여자 문제로 오해 살 일 만든 적이 있어?'

'그건 그렇긴 한데…….'

'일단 진정하세요, 아버지. 그러다 쓰러지시겠어요.'

'쓰러지다니? 승현이한테 여자가 있다는데 내가 어떻게 쓰러져?

29

안 되겠다. 내 직접 승현이한테 들어야겠어.'

'아이고, 회장님! 어딜 가시려고요!'

'이거 놔. 김 기사한테 전화해. 얼른 차 준비시켜!'

주변에서 말리거나 말거나 태용은 집으로 가야겠다고 고집을 부렸다.

똥고집을 부리기 시작한 그를 말릴 수 있는 건 그가 아껴 마지 않는 장손뿐이었다. 그런데 그 장손이 자리에 없었다. 결국, 병실에 함께 있던 사람들은 태용은 모시고 집으로 올 수밖에 없었다.

그 길을 승재가 함께하지 않은 건 급한 일이 있어 잠깐만 자리를 비우겠다고 했기 때문이었다.

"걔가 그래도 경우 없는 애는 아니잖아. 급하다고 하길래 이것저것 묻진 않고 그냥 다녀오라고만 했지."

승현에게 사귀는 여자가 있다는 말을 듣자마자 태용은 승재에게 관심도 주지 않았다.

미희에게도 승현이 아픈 손가락이긴 했다. 하지만 그렇다고 승재를 사랑하지 않는 건 아니었다.

그녀는 두 아들 모두를 진심으로 아끼고 사랑했다. 그래서 태용이 이런 식으로 눈에 띄게 승현을 편애할 때마다 환멸이 나곤 했다.

'그놈의 장손이 뭔지.'

미희는 고개를 절레절레 흔들다가 안색이 어두워진 승현을 발견하곤 눈을 동그랗게 떴다.

"너 왜 그래? 어디 아파?"

"아뇨, 그게 아니라……."

"혹시 승재 때문에 그래? 급한 일이라는 게 뭐 안 좋은 일이라도 있는 거야?"

미희의 질문에 승현은 무겁게 고개를 끄덕였다.

"네……. 아마도요."

승재가 어디로 갔는지는 뻔했다.

게다가 그곳에서 벌어질 일도 뻔히 짐작이 가서 승현은 망연자실한 얼굴을 손바닥으로 덮어 버렸다.

❀❀❀

—언니! 지금 어디야?

"나? 너희 집 거의 다 왔는데. 왜? 뭐 먹고 싶은 거 있어?"

—아니, 그게 아니고. 집에 아저씨가 와서.

"아저씨?"

버스에서 내려 샛별의 집을 향해 걷던 걸음이 우뚝 멈추었다. 그걸 알기라도 한 것처럼 샛별이 작게 한숨을 내쉬었다.

—응. 나 여행 가서 집 빈다고 엄마가 불렀나 봐. 나도 이제 알았네.

"아아…… 그렇구나. 그럼 두 분이랑 같이 저녁 먹어."

—아니야. 내가 여기 있으면 두 분이 마음 편히 데이트나 하겠어? 인사만 드리고 금방 나갈게. 여행 가방 끌고 나갈 테니까 나 하룻밤만 재워 주라.

여행이 취소됐다고 펑펑 울더니 아직 그 가방을 풀지도 않은 모양이었다. 그 사실만으로도 샛별이 얼마나 섭섭해했을지 충분히 짐작이 가서 은영은 잠깐 고민하다가 물었다.

"그럼 우리 오늘 찜질방 갈래?"

—찜질방?

"응. 호텔 수영장 대신 찜질방. 어때?"

―그래! 가자! 콜!

핸드폰 너머로 들려오는 목소리에서 잔뜩 들뜬 기색이 느껴졌다. 그래서 은영도 웃을 수 있었다.

"그럼 천천히 나와. 너희 집 근처 놀이터에서 기다리고 있을게."

―응! 나 금방 나갈게!

전화를 끊은 은영은 저도 모르게 한숨을 내쉬고 말았다. 차라리 늦게 와서 다행이었다. 만약 그 집에 갔다가 어머니와 아저씨와 마주쳤으면 엄청나게 어색할 뻔했으니.

두 자매가 아홉 살이었을 때, 고부 갈등으로 사이가 좋지 않았던 부모님은 끝내 이혼을 결심했다.

일사천리로 이혼 서류를 작성한 두 사람은 살던 집과 가진 재산을 포함해 둘뿐인 자식마저 정확하게 나눠 가졌다.

어머니는 샛별을, 아버지는 은영을.

지긋지긋하게 싸우고 헤어진 탓에 부모님은 자신을 따라온 자식이 상대를 따라간 자식을 만나지 못하게 했다. 처음부터 두 자매는 헤어지고 싶지 않아 했는데.

그러나 어리고 힘이 없는 자매에게 무슨 방법이 있었을까.

머리가 좀 굵어질 때까지 두 자매는 그저 서로를 그리워해야만 했다. 은영과 샛별이 자유롭게 서로를 만날 수 있게 된 건 성인이 된 이후였다.

그때부턴 어머니도 은영을 만나 주었지만, 그게 그녀가 자신의 딸을 반겼다는 뜻은 아니었다. 그녀에게 은영은 자식이기 이전에 지긋지긋한 전남편을 떠올리게 하는 존재였으니까.

어머니가 은영의 앞에서 대놓고 그런 말을 한 건 아니었다. 하지만 그녀가 은연중에 내비치는 감정을 은영이 어떻게 모르겠는가.

'재혼한 다음엔 날 더 어색해하시겠지.'

샛별과 달리 자신은 그 아저씨를 정식으로 소개받지도 못했으니까.

"……하아."

놀이터에 도착해 빈 그네에 앉은 은영은 발로 땅을 질질 끌면서 한숨을 푹푹 내쉬었다. 그녀는 의식적으로 머릿속에 샛별만을 떠올렸다. 지금은 차라리 그 고민이 마음 편했다.

'그래서 샛별이한텐 대체 뭐라고 말하지?'

한참을 고민하고 또 고민했지만 여전히 답은 나오지 않았다. 은영은 그넷줄을 두 손으로 꽉 쥔 채 고개를 흔들었다.

'그래. 일단 오늘은 뜨거운 물에 몸 푹 담가서 피로를 풀고, 내일 말하자.'

혹시 아는가. 땀을 쫙 빼다 보면 좋은 생각이 떠오를지.

"샛별아!"

"어?"

샛별이? 샛별이가 왔나?

은영은 소리가 들린 방향으로 고개를 돌렸다. 그녀의 정면에서 어딘지 모르게 익숙한 남자가 그녀를 향해 달려오고 있었다.

은영은 그 남자를 어렵지 않게 알아보았다. 못 알아볼 수가 없었다.

바로 1시간 전, 그녀가 헤어지자는 말을 던졌던 남자니까!

"당신이 무슨 낯으로 여길 찾아와!"

은영이 벌떡 일어나며 외친 말에 남자가 그 자리에 우뚝 멈췄다. 그녀는 그가 당황한 얼굴로 어쩔 줄 몰라 하는 게 마음에 들지 않았다.

그러면? 자신이 반갑게 맞아 주기라도 할 줄 알았단 말인가? 선보는 걸 들켰으면서! 어쩜 저렇게 뻔뻔하게!

"아, 샛별이 언니분이시구나!"

나를 샛별이 언니라고……. 뭐?

'나를 알아봤어? 어떻게? 아까는 못 알아봤잖아.'

아니, 중요한 건 자신을 알아봤느냐 못 알아봤느냐가 아니었다.

그 장면을 목격한 게 정샛별이든 정은영이든, 권승현이라는 이름을 지닌 저 남자가 다른 여자와 선을 봤다는 사실은 변하지 않는다. 그러니 그녀는 당황할 필요가 없었다.

"안녕하세요, 저는 샛별이 애인 권승재라고 합니다."

남자가 자신을 그렇게 소개하기 전까지는.

"뭐……라고요? 권승……재?"

"네. 샛별이도 저희 형제처럼 쌍둥이란 이야긴 들었는데 이렇게 직접 뵙는 건 처음이네요."

심지어 그가 자신을 쌍둥이라고 소개하기 전까지는!

'싸, 싸, 쌍둥이라고?'

은영은 하얗게 질린 얼굴로 승현. 아니, 승재를 바라봤다.

얼굴이 같았다. 체격도 같았다. 그러나 가만히 보고 있자니 알 것 같았다.

조금 전 레스토랑에서 무뚝뚝한 얼굴로 앉아 있던 남자와 입꼬리에 웃음기를 머금고 있는 이 남자는 분명 다른 사람이라는 걸.

승재가 말랑말랑한 찹쌀떡이라면 승현은 딱딱한 강정이었고, 승재가 따뜻한 햇살이라면 승현은 얼어붙은 눈이었다.

만약 은영이 이전에 승재를 한 번이라도 만난 적이 있었다면 레스토랑에서 승현을 보고 그를 승재라 착각하지 않았을 것이다. 그런데 승재를 사진으로만 보는 바람에…….

'내가 무슨 짓을 저지른 거지?'

자신이 저지른 만행을 떠올리는 은영의 얼굴이 점점 창백해졌다. 그 얼굴을 두고 무슨 오해를 한 건지 승재가 머쓱하게 미소 지었다.

"샛별이가 제 욕 많이 했죠?"

"아뇨……."

제가 했습니다……. 그것도 굉장히 많이.

"저기, 괜찮으세요? 안색이 좀 안 좋아 보이는데."

"저는 괜찮습니다. 저는 괜찮은데……."

"언니!"

그때 은영의 목소리와 거의 흡사한, 그러나 그녀의 것보다 살짝 톤이 높은 목소리가 두 사람 사이로 끼어들었다.

"샛별아!"

두 사람의 고개가 동시에 돌아갔다. 그 순간 지은 표정만큼은 은영과 승재가 쌍둥이라 해도 과언이 아닐 만큼 둘 다 아주 반가운 얼굴을 하고 있었다.

그러나 샛별은 아니었다. 도중에 우뚝 멈춰 서서 승재를 바라보는 그녀의 얼굴은 마치 북풍한설처럼 차갑기 그지없었다.

"뭐야? 오빠가 왜 여기 있어?"

"그게, 미안하다고 사과하러……."

"돌아가. 나 오늘은 오빠 얼굴 보기 싫으니까."

"샛별아……."

샛별의 싸늘한 거절에 승재는 흡사 비 맞은 강아지처럼 처량한

35

표정을 지었다. 그가 그러든 말든 샛별은 흥! 하고 콧방귀를 뀌고는 캐리어를 돌돌 끌며 은영에게로 다가왔다.

"언니! 가자!"

"아니⋯⋯."

갈 수 있을 리가 없었다. 그녀가 실질적으로 잘못을 저지른 건 승재가 아니라 승현이었지만, 어쨌거나 쌍둥이란 한 몸 같은 존재이기에 그녀는 승재에게도 죄책감을 느꼈다.

게다가 속으로 욕은 또 얼마나 했던가? 아마 오늘부로 승재의 수명은 못해도 5년쯤 늘어났을 거다.

'진짜 이걸 어떡하면 좋지?'

은영은 속으로 식은땀을 흘리며 고민하다가 우선 그녀의 양심을 자극하는 남자부터 해결하기로 했다.

"샛별아, 네 애인분 나한테 소개 안 해 줄 거야?"

"어?"

"그래도 이왕 봤으니까 적어도 인사는 하고 싶은데."

은영과 눈이 마주치는 순간, 승재는 끼어들 기회를 놓치지 않았다.

"안녕하십니까! 이름은 권승재! 나이는 서른두 살! 지병 없고, 빚 없고, 회사 다니면서 착실히 돈 벌고 있는 성실한 남자⋯⋯. 아야!"

"주접 좀 그만 떨어! 무슨 회장 선거 나왔어?"

창피해 죽겠다고 샛별이 승재의 등을 찰싹찰싹 때려 댔다.

"아야! 아파, 샛별아!"

그렇게 아프면 피하면 될 텐데. 울상을 지으면서도 어쨌거나 샛별이 상대해 주는 게 좋아서 계속 맞고 있는 게 은영의 눈에 보였다.

'아까 본 남자랑은 진짜로 딴판이네.'

스쳐 지나가며 봤던 무표정한 얼굴이 아직도 눈에 선했다. 똑같이 생긴 얼굴이지만, 눈앞에 있는 승재는 그 얼굴을 똑같이 흉내 내지 못할 거라고 은영은 확신했다.

"저는 정은영이라고 합니다. 보시다시피 샛별이 쌍둥이 언니예요."

"네, 말씀 많이 들었습니다. 그래서 초면인데도 별로 초면 같지가 않네요."

"나랑 얼굴이 같으니까 그렇겠지."

흥, 소리를 낸 샛별은 다시 은영에게 달라붙었다.

"소개했으니까 됐지? 이제 그만 가자. 나 뜨거운 물에 몸 담그고 싶어."

그 말에 찔리는 게 있었는지 승재가 움찔한 얼굴로 샛별의 눈치를 살폈다. 때문에 은영 역시 승재의 눈치를 보게 될 수밖에 없었다.

"샛별……."

"몰라, 몰라! 나 아직 화났어. 그러니까 오빠랑 말 안 할 거야. 내가 연락하기 전까진 나한테 전화하지 마. 알았어?"

"하지만……."

승재는 무슨 말을 하려 했지만, 끝내 아무 말도 못 하고 입을 다물었다.

"알았어. 기다리고 있을게."

작게 한숨을 내쉰 그는 우울한 목소리로 말을 이었다.

"이번 일은 정말 미안해."

"……오빠랑 말 안 할 거라니까."

흥, 소리와 함께 새침하게 고개를 돌린 샛별은 은영의 팔을 잡아끌었다.

이번만큼은 거부할 수가 없어서 은영은 승재를 남겨 둔 채 샛별을 따라 자리를 떠났다.

※※※

찜질방에 도착한 두 사람은 뜨거운 물에 몸을 불리고, 때를 빡빡 밀고, 사우나에서 땀까지 쫙 뺐다.

그런 다음 미역국에 밥을 말아 먹고 후식으로 식혜까지 쭉 마셔 주니 배도 부르고 노곤한 게 잠이 솔솔 쏟아지기 시작했다.

"후아암…… 졸려."

"한숨 잘래?"

"놀다 자고 싶은데…… 안 되겠다."

울고불고하느라 체력을 너무 많이 소모한 샛별을 데리고 은영은 여자 수면실로 들어갔다.

시간이 아직 일러서인지 여자 수면실엔 자리가 많았다. 두 사람은 그중 구석진 곳에 자리를 잡고 나란히 누웠다.

"둘이 찜질방 온 거 되게 오랜만이다. 그치."

"그러게. 마지막으로 온 게 벌써 3년 전이었나? 4년 전?"

도란도란 옛날이야기를 나누던 중, 마치 잊고 있던 상처가 따끔거리는 것처럼 승재의 얼굴이 떠올랐다. 밀려오던 잠마저 깨는 기분에 은영은 눈을 반쯤 감은 샛별에게 작은 목소리로 물었다.

"근데 샛별아, 승재 씨 쌍둥이인 거…… 알고 있었어?"

"응? 사귀는 사인데 당연히 알고 있었지. 전에 언니한테도 말해 줬잖아."

"전에? 언제?"

"오빠랑 사귄 지 얼마 안 됐을 때?"

"……그러고 보니 들은 것 같기도 하고."

어차피 또 바뀔 남자 친구 이야기라고 한 귀로 듣고 한 귀로 들은 대가를 이렇게 치르는구나.

은영은 굳게 다짐했다. 앞으로는 샛별이 무슨 말을 하든 성의 있게 들어 주겠노라고.

"신기하긴 하지? 쌍둥이가 쌍둥이를 다 만나고."

"그러게…… 참 신기하다. 하하……."

"난 언니랑 오빠네 형이랑 나란히 서 있으면 어떤 느낌일지 그게 제일 궁금해. 거울 보는 거 같으려나?"

"응, 나도 궁금하네……."

제발 깨진 거울 같은 형상만 아니었으면 좋겠다.

히히 웃는 샛별에겐 절대 말할 수 없는 속마음을 숨기며 은영은 눈을 감았다. 그러나 밤송이 같은 죄책감이 배 속을 굴러다니는 기분에 그녀는 쉬이 잠을 이루지 못했다.

시간이 얼마나 지났을까?

곤히 잠든 샛별을 옆에 둔 채 몸을 뒤척이다가 어느새 선잠이 들었던 모양이다. 은영이 가물거리는 의식 속에서 눈을 뜬 건 수면실 구석에서 들려오는 숨죽인 목소리 때문이었다.

"응, 자기야. 알지, 그럼……. 내가 왜 몰라."

숨죽여 통화하는 상대는 아마도 연인인 듯했다. 괜히 얼굴이 간질거리는 기분에 하릴없이 눈을 깜빡이던 은영은 어느새 샛별 역시 깨어나 있는 걸 확인했다.

그녀는 동생과 눈이 마주치기 전에 서둘러 눈을 감았다. 푸른 빛 어스름한 새벽. 짙은 감정에 젖어 든 표정을 지은 샛별과 눈을 마주할 자신이 없어서였다.

"응…… 나도 보고 싶어. 응. 다음 주엔 갈 수 있을 거야. …… 응, 나도. 사랑해."

여자의 목소리는 그리움을 가득 품은 채 은영의 귓속으로 스며들었다.

그 목소리에 샛별 역시 감정에 매몰된 걸까. 짧게 숨을 들이켠 샛별은 한참을 말없이 누워 있다가 조용히 자리에서 일어났다.

살며시 눈을 뜬 은영은 밖으로 나가는 샛별의 손에 핸드폰이 들려 있는 걸 볼 수 있었다. 그 모습에 걱정보다는 안도가 되었다.

그녀의 짐작에 마침표를 찍듯, 한참 후 돌아온 샛별이 다시 선잠에 빠진 그녀를 흔들어 깨웠다.

"언니, 언니."

"으응…… 왜, 샛별아?"

"진짜 미안한데, 나 먼저 갈게."

"간다고? 지금? 몇 신데?"

"새벽 5신데…… 오빠 보고 싶어서."

"그래, 그럼…… 먼저 가. 난 더 잘래."

"응. 미안해, 언니. 내가 나중에 맛있는 거 사 줄게."

알았다며 대충 고개를 끄덕인 은영은 잠기운으로 가물가물해진 시야 속에 빠르게 멀어지는 샛별의 뒷모습을 담았다.

'화해한 모양이네……. 다행이다.'

걱정 하나를 던 은영은 보다 편안한 마음으로 눈을 감았다. 짐을 하나 내려놓은 덕분인지 그녀는 이번에야말로 깊게 잠들 수 있었다.

그러나 그건 마치 폭풍 전의 고요처럼 곧 그녀에게 펼쳐질 고난 전 마지막 평온이었음을, 곤히 잠든 은영은 미처 알지 못했다.

❋ ❋ ❋

지난밤. 승현은 아주 지독한 악몽을 꿨다.

"진짜였어? 진짜로 형 때문에 내가 여자 친구랑 헤어진 거야?"

"승재야, 그게 아니라…… 내 말 좀 들어 봐. 내가 일부러 그런 게 아니라…….'

"어떻게 형이 나한테 이래! 내가 그동안 형 대신 희생한 걸론 모자랐던 거야? 내가 형 때문에 얼마나 더 많은 걸 포기해야 만족할 건데?"

"승재야…….'

"지긋지긋하다, 정말."

"……."

"형 따위…… 차라리 없는 편이 나았을 텐데."

그 순간 그는 마치 비명을 지르듯 눈을 번쩍 떴다.

심장이 터질 것처럼 두근거렸다. 왼쪽 가슴을 부여잡은 채 숨을 헐떡거리던 승현은 한참이 지난 후에야 자신이 꿈을 꿨던 사실을 깨달을 수 있었다.

'그래……. 그냥 꿈이야, 꿈.'

그러나 싸늘한 눈으로 자신을 노려보던 승재의 얼굴이 좀처럼 지워지지 않았다.

현실에선 단 한 번도 본 적 없는 얼굴이었다. 그런데 상상이 빚어낸 그 얼굴이 어떻게 그렇게 현실감이 넘칠 수가 있는지.

'거울로 자주 봐서 그런가.'

쓰게 웃은 승현은 손으로 얼굴을 몇 번 쓸어내리다가 침대에서 내려왔다.

아직 이른 새벽이었다. 그러나 누워 있어 봤자 더 잠을 잘 수는 없을 것 같아 그는 1층으로 내려갔다.

"후……."

차가운 물을 마시고 나니 조금 진정이 됐다.

승현은 주먹을 쥐었다 폈다 하면서 놀란 가슴을 진정시켰다. 그때, 부엌 밖에서 발소리가 들려왔다.

'계단? 승재가 일어났나?'

승현은 컵을 내려놓고 거실로 나갔다. 그의 예상대로 컴컴한 거실엔 2층에서 내려온 승재가 있었다.

발꿈치를 들고 조용히 현관으로 향하던 그는 승현을 발견하고 화들짝 놀란 표정을 지었다.

"우와, 깜짝이야……! 형이 왜 거기서 나와?"

"목이 말라서. 근데 너…… 이 시간에 어디 가?"

모자를 푹 눌러쓴 옷차림도 옷차림인데 손에 차 키를 들고 있었다. 그걸 지적하며 묻자 승재가 쑥스러운 얼굴로 대답했다.

"그게, 조금 전에 샛별이한테 전화가 왔거든."

"샛별이?"

"여자 친구."

씨익 웃는 승재에 승현은 정신이 번쩍 들었다.

"전화가 왔어? 뭐라고 하던데?"

"보고 싶대. 나 용서해 주려나 봐."

"……진짜로?"

승현의 의심 가득한 목소리를 승재는 제대로 듣지 못했다. 그래서 그는 여전히 웃는 낯으로 고개를 끄덕거렸다.

"샛별이 마음 바뀌기 전에 가 봐야 될 거 같아. 그래서 말인데, 부모님한테는 형이 잘 좀……."

"같이 가자."

"그래……. 뭐? 어? 같이 가다니? 어딜?"

"네 여자 친구 만나러."

승현은 승재가 좋다 싫다 말하기도 전에 2층으로 향했다. 뭐? 하고 되묻던 승재가 놀라서 그의 뒤를 후다닥 따랐다.

"그게 무슨 소리야? 형이 샛별이를 왜 만나?"

"할 말이 있어."

"무슨 말?"

우뚝 멈춰 선 승현의 시선이 한순간 승재를 직시했다.

그의 목울대가 크게 한 번 울렁였다. 승현은 말을 하려다 말고 옷장의 문을 열어젖혔다.

"있어, 그런 말. 진짜 중요한 말이니까 혼자 가지 말고 기다려."

"아니……. 근데 형, 나도 형한테 샛별이 소개해 주고 싶은 마음은 굴뚝같은데 지금 내가 샛별이 눈치를 봐야 하는 상황이라……."

제 뒤를 졸졸 쫓아다니며 주절거리는 승재의 말을 승현은 듣는 둥 마는 둥했다.

"가자."

"뭐? 벌써 다 갈아입었어?"

"급하다며? 일단 가. 가면서 얘기해 줄게."

"……알았어."

승재가 아는 승현은 절대 없는 말을 하는 사람이 아니었다. 정말로 할 말이 있으니까 있다고 말한 것이리라. 그래서 그는 잠자코 승현을 제 차에 태웠다.

'그런데 대체 무슨 말을 하려고 그러지? 샛별이랑 만난 적도 없으면서.'

고민하던 그때 핸드폰이 짧게 울렸다. 승재는 마침 잘됐다 싶어 승현에게 핸드폰을 넘겼다.

"뭐 왔다. 형이 대신 좀 봐 줘."

운전 중인 승재 대신 승현은 잠자코 핸드폰을 받아 들었다.

"샛별 씨가 찜질방 건너편에 있는 카페로 오래. 거기서 기다리겠다고."

"다행이다. 마음 바뀌었으니까 오지 말라고 했을까 봐 겁났네."

휴우— 하고 과장스레 한숨을 내뱉은 승재는 조금 신이 난 목소리로 말을 이었다.

"차라리 잘됐다. 나 아직 샛별이한테 여행 취소한 이유 말 못했거든. 할아버지 위독해지셔서 병원에 있었다고 할 거니까 형이 옆에서 맞다고 맞장구 좀 쳐 줘."

"……안 그래도 지금 그러려고 가는 거야."

"어, 진짜?"

그래서 같이 가겠다고 한 거구나!

문득 승재의 머릿속으로 어젯밤 자신이 귀가할 때까지 기다려

준 승현의 모습이 떠올랐다. 그때도 승현은 물었었다. 여자 친구와 어떻게 됐느냐고.

동생의 연애사를 이렇게까지 걱정해 주는 형이 세상에 또 어디 있을까. 승재는 진심으로 감격했다.

'역시 형이 최고야!'

초조해 죽을 것 같은 승현의 속내는 요만큼도 모르고 말이다.

"보자, 다 온 것 같은데…….. 아, 저기구나."

커다란 찜질방이 보이고 그 건너편에 카페가 하나 있었다. 다행히 바로 옆에 주차장도 있었다. 그쪽으로 들어간 승재는 차를 주차시키기도 전에 창밖을 흘끔거리며 샛별을 찾았다.

"아, 저 안에 있다."

그때 차 문의 잠금이 풀리며 조수석 문이 열렸다.

"어, 형!"

"나 먼저 내린다. 주차하고 와."

"잠깐만!"

그러나 그가 붙잡기도 전에 승현은 차 문을 닫고 사라진 후였다.

승재는 백미러 너머로 빠르게 달려가는 승현의 뒷모습을 보며 황당한 표정을 금치 못했다.

"뭐야, 왜 저렇게 급해?"

이러고 있을 때가 아니었다. 승재는 승현을 쫓아가기 위해 부랴부랴 차를 주차시켰다.

그때 이미 승현은 샛별이 있는 카페까지 달려가 안에서 나오던 그녀와 마주친 후였다.

"샛별 씨라고 했죠?"

"어……? 네?"

갑작스러운 승현의 등장에 놀란 걸까? 샛별은 눈을 동그랗게 뜨고 당황한 얼굴로 그를 쳐다봤다.

혹시 그녀가 어제처럼 자기 할 말만 다다다 내뱉고 사라질까 봐 승현은 서둘러 자신의 소개부터 했다.

"정식으로 인사드리겠습니다. 저는 권승현이라고, 승재 형입니다."

"아아, 네……. 저는 정샛별입니다."

어리둥절한 얼굴을 하고 있던 샛별이 승현에게 고개를 꾸벅 숙였다. 그때 뒤에서 승재의 목소리가 들려왔다.

"형! 왜 먼저……."

"어제 샛별 씨가 본 건 저였습니다."

"네?"

어느새 승재가 저 뒤까지 와 있었다.

그가 샛별과 대면하기 전에 서둘러 오해를 풀어야 한다는 생각에 승현은 다급한 목소리로 말을 쏟아냈다.

"선을 본 건 승재가 아니라 저였다고요. 그러니까 오해 풀길 바랍니다."

"어…… 형님분께서 선을 보는 걸 제가 봤다고요?"

깜빡. 깜빡.

샛별은 영문을 모르겠다는 얼굴로 그를 빤히 바라보고만 있었다. 그 순간 승현은 어떤 위화감을 느꼈다.

'……뭐지?'

다르다. 눈앞에 있는 여자는 어제 본 여자가 아니다.

하지만 얼굴은 똑같은데? 다른 사람일 수가 있나?

"……있다!

벼락같은 깨달음이 그의 뇌리를 스치고 지나갔다. 승현은 그 사실을 확인하기 위해 입을 열었다.

"혹시 쌍둥이 자매가 있습니까?"

"아, 저희 언니 보셨어요?"

"언니?"

"네. 30분 먼저 태어난 언니 있어요."

밝게 웃으며 대답하는 샛별에 승현은 온몸에서 힘이 빠져나가는 걸 느꼈다. 그는 하마터면 그 자리에 꼴사납게 주저앉을 뻔했다.

"샛별아!"

"오빠!"

크게 한숨을 내쉬는 승현을 지나 샛별이 승재에게로 종종 다가갔다. 그녀는 승재에게 우선 커피를 건네려다 두 팔 벌려 저를 안으려 드는 그에 깜짝 놀라 뒤로 물러났다.

"커피 쏟아!"

"아, 미안. 미안해."

허둥지둥 사과한 승재가 샛별의 손에서 커피를 받아 들었다.

그는 마치 사막에서 겨우 물을 구한 사람처럼 컵을 소중히 쥐고만 있을 뿐 차마 입으로 가져가지 못했다. 그사이 샛별이 승현에게 말을 걸었다.

"혹시 어제 저희 언니 만나신 거예요? 언니는 그런 말 없던데."

"어? 형, 진짜야?"

사정을 모르는 승재가 눈을 동그랗게 뜨고 제 형을 바라봤다. 승현은 머릿속으로 잠시 상황을 정리했다.

'……그래, 그렇게 된 거였어.'

순식간에 모든 계산이 끝났다. 그는 샛별을 보며 고개를 끄덕였다.

"할아버지가 위독하셔서 언제 돌아가실지 모르는데, 곧 죽어도 손자 결혼하는 거 봐야겠다고 제 등을 떠밀어서 어제 선을 봤습니다. 거기서 언니분과 마주쳤고요."

그의 설명에 샛별이 깜짝 놀란 얼굴로 되물었다.

"할아버지가 언제 돌아가실지 모른다고요?"

"네. 그저께는 정말 위험한 상황이라 온 가족이 병원에 있었습니다. 승재가 일부러 약속을 취소한 건 아니니까 마음 푸세요."

그의 말이 끝나기가 무섭게 샛별은 무시무시한 눈으로 승재를 노려봤다.

"뭐야! 그런 사정이 있었으면 그렇다고 말을 했어야지! 내가 그런 것도 이해 못 할 거라고 생각한 거야?"

"아니, 그게……. 미안해. 그저께는 경황이 없어서 말이 잘 안 나왔어."

"다음부턴 그런 일 있으면 바로 말해 줘. 이게 뭐야. 안 그래도 오빠 힘들었을 텐데 괜히 나까지 신경 쓰게 만든 거잖아."

"응, 꼭 그럴게. 미안해. 내가 잘못했어."

"됐어. 알았으니까 더 사과하지 마. ……치. 하여튼, 나빴어."

두 사람의 표정과 함께 분위기 역시 말랑말랑하게 녹아내렸다.

제일 걱정했던 문제가 무사히 해결되어서 다행이었다. 몰래 가슴을 쓸어내린 승현은 잠시 두 사람의 모습을 지켜보다가 틈을 봐서 가벼운 헛기침으로 대화에 끼어들었다.

"두 사람의 오해가 풀렸다면 잠깐 뭐 하나만 여쭤봐도 되겠습니까?"

"그럼요. 편하게 하세요."

"언니분께 혹시 남자 친구가 있습니까?"

"어머?"

놀라 눈을 크게 뜬 샛별은 이내 두 손으로 입을 가리며 어머, 어머 소리만 연신 반복했다.

"혹시 언니한테 관심 있으세요?"

"네."

"뭐? 형, 애인 있다며!"

그 말을 듣는 순간 샛별의 눈에 불이 확 붙었다. 덕분에 승현은 어제 제 면전에 대고 헤어지자 외치던 여자의 얼굴을 떠올릴 수 있었다.

'확실히 자매는 자매군.'

"지금 애인이 있으신데 저희 언니한테……."

"없습니다. 어제 선자리에서 언니분이 제게 말을 거는 바람에 선 상대에게 그런 오해를 받긴 했지만요."

"어……."

샛별과 승재는 동시에 침묵했다. 먼저 입을 연 건 승재였다.

"언니분이…… 설마 선본 사람이 난 줄 알고……."

"두 번 다시 알은척하지 말아라, 헤어지자는 말을 들었지. 그리고 전 그 호탕한 기세에 첫눈에 반해 버렸습니다."

뭐에 반해?

두 사람의 얼굴이 묘해지든 말든 승현은 살짝 미소 지으며 샛별에게 다시 한번 물었다.

"언니분 연락처, 받을 수 있을까요?"

✳ ✳ ✳

"하아암······."

찜질방을 나서며 작게 하품하던 은영은 이른 새벽에 나간 샛별을 떠올렸다.

'보고 싶다고 간 거니까 화해 잘 했겠지?'

이렇게 좋아 죽는 두 사람인데, 만약 자신이 입방정을 떨었다가 두 사람이 헤어지기라도 했으면?

샛별의 앞에서 얼굴도 못 들었을 거다. 자신의 오해가 그쪽으로 번지기 전에 소화돼서 다행이었다. 그건 정말 다행인데······.

'이름이 권승현이라고 했던가?'

그 이름에 연상되는 건 물벼락을 맞고 멍하니 앉아 있던 모습이었다.

잘 알아보지도 않고 흥분해서 날뛰는 바람에 엄한 사람 선자리를 망쳐 버렸다. 그때 일만 떠올리면 은영은 뺨이 화끈화끈 달아올랐다.

"그 사람 만나서 사과를 해야 할 텐데······."

하릴없이 무거운 한숨만 내뱉던 그때였다.

"그 사람이라는 건 저를 말하는 겁니까?"

"헉!"

땅을 보며 걷던 그녀의 눈에 반질반질한 구두가 들어오고, 놀라 고개를 든 순간 익숙한 얼굴이 보였다. 여기서 마주칠 거라곤 생각도 못한 얼굴에 은영은 그대로 굳어 버리고 말았다.

팔짱을 낀 채 그런 그녀를 내려다보던 승현이 그 표정만큼이나 서늘한 목소리로 그녀에게 말했다.

"보아하니 오해는 다 풀린 모양이군요."

"그, 그게……."

"그럼 저한테 할 말이 있을 테고, 마침 저도 그쪽한테 할 말이 있고."

은영은 완전히 얼어붙어 아무 말도 못 했다. 그런 그녀를 보며 승현은 살벌하게 웃어 보였다.

"갑시다, 대화하러."

조금 전, 그녀에게 반했다고 말한 남자와 동일인물이 맞나 싶을 정도로.

❋ ❋ ❋

남극에 뚝 떨어졌다고 해도 과언이 아닌 얼음장 같은 분위기 속에서, 승현의 따가운 눈빛을 피해 고개를 푹 숙인 은영은 잔뜩 긴장한 채 그의 눈치만 살피고 있었다.

"뭐 먹기 전에 기도하는 습관 있습니까?"

"네?"

"슬슬 고개 좀 들죠. 누가 보면 조는 줄 알겠습니다."

"네에……. 죄송합니다."

그러나 은영은 고개를 들고서도 승현과 눈을 마주하지 못한 채 커피 빨대만 쪽쪽 빨았다.

목구멍을 타고 넘어가는 쓰디쓴 액체가 마치 그녀의 앞날을 예고하는 듯했다. 결국, 더 넘기지 못하고 컵을 내려놓은 은영은 매도 먼저 맞자 하는 심정으로 눈을 질끈 감고 입을 열었다.

"정말 죄송합니다. 제가 사람을 착각해서 정말 실례되는 짓을 저질렀어요."

"그게 실례되는 짓이라는 건 정확히 언제 알았습니까?"

"어젯밤에요. 동생분이 샛별이 찾아왔을 때 같이 있었거든요."

"혹시 승재한테 쓸데없는 말 했습니까?"

"아니요. 다행히 그 전에 알아서……."

"그건 다행이군요."

"네……. 정말정말 죄송합니다."

지금 심정으로는 승현이 쌍욕을 한다고 해도 전부 내가 잘못했다 할 수 있을 것 같았다. 그런데 의외로 승현의 입에서 나온 말은 질책이나 비난이 아닌 이해의 말이었다.

"괜찮습니다. 충분히 오해할 만했죠. 만약 같은 상황이었다면 저도 은영 씨와 비슷한 행동을 했을 겁니다."

"정말요?"

기쁜 마음으로 고개를 든 은영은 저를 보며 싱긋 웃는 승현을 볼 수 있었다.

"네. 그리고 그 뒤에 이어진 일들에 책임을 졌을 겁니다."

"……."

"완벽하게."

힘주어 말하는 승현의 눈이 말하고 있었다. 답은 이미 정해져 있으니 너는 그걸 말하기만 하면 된다고.

차라리 눈치가 없었다면 좋았을까? 은영은 눈물을 머금고 입을 열었다.

"그렇죠……. 책임감 있는 어른이라면…… 자기가 한 일에 책임을 져야죠……."

은영은 눈을 질끈 감았다.

"전부 책임지겠습니다."

"은영 씨가 상식 있는 사람이라 다행이네요."

하마터면 몰상식한 사람이 될 뻔했다. 은영은 등골을 타고 식은땀이 죽 흐르는 걸 느끼며 애써 웃었다.

"그런데…… 책임을 어떻게 지면 될까요? 그때 그 여자분 찾아가서 설명해 드리면 될까요? 제가 오해를 했다고?"

"아뇨, 해명 같은 건 안 해도 됩니다. 그분이랑은 다신 만날 일 없으니 신경 안 써도 되고."

승현은 깍지 긴 손을 무릎 위에 내려놓으며 계속해서 말을 이었다.

"은영 씨가 해 줘야 하는 건 연기입니다. 제 가족들 앞에서."

"연기요?"

"네, 연기."

승현은 입꼬리를 끌어 올려 웃었다. 착각을 하려야 할 수 없는 완벽한 비즈니스 미소였다.

"저랑 연애 좀 합시다."

"……네?"

잠깐 얼어붙었던 은영은 이내 하하하 맑은 웃음을 터뜨렸다.

"아아, 연기. 연기를 해 달라고 하셨죠. 제가 귀가 좀 나빠서."

어떻게 연기라는 단어를 연애로 들었을까. 하하 웃는 은영을 따라 승현도 미소 지었다.

"네. 저랑 연애하는 연기를 해 주시면 됩니다."

"그렇군요, 연애하는 연기……."

은영의 현실 도피는 10초 만에 끝났다. 역시 잘못 들은 게 아니었구나 생각하며 그녀는 고개를 끄덕였다. 울고 싶은 마음을 겨우 숨긴 채로.

"그…… 제가 왜…… 어떻게 연애를 연기해야 할까요?"

사실 궁금한 건 '어떻게'보다는 '왜'였다.

다행히 승현은 잔말 말고 시키면 시키는 대로 해라 윽박지르는 못된 상사가 아니었다. 그는 은영이 납득할 수 있게끔 충분한 설명을 해 주었다.

"지금 할아버지께서 위독하신데, 그분은 뼛속까지 옛날 사람이라 곧 죽어도 장손이 대를 이어야 한다고 믿는 분입니다."

"아하……."

은영은 그의 할아버지가 어떤 사람인지 알 것 같았다.

대는 장손이 이어야 하고, 남자는 부엌에 들어가면 안 되고, 한 살이라도 어린 사람이 저한테 말대꾸하는 꼴은 절대로 못 보는. 딱 그녀의 돌아가신 할아버지 같은 사람이리라.

"그런데 저는 결혼할 생각이 없습니다. 그걸 몇 번이나 말씀드렸는데도 당신 눈감기 전 마지막 소원이 장손 선이라도 보는 거라고 하셔서요. 그러면 선만 보겠다고 하고 어제 그 자리에 나간 겁니다."

"……그걸 제가 망친 거군요."

"네."

"정말정말 진심으로 죄송합니다……. 뭐라고 드릴 말씀이 없습니다……."

하필이면 망쳐 버린 선자리가 그냥 선자리도 아니고 저런 사연이 있는 선자리였을 줄이야.

은영이 다시 쪼그라들자 승현이 분위기를 환기시킬 겸 "아무튼." 하고 말을 이었다.

"어제 그 일 때문에 제 가족들은 저한테 애인이 있는 줄 알게 됐습니다. 웬만하면 그냥 오해다 할 텐데, 병석에 누워 계시던 할 아버지가 장손 애인 있단 말에 벌떡 일어난 상황이라서요."

"아…… 그러네요. 전부 오해라고 하면 할아버지가 엄청 충격 받으시겠어요."

"네. 어쩌면 돌아가실지도 모르죠."

승현의 가감 없는 발언에 은영의 얼굴이 창백해졌다. 그를 보고 승현은 속으로 생각했다.

'거절하진 않겠군.'

사실 태용은 그렇게 심약한 사람이 아니었다. 충격은 받을지언 정 그걸 원인으로 삶의 의욕을 잃지는 않을 것이다.

대신 성질이 더 괴팍해져서 승재를 잡아먹으려 들겠지. 결국 애인과의 여행도 못 가게 만든 것처럼.

승현은 승재에게 미안한 게 너무 많았다. 그래서 이왕 이렇게 된 거 태용이 죽기 전까지 그의 시선을 자신에게 단단히 붙잡아 둘 생각이었다.

"이해했어요. 그럼 제가 그 애인인 척하면 되는 거죠?"

"네. 그리고 승재에게도 비밀로 해 주셔야 합니다. 할아버지나 부모님 앞에선 예전부터 사귄 애인인 척할 거지만, 승재는 제가 은영 씨한테 첫눈에 반해서 대시한 걸로 알 거예요. 그 애 앞에서도 연기해야 합니다."

"왜요? 동생분한테도 사실을 알리면 안 되는 거예요?"

"네."

승재가 사실을 알게 되면 그는 자신 때문에 그렇게까지 할 필요 없다고 말릴 것이다. 아니면 최소한 연기 상대만이라도 샛별의 언니가 아닌 다른 사람으로 바꾸라고 하든가.

하지만 승현의 사정을 이해해 주고, 맞춰 주고, 모든 일이 끝나면 깔끔하게 이 모든 걸 끝내 줄 사람이 은영 말고는 떠오르지 않았다.

"적을 속이기 전에 아군을 속이란 말도 있으니까요. 그러니 은영 씨도 동생분께 비밀로 해 주시길 바랍니다."

"아, 네. 그렇게 할게요."

어쨌거나 저쨌거나 승현이 꺼낸 이야기는 은영을 납득시키기에 충분했다. 어차피 자신이 한 짓이 있으니 책임을 져야 한다 생각하긴 했지만, 사람의 생명이 걸려 있다 하니 더욱 책임감에 불타오르게 됐다.

"그래서 그 연애 연기라는 건 어떻게 하면 되나요?"

❋ ❋ ❋

철컥.

"으으, 힘들었……."

"언니!"

"샛별아?"

현관문을 열고 들어와 비척비척 거실 바닥에 주저앉던 은영은 깜짝 놀라 고개를 들었다.

어두워야 할 거실이 환하다는 사실도 그제야 깨달았다. 뒤늦게 짭조름한 간장 치킨의 냄새를 인식한 그녀는 코를 킁킁거렸다.

"집에 안 가고 여기 와 있었어? 미리 전화하지, 일찍 오라고."

"에이, 언니 데이트하는 거 다 아는데 방해하면 안 되지."

"데, 데이……. 네가 그걸 어떻게 알아?"

"어떻게 알긴? 언니 전화번호 가르쳐 준 게 나니까 알지. 승현 오빠가 말 안 해 줬어?"

샛별은 치킨을 펼쳐 놓은 작은 상을 은영의 앞에 내려놓았다. 그리고 이거 먹으라며 닭다리 하나를 손에 쥐여 주는데, 은영은 닭다리고 뭐고 눈에 들어오질 않았다.

"너 그 사람이랑 친해?"

"누구? 승현 오빠? 아니, 안 친해. 오늘 처음 봤어."

샛별이 손에 묻은 간장 양념을 쪽쪽 빨며 답했다. 은영은 부엌 서랍에서 물티슈를 꺼내 주며 물었다.

"근데 내 번호를 알려 줬다고?"

"승재 오빠 형이니까."

그 말은 승재를 향한 샛별의 신뢰가 아주 두터움을 뜻했다.

은영은 흔치 않은 동생의 긴 연애를 제 손으로 망쳐 놓을 뻔했던 죄책감과 앞으로 펼쳐질 일에 대한 막막함에 한숨을 내뱉었다. 그 의미를 샛별은 다른 뜻으로 받아들였다.

"왜? 승현 오빠 별로야? 마음에 안 들어? 언니한테 첫눈에 반했다던데."

"아니, 그게……."

제 눈치를 살살 살피는 샛별에 은영은 비로소 깨달았다.

'이미 그렇게 말했구나.'

승현은 애초부터 자신에게 선택지를 줄 생각이 없었던 거다. 물론 선택지를 줬어도 다른 길로 빠져나갈 순 없었겠지만.

'정말로 그 사람이랑 연애하는 척을 해야 한다 이거지.'

앞길이 막막했다. 도저히 잘 해낼 자신이 없었다. 하지만 어쩌겠는가? 다 제 업보인 것을.

"언니?"

"음, 그러니까. ……사귀어 보기로 했어, 그 사람이랑."

"진짜? 진짜로?"

"응……. 진짜로."

"말도 안 돼! 동네 사람들! 우리 언니 연애한대요!"

가만 놔두면 정말 창문까지 쫓아가서 외칠 기세라 은영은 펄쩍 뛰며 샛별을 말렸다.

"얘 좀 봐. 조용히 해!"

"내가 지금 조용히 하게 생겼어? 세상에, 난 언니가 이대로 쭉 수녀처럼 살다가 서른두세 살쯤 선봐서 한 달 만에 결혼할 줄 알았는데."

"대체 언제 적 얘기를 하는 거야? 요즘 누가 선봐서 한 달 만에 결혼한다고."

"언니라면 그럴 거 같았다니까? 나 미니스커트 입었다고 손에 들고 있던 가방 떨어뜨렸던 거 기억 안 나?"

"그러면 겨우 고등학생밖에 안 된 애가 다리를……. 아니, 이 이야기 그만하라고 내가 몇 번을 말해?"

얄밉게 흘겨보는 은영에 샛별이 헤헤 웃었다. 그녀는 먹으면서 이야기하자고 상다리를 잡아 제 쪽으로 쭉 끌어당겼다.

"알았으니까 처음부터 천천히 이야기해 봐. 그래서 내 형부 될지도 모르는 그분은 언니의 어디에 반했대?"

"형부는 무슨……."

"말 돌리지 말고! 나 그 이야기 듣기 전까지는 절대 집에 안 갈 거야!"

천하의 정샛별 고집을 그녀가 어떻게 꺾을까? 결국 화제 돌리기를 실패한 은영은 "그냥⋯⋯." 두 손에 시선을 떨어뜨린 채 머뭇머뭇 입을 열었다.

"내⋯⋯."

"내?"

입을 열기가 이렇게 힘든 건 동생한테 거짓말을 해야 하기 때문이다. 단지 그뿐이라 생각하며 은영은 승현이 무심한 얼굴로 제게 건넸던 말을 떠올렸다.

"⋯⋯손이, 예쁘대."

자신의 귓가가 붉어졌단 사실은 조금도 눈치채지 못한 채로.

＊＊＊

"그래서 그 연애 연기라는 건 어떻게 하면 되나요?"

"그건 이제부터 정해야겠죠. 일단 스토리부터 짜 볼까요."

어디서 처음 만났는지, 어쩌다 서로에게 반해 연애를 하게 되었는지, 누가 먼저 고백했고 사귄 지는 얼마나 되었는지 기타 등등.

"솔직히 말하면 은영 씨가 정해 줬으면 합니다. 전 연애를 해본 적이 없거든요."

"어⋯⋯ 저도 연애해 본 적 없는데."

깜빡. 깜빡.

은영을 바라보는 승현의 얼굴에 처음으로 살짝 금이 갔다.

"연애를 해 본 적이 없습니까? 단 한 번도?"

"네, 한 번도⋯⋯. 승현 씨야말로 없으세요?"

"없습니다."

"그럼 첫사랑은요? 첫사랑도 해 본 적 없으세요?"

"없습니다."

"아…… 그러시구나."

사지 멀쩡한 남자가 왜 그렇게 삭막하게 살았을까. 은영은 차가운 커피로 입안을 환기시켰다.

"그러는 은영 씨는 첫사랑 해 본 적 있습니까?"

"그럼요, 첫사랑은 해 봤죠."

"언제 이야깁니까?"

"중학교 때요. 옆집 살던 오빠였는데……."

그러고 보면 그때 그 오빠도 참 잘생겼었는데. 지금쯤 어떻게 지내려나?

이제는 잘 생각도 안 나는 얼굴을 떠올리려 애쓰다가 문득 떠오른 생각에 은영은 "아!" 하고 활짝 웃었다.

"이건 어때요? 저 파티셰로 일하는데, 제 입으로 말하기는 좀 그렇지만 케이크 정말 잘 만들거든요."

"그렇습니까?"

"네. 그래서 승현 씨가 제가 만든 케이크를 먹고 단골이 돼서 카페에 자주 찾아왔다가 서로 호감을 가지게 된 거예요. 어때요?"

막 지어낸 이야기지만 꽤 괜찮다고 은영은 생각했다.

그러나.

"저 단거 안 좋아합니다. 특히 케이크 종류는 입에 대지도 않고요."

"……아, 그러세요?"

그래, 뭐. 그럴 수 있다. 사람 취향은 다 다른 거니까.

"그럼 평소 휴일엔 뭐 하세요? 어디 미술관이나 전시회 같은 걸 보러 다닌다거나, 산이나 수목원 가기를 즐긴다거나…….”

“집에 있는 걸 좋아합니다.”

“…….”

이 남자가 왜 저 얼굴을 가지고도 연애를 못 했는지 알 것 같았다. 순간 종이처럼 구겨진 미간을 억지로 힘주어 편 채 은영은 간신히 하하 소리 내어 웃었다.

“혹시나 하는 생각에 여쭤보는 건데요……. 부모님이랑 같이 사세요?”

“네, 같이 삽니다. 그건 왜 묻습니까?”

“그럼 매일 회사 아니면 집에만 계시는 걸 부모님도 알고 계신단 뜻이잖아요. 그 와중에 연애를 했다고 하면 그분들이 정말 믿으실까요?”

“…….”

과연 거기까진 생각 못 했는지 승현은 눈살을 찌푸렸다.

손으로 턱을 만지작거리며 생각에 잠긴 그를 보며 은영은 작게 한숨을 내쉬었다. 문득 이건 기회다 싶은 생각이 들었다.

“차라리 제가 가서 사람을 착각했다고 무릎 꿇고 싹싹 빌 테니까…….”

“집에서 연애를 시작했다는 쪽으로 가야겠군요.”

“네?”

“요즘 세상에선 흔한 이야기 아닙니까.”

뭐가 흔하다는 건지 모르겠다. 은영은 고개를 흔들었다.

“무슨 말씀인지 잘 모르겠는데요.”

“인터넷으로 만났다고 하자는 겁니다. 채팅하면서.”

“인터넷, 채팅……. 승현 씨 인터넷으로 사람 만나 본 적 있으세요?"

"없습니다. 하지만 그런 적 없다고 해서 그런 경험을 꾸며 내지 못할 만큼 어려운 일은 아니라고 생각하는데요."

"어려울 것 같은데……. 어떻게 꾸며 내시려고요? 생각나는 거 있으세요?"

"인터넷으로 사람 만나는 일이야 많지 않습니까. 게임, 블로그, SNS, 개인 방송……."

내내 그건 좀 아닌 것 같은데, 하는 표정으로 앉아 있던 은영은 개인 방송이란 말에 "아." 하고 반응했다.

"제가 아이튜브를 하고 있긴 한데."

"아이튜브를요?"

"네. 베이킹 레시피 영상 올리고 있거든요. 잠깐만요."

은영은 핸드폰을 꺼내 아이튜브 채널을 보여 주었다.

"이거예요. 카페에 취직하고 반년쯤 지나서 시작한 거니까 적어도 3년은 됐어요."

그 세월을 증명하듯 채널엔 세 자리 수가 넘는 동영상이 쌓여 있었다. 재생 목록만 15개. 쿠키, 빵, 케이크, 초콜릿……. 승현은 그중 아무거나 하나를 눌러 재생했다. 크레이프 케이크.

은영의 얼굴은 나오지 않았다. 완성된 크레이프 케이크로 시작해 재료들을 소개하고 만드는 과정을 쭉 보여 주는 동영상엔 민트색 앞치마, 그리고 고운 손만 가끔 보일 뿐이었다.

승현은 동영상 속 손의 주인이 은영임을 확인하듯 곁눈질로 그녀의 손을 살폈다. 그 시선을 알아차린 은영은 저도 모르게 손을 테이블 아래로 숨겼다.

"이거면 되겠군요."

"네? 정말요?"

"그러고 보니 명함 드리는 걸 잊었습니다만."

승현이 뒤늦게 지갑에서 명함을 꺼내 은영에게 건넸다. 아무 생각 없이 받아 든 명함을 확인하던 은영의 두 눈이 휘둥그레졌다.

"K 식품 기업 신제품 개발 3팀 팀장이요……?"

K 식품 기업이라면 제과, 음료수, 라면, 아이스크림, 냉동식품 및 레토르트를 중심으로 최근에는 편의점 브랜드까지 새로 런칭해 샌드위치 및 삼각 김밥과 같은 신선 식품까지 사업을 확장한 대기업 중 하나였다.

"대외비라 자세하게는 말할 수 없지만 현재 저희 팀에서 스낵을 개발 중입니다. 현재는 마무리 단계고 한두 달 뒤에 신제품이 풀릴 예정인데."

승현은 재생 목록의 스크롤을 내리며 말을 이어 나갔다.

"신제품 개발에 영감을 얻을 만한 자료를 찾다가 은영 씨의 아이튜브를 보게 됐다는 쪽으로 가죠."

"자료 조사를 아이튜브로요? 그걸 믿으실까요?"

"실제로 기획 단계에서 많은 자료를 찾아봤습니다. 특히 이런 동영상은 유행을 빠르게 반영하니까요."

"그렇군요……. 그런데 수많은 자료 중에서 굳이 제 동영상을 보고 저랑 연애를 시작하려면 그럴 만한 이유가 있어야 하지 않을까요?"

"손이 예쁘시잖습니까."

"네?"

승현은 들고 있던 핸드폰을 테이블 위에 내려놨다. 그가 보다가 일시 정지시킨 화면 속엔 달걀을 깨뜨리는 손이 보였다.

"손이 예뻐 반했다고 하지요. 아들이 손 페티쉬가 있다고 하는데 설마 더 캐물으시려고요."

"아, 그것 참…… 좋은 생각이네요."

내가 지금 무슨 말을 들은 거지?

얼굴이 홧홧하게 달아올랐다. 테이블 아래에서 손가락만 만지작거리던 은영은 아이스커피로 얼굴의 열기를 식혔다.

그사이 승현이 대수롭지 않은 목소리로 말을 이어 나갔다.

"고백은 제가 먼저 했다고 하지요. 은영 씨가 먼저 했다고 하면 부모님이 안 믿으실 겁니다."

"그 반대여야 하지 않을까요? 승현 씨가 먼저 고백했다고 하면 오히려 못 믿으실 것 같은데."

"여자한테 고백받은 경험이 한두 번이 아니라서요. 제가 먼저 했다고 해야 오히려 믿으실 겁니다."

"아아, 그러시구나……."

얼굴이 좀만 덜 잘생겼으면 코웃음을 쳤을 텐데 저 얼굴로 그런 소리를 하니 반박할 말이 떠오르지 않았다. 은영은 그러시라고 고개만 끄덕였다.

"승재한테도 그렇게 말할 겁니다. 은영 씨도 샛별 씨에게 제가 한눈에 반해서 고백하더라고 말씀하세요."

"샛별이한테도 거짓말을 하라고요?"

"비밀은 아는 사람이 적을수록 노출될 확률이 낮습니다."

죄인 된 입장에서 어떻게 '우리 샛별이는 입 무거워요.' 같은 소리를 할까. 은영은 이번에도 고개를 끄덕였다.

"그럼 대략적인 틀은 완성됐으니 구체적인 날짜와 기승전결을 짜 보죠."

가장 먼저 해야 할 건 정해져 있었다. 승현은 내려놓았던 핸드폰을 다시 집어 들고 진지한 목소리로 말했다.

"손 제일 예쁘게 나온 동영상, 찾아봅시다."

2. 가짜 연애의 시작

"좋은 아침입니다!"

"네, 좋은 아침이네요."

"윤 비서님 오늘 기분이 엄청 좋아 보이시네요?"

K 식품 기업 본사 건물 1층. 사내 카페테리아에서 각자 취향에 맞는 커피를 테이크아웃해 손에 든 직장인들이 엘리베이터 앞에서 정답게 인사를 나누었다.

"네, 좋습니다. 오늘 저희 팀장님 기분이 엄청 좋으실 예정이거든요."

"어머, 팀장님이요? 왜요?"

팀장이란 소리에 엘리베이터를 기다리던 모든 직원의 귀가 쫑긋 섰다.

권승현. 그들이 다니는 이 회사 회장의 장남. 미혼. 큰 키에 수려한 외모, 담백하고 정중한 성격.

첫 발령이 개발팀의 팀장이었던 것 자체가 이례적인 행보인데, 그것마저 그저 거쳐 가는 과정에 불과할 뿐 내년이면 본부장 자리로 올라가 차기 회장으로서의 반석을 다질 거란 소문이 떠도는 남자.

한마디로 다른 세상에 사는 남자였다.

당연히 같은 세상에 사는 재벌 집 아가씨와 결혼하겠지. 그러나 잘생긴 남자의 잘난 외모로 눈요기를 하는 건 같은 세상 사람이 아니라도 얼마든지 할 수 있는 것 아니던가.

심지어 그냥 잘생긴 게 아니라 웬만한 연예인들 뺨치고 남을 초절정 미남이었다. 운 좋으면 출퇴근하면서 권 팀장님 얼굴 볼 수 있는 게 우리 회사 최고 복지란 우스갯소리가 나돌 정도로.

"그럴 일이 있습니다. 무슨 일인지는 회사 기밀이라 절대 말할 수 없고요."

"뭐야, 우리는 같은 식구잖아요. 좀 말해 주면 안 돼요?"

"저희 팀장님 성격 아시잖아요. 입 한 번 잘못 놀렸다간, 콱."

손날을 세워 목에 대고 흔드는 윤 비서에 다른 직원들이 까르르 웃음을 터뜨렸다. 그러다 그중의 누군가가 물었다.

"설마 팀장님, 소개팅이라도 하셨다거나?"

움찔, 떨리는 윤 비서의 어깨를 다행히 아무도 알아차리지 못했다.

—띵!

"아, 엘리베이터 왔네요. 타시죠."

개발 3팀이 있는 13층에서 내린 건 윤 비서를 포함해 전부 세 명이었다.

사무실로 들어선 세 사람 중, 윤 비서는 가장 먼저 이미 출근한 사람들의 분위기를 살폈다.

"좋은 아침입니다. 팀장님은 출근하셨죠?"

"네."

개발 3팀에서 가장 소심하고 겁이 많은 막내, 민정의 얼굴이 밝은 걸 보니 오늘 팀장님 기분이 괜찮은 모양이었다.

"역시……."

"네?"

"아, 아닙니다. 그럼 오늘 파이팅!"

"네, 파이팅!"

기분이 들뜬 윤 비서는 그녀의 손에 따로 포장된 쿠키를 쥐어 준 후 팀장실로 향했다.

똑똑.

"팀장님, 저 윤 비서입니다."

─들어와.

윤 비서는 콧노래를 흥얼거리느라 미처 알아차리지 못했다. 문 너머에서 들려온 목소리가 그리 밝지 않다는 걸.

그래서 그만 실수를 저지르고 말았다.

"좋은 아침입니다, 팀장님! 주말에 선은 잘 보셨어요?"

선자리를 대판 망친 남자에게 선은 잘 봤냐고 물어보는 실수를 말이다.

"팀장님이 선을 보고 오셨으니까 명예 회장님도 더는 팀장님께 여자 만나 보란 소리 안 하시겠죠?"

"……."

의자에 다리를 꼬고 앉아 태블릿을 내려다보는 승현의 얼굴은 지극히 무표정했다.

그러나 각도 탓에 윤 비서의 시선에선 그의 얼굴이 보이지 않았다. 나름 개인적인 이야기를 꺼낸다고 지척으로 다가와 속삭이는 윤 비서의 눈에는 말이다.

"그놈의 지긋지긋한 선 타령에서 해방되신 거 축하드립니다, 팀장님."

"윤 비서."

"네, 팀장……님? ……표, 표정이 안 좋아 보이……시네요?"

들고 있던 태블릿을 던지듯 책상 위에 내려놓은 승현은 고개를 들어 윤 비서를 올려다봤다.

저도 모르게 뒷걸음질 치던 윤 비서의 움직임이 딱 멈추었다. 서슬 퍼런 상사의 눈빛에 그는 속으로 중얼거렸다. 난 죽었다.

"내 얼굴이 보이긴 보이는 모양이야. 눈에 뵈는 게 없어서 그렇게 떠드는 줄 알았는데."

"아, 아니, 그게요…….."

하늘에 맹세코 놀리려는 게 아니었다. 어디까지나 선의였다. 그러나 악의가 아니었다는 말로 일을 매듭지을 수 있다면 세상에 법이 왜 있겠는가.

"잘…… 안 되셨나요……?"

"잘된 걸로 보여?"

"아니요…….."

흑흑, 내 예상은 이게 아니었는데.

세상 모든 사람에게 냉정하고 공정한 승현은 제 기분이 나쁘다고 부하 직원에게 화풀이하는 사람이 아니었다. 직속 비서인 그를 제외하고는.

부하 직원에게 화풀이하는 사람이 아닌데 왜 직속 비서인 그에게 퍽 감정적으로 구느냐? 그건 그가 일반적인 비서가 아니기 때문이었다.

가난한 집의 셋째 아들인 그가 비싼 사립대 입학부터 해외 유학 및 졸업까지 무사히 마칠 수 있었던 건 전적으로 K 식품 기업의 후원 덕분이었다.

그가 그 후원을 받을 수 있었던 건 애초부터 승현의 비서로 내정되어 있었기 때문이고. 아니, 승현과 같은 곳으로 유학을 갔을 때부터 이미 그는 그의 비서로 고용된 거나 마찬가지였다.

실제로 그와 비슷한 시기에 미국으로 간 유학생이 서너 명 더 있었다. 그러나 그들 중 최종적으로 승현의 곁에 남은 건 그 하나뿐이었다. 그를 제 곁에 남긴 게 바로 승현이었고.

그들 중에 왜 자신이었을까? 한 번은 물어본 적도 있었다. 너무 궁금해서.

'네가 제일 친근해서.'

비서로서 유능하다는 답은 아니었다. 애초에 그런 답을 기대하지도 않았지만.

승현의 입에서 그런 말이 나올 거라고 상상도 못 했던 그는 가슴이 찡해졌다. 그리고 다짐했다. 고등학교 때 혼자 먼 땅으로 날아와 외롭게 시간을 보내는 그에게 친구같은 비서가 되어 주자고.

그 다짐은 성공적으로 이루어졌다. 아니, 너무 성공적이어서 탈이었다. 친근해도 너무 친근한 비서에게 어느 순간부터 승현이 심술을 부리기 시작한 것이다.

'그럼 팀장님. 저는 이만 퇴근을…….'

'가긴 어디 가.'

'네?'

'내 직속 비서잖아. 그럼 나랑 퇴근도 같이 해야지.'

승현은 기분이 나쁠 때마다 밤 12시까지 퇴근도 안 하고 팀장실에 틀어박혀 있었다. 그때마다 윤 비서는 직속 비서로서 승현의 곁을 지켜야 했다.

여기서 문제.

현 회장의 아들이자 개발팀의 팀장인 그의 기분을 더럽게 만들수 있는 이가 과연 몇이나 될까?

정답은 한 명. 그리고 그 정체는 K 식품 기업의 명예 회장이자 승현의 조부인 태용이었다.

'빌어먹을 영감탱이!'

제 상사가 입에 달고 다니는 욕을 그대로 주워 삼키며 윤 비서는 제발 여자 좀 만나라고 승현을 괴롭히는 태용을 원망했다.

그러다 드디어 승현이 선을 보기로 결심했고, 그 한 번으로 태용이 만족하기로 했다는 소식을 들었다.

아침부터 그의 기분이 좋았던 건 다 그 때문이었다. 승현이 선을 보고 오면 태용이 더 이상 여자를 만나라고 그를 괴롭히지 않을 테니까.

심지어 그 선은 애프터 걱정을 할 필요도 없었다. 말 그대로 그냥 여자를 한 번 만나고 오기만 하면 되는 거였다. 그런 간단한 선자리를 실패할 일이 뭐가 있단 말인가!

"승재 애인이 날 승재로 오해하고 선자리를 파투 냈어. 선 상대는 따로 애인이 있는 남자가 왜 선을 보러 나왔냐고 화를 냈고."

"승재면…… 팀장님 쌍둥이 동생분이요?"

고개를 끄덕이는 승현에 윤 비서는 속으로 비명을 질렀다.

왜 하필이면 팀장님이 선을 보는 그 자리에 팀장님 쌍둥이 동생의 애인이 지나간단 말인가!

그런데 승현의 말은 그걸로 끝이 아니었다.

"그런데 승재 애인이 승재 애인이 아니었지 뭐야."

"그건 또 무슨 말씀이십니까?"

"승재 애인도 쌍둥이더라고. 내 선 자리를 망친 건 승재 애인의 쌍둥이 언니였어."

"네?"

뭐가 이렇게 복잡해? 윤 비서가 머릿속으로 관계도를 그리던 그때, 승현은 조금 전까지 보고 있던 태블릿을 윤 비서가 볼 수 있는 각도로 들어 올렸다.

"이 여자야."

"어……."

여자라고 추정할 수 있는 건 간간이 나오는 고운 손과 앞치마를 두른 작은 체구뿐이었다. 윤 비서는 얼떨떨한 얼굴로 한참을 태블릿 속 영상만 바라봤다.

"영상 끝났는데…… 얼굴은 안 나오네요?"

"원래 안 나와."

"아, 그렇군요."

근데 이 여자 영상은 왜 보여 주시는 거지?

그 의문이 얼굴로 드러난 모양이었다. 승현은 감흥 없는 얼굴로 태블릿을 회수하며 다음 영상 버튼을 눌렀다.

"내 애인 하기로 했어, 이 여자가."

"아, 그러셨…… . 네? 애인이요? 팀장님이요? 왜요? 한눈에 반하기라도 하셨어요?"

생전 여자에 관심도 없던 승현이 갑자기 애인을 만들었단 사실에 윤 비서가 놀라 다다다 질문을 쏟아 냈다. 승현은 그게 뭐 그렇게 놀랄 일이냐 반문하며 고개를 흔들었다.

"아니, 가짜로 사귀는 거야."

"가짜…… ."

그럼 그렇지 하고 수긍하는 한편, 대체 승현이 왜 가짜 애인을 만들었는지 알 수 없어 윤 비서는 속이 다 답답했다.

"팀장님, 대체 주말에 무슨 일이 있으셨던 거예요?"

도저히 진도를 못 따라가겠다고 하소연하자 승현이 차근차근 지난 주말에 있었던 일을 설명해 주었다. 은영을 가짜 애인 삼은 이유까지.

"영감이 이 사실 알면 애꿎은 승재만 잡아먹으려 들 거 아냐. 아프면 누워서 간병이나 받지 성질만 괴팍해져선."

아무리 방음이 철저한 사무실이라지만, 승현의 노골적인 언사에 윤 비서는 제가 다 흠칫 놀라 주변을 두리번거렸다. 그는 벌렁거리는 심장을 끌어안은 채 승현에게 물었다.

"아니, 그러니까…… . 네, 사정은 알겠습니다. 알겠는데요. 가짜 연애는 대체 어떻게 하실 건데요?"

"그건 이제 네가 알아 와야지."

"제가요? 왜요?"

"왕년에 인기 많았다며? 밸런타인데이 때 초콜릿을 스무 개까지 받아 봤댔지?"

"아니, 그거야……."

당연히 허세에 거짓말이었단 말이 입 밖으로 나오기도 전에 승현이 그를 보며 미소 지었다.

"차인 적은 한 번도 없고, 네가 헤어지자고 하면 여자들이 울면서 네 바지 자락 붙잡고 매달렸다고 했겠다?"

"아…… 제가 그렇게 말씀을 드렸던가요……."

"어차피 진짜 연애도 아니니까 그렇게 본격적으로 할 필요는 없고, 대충 남들 보기에 저 사람들 진짜 연애하는구나 싶으려면 어떻게 해야 하는지 보고서 써 와 봐."

"하하, 보고서요."

윤 비서의 등 뒤로 식은땀이 주룩 흘렀다.

다른 건 못 하는 게 없는 팀장님이 연애는 한 번도 안 해 봤길래 이거 하나는 내가 낫다 싶어 신나게 입을 털었던 업보를 이렇게 돌려받는구나 싶었다.

"흠흠, 팀장님. 그건 부당한 명령이십니다. 저는 그런 일을 하기 위해 입사한 게 아니라……."

"업무 외 수당으로 보너스 챙겨 줄게."

참나, 누굴 돈에 환장한 수전노로 보고. 윤 비서는 미간에 힘을 준 채 말했다.

"언제까지 써 올까요?"

❋ ❋ ❋

"하아……."

밀대로 쭉쭉 눌러 펴는 쿠키 반죽 위로 조그마한 한숨이 떨어졌다.

위생 마스크를 쓰고 있어 반죽에 불순물이 떨어질 일은 없다지만, 바로 옆에 있는 동료가 아침부터 계속 한숨을 쉬는데 어느 누가 신경을 안 쓸 수 있을까.

그럴 정도로 냉혈한은 못 되는 현수는 별 모양 쿠키 틀을 내려놓고 은영을 돌아봤다.

"어제 무슨 일 있었어? 왜 한숨이야?"

"네? 아, 아니요. 아무 일 없었어요."

"아무것도 아니긴? 보자, 내가 보기엔……. 그래, 남자라도 만난 얼굴인데?"

하늘에 맹세코, 현수의 그 말은 분위기를 가볍게 풀기 위한 농담에 불과했다. 은영이 남자에 관심 없다는 건 카페 직원 모두가 다 아는 사실이니까.

그런데.

―땡그랑!

은영의 손에 들려 있던 밀대가 바닥으로 떨어지며 요란한 소리를 냈다. 그에 더해 새빨개진 두 뺨까지. 누가 봐도 당황한 그녀의 반응에 현수의 입이 떡 벌어졌다.

"너, 설마……."

"아니, 저기, 그게요."

"진짜 남자 만났어?!"

"뭐? 누가 남자를 만났다고?"

주방을 넘어서 카페 전체에 울려 퍼진 현수의 목소리는 카운터 앞에 앉아 있던 사장을 주방으로 불러들였다.

그렇게 카페 〈모니카〉의 주방에선 때아닌 청문회가 열렸다.

남자에게 관심이라곤 밀가루 한 꼬집만큼도 없던 우리 은영이가 대체 어쩌다 남자를 만나게 되었나 하는 청문회.

✽ ✽ ✽

대학가에 위치한 카페 〈모니카〉의 주 고객층은 바로 대학생들이었다.

그들이 테이크아웃만 해 가면 참 좋았겠지만, 언젠가부터 공부한답시고 눌러앉은 그들로 인해 카페는 제2의 도서관이 되고 말았다.

한번 자리를 잡으면 몇 시간이고 죽치고 앉아 있는 그들을 박 사장은 굉장히 얄미워했더랬다. 오래 앉아 있을 거면 커피라도 한잔 더 시키든가, 아니면 케이크를 한 조각이라도 더 시키든가.

쪼잔한 박 사장이 카운터 앞에 앉아 노트북으로 드라마를 보기 시작한 건 그 때문이었다. 시끄럽게 해서 공부하는 학생들 쫓아내려고.

하지만 오늘은 아니었다. 매장에 누가 몇 시간째 앉아 있나 관심도 주지 않았다. 벌써 2시간째 주방에 틀어박혀 제 할 일 잘하는 직원을 달달 볶느라 바빴기 때문이었다.

"그래서 어떤 남자냐니까?"

"그냥 잘생긴 남자라니까요."

"아이고, 답답하네 답답해. 은영이 너 자꾸 그럴 거야? 우리 사이에? 어?"

박 사장과 은영의 사이라고 해 봐야 고용인과 피고용인에 불과할 뿐이었다. 하지만 그렇게 정 없이 딱 자르기엔 박 사장이 은영의 편의를 많이 봐주는 편이었다. 그래서 은영도 박 사장이 섭섭한 목소리를 낼 때면 대부분 져 주는 편이었다.

"제가 일부러 입을 다무는 게 아니라…… 진짜 말씀드릴 게 없어서 그래요. 만난 지 얼마 안 됐거든요."

"만난 지 얼마나 됐는데?"

"그게……."

오늘로 겨우 사흘째였다. 하지만 그렇게 솔직하게 말했다가 나중에 일이 꼬이면 큰일이었다.

그래서 은영은 거품기로 볼 안의 생크림을 섞다가 조심히 답했다.

"한 달…… 쪼끔 됐어요."

"뭐? 한 달이나 되는 동안 우리한텐 입 꾹 다물었다고?"

"아니, 입 꾹 다문 게 아니라요."

"나는 믿고 따를 수 있는 사장님이 아니었던 거지. 그래서 한 달이 지나도록 사귀는 남자 이야기도 안 해 주고……."

내가 죽일 놈이라고 사장이 어흑어흑 우는 소리를 냈다.

저게 연기라는 걸 이 카페에서 몇 년이나 일한 은영이 어떻게 모를까.

난감한 얼굴로 사장을 보던 은영은 결국 한숨과 함께 입을 열었다.

"사장님, 그게요……."

"사장님! 은영이 그만 괴롭히고 나와서 카운터 좀 봐 주세요!"

"뭐? 너 지금 뭐라 그랬냐? 하늘 같은 사장님한테 뭘 하라고?"

"아니면 화장실 청소하실래요? 지금 변기 하나 꽉 막혀서 얼른 처리해야 되는데."

감히 사장한테 변기 청소를 하라고 해? 박 사장은 정색하며 대꾸했다.

"내가 또 카운터 하나는 기가 막히게 잘 보지 않겠냐. 너도 알지? 왕년에 내 별명이 박 카운터였어, 박 카운터. 하도 카운터를 잘 봐서."

"그럼요, 잘 알죠. 얼른 가서 주문받으세요, 박 카운터 님."

"흠흠."

사장이 빠져나간 뒤에야 주방이 조용해졌다. 비로소 평화를 찾은 은영의 어깨에서 힘이 빠졌다.

"으으……"

내가 어쩌다 이런 신세가 됐지?

작게 앓는 소리를 내며 뻐근한 목을 몇 번 돌린 은영은 스펀지 케이크에 시럽과 생크림을 발랐다. 그리고 얇게 썬 딸기를 하나하나 펴서 놓는데…….

'손이 예쁘잖습니까.'

도대체 어떤 남자냐고 질리도록 시달려서일까? 덤덤하게 내뱉던 승현의 목소리가 좀처럼 귓가에서 멀어지지 않았다.

은영은 위생 장갑을 낀 손을 빤히 내려다보다가 고개를 작게 흔들었다.

손 예쁘단 칭찬 처음 듣는 것도 아니고.

솔직히 말해 그녀가 생각하기에도 자신의 손이 못난 편은 아니었다. 아이튜브에 영상을 올리면 한두 개는 꼭 달리는 댓글이 바로 손에 관한 칭찬이었다. 그러니 새삼 설렐 필요가 없었다.

하지만.

'손이 예쁘잖습니까.'

그 목소리가 자꾸 떠오른다. 잊히지가 않는다.

"이러면 안 돼, 이러면."

내가 이렇게 쉬운 여자였다니. 그럴 리 없어.

은영은 그렇게 스스로를 세뇌하며 스펀지케이크 위에 딸기 탑을 쌓았다. 딸기 탑만 쌓았다. 스펀지케이크를 한 층 더 덮어야 하는 것도 잊고, 생크림을 덧발라야 한다는 사실도 잊고.

❀❀❀

"다녀왔습니다."

"승현이 왔니? 오늘도 늦었네?"

차가 들어오는 소리를 들었는지 어깨에 숄을 걸친 미희가 현관으로 나와 승현을 맞아 주었다. 무심코 손목시계를 확인한 승현은 짧은 숫자가 11에 가까운 걸 보고 작게 한숨을 내쉬었다.

"아직 안 주무셨어요?"

"그럼 아들이 안 들어왔는데 어떻게 먼저 자?"

"저 늦는 게 하루 이틀인가요."

슈트 재킷을 벗으며 2층으로 올라가려던 승현은 거실 테이블 위를 정리하는 미희를 돌아봤다.

"어머니, 내일부터 일찍 주무세요. 저 기다리지 마시고."

"왜? 계속 바쁘니?"

"일 때문에 바쁜 게 아니고요."

승현은 슬쩍 어머니의 눈치를 보다 작은 목소리로 덧붙였다.

"데이트 때문에요."

"데이……. 너 진짜 애인 생긴 거야? 거짓말한 게 아니고?"

"그런 거짓말을 뭐 하러 해요. 저 아시잖아요."

"알지. 아는데……."

놀란 감정을 숨기지 못하는 미희에 승현은 티 내지 않고 마른침만 삼켰다.

낳아 준 어머니 앞에서 입에 침도 안 바르고 거짓말을 하려니 딱 죽을 맛이었다. 하지만 어쩌겠는가. 하기로 마음먹은 이상 완벽하게 해내야지.

"너 주말에 가끔 쉴 때도 집에만 콕 틀어박혀 있었잖아. 도대체 어디서 어떻게 여자를 만났다는 거니?"

"인터넷으로요."

"뭐?"

"인터넷으로만 알고 지내다가 실제로 얼굴 본 지는 얼마 안 됐어요. 그래서 선보러 간단 말도 못 한 거고요."

"인터넷? 인터넷으로 사람을 만났다고? 네가?"

"네. 그게 나쁜 일은 아니잖아요."

"나쁜 일은 아니지. 아니긴 한데……."

흔히 있는 일도 아니라 어안이 벙벙한 모양이었다. 승현은 얼떨떨한 미희의 얼굴에 대고 나지막한 목소리로 쐐기를 박았다.

"어머니, 저 못 믿으세요?"

"못 믿냐니? 내가 우리 아들 못 믿으면 누구를 믿어."

"그럼 꼬치꼬치 캐묻지 말고 그렇구나 해 주세요. 어머니 이러실 줄 알고 말 안 한 거예요."

"내가 언제 캐물었다고……."

말은 그렇게 하지만 그랬단 자각이 없지는 않은지 미희의 뺨이 붉어졌다. 그녀는 곧 자그마한 한숨으로 혼란스러운 머릿속을 정리했다.

"솔직히 엄마는 네가 할아버지 때문에 거짓말한 줄 알았어. 그런데 진짜로 만나는 사람이 있다니……."

"……."

"그래, 더 안 캐물을게. 대신 딱 하나만 대답해 줄 수 있을까?"

"뭔데요?"

"지금 만나는 사람, 어디가 그렇게 좋아서 반한 거야?"

비혼 선언한 아들이 갑자기 여자를 만난다니 당연히 그게 궁금하겠지. 이 질문 나올 줄 알았고, 그래서 미리 답을 준비해 놓긴 했지만…… 맨정신으로 답하려니 솔직히 너무 어려웠다.

"그……."

"그?"

"……손이 예뻐서요."

차마 어머니를 볼 수가 없어 승현은 시선을 바닥으로 떨어뜨렸다. 문득 들려오는 "어머." 소리가 그를 더 부끄럽게 했다.

괜히 한 번 헛기침을 한 그는 한마디만 남기고 후다닥 자리를 떴다.

"그럼 이만 올라갈게요. 주무세요, 어머니."

"그래, 얼른 올라가 자."

미희는 달아나듯 계단을 오르는 승현의 뒷모습을 보며 생전 그런 적 없던 아들이 얼굴을 붉힌 걸 몇 번이고 곱씹어 떠올렸다.

"어머어머…… 진짜로 반했나 보네."

그 밤, 어머니의 오해가 깊어졌단 사실을 도망간 승현은 당연히 알지 못했다.

✻ ✻ ✻

"그럼 전 이만 퇴근할게요."

저녁 7시. 오늘은 예약 주문이 많아 조금 늦게까지 케이크를 구운 은영이 집에 갈 준비를 마치고 주방에서 나왔다.

"그래, 조심해서 들어가."

커피를 내리던 현수가 그녀에게 인사를 해 주었다. 그러나 단 한 사람, 박 사장만은 "안 돼, 못 가!"를 외쳤다.

"그래서 그 애인 대체 얼마나 잘생겼는데?"

"아이고, 사장님. 그만 좀 하세요. 진짜 질린다, 질려."

"그럼 넌 안 궁금해? 우리 은영이가, 내가 조카 놈 소개해 준다고 할 땐 남자 만날 생각 없다고 거절했던 은영이가 남자를 만났다는데!"

그게 문제였구만? 현수가 황당한 얼굴로 박 사장에게 따져 물었다.

"지나가는 사람 붙잡고 한번 물어보세요, 사장님. 맘에 안 든다고 대놓고 찰 수도 없는데 직장 상사 조카를 누가 기꺼이 소개받아요?"

"아니, 내 조카 놈이라서 하는 소리가 아니라 걔 진짜 진국이라니까? 생긴 것도 멀끔하고 키도 커. 게다가 직장도 번듯해. 작년에 임용고시 합격했어!"

83

"그래요? 발령은 어디로 받았는데요?"

"발령은……. 흠흠, 요즘 티오가 잘 안 난다더라고."

멋쩍은 목소리로 답하는 박 사장을 현수가 그럼 그렇지 하는 눈으로 쳐다봤다.

"그럼 아직은 백수인 거잖아요."

"백수라니! 백수라니! 너 임용고시 합격한 백수 봤냐? 봤어?"

"보지는 못했는데 듣기는 했네요, 지금."

"아니, 그런데 이눔 자식이?"

너 죽고 나 죽자 덤비려는 순간, 영롱한 오르골 음이 두 사람 사이를 파고들며 주방 전체에 퍼졌다.

그 소리의 정체를 아는 사람들의 시선이 은영을 향했다. 은영은 허둥지둥 가방에서 핸드폰을 꺼냈다. 그러고는 액정에 뜬 이름을 확인하고 직원들의 눈치를 보더니 핸드폰을 손에 쥔 채 슬금슬금 구석으로 이동하는 것 아닌가.

"여보세요……. 네, 승현 씨."

승현 씨?

은영의 입에서 나온 낯선 남자의 이름에 박 사장과 현수의 귀가 토끼 귀처럼 쫑긋 섰다.

"네, 네. 아니요. ……네? 지금요? 여기로요?"

놀란 목소리와 지금, 그리고 여기로라는 단어. 승현 씨가 뭐라고 말했을지 쉽게 유추가 됐다.

"네, 저도 지금 퇴근하려던 참이었어요. 네, 그럼 기다리고 있을게요."

전화를 끊은 은영은 승현에게 카페 주소를 메시지로 보냈다. 그리고 자리에서 일어나 뒤를 돌아보는데 어느새 다가온 박 사장과 현수가 그녀의 등 뒤에 서 있었다.

"엄마야! 노, 놀랐잖아요!"

"그 남자 지금 여기로 온대?"

"왜, 왜요?"

"왜긴 왜야? 얼마나 잘생겼는지 얼굴 좀 보려고 그러지."

'똥. 고. 집.'이라고 박 사장의 얼굴에 쓰여 있었다.

자신 혼자서는 절대 그를 설득하지 못할 것이라 짐작한 은영은 도와 달라는 얼굴로 현수를 바라봤다. 하지만 믿었던 그마저 손으로 턱을 문지르며 흐음, 소리를 내고 있었다.

"여기로 온다 이거지?"

"오빠까지 이러기예요?"

"솔직히 나도 궁금하긴 하거든. 도대체 얼마나 잘생긴 남자길래 남자엔 관심 없다던 애가 혹했을까 싶어서."

"그래! 내 말이 그 말이라니까? 은영아, 이게 다 너를 위한 거예요. 남자는 남자가 봐야 하는 거거든. 딱 보기에 생긴 것만 반반한 놈이다 싶으면, 그냥 콱!"

"……콱?"

"엉덩이 발로 차서 쫓아내야지. 감히 어디 우리 은영이한테."

"아니, 대체 왜 제 애인에 그렇게 신경들을 쓰는 거예요?"

은영이 답답한 목소리를 냈지만 솔직히 현수는 심정적으로 박 사장의 편이었다.

여중 여고 출신에 남자 친구 사귀어 본 경험 없음. 남자란 생물체에 당연히 호기심이 생길 만한데도 미팅 사절, 소개팅 사절.

그랬던 애가 애인을 사귀었다는데, 심지어 그 이유가 잘생겨서라는데 어떻게 신경을 안 쓸 수 있을까.

'이런 애일수록 헛수작에 잘 넘어가더란 말이지……'

만약 이상한 놈이면 사장님한테 진짜로 엉덩이 뻥 차 달라고 해야지.

잘빠진 검은색 벤츠에서 내리는 승현을 보기 전까지, 현수는 분명 그렇게 생각했었다.

✳ ✳ ✳

"어, 승재야."

─형! 지금 어디야? 아직 회사?

"응. 보고서 검토 중. 왜?"

─퇴근 안 해? 집에 들어가기 전에 같이 밥이나 먹자고 전화했는데.

"밥? ……그래, 그러자."

─괜찮아? 보고서 검토 중이라며.

"괜찮아. 사적인 보고서라서."

승현은 보고 있던 서류철을 덮고 윤 비서에게 대충 손짓했다. 그게 먼저 퇴근하란 뜻임을 어렵지 않게 알아차린 윤 비서는 속으로 어깨춤을 추며 고개 숙여 인사하고 팀장실을 떠났다.

─형, 등갈비 김치찜 어때? 기가 막히게 맛있는 집 알고 있거든. 진짜 끝내줘. 소주 한 잔 곁들이면, 캬!

벌써 소주 한 잔 마신 듯한 승재의 목소리에 승현은 피식 웃음을 흘렸다.

그는 곧 자리에서 일어나며 가방을 챙겼다.

"그래, 오랜만에 동생이 사 주는 밥 한번 먹어 보자."

─어, 나 내가 산단 말은 안 했는데.

"먼저 밥 먹자고 한 사람이 계산해야지. 안 그럼 나 그냥 집에 간다?"

–알았어, 알았어. 내가 사 주면 되잖아.

치사하게 형이 돼서 동생 지갑을 뜯어먹는다는 둥, 어쩐다는 둥. 승재가 투덜거리는 말을 흘려들으며 승현은 팀장실을 나왔다.

핸드폰을 귀에 댄 채 마주치는 사람들에게 대충 인사하며 지하 주차장으로 내려간 그는 차에 올라 승재가 말해 주는 주소를 내비게이션에 찍었다.

❀❀❀

"형! 여기!"

승재의 뒤로 보이는 식당은 외관이 상당히 허름했다. 동생이 찾아낸 맛집은 대체로 그러했기에 승현은 오늘도 그러려니 하며 주차장에 차를 세웠다.

예상대로 양은 냄비에 담겨 나온 등갈비 김치찜은 잡내나 군내 없이 맛이 제법 괜찮았다.

밖에서 이런 한식을 먹는 것도 오랜만이다 생각하며 김치를 찢는데, 승재가 이모를 부르더니 소주를 한 병 주문했다.

"형도 한잔할래?"

"아니, 난 됐어."

"잘됐다. 그럼 난 형만 믿고 한잔해야지."

그럴 줄 알고 차도 두고 왔다며 승재는 신이 나서 잔에 술을 따랐다.

한 잔, 두 잔, 석 잔. 대작하는 사람도 없이 혼자서 잘도 술을 훌쩍거리던 그는 얼굴이 벌게지고 나서야 젓가락을 양손에 쥐고 입을 열었다.

"있지, 형……."

"은영 씨랑 만나 보기로 했어."

"……."

"그거 물어보려고 만나자고 한 거지?"

정곡을 찔린 승재는 입을 다문 채 슬쩍 고개만 끄덕였다. 아닌 척 제 눈치를 살피는 승재에 승현은 픽 웃으며 헛손질을 하는 동생 대신 김치를 찢어 주었다.

"어머니한텐 선보기 한 달 전부터 만나기 시작했다고 말씀드렸으니까 쓸데없는 소리 하지 말고. 내가 할아버지 때문에 여자 만나는 척한다고 오해하실라."

"에이, 설마 그렇게 오해하시겠어?"

히죽대며 웃는 얼굴 역시 그렇게 오해하는 것 같지는 않았다. 다른 사람에게 다 들켜도 승재와 태용에게만 들키지 않으면 되는 승현은 몰래 한숨을 내쉬었다.

"근데 있잖아, 형. 내가 쪼오끔 걱정되는 건 있는데."

"뭔데?"

"그게, 우리 샛별이가 자기 언니를 정말 끔찍하게 생각하거든. 둘이 엄청 각별하대. 꼭 우리처럼."

"……그러니까."

쯧, 혀를 찬 승현은 의자 등받이에 몸을 기대며 팔짱을 꼈다.

"은영 씨 상처 주지 말아라?"

"헤헤헤."

저렇게 웃는 게 술에 취해서일까, 아니면 잘 좀 봐 달라고 애교

88

떠는 걸까.

문득 자기 운명을 만났다고 말하던 언젠가의 동생이 떠올라 승현은 한숨을 내뱉었다. 저렇게 자기 애인이 좋을까.

"아니 뭐, 형 어떤 사람인지 내가 다 알지. 걱정 안 해도 되는 거 아는데……. 근데 형이 연애는 처음이잖아?"

"그래서? 연애 초보인 형님한테 조언이라도 해 주게?"

"필요해? 해 줄까? 첫 데이트는 했어? 진도는 어디까지 나갔어? 아직 손도 안 잡았지? 너무 급하게 나가지는 마. 샛별이한테 들어 보니까 은영 씨가 어렸을 때 할아버지 밑에서 자라서 성격이 엄청 보수적인가 보더라고."

"그래?"

"그렇다고 또 너무 거리 두란 소리는 아닌 거 알지? 아, 연락은 하루에 몇 번 주고받고 있어?"

"연락? 글쎄, 그때 만나고 아직 한 번도……."

"뭐?"

거의 비명 지르듯 되묻는 승재에 하마터면 들고 있던 컵을 떨어뜨릴 뻔했다.

깜짝 놀란 승현은 다른 손으로 컵의 바닥을 받쳐 든 채 눈을 크게 뜨고 승재를 봤다. 그의 동생은 무슨 무뢰배를 보는 듯한 얼굴로 그를 보고 있었다.

"연락을 안 했어? 전화도? 메시지도? 한 번도? 단 한 통도?"

"어…… 바빠서……. 그러면 안 돼?"

"당연히 안 되지! 형이 먼저 반해서 번호 따고 사귀자고 했으면서, 뭐? 연락을 안 해? 한 번도? 단 한 번도?"

"아니, 그게, 은영 씨도 나한테 안 했……."

"당연히 안 하지! 먼저 사귀자고 한 남자가 안 하는데 세상에 어느 여자가 먼저 연락을 해!"

호구 같던 동생은 어느새 도깨비가 되어 입에서 불을 뿜고 있었다.

"당장 핸드폰 꺼내!"

그 서슬 퍼런 기세에 승현은 얼른 핸드폰을 꺼냈다. 그리고 그가 시키는 대로 곧장 은영에게 전화를 걸었다.

그가 갑작스레 은영을 만나러 간 건 바로 이 때문이었다.

✻ ✻ ✻

승현의 차가 카페 주차장으로 미끄러져 들어간 순간 은영이 기다렸다는 듯 가게 안에서 바쁘게 뛰어나왔다.

운전석에서 내린 승현은 차체 너머로 은영의 얼굴부터 확인했다. 한 손으로 어깨에 멘 가방끈을 쥔 채 다다다 바쁘게 달려오는 그녀는 딱히 화난 것 같지 않았다. 조금 급해 보이긴 했지만.

"은영 씨?"

"안녕하세요, 승현 씨! 저희 일단 자리부터 옮길까요?"

"네?"

인사와 함께 바로 건네진 은영의 말에 승현은 한쪽 눈썹을 까딱였다. 그러나 이윽고 느껴지는 누군가의 시선에 뒤를 흘끔거리는 은영의 눈짓을 따라 확인한 풍경을 보고 어이없어 한 번 웃고 말았다.

"동료들입니까?"

"네……. 모르는 척해 주시면 안 될까요……."

들켰구나 하고 체념하듯 은영이 중얼거렸다.

몹시 부끄러워하는 그녀가 안쓰러워 승현은 픽 웃으며 고개를 끄덕였다. 그리고 조수석의 문을 열어 은영을 그 안에 태운 후 자신도 운전석에 올랐다.

"그런데 지금 퇴근해도 되는 겁니까? 다른 직원들은 아직 퇴근 안 한 것 같은데."

"저는 원래 일찍 퇴근하거든요. 예약 주문이 많거나 아이튜브 영상 찍을 땐 늦게 퇴근하기도 하지만."

"그렇군요. 저녁은 먹었습니까?"

"네, 가볍게 먹었어요. 승현 씨는요?"

등갈비 김치찜 먹다가 쫓겨났습니다, 하고 말할 수가 없어 승현은 자기도 대충 먹었다고 고개를 끄덕였다. 차를 출발시킨 그는 화제를 돌릴 겸 가볍게 물었다.

"그런데 레시피 영상 찍는 건 시간 외 수당은 받고서 하는 겁니까?"

"그럼요. 저희 채널 구독자가 많아서 광고 수익이 제법 쏠쏠하거든요. 사장님이랑 나눠 가져도 꽤 돼요."

"그렇습니까?"

"마침 오늘 딱 입금됐는데. 여기까지 와 주신 김에 제가 커피라도 한 잔 사 드릴까요?"

은영의 들뜬 목소리에 승현의 입가에서 작은 웃음이 터졌다.

자신의 앞에서 저렇게 천진하게 돈 들어왔다고 자랑하는 사람은 처음 봤고, 그 기념으로 뭘 사 준다는 사람도 처음 봤다. 끽해야 승재 정도? 그 제안이 참 신선해 승현은 가볍게 고개를 끄덕였다.

"그런데 이 시간에 커피 마셔도 됩니까? 몇 시에 자려고요."

"저는 커피 마셔도 잘 자요. 승현 씨는요?"

"집에 가서 처리할 게 있어서요. 오히려 마셔 줘야 하는 상황입니다."

"그래요……?"

이쪽을 보는 은영의 시선이 조금 안쓰럽게 변했다. 백미러로 그 사실을 확인한 승현은 입가에 여전히 유쾌한 미소를 매단 채 근처 카페로 차를 몰았다.

✳✳✳

24시간 카페라서인지 카페 안엔 사람이 제법 많았다. 두 사람은 노트북과 책을 펼쳐 들고 앉아 있는 사람들을 피해 조금 떠들어도 될 만한 곳에 자리를 잡았다.

"어? 저거 우리 학교 교복인데."

"네?"

"저기요, 저 여자애들. 제 후배들이에요."

은영이 작게 속삭이며 몰래 가리키는 곳엔 회색 체크무늬 교복을 입은 여학생들이 옹기종기 모여 있었다.

대체 뭐가 그렇게 좋은지. 테이블 위에 머리를 모으고 앉아 까르르 웃고 떠드는 아이들을 은영은 흐뭇하게 바라봤다.

"좋네요. 저도 저럴 때가 있었는데……."

"모교가 이 근처에 있습니까?"

"아뇨, 경기도에 있는데……. 그러게요. 쟤넨 왜 여기서 놀고 있지?"

은영이 의아한 얼굴로 고개를 갸웃거렸다. 그러나 승현은 그녀의 후배가 경기도에 있든, 제주도에 있든 별 상관 없어서 따뜻한 커피를 한 모금 삼킨 후 바로 본주제로 들어갔다.

"일단 그동안 연락이 없었던 점에 대해 사과드리겠습니다."

"네? 저희 그때 헤어지고 아직 일주일도 안 지났잖아요?"

그걸 왜 사과하는지 모르겠다는 듯 은영이 어리둥절한 얼굴로 승현을 바라봤다.

그에 승현은 답답했던 속이 살짝 시원해졌고, 조금 하소연하듯 말이 나갔다.

"조금 전에 승재를 만났는데 은영 씨 이야기를 하다가 엄청 혼났습니다. 사기기로 해 놓고 연락도 안 했다고."

"아. 아아, 그러셨구나. 그런데 그거는 저희가 진짜 사귀는 줄 알고 그런 거 아니에요?"

우리는 진짜로 사귀는 사이가 아니니 신경 쓸 거 없다고 은영이 말했지만, 승현의 얼굴은 풀어질 줄 몰랐다. 이해가 안 가는 점이 있어서였다.

"저희가 정말로 사귀면 매일 연락을 해야 합니까? 하기 싫어도 의무적으로?"

"의무적으로 해야 한다기보다…… 자연스럽게 그렇게 되는 거 아닐까요? 좋아하면 궁금해지니까."

"뭐가 말입니까?"

"전부 다요. 저녁은 먹었을까 궁금하고, 먹었으면 뭘 먹었을까 궁금하고, 지금은 뭐 하고 있을까 궁금하고, 내일도 만날 수 있을까 궁금하고……."

손가락을 하나하나 접어 가며 떠오르는 걸 읊던 은영은 저를 빤히 보는 승현의 시선을 느끼고 흠흠 헛기침을 했다. 그러고는 살짝 열이 오른 뺨을 손바닥으로 두드리며 차가운 커피를 마셨다.

수줍음을 숨기려 딴청을 부리는 그녀를 승현이 조금 신기하게 쳐다봤다.

"많이 좋아했나 봅니다, 그 첫사랑."

"네, 뭐……. 처음이자 마지막으로 좋아한 사람이니까요."

은영은 간지러운 뺨을 손끝으로 살짝 긁었다. 아무래도 쑥스러워서 그 이야기는 그만하고 싶은데, 승현은 한 번 더 그 화제로 질문을 꺼냈다.

"그 사람한테 고백은 했습니까?"

아무렇지 않은 목소리로 던진 것치곤 상당한 돌직구였다. 은영은 커피를 마시다 체할 것 같은 기분에 들고 있던 컵을 내려놓았다.

"그건 왜 물어보시는데요?"

"한 번도 겪어 본 적 없는 이야기라서요. 관심을 가져 본 적도 없고."

"그런데 왜 지금은 관심을 가지세요……?"

"궁금해서요. 은영 씨 이야기."

놀리는 거라기엔 승현의 얼굴에 웃음기가 하나도 없었다. 애초에 이런 걸로 누구 놀리는 사람도 아니긴 했다. 이제 겨우 세 번 만났지만, 그건 확신할 수 있었다.

'대체 왜 이런 게 궁금하다는 거야.'

은영은 뺨을 붉게 물들인 채 입술을 우물거리다가 작은 목소리로 답했다.

"고백은 했어요. 했는데……."

"했는데?"

화제 자체가 껄끄럽기 때문일까? 그저 바라볼 뿐인 승현의 시선이 어쩐지 따갑게 느껴졌다. 은영은 얼른 이 대화를 마치고 치우잔 생각을 하며 재차 입을 열었다.

"대답은 못 들었어요."

"어째서?"

"그럴 만한 사정이 있었거든요."

"왜요. 그 사람한테 여자 친구라도 생긴 겁니까?"

"그런 거 아니에요. 그냥……."

당시의 일을 떠올리던 은영의 얼굴에 서글픈 감정이 파도처럼 밀려들었다가 순식간에 사라졌다.

눈 깜빡할 새라 해도 좋을 순간에 일어난 변화에 승현은 제가 잘못 본 것이라 생각했다.

"아무튼, 제 이야기는 아무래도 상관없잖아요. 그래서 승재 씨한테 들킨 건 아니죠?"

"그건 아닙니다. ……아주 사소한 문제가 하나 생기기는 했지만요"

"사소한 문제요? 어떤 문젠데요?"

"승재가."

동생의 얼굴을 떠올림과 동시에 조금 전 화제에 두었던 관심은 눈 녹듯 사라졌다.

승현은 가슴이 조금 답답해져 넥타이의 매듭을 조금 느슨하게 풀었다.

"제 연애를 코치해 주겠답니다."

"코치요? 어떻게요?"

"그러니까."

승현은 식당 앞에서 승재와 헤어지기 직전까지 나누었던 대화를 떠올리며 한숨을 내쉬었다.

"자기가 됐다고 할 때까지 앞으로 매일매일 은영 씨와 무슨 대화를 나누었는지 자기한테 말하라더군요."

❊❊❊

그 말을 들은 순간, 승현은 당연히 기가 찬 웃음을 지었다.

"그건 좀 심한 거 아니야? 내가 애도 아니고."

"와, 지금 요즘 애들 무시하는 거야? 걔들이 진도가 얼마나 빠른데. 만약에 형처럼 사귀자고 해 놓고 연락을 한 통도 안 했잖아? 그러면 진작 차단하고 메신저 상태 메시지에 '이별 그 후.', '참 아프다.', '언젠가는 괜찮아지겠지.' 이런 거 써 놨을걸."

"뭐 좋은 일이라고 사람들 다 보는 데다 그렇게 전시를 해?"

"그때는 그런 거 티 내고 위로받는 걸 더 좋아할 때니까. 말 나온 김에 은영 씨 프사나 한 번 확인해 봐. 액땜했다 이런 거 쓰여 있을지도 몰라."

"은영 씨가 넌 줄 아냐?"

승현은 제게서 핸드폰을 빼앗으려는 승재를 피해 뒤로 한 걸음 물러나 빠른 걸음으로 차에 올랐다.

얼른 그 뒤를 쫓아 운전석 앞에 선 승재가 팔짱에 짝다리를 삐딱하게 짚고 서서 승현을 내려다봤다. 뭐 이런 인간이 다 있나 하는 얼굴로.

"와, 대체 이건 무슨 자신감이지?"

"뭐?"

"그래 뭐, 객관적으로 판단해서 솔직히 형 잘난 사람 맞긴 해. 맞긴 한데, 그것만 믿고 자만하다가 여자한테 차이는 거 순식간이다?"

"경험담이냐?"

"당연하……긴 개뿔! 아니거든!"

"그런데 어떻게 그렇게 잘 알아?"

"보고 들은 게 있으니까 잘 알지! 간접 경험 몰라, 간접 경험?"

펄쩍 뛰는 모습이 퍽 수상했지만 승현은 더 추궁하지 않았다. 그보다는 얼른 승재의 닦달에서 벗어나고 싶어 차에 시동부터 거는데, 승재가 창턱을 두 손으로 짚고는 열린 창문 안으로 머리를 불쑥 밀어 넣었다.

"형, 은영 씨한테 반한 거 맞지?"

"뭐?"

난데없이 대뜸 정곡을 찔러 오는 승재에 승현은 하마터면 표정이 무너질 뻔했다. 그 전에 간신히 얼굴 근육에 힘을 준 그는 적반하장으로 되레 동생을 보며 정색했다.

"그건 무슨 뜻으로 하는 소리야? 네 눈엔 내가 좋아하지도 않는 여자 상대로 이러고 있을 사람으로 보여?"

"좋아하는 여자 만나러 가는 사람 안 같으니까 그러지."

"뭐?"

"보고 싶어서 가는 게 아니라 내가 등 떠밀어서 가는 거 같달까……."

만약 승재의 의심이 조금만 더 짙었다면 그는 승현의 얼굴에서 당황의 감정을 읽어 낼 수 있었을 것이다. 하지만 그보다 더 형을 믿는 그는 제가 한 말에 승현이 어떤 반응을 보이나 확인하는 대신 시선을 떨어뜨린 채 한숨을 내쉬었다.

"하긴……. 뭐, 사람이 갑자기 바뀌면 그건 또 그것대로 무서웠겠지만."

"……."

"좋아하는 여자한테 연락할 줄도 모르고, 만나러 갈 줄도 모르고. 이렇게 둔하면서 은영 씨한테 첫눈에 반한 건 대체 어떻게 알았어?"

"……그 정도는 알지, 당연히. 나도 사람인데."

"그치? 내가 거기까지는 형 무시 안 해도 되지?"

히죽 웃는 승재에 승현은 비로소 긴장이 풀렸다. 그는 두근 반세근 반 하는 심장을 애써 감춘 채 승재의 머리를 창밖으로 밀어냈다.

"집에나 들어가. 난 은영 씨 만나고 들어갈 테니까."

"그래. 잠 안 자고 있을 테니까 이따 집에 들어와서 은영 씨랑 무슨 대화 나눴는지 말해 줘야 해."

"뭐?"

"아무리 생각해도 불안하단 말이지."

행여나 형이 절 무시하고 가 버릴까 봐 다시금 차에 매달리는 승재는 전에 없이 진지한 얼굴을 하고 있었다. 그런 동생이 조금 낯설게 느껴져 승현은 의미 없이 눈만 깜빡였다.

"솔직하게 말할게. 형이 누구를 좋아하게 된 건 처음이니까 나도 전심전력으로 형을 응원해 주고 싶어. 그런데 상대가 우리 샛별이 언니잖아? 만약에 은영 씨가 형한테 상처받으면 우리 샛별이도 슬퍼할 거란 말이야? 그리고 샛별이는 날 원망하게 되겠지?"

"……."

"그렇게 배신감 어린 얼굴로 날 보지 마, 형. 언젠가는 형도 날 이해하게 되는 날이 올 테니까."

그런 날 절대 안 올 거 같은데. 그렇게 속으로 중얼거리는 승현을 승재가 알 리 없었다.

"그리고 이건 형을 위한 일이기도 하다? 형도 은영 씨랑 잘해 보고 싶을 거 아냐. 안 그래?"

"그래…… 그렇지……."

"그치?"

승현을 보며 씩 웃은 승재는 주먹을 쥔 손으로 제 가슴을 두드렸다.

"나만 믿어, 형. 연애 박사인 이 권승재 님이 형의 연애 코치를 맡아 줄 테니까."

***

"……그럴 필요 없다고 거절할 명분이 없었습니다. 괜히 말 한마디 얹었다가 거짓말하는 걸 들킬 것 같기도 했고요."

"네. 일단은 안 들키는 게 우선이니까요."

"이해해 주셔서 감사합니다."

가벼운 한숨을 뱉은 승현은 빨대를 빼고 컵을 입으로 가져가 커피를 단숨에 들이켰다. 속이 많이 타는 모양이었다.

아무 생각 없이 그 모습을 보던 은영의 시선이 컵을 쥔 승현의 손등에 가 닿았다. 마디마디가 각이 진 긴 손가락과 커다란 손등 위로 불거진 푸른 핏줄은 그녀의 손과 달라도 너무 달랐다.

시선을 떨어뜨린 채 무심코 제 손을 만지작거리던 은영은 승현이 컵을 테이블 위에 내려놓는 소리에 정신을 차리고 뒤늦게 고개를 들었다.

"그래서 조금 번거로우시겠지만, 저랑 매일 연락을 해 주셔야할 거 같습니다."

"아, 네. 그 정도야 뭐 별로 어려울 것도 없는걸요."

"그렇게 말씀해 주셔서 감사합니다."

조금 지쳐 보이는 승현의 얼굴에 은영은 아니라고 고개를 흔들었다. 애초에 이 상황 자체가 그녀가 친 사고 때문에 빚어진 일이니까.

"그런데 전 다른 게 걱정인데……. 승재 씨한테 우리가 무슨 연락을 주고받았는지 얘기해야 한다면서요. 무슨 얘기를 해야 승재씨가 이상하게 생각하지 않을까요?"

"글쎄요."

연애를 해 본 적이 있어야 알지.

두 사람의 머릿속에 똑같은 생각이 떠올랐으나 두 사람 모두 그사실을 알지 못한 채 커피만 들이켰다.

"샛별이한테 슬쩍 물어볼까요? 승재 씨랑 보통 무슨 이야기 하냐고?"

"그것도 괜찮겠네요. 그냥 솔직하게 연애는 처음이라 아무것도몰라서 그러니 조언 좀 해 달라고 하는 건 어떻겠습니까?"

"네, 그래 볼게요."

"그럼 일단 오늘이 문젠데."

승현의 입에서 또 한숨이 흘러나왔다. 차라리 너무 바빠 새벽 1, 2시에 퇴근하던 때가 더 나았다고 생각하며 그는 다 마신 컵을 의미 없이 입에 대고 기울였다.

"제가 연락을 안 해서 화가 나진 않으셨죠?"

"네. 그냥 때 되면 연락하시겠지 했는데……."

"만약 제가 그 첫사랑이었으면 어땠을 것 같습니까?"

"네?"

"고백했는데 답을 못 들었다고 하셨었죠. 그때 기분이 어땠습니까?"

"우와, 진짜 못됐다. 그런 걸 다 묻고……."

무심결에 흘러나간 진심에 승현 본인도 민망했는지 큼 헛기침을 했다. 뒤늦게 제가 소리 내서 말했단 사실을 깨달은 은영도 깜짝 놀라 빨개진 얼굴로 횡설수설 변명했다.

"아니, 그게 그러니까…… 승현 씨는 첫사랑도 못 해 보셔서 모르겠지만, 첫사랑이라는 게요. 많은 사람이 아주 높은 확률로 실패를 하거든요? 그런데 노랫말에도 있듯이 아름다운 이별이라는 게 세상에 어디 있겠어요. 흔히 연상되는 것처럼 첫사랑이라는 건 사실 별로 아름답지도, 아련하지도……."

"알겠습니다. 제가 잘못했으니 그만하세요."

"……네."

자신이 너무 흥분했다는 걸 깨달은 은영은 하릴없이 컵만 만지작거렸다.

별로 친하지도 않은 사람 앞에서 무슨 추태를 부린 건지. 부끄러워 죽을 거 같다고 속으로 한참을 중얼거리던 그녀는 열이 가라앉은 얼굴을 겨우 들어 올렸다.

"그냥…… 걱정됐어요."

"네?"

"걱정됐다고요. 몸이 많이 아픈가, 이제는 다 나았나, 언제쯤 다시 볼 수 있을까."

그 목소리에 미련은 없지만 그리움은 있었다.

그 희미한 감정을 놓치지 않은 승현은 조금 신기한 눈으로 은영을 바라봤다. 그러나 이미 추억 속에 잠겨 든 그녀는 그 시선을 알아차리지 못한 채 내리깐 시선으로 유리컵만 만지작거리며 말을 이어 나갔다.

"내 생각은 안 드나, 그래서 연락이 없나, 애초에 나 같은 건 아무것도 아니었나……. 그렇게 생각하다가 저도 잊었죠, 뭐."

"……아팠습니까? 그 사람."

"듣기로는 그렇게 들었는데 잘 모르겠어요. 어느 병원에 입원했는지 몰라서 문병도 못 갔거든요."

죽은 거 아닙니까? 라는 말이 입 밖으로 튀어나갈 뻔했다.

만약 그랬으면 이번엔 못됐다 소리 듣는 걸로 끝나지 않았을 거다. 아무리 승현이라도 그 정도는 알았다.

겨우 말을 삼킨 그는 짧게 헛기침을 한 후 분위기를 환기하려 부러 무뚝뚝한 목소리로 말했다.

"잘 잊었습니다. 아무리 아팠어도 열 손가락이 다 부러지지 않은 이상 연락을 하려면 할 수 있었겠죠. 아니, 열 손가락이 다 부러졌어도 말을 할 수 있으면 누구한테 부탁이라도 할 수 있었을 거고."

"그 말 좋네요. 승재 씨한테 그 말 그대로 하면 될 거 같아요."

"네?"

"제가요, 아무리 기다려도 연락이 없길래 열 손가락 다 부러진 줄 알았다고 하더라 하세요. 하루만 더 지나면 차단하고 전화번호

지울 생각이었다고도."

"……알겠습니다."

진짜로 혼나는 것도 아닌데 왜 가슴이 따끔따끔할까?

집에 가서 승재한테 할 말을 하기 위해 생각을 정리하던 승현은 흘끔 곁눈질로 은영을 살피다 그녀와 눈이 마주친 순간 저도 모르게 입을 열고 말았다.

"정말 화난 거 아니죠?"

"네? 에이, 제가 왜요. 저희가 진짜로 사귀는 사이도 아닌데."

"그쵸, 사귀는 사이도 아닌데……."

그런데 왜 기분이 이렇게 싱숭생숭한 걸까?

승현은 도저히 찝찝한 기분을 지울 수가 없었다.

❋❋❋

"다녀왔습……."

"형!"

신발을 벗기도 전에 거실에 있던 승재가 현관으로 달려 나왔다. 그리고 그는 승현을 냅다 2층으로 끌고 올라갔다. 이미 잠든 부모님이 행여나 깰까 소리를 내지 않는 게 그의 마지막 배려였다.

"권승재, 야. 이것 좀 놔. 이러다 넘어지겠네. 왜 이렇게 급하게 굴어?"

"어땠어? 은영 씨가 뭐래? 형한테 실망했대? 혹시 헤어지자고는 안 했지?"

"안 했어. 잘 해결됐으니까 걱정 마."

승재는 그 말에 안도하기보다 의문을 먼저 드러냈다.

"어떻게 잘 해결됐는데? 은영 씨가 화 안 냈어?"

"내더라. 열 손가락 다 부러진 줄 알았다던데."

"그것 봐, 내가 말했지? 나 아니었으면 형 은영 씨랑 헤어졌어."

의기양양한 얼굴로 뻐기는 승재에 승현은 겉으로만 웃어 보였다. 실제로 사귀는 사이 아니라는 거 들키면 큰일 나겠군. 그런 생각을 하며.

"은영 씨 화는 어떻게 풀어 줬어? 미안하다고 싹싹 빌었어?"

"그래. 네가 시킨 대로 그냥 미안하다 잘못했다 다시는 안 그러겠다 빌고 왔어."

"잘했어, 잘했어. 그럴 땐 사실은 이러저러한 일이 있었다고 변명하는 거 되게 별로야. 그냥 잘못했다고만 해야 해."

대체 얼마나 많은 잘못을 빌었길래 이렇게 단언할 수 있는 걸까? 승현이 무슨 생각을 하며 짠한 표정을 짓는지 알 리 없는 승재는 한 번 더 승현을 재촉했다.

"그래서 무슨 얘기 했는데?"

"별말 안 했어, 시간이 늦어서. 그냥 커피 한 잔 마시고 헤어진 게 다야."

"커피? 이 시간에?"

"그렇다고 술을 마실 수는 없잖아. 은영 씨가 월급 받았다고 자기가 사겠다고 해서……."

"뭐!"

"깜짝이야."

하마터면 귀청 떨어질 뻔했다. 넥타이를 풀던 승현은 한쪽 눈을 찌푸린 채 왼손으로 귀를 막고 승재를 돌아봤다.

"왜 소리를 지르고……."

"커피를 은영 씨가 샀다고? 얻어 마셨어? 커피를?"

"……그러면 안 돼?"

"안 되지! 인간아, 네가 지금 제정신이야? 어떻게 첫 데이트에서 한눈에 반한 여자한테 돈을 쓰게 만들어!"

승현이 하나뿐인 동생을 아끼는 만큼 승재 역시 하나뿐인 형을 아꼈다.

단순히 엄마 배 속에서 늦게 나왔다는 이유로 동생이 되었어도 그는 승현에게 맞먹으려 들었던 적이 한 번도 없었다. 그랬던 승재가 태어나 처음으로 펼치는 하극상에 승현은 골이 다 띵해졌다.

"아니, 커피 한 잔 그거 얼마나 한다고……."

"그거 얼마나 한다고 얻어 마셔!"

"본인이 먼저 사겠다고 해서……."

"그래서, 오늘은 커피를 얻어 마셨으니 다음에는 내가 밥을 사겠다고 말하기는 했고?"

그런 말 안 했다. 그냥 내일부터 승재에게 보여 주기식 연락을 하겠다고만 했다. 그 진실을 알지는 못하지만, 승현의 얼굴에서 부정의 뜻을 읽어 낸 승재는 입에서 불을 토해 내듯 고함을 질렀다.

"당장 핸드폰 꺼내!"

❋❋❋

[권승현입니다. 집에는 무사히 잘 들어가셨습니까?]

[네. 지금 막 들어왔어요. 승현 씨도 잘 들어가셨어요?]

[네. 집입니다. 오늘은 여러모로 실례가 많았습니다. 사죄의 의미로 식사를 대접하고 싶은데 이번 주 주말에 시간 괜찮으십니까.]

[사죄요? 혹시 갑자기 연락해서 찾아오신 거 말씀하시는 거면 전 괜찮아요. 사과 안 하셔도 돼요.]

[제가 거기까진 생각을 못 했군요. 며칠간 연락도 없다가 갑자기 연락해서 갑자기 찾아뵈어 죄송했습니다. 꼭 직접 만나 사과할 수 있게 해 주십시오.]

[안 그러셔도 되는데……. 그럼 일요일 괜찮으세요? 토요일 저녁엔 샛별이 만나기로 해서요.]

[샛별 씨와 약속이 있다면 당연히 샛별 씨를 먼저 만나셔야죠. 그럼 일요일 점심 괜찮으십니까?]

[네. 어디서 만날까요?]

[제가 모시러 가겠습니다. 일요일 오후 1시까지 오늘 내려 드린 편의점 앞으로 가겠습니다. 지갑 두고 나오세요. 제가 다 살 거니까.]

[네? 왜요?]

[삭제된 메시지입니다.]

[왜 제가 돈 쓰면 승재 씨가 승현 씨를 혼내요?]

[바로 삭제했는데 그새 보셨나 보군요.]

[앗 아니요. 못 봤어요. 네. 지갑 두고 나갈게요.]

[삭제된 메시지입니다.]

[혹시 보셨습니까?]

[아니요. 이번엔 못 봤어요. 근데 저 궁금한 거 있는데, 혹시 옆에 승재 씨 계세요?]

[아니요. 승재 옆에 없습니다. 저 혼자 메시지 쓰고 있습니다.]

[그렇구나. 승재 씨한테 혼나고 있는 거 아니죠?]

[아닙니다. 그런 걱정은 안 하셔도 됩니다. 우리가 주고받은 대화 내용을 승재가 알게 될 일은 없으니 안심하세요.]

[그렇군요. 안심이네요. 그보다 제가 좀 피곤한데 이만 자러 가도 될까요?]

[물론입니다. 저한테 허락 안 받으셔도 됩니다. 그럼 푹 쉬십시오, 은영 씨.]

[네. 승현 씨도 안녕히 주무세요.]

[주무십니까?]

[아니요. 아직이요. 승재 씨 갔어요?]

[눈치가 빠르시군요. 네. 자러 갔습니다. 메시지 보내기 전에 한 번 더 생각하고 보내라고 엄청 혼내네요.]

[승재 씨는 저희가 사귀는 줄 알고 있으니까요. 저 같아도 혼냈을 거 같은데요?]

[제가 그렇게 눈치 없는 말을 했습니까?]

[오해하려면 할 수는 있을 것 같아요. 제가 돈 쓰면 승재 씨가 혼낸다고 한 거요, 승재 씨가 혼내니까 못 쓰게 하는 것처럼 들리잖아요.]

[그런 뜻은 아니었습니다만, 듣고 보니 그렇게 해석될 여지가 있군요. 죄송합니다.]

[괜찮아요. 저희는 오해 같은 거 할 사이 아니잖아요. 그런데 암호 같은 거 하나는 있어야 하지 않을까요?]

[암호요?]

[네. 그러니까 이렇게 메시지를 주고받을 때나 통화할 때 옆에 누구 있으니까 말조심하자 뭐 이런 뜻으로요.]

[확실히 '우리는 사귀는 거 아니니까' 같은 말을 승재나 샛별 씨가 들으면 큰일이겠군요. 좋은 생각 같습니다. 하나 만들죠, 암호.]

[뭐가 좋을까요? 저희가 둘이서 연락할 땐 안 쓸 만한 말이 좋을 것

같은데. 헷갈리지 않게요.]

　[이왕이면 정신이 번쩍 들 만한 말이면 좋겠네요. 못 알아채고 넘어가지 않게끔.]

　[음…… . 무슨 말이 좋지. 오늘 날씨 좋네요 같은 건 어때요?]

　[날씨가 안 좋은 날 그렇게 말하면 옆에서 이상하게 생각하지 않을까요?]

　[아, 그럴 수도 있겠네요. 둘이서 있을 땐 잘 안 쓰는데 정신이 번쩍 들면서 다른 사람이 이상하게 생각하지 않을 말…… . 너무 어렵네요, 이거.]

　[보고 싶습니다.]

　[네?]

　[이건 어떻습니까? 죄송합니다. 쓰던 도중 전송 버튼을 눌러 버려서.]

　[좋은 거 같아요. 저 지금 정신 번쩍 들었어요.]

　[그럼 다음부터 옆에 누가 있을 땐 그렇게 말하도록 하죠.]

　[네, 좋아요. 그럼 전 이만 진짜로 자러 갈게요. 안녕히 주무세요, 승현 씨.]

　[은영 씨도 좋은 밤 보내십시오.]

❖ ❖ ❖

　[좋은 아침입니다, 은영 씨.]

　[저는 이제 출근합니다. 혹시 아직 취침 중입니까?]

　[지금 일어났어요. 승현 씨는 엄청 일찍 출근하시네요. 보통 이 시간에 출근하세요?]

　[네. 일이 많아서요. 은영 씨는 이 시간에 출근합니까?]

[네. 저 조금 늦어서 일단 출근 준비 좀 할게요. 일 열심히 하세요.]

[네. 조심히 출근하십시오.]

[점심시간이군요. 점심 맛있게 드십시오.]

[네. 승현 씨도요.]

"그래서 핸드폰 액정에 구멍 뚫리겠어?"

"네?"

"놀라긴. 애인이랑 연락하고 있었구나?"

샌드위치 하나를 집어 들던 세연이 은영을 보며 찡긋 윙크했다. 뒤늦게 핸드폰을 숨기던 은영은 이미 늦었단 사실을 깨닫곤 뺨을 붉혔다.

"그, 그런 거 아니에요."

"그런 거 아니긴? 네. 승현 씨도요. 애인 이름이 승현 씨구나? 얼굴만큼이나 이름도 잘생겼네."

'얼굴'만큼이나 이름도.

역시 본 거구나. 은영은 어젯밤의 일을 떠올리며 조심스레 물었다.

"가게 안에서 승현 씨 얼굴이 보였어요?"

"그럼 그 얼굴이 안 보였겠어? 얼굴에서 막 빛이 나더만."

"빛······."

"요즘 애들 말로 진짜 존나게 잘생겼던데. 와, 내가 지난 33년을 눈을 감고 살았구나 싶더라. 눈이 개안하는 느낌이었어."

샌드위치를 입에 문 채 눈앞에 대고 주먹 쥔 손을 쥐었다 폈다 반복하는 세연에 은영은 반사적으로 고개를 끄덕였다. 그녀 역시 승현, 승재 형제만큼 잘생긴 남자는 살면서 처음 봤으니까.

"솔직히 지금 제일 먼저 난리치고 있을 사람 사장님인 건 알지? 근데 사장님이나 현수나 왜 주방에는 못 들어오고 있을까? 우리 순진이가 왜 아직도 안 물어뜯기고 있을까? 응?"

"바빠서 그런 거 아니에요?"

"바쁘긴? 오늘도 일찌감치 카공족한테 테이블 싹 점령당해서 새로 주문 들어오는 것도 없어."

덕분에 내가 주방 들어와서 노닥거릴 수 있는 거 아니겠냐며 세연은 절반 남은 샌드위치를 입에 꾸역꾸역 쑤셔 넣었다.

"남자들 완전히 기죽었잖아. 하긴, 나는 사실 사람이 아니라 오징어 꼴뚜기였단 사실을 알게 됐는데 어떻게 기운이 나겠어."

"어, 언니."

"나 지금 진지하다. 틀린 말 한 거 아니다."

엄숙한 얼굴로 선언한 세연이 샌드위치를 하나 더 집어 들었다. 은영은 뭐라고 반박하려다 말고 냉장고에서 우유를 꺼내 한 컵 따라 주었다. 그렇게 급하게 먹다 체하지 말라고.

"암튼, 그 남자한테 먼저 고백 받았다고 했지?"

"네? 네……."

"그 정도 존잘이면 가만히 앉아만 있어도 여자가 꼬일 텐데. 우리 순진이 어디가 그렇게 좋아서 고백을 했대?"

"그게, 그러니까……."

얼굴이 새빨개진 은영은 입술만 오물거릴 뿐 아무 말도 꺼내지 못했다.

그녀의 입은 그렇게 꾹 다물려 있었지만, 방황하듯 어지럽게 돌아다니는 시선이나 가만히 놔두지 못하는 손 등이 그녀가 지금 매우 부끄러워하고 있음을 알려 주고 있었다.

실수하거나 무언가를 잘못했을 때 느끼는 자책감을 동반한 부끄러움이 아니었다.

설렘을 동반한 부끄러움이라는 게 사과색 같은 홍조에 잘 드러나 있어서 세연은 흐뭇하게 미소 지었다.

"연애하다가 뭐 상담하고 싶은 거 생기면 언제든지 연락해. 이 언니가 조언해 줄 테니까."

여태 홍조를 가라앉히지 못한 얼굴로 뭐라 반박하려던 은영이 그 말을 듣고 잠시 멈칫했다. 잠시 후, 그녀는 세연의 눈치를 살피며 조심스레 물었다.

"궁금한 게 하나 있기는 한데……."

"오, 그래? 뭔데?"

뭐든 다 말해 봐라, 자신 있는 얼굴로 제 가슴을 두드리는 세연에 은영은 망설이다 입을 열었다.

"애인이랑 메시지 주고받을 때 보통 무슨 이야기를 해요?"

❖❖❖

[저는 지금 퇴근합니다. 은영 씨도 퇴근하셨습니까?]

[네, 저도 지금 퇴근해요. 오늘 별일 없으셨나요?]

[별일이라면 어떤 일을 말하는 겁니까?]

[아무 일 없으셨으면 말고요. 지금은 뭐 하고 계세요?]

[비서가 제출한 보고서 읽는 중입니다.]

[아 그러시구나……. 힘내세요. 저는 이제 집에 들어가요.]

[그렇군요. 푹 쉬십시오.]

[좋은 아침입니다. 은영 씨는 아직 자고 있겠군요.]

[네, 이제 일어났어요. 승현 씨는 벌써 일하고 계시겠죠?]

[네. 방금 회의 끝내고 나왔습니다.]

[저는 케이크랑 쿠키 굽고 이제 점심 먹고 있어요. 승현 씨는 점심 드셨어요?]

[네, 먹었습니다.]

[퇴근했습니까?]

[이제 퇴근해요. 오늘은 아이튜브 영상 찍었거든요.]

[피곤하시겠군요. 푹 쉬십시오.]

[네, 승현 씨도요.]

[승현 씨, 혹시 주무세요?]

[아니요. 비서가 준 보고서 읽고 있었습니다. 무슨 일입니까?]

[제가 어제부터 계속 생각했던 건데요. 저희 이대로 괜찮을까 하는 생각이 들어서요.]

[뭐가 말입니까?]

[좀 더 연인 같으려고 연락 주고받기로 한 거잖아요? 그런데 저희 대화가 너무 연인 안 같다고 생각되지 않으세요?]

[어디가 말입니까?]

[일단 대화가 길게 이어지지 않잖아요. 저는 그래도 좀 더 대화를 길게 이어 가려고 노력했는데 승현 씨는 전부 단답으로 끝내고.]

[제가 그랬습니까?]

[네. 같이 일하는 언니한테 물어봤는데 진짜 연인 사이에선 한 번 대화가 시작되면 막 몇 시간이고 계속 이야기를 하게 된대요. 둘 다 대화

가 끊어지는 게 아쉬우니까 말꼬리를 막 잡고 이어져서.]

[그렇군요. 고치도록 하겠습니다. 제가 또 고쳐야 할 게 있으면 어려워 말고 말씀해 주십시오.]

[음, 그리고 이건 저도 노력해야 하는 부분이라고 생각하는데요. 저희가 서로에게 좀 더 관심을 가져야 할 거 같아요.]

[어떤 의미로 말입니까?]

[저희는 서로 상대가 무슨 음식을 좋아하는지도 모르잖아요. 그나마 저는 승현 씨가 단 거 안 좋아하는 거 아는데, 승현 씨는 제가 무슨 음식 싫어하는지 모르죠?]

[알려 주시면 기억하겠습니다.]

[저는 된장찌개랑 청국장 엄청 싫어해요. 그것 말고도 안 먹는 거 많은데 싫어하는 음식 떠올리라고 하면 제일 먼저 떠오르는 건 그거 두 개예요.]

[따로 이유가 있습니까?]

[할아버지가 좋아하셨거든요.]

[조부님과 사이가 안 좋으셨습니까?]

[네. 엄청.]

[그렇군요. 그건 저랑 같네요. 저도 할아버지가 무척 싫습니다.]

[결혼할 생각 없는데 자꾸 결혼하라고 하셔서요?]

[그 전에도 싫어했습니다. 저와 승재는 쌍둥이인데도 제가 몇 분 일찍 세상에 나왔다는 이유만으로 저와 승재를 차별해서요.]

[왜 차별하셨는데요? 승현 씨가 장손이라서요?]

[네. 웃기는 일이죠. 따지고 보면 저는 진짜 장손도 아닙니다.]

[진짜 장손이 아니라고요? 왜요?]

[지금은 돌아가셨지만, 큰아버지가 계셨거든요. 만약 그분께 아들이

113

있었다면 저 역시 장손이 아니라는 이유로 똑같이 차별당했겠죠.]

　[그렇구나……. 무슨 마음인지 알 거 같아요. 많이 속상하셨겠어요.]

　[지금은 다 지난 일이니까요. 그보다 쓸데없는 이야기를 했군요. 죄송합니다. 피곤하실 텐데.]

　[쓸데없는 이야기라뇨? 덕분에 공감대가 하나 생겼잖아요. 나중에 연인 연기를 할 때 도움이 될 거예요.]

　[그렇습니까? 저는 잘 모르겠습니다만.]

　[나중에 제 이야기도 해 드릴게요. 오늘은 조금 피곤해서 이만 자고 싶은데 그래도 될까요?]

　[네. 시간이 늦었네요. 이만 쉬십시오.]

　[네, 승현 씨도 좋은 꿈 꾸세요.]

　은영의 메시지를 확인하고 핸드폰을 내려놓은 승현은 책상 위에 내려 둔 보고서를 집어 들었다. 그러나 쉽게 집중하지 못한 채 의미 없이 서류를 뒤적이다 끝내 한숨을 내뱉고 말았다.

　"……왜 그랬지?"

　다시 핸드폰을 집어 들어 대화 내역을 확인한 승현은 한숨을 푹푹 내쉬었다.

　'이거 때문인가.'

　[조부님과 사이가 안 좋으셨습니까?]

　[네. 엄청.]

　아버지의 아버지. 절 낳아 준 아버지를 낳아 준 분을 싫어한다는 말은 어디 가서 쉽게 꺼낼 수 있는 이야기가 아니다. 특히나 그의 조부의 위치를 생각하면 더욱 그렇다.

[덕분에 공감대가 하나 생겼잖아요.]

"공감대……."

승현은 한참 동안 그 메시지를 바라보다가 머리카락을 세게 한 번 헤집고는 핸드폰을 뒤집어 내려놓고 다시 한번 서류를 집어 들었다.

그러나 그는 이미 직감하고 있었다.

이 밤, 서류에 집중하기는 글렀다는 걸.

***

[그러고 보니 좋아하는 음식에 대해선 아직 못 들었군요. 무슨 음식을 제일 좋아합니까?]

[딱 하나만 고르라고 하면 고르기 애매한데요. 양식은 전반적으로 다 좋아해요. 특히 크림 파스타요. 처음 밖에서 사 먹었을 때 기억이 아직도 생생해요.]

[그렇게 맛있었습니까?]

[그렇게 맛있었다기보다 처음이라 그랬던 것 같아요. 누구 눈치 안 보고 외식하러 간 게 그날이 처음이었거든요.]

[그게 언제였습니까?]

[고등학교 2학년 때요. 그날이 제 인생 최초의 일탈을 벌인 날이었어요.]

[파스타 집을 간 게 말입니까?]

[아니요. 샛별이 만나러 간 거요.]

"팀장님, 요즘 핸드폰 자주 보시네요."

고개를 든 승현의 눈에 저를 신기하게 보고 있는 윤 비서의 얼굴이 들어왔다. 아직 음식이 반이나 남은 자신의 그릇과 달리 그의 그릇은 전부 비어 있다는 사실도 뒤늦게 인지했다.

조금 머쓱해진 승현은 핸드폰을 주머니에 넣고 젓가락을 집어 들었다.

"다 먹었으면 먼저 올라가든가."

"팀장님 보좌하는 게 비서인 제 일 아니겠습니까."

점심 먹고 퇴근할 것도 아니고, 먼저 가 봐야 다시 서류 더미에 파묻힐 텐데 뭐 하러 일찍 올라간단 말인가?

이왕 이렇게 노는 시간이 생긴 거 1분이라도 더 노닥거리고 싶은 마음에 윤 비서는 은근슬쩍 질문을 건넸다.

"그런데 누구랑 그렇게 연락을 하신 거예요? 당장 급하게 연락 올 곳은 없는 걸로 아는데."

승현의 스케줄을 관리하는 것도 그고, 일적으로 승현에게 오는 전화를 먼저 받는 것도 그였다. 그가 알기로 승현이 바로 연락해야 할 만큼 급한 일은 없었다.

한마디로 조금 전 승현의 연락이 공적인 일일 확률은 거의 제로. 사적인 상대와 사적인 메시지를 주고받았단 뜻인데.

"누가 보면 애인이라도 생기신 줄 알겠어요."

윤 비서는 하하 웃으며 승현에게 농담을 건넸다. 그의 앞, 옆, 뒷자리에 앉아 몰래 귀를 기울이던 다른 직원들도 같이 웃었다. 승현이 여자에 관심이라곤 요만큼도 없는 워커홀릭이라는 걸 모르는 사람은 없었으니까.

116

그런데.

"말했잖아. 애인 생겼다고."

"하하, 그냥 농담이었……. 네?"

"벌써 잊었어? 데이트 장소까지 추천해 줘 놓고?"

물방울이 떨어진 수면 위로 동심원이 퍼져 나가듯 승현을 중심으로 침묵이 퍼졌다.

원치 않게 그 중심에 속하게 된 윤 비서는 입을 떡 벌린 채 승현을 보다가 그와 눈이 마주친 순간 아, 아! 하고 깨달음을 얻었다.

"아, 그, 얼마 전에 말씀하신 그분이요?"

"그래, 그 사람."

"아, 그런데 그분은……."

진짜로 사귀는 게 아니지 않냐는 말이 입 밖으로 튀어나갈 뻔했다. 승현이 마주친 눈동자를 통해 말 똑바로 하라고 전해 오지 않았으면 그랬을 거다.

"그분은…… 몰래 교제하시는 거 아니셨습니까?"

"들켰거든. 덕분에 더는 숨길 필요가 없어졌어."

"아, 그러셨군요……?"

이렇게 대꾸하면 되나? 윤 비서는 시시각각으로 변하는 주변 사람들의 눈치를 보며 승현의 표정까지 살피느라 딱 죽을 맛이었다.

다행히 그 정도면 충분했는지 찬물을 원샷하고 티슈로 입을 닦은 승현이 자리에서 일어나며 마지막 말을 뱉었다.

"다 먹었으면 일하러 가지."

"어…… 바로요? 소화도 안 시키고?"

"소화를 언제부터 따로 시켰다고. 잔말 말고 일어나. 칼퇴하려면 1분 1초가 아까우니까."

"네……."

원래도 쉬엄쉬엄 일했던 건 아닌데 오늘따라 더 눈물이 북받치는 건 왜일까? 윤 비서는 속으로 눈물을 삼키며 식판을 들고 자리에서 일어났다.

그렇게 두 사람이 식기를 반납하고 구내식당을 벗어난 후, 마치 꽁꽁 얼어붙은 것처럼 깊은 침묵에 빠져 있던 식당은 순식간에 소란스러워졌다.

"권 팀장님한테 애인이 있었다고?!"

굳이 표현하자면 절벽 위의 꽃. 모두가 속으로는 탐내면서 감히 손 뻗지 못한 사내의 아이돌에게 숨겨 둔 애인이 있었다는 소문은 금세 사내로 쭉쭉 뻗어 나갔다.

✷✷✷

"언니!"

"응? 어, 어?"

"무슨 생각을 하길래 불러도 몰라?"

하늘하늘한 원피스를 옷걸이째로 든 샛별이 뾰로통한 얼굴로 은영을 흘겨봤다.

샛별이 자신을 몇 번이나 불렀는지 알 수 없지만, 딴생각에 빠져 있긴 했던 은영은 멋쩍은 웃음을 지어 보였다.

"미안. 방금 뭐라고 했어?"

"연애 사업 어떠냐고. 그런데 딱히 물을 것도 없어 보이네. 언니 지금 승현 오빠 생각하고 있었던 거지?"

"어? 아, 아냐. 그런 거 아냐."

화들짝 놀라 고개를 흔드는 은영에 샛별이 킥킥대며 그녀를 흘겨봤다.

"아니기는! 부끄러워 안 해도 돼. 편하게 얘기해 봐. 승현 오빠랑 진도 어디까지 나갔어?"

기대감을 품은 눈동자가 그녀의 이름처럼 반짝반짝 빛났다. 은영은 뭐라고 할 말이 없어 헛기침을 하다가 화제를 돌리기 위해 샛별이 들고 있는 원피스를 칭찬했다.

"와, 그 원피스 엄청 예쁘다. 너한테 잘 어울릴 거 같아."

"그치, 나한테 잘 어울릴 거 같지?"

"응. 잘 살펴봐. 분명히 뒤에 정샛별 이름표 달려 있을 거야."

이 옷은 네 옷이 되기 위해 만들어진 게 틀림없다며 과장 보탠 칭찬을 이어 나가는데 흐뭇한 얼굴로 그럼, 그럼 하고 고개를 끄덕이던 샛별이 충격적인 말을 꺼냈다.

"그러니까 언니가 한번 입어 봐."

"뭐?!"

"나한테 잘 어울린다면 당연히 언니한테도 잘 어울리겠지. 안 그래?"

"뭐가 그래? 이런 거 나한테는 절대 안 어울, 어어! 잠깐만! 밀지 마!"

"자자, 들어가세요. 여기 이 탈의실 비었네."

열심히 저항했지만, 결국 은영은 탈의실 안으로 등 떠밀렸다.

"옷 갈아입기 전엔 절대로 나올 생각 하지 마!"

탈의실 문 앞을 지키고 선 샛별은 은영이 절대 그냥 나오지 못하게 했다. 끝내 한숨을 내쉬고만 은영은 탈의실 안의 거울과 손에 들린 원피스를 보며 으으 앓는 소리를 냈다.

새하얀 원피스는 확실히 예뻤다. 예쁜데, 가슴 윗부분부터 어깨와 소매까지 레이스 패턴의 시스루라는 게 문제였다.

ㅡ다 갈아입었어?

"어? 아니, 잠깐만…….."

ㅡ안 입으면 내가 들어가서 직접 갈아입힌다?

샛별은 한다면 하는 애였다. 결국 은영은 울며 겨자 먹기로 옷을 갈아입었다.

"맙소사…… 이런 걸 입고 어떻게 다녀?"

윗부분에 시선을 빼앗겨 아래를 못 봤는데, 이제 보니 치마가 너무 짧았다. 허벅지가 절반밖에 가려지지 않은 것이다.

이건 아니다. 절대 아니야. 은영은 얼른 벗어 둔 옷으로 손을 뻗었다. 그런데 그때, 밖에서 샛별이 탈의실 문을 똑똑 두드렸다.

ㅡ언니, 전화 오는데.

"전화? 누구?"

ㅡ승현 오빠.

하필 이 타이밍에?

어떻게 해야 하나 고민하는 사이, 샛별이 문 좀 열어 보라며 문을 똑똑 두드렸다. 잠금을 풀고 살며시 문을 열자 그 틈새로 샛별이 핸드폰을 넣어 주었다.

"자, 받아."

"으응…….."

사귀는 사이엔 이런 순간에도 전화 오는 걸 다 받고 그러나? 그래서 핸드폰을 주는 건가? 은영은 긴가민가하며 핸드폰을 귀로 가져갔다.

"여보세요…….."

—권승현입니다. 지금 통화 괜찮습니까?

하나도 안 괜찮단 말이 목구멍 속에서 뛰쳐나오려 했다. 그 전에 간신히 말을 삼킨 은영은 탈의실 문밖의 눈치를 살폈다.

"그게요, 제가 지금……."

샛별이가 지금 내 목소리에 귀를 기울이고 있을까? 있겠지?

애초에 통화 내용을 엿들으려고 핸드폰을 건네준 걸지도 모르겠다. 거기에 생각이 미친 순간, 은영은 울며 겨자 먹기로 목소리를 짜냈다.

"보, 보……."

—네?

"……보고 싶었어요!"

—…….

당황한 기색이 역력한 침묵.

"어머나!" 하는 샛별의 목소리가 탈의실 문밖에서 들려왔다. 역시 듣고 있었던 모양이다. 덕분에 은영은 탈의실 바닥에 쪼그려 앉아 불타는 뺨을 감싸 쥔 채 속으로만 울어야 했다.

—……그러고 보니 오늘 샛별 씨와 약속이 있다고 하셨죠.

"네, 맞아요……."

그런데 생각해 보니 샛별이랑 같이 있다는 말 정도는 평범하게 꺼낼 수 있지 않았을까?

일전의 승현처럼 옆에 동생이 있다는 사실을 숨겨야 하는 상황도 아니었다. 뒤늦은 깨달음에 은영은 접시 물에 코를 박고 싶었다.

—상황은 이해했습니다. 이따가 통화하는 게 낫겠습니까?

"아뇨, 그냥 지금……."

하고 싶은 말 하라고 말을 꺼내려다 은영은 급하게 입을 다물었다.

샛별이 듣고 있는 상황이라 생각하니 말을 꺼낼 때마다 생각을 하게 됐다. 다행히 그런 은영의 상황을 짐작한 듯 승현이 빠르게 말을 꺼냈다.

─그럼 용건만 간단히 하고 끊겠습니다. 내일 약속 말입니다만.

승현은 내일 만나기로 한 시간과 장소를 은영에게 확인시켰다. 그녀는 자신의 기억과 다르지 않은 내용에 고개를 끄덕이며 네, 네 대답했다.

─지갑 두고 나오란 말 기억하고 있죠?

"네. 기억은 하는데요. 굳이 그렇게까지 하실 필요는 없지 않을까요?"

─굳이 그렇게까지 해야 합니다. 어쨌든 은영 씨가 제 일을 도와주는 입장이니 그와 관련된 비용은 제가 내는 게 맞고요.

"그치만 저 때문에 이렇게 된 거잖아요."

─지금 샛별 씨가 듣고 있는 거 아닙니까?

"아."

은영은 손으로 입을 가린 채 탈의실 문을 곁눈질했다.

다행히 그 너머에서 샛별의 목소리는 들려오지 않았다. 하지만 그게 그녀가 못 들어서인지, 아님 듣고도 못 들은 척하는 걸지 몰라 은영은 조금 불안해졌다.

"그, 그러니까…… 지금은 저도 많이 좋아한다고요."

─…….

"스, 승현 씨가 저한테 반해서 시작된 관계지만 저도 지금은 많이 좋아한다는, 그런 말을 하고 싶어서, 그러니까……."

122

내가 지금 뭐라고 말하는 거지? 본인도 잘 모른 채로 횡설수설하는 사이, 탈의실 문밖에서 무언가 툭 떨어지는 소리가 들렸다. 후다닥 줍는 듯한 소리까지도.

역시 샛별이 다 듣고 있었던 모양이다. 은영은 참담함에 무릎 사이에 고개를 푹 파묻었다.

─……이만 끊는 게 좋을 것 같군요.

"네? 네, 네. 그래요."

─그럼 내일 뵙겠습니다. 그리고 지갑은 정말로 두고 나오세요. 은영 씨가 저 때문에 이렇게까지 고생하는데 제가 뭐라도 보답해야 하지 않겠습니까.

이렇게까지 고생하는데. 그 두 단어 사이에 헛기침인지 웃음소린지 모를 소리가 섞여 있었다. 은영은 울고 싶은 걸 꾹 참고 겨우겨우 목소리를 냈다.

"네……. 그래요, 그럼. 내일 봐요."

전화를 끊은 은영은 샛별의 눈치를 살피려 조심조심 탈의실 문을 열었다. 그리고 밖의 동태를 살피는데 그녀가 살그머니 연 문이 벌컥 열렸다.

"엄마야!"

"통화 다 끝났으면 나오지 왜 그러고……. 어머나! 언니, 옷 진짜 잘 어울린다!"

"뭐?"

환하게 웃으며 손뼉을 치는 샛별에 은영은 자신이 옷을 갈아입은 상태라는 걸 뒤늦게 알아차렸다.

"완전 언니 옷이네, 언니 옷이야. 이거 사자!"

"뭐? 사긴 뭘 사! 나 안 사. 이거 안 입어. 아니, 못 입어."

"안 사면? 내일 뭐 입고 나가게?"

역시 다 들었구나. 은영은 달아오른 뺨을 만지작거리며 최대한 아무렇지 않은 목소리를 냈다.

"그냥 아무거나 입고 나가면 되지. 뭐가 걱정이야."

"아이구, 지금은 괜찮을 거 같지? 근데 막상 내일 되잖아? 그러면 언니는 옷장 앞에서 입을 옷 하나도 없다고 고민하게 될걸?"

"아냐, 안 그래. 나 옷 많아."

"어허, 연애 경력 30년에 빛나는 이 동생의 말을 무시하는 거야, 지금?"

"30년 같은 소리 하네. 너 엄마 배 속에서부터 나랑 연애를 했어도 30년은 못 채우거든?"

"반올림, 반올림."

은영이 어이없는 얼굴로 저를 보든 말든, 샛별은 내 말을 들으면 자다가도 떡이 나온다며 자신만만해했다.

"자주 입던 블라우스가 색이 바래 보이고, 생각 없이 입던 치마의 보풀이 눈에 띄고, 좋아하던 원피스가 유행이 다 지나 보일 거야. 내가 장담한다."

"……아니."

묘하게 구체적이라 은영은 더 따지고 들 수가 없었다.

그 침묵을 동의로 받아들였는지 샛별은 알아들었으면 잔말 말고 하나 더 입어 보라고 은영에게 새 옷을 건넸다.

은영은 제 손에 쥐어진 옷을 보고 어깨를 부르르 떨었다.

"그래, 네 말은 알겠는데……. 대신 조금만 더 얌전한 옷 사면 안 돼?"

"여기서 이게 제일 얌전하거든? 이거보다 더 얌전하려면 수녀복 가져와야 해."

"이거보다 조금만 더 파격적이면 수영복 아니고?"

"언니는 농담도 참!"

까르르 웃음을 터뜨린 샛별은 그 후로도 몇 벌의 옷을 가져와 탈의실 안에 밀어 넣었다.

하지만 보수적인 할아버지 아래서 자란 은영의 눈에 샛별이 추천하는 옷은 말 그대로 '수영복보다 조금 나은' 정도였다.

결국, 샛별의 등쌀에 떠밀려 은영이 구입한 건 개중에 제일 얌전한 옷. 처음 입어 본 시스루 레이스 원피스였다.

❀❀❀

"이건 진짜 아닌 것 같은데……."

약속 시간 10분 전.

이제는 나가야 함에도 불구하고 은영은 전신 거울 앞에서 떠나질 못하고 있었다.

'꼭 이거 입고 데이트하러 가기다? 그리고 승현 오빠가 어떻게 반응하는지 유심히 잘 살펴. 알았지?'

'왜?'

'왜긴? 여러 번 만났으니까 언니가 어떤 스타일의 옷을 즐겨 입는지 대충 눈치챘을 거 아냐. 그러면 당연히 언니가 평소랑 다르게 입었네 하고 눈치채겠지? 그때 보여 주는 리액션으로 이 남자를 계속 만나도 될지 어떨지 파악할 수 있다 이거야.'

'어…… 눈치 못 채면?'

'완전 최악이지. 솔직히 이 정도 변화면 허리까지 내려오는 긴 머리를 단발로 싹둑 자른 수준이거든? 그런데 말이 없다? 말로만 좋다는 거지. 언니한테 관심이 요만큼도 없다는 거야.'

'아, 아니. 남의 옷차림에 관심이 없으면 못 알아차릴 수도…….'

'좋아하는 사람의 일거수일투족에 관심을 안 가진다니, 그게 말이 돼?'

'…….'

'반응 어떤지 꼭 확인하기야. 알았지? 내가 검사할 거야!'

뭘 어떻게 검사한다는 건지는 모르겠지만, 상대는 정샛별 아닌가. 다른 분야는 몰라도 연애에 관해서는 한다면 하는.

그래서 고민 끝에 어제 산 옷을 입었는데…….

"왜 이렇게 다 비치는 거야, 진짜."

은영은 울상이 된 얼굴로 거울 속, 그리고 실제 자신의 어깨를 흘끔거렸다.

치마 끝이 무릎 위로 올라오면 호통을 치는 할아버지 아래서 자란 탓에 은영은 감히 허벅지나 어깨를 드러낼 생각을 못 하고 살았다. 지금도 마찬가지였다.

'……근데 할아버지는 돌아가신 지 오래됐잖아.'

문득 떠오른 생각에 은영은 거울 속 자신을 바라봤다.

그곳엔 살짝 위축된 얼굴의 여자가 서 있었다. 얼굴만이 아니었다. 입은 옷이 낯설고 부끄럽다고 어깨를 좁히고 척추까지 살짝 구부러져 있었다. 그 사실을 깨달은 순간 은영은 의식적으로 자세를 곧게 폈다.

"……그래. 이게 뭐가 어때서."

샛별이한테 잘 어울리면 나한테도 잘 어울리는 거 맞지. 쌍둥이 동생이 잘만 입고 다니는 옷을 자신이 못 입을 이유가 뭐 있단 말인가?

그래! 자신감을 가지자!

은영은 마음이 바뀌기 전에 가방을 챙겨 들고 집에서 나왔다.

그러나 '당당하게 걷자!'는 마음 속 외침은 채 10분도 가지 못했다. 아니, 10분이 뭔가. 5분도 안 갔다.

지나가는 사람들이 다 자신을 쳐다보는 것 같고, 조금만 걸어도 치맛자락이 뒤집힌 건 아닌가 아래를 확인하게 됐다.

'지금이라도 갈아입고 나올까?'

승현한테는…… 그래, 그냥 옷을 보여 주면 될 거 아닌가.

"그래, 그러자."

그러면 되겠다며 다시 집으로 돌아가려던 순간.

―빵!

자동차의 클랙슨 소리가 등 뒤에서 크게 울렸다. 화들짝 놀란 은영은 하마터면 삐끗할 뻔한 자세를 간신히 바로잡고 뒤를 돌아봤다. 그곳엔 갓길에 차를 세운 채 운전석에서 내리는 승현이 있었다.

"뭘 그렇게 보길래 불러도 못 듣습니까?"

"네? 아, 아, 그게……."

차라리 날씨가 좀 추웠으면 괜찮았을까? 스타킹조차 신지 않은 맨다리가 너무 부끄러웠다. 그래서 은영은 무심코 치맛자락을 아래로 끌어내렸으나, 그 탓에 오히려 승현의 시선을 끌고 말았다.

자신의 얼굴을 향해 있던 승현의 시선이 순간 아래로 내려가 자신의 전신을 훑는 걸 은영은 느꼈다.

시간은 그렇게 오래 걸리지 않았다. 길어 봐야 겨우 3초.

잔뜩 긴장한 은영이 마른침을 삼키는 사이, 다시 그녀와 눈을 마주한 승현의 입이 천천히 열렸다.

"타시죠."

"네? ……아아. 네, 네!"

은영은 후다닥 그의 차로 다가가 얼른 조수석에 올랐다.

그녀가 안전벨트를 매는 사이 승현이 다시 운전석에 올라 차를 출발시켰다.

"점심은 파스타 전문점으로 예약했습니다. 저는 잘 모르지만 비서 말로는 유명한 곳이라 하니 아마 은영 씨 입에도 잘 맞을 겁니다."

"아, 네……."

"가는 데 30분 정도 걸릴 것 같군요. 당장 배고프진 않죠?"

"네."

은영은 반사적으로 고개를 끄덕이며 어지러운 머릿속을 정리했다.

'솔직히 이 정도 변화면 허리까지 내려오는 긴 머리를 단발로 싹둑 자른 수준이거든? 그런데 말이 없다? 말로만 좋다는 거지. 언니한테 관심이 요만큼도 없다는 거야.'

일단 샛별의 가정은 틀렸다. 승현은 자신을 좋아하지 않는다. 그러니 자신의 일거수일투족에 요만큼도 관심이 없을 거고, 자신이 입은 옷을 보고도 별말 하지 않은 건 그리 이상한 일이 아니었다. 아닌데…….

'왜 서운하지?'

은영은 싱숭생숭한 기분을 애써 달랬다.

진짜 애인이 아니어도 서운한데 만약 진짜 애인이었다면 큰일 났을 거다. 그녀는 샛별이 무슨 생각으로 그런 말을 했는지 비로소 이해할 수 있었다.

"무슨 생각을 그렇게 합니까?"

"네? 아니요, 아무것도. 그냥 오늘 날씨가 좋아서요."

"그런 것치고 표정이 심각해 보입니다만."

"네? 저 표정 심각해요?"

은영이 놀라 되묻는 말에 승현이 눈짓으로 백미러를 가리켰다. 그에 비친 제 얼굴을 확인한 은영은 손바닥으로 가볍게 뺨을 두드리며 작게 헛기침을 했다.

"음, 그게, 그러니까…… 날씨가 저한테는 되게 중요하거든요. 제가 비 오는 날을 별로 안 좋아해서."

"비 오는 날은 왜 안 좋아합니까?"

"비 오면 신경 쓸 거 많잖아요. 우산 써도 다 젖고, 젖은 우산 들고 만원 버스라도 탔다간……. 으."

상상만 해도 소름이 돋아 은영은 어깨를 부르르 떨었다.

"차를 타면 편할 텐데요. 차는 없습니까?"

"네. 저 면허도 안 땄어요. 운전하는 게 무서워서요."

"왜 무섭습니까?"

"운전하다가 사고 낼까 봐요. 멀쩡하던 사람도 크게 다치는 거 순식간이니까……."

한 번 더 어깨를 부르르 떨던 은영은 문득 어떠한 사실을 떠올렸다.

'대화가 계속 이어지네?'

처음 대화를 나눴을 때, 그리고 메시지를 주고받던 초기에 비하면 굉장한 발전이었다.

'노력하겠다더니 진짜였구나…….'

은영은 새삼스러운 눈으로 승현을 바라봤다. 그는 곧바로 그 시선을 눈치챘다.

"제 얼굴에 뭐 묻었습니까?"

"그냥, 잘생기셔서요."

이렇게 말하면 '나도 나 잘생긴 거 압니다.' 하고 대답할 것 같은 사람이라 그 말이 쉽게 잘 나왔다.

"승현 씨가 저번에 저희 카페 왔을 때요, 같이 일하는 직원들이랑 사장님이랑 전부 승현 씨 얼굴을 봤거든요? 그다음부터 다들 저렇게 잘생긴 사람은 어디서 만났냐, 저렇게 잘생긴 사람이랑 어쩌다 사귀게 됐냐 그 질문밖에 안 해요."

"그래서 뭐라고 대답했습니까?"

"그게, 사실 대답을 제대로 못 했어요. 대체 뭐라고 말해야 하나 싶어서."

"말하기로 한 거 있지 않습니까?"

승현의 시선이 은영의 가방 위에 놓인 그녀의 두 손을 향했다.

그의 눈길이 닿은 곳이 제 손이라는 걸 알면서 은영은 치맛자락 아래로 드러난 허벅지가 부끄러워 치맛자락을 한 번 더 당겼다.

"그 말이 도저히 입 밖으로 안 나와서…….'

"안 나오면 연습을 해야죠."

"네?"

"한 번 따라해 보십시오. 그 남자는 내 손이 예뻐서 반했대요."

"그 남자는……."

저도 모르게 그 말을 따라 하던 은영의 얼굴이 순식간에 달아올랐다. 곁눈질로 그녀의 빨개진 얼굴을 확인한 승현의 입에서 큭, 하고 웃음이 터졌다.

"노, 놀린 거죠! 지금!"

"놀리다뇨. 각자 연기 연습하기로 했던 거 잊었습니까?"

"그, 그거야……. 그래도 그건 좀 그렇잖아요. 그런 말을 어떻게 제 입으로 해요."

"그럼 제 입으로 할까요?"

"정말요? 그래 주실래요?"

"좋습니다. 대신 은영 씨도 저 대신 말해 주깁니다. 권승현이랑 사귀는 이유."

그거야 쉬웠다. 은영은 곧장 답했다.

"네. 누가 물어보면 승현 씨 잘생겨서 사귄다고 할게요."

"그거 말곤 없습니까?"

"잘생겼으면 됐죠, 뭐……. 그리고 그렇게 말하면 다들 납득할 걸요?"

그러나 칭찬을 듣고도 승현의 미간은 잔뜩 좁아졌다.

"그러니까, 애인한테 반한 이유가 잘생긴 얼굴 하나뿐이다? 그럼 다른 잘생긴 남자가 나타나면 그 남자한테도 반할 겁니까?"

"그렇게 따지면 승현 씨도 저 좋아하는 이유가 제 손 하나뿐이잖아요."

잘생긴 얼굴과 예쁜 손.

상대에게 반한 이유가 속물적이고 빈약한 건 둘 다 마찬가지였다. 은영이 꼬집은 사실에 승현은 잠깐 고민하다 시원하게 고개를 끄덕였다.

"확실히 그것도 그렇군요. 그럼 오늘 각자 하나씩 더 찾아보기로 합시다."

"상대에게 반한 이유를요?"

"네."

빨간 신호등 불 앞에 차가 잠시 멈춰 서자 승현은 핸들에 팔꿈치를 기댄 채 은영을 돌아봤다. 입가에 은은한 미소를 띤 채로.

"나중에 생각해 낸 사람이 먼저 생각해 낸 사람 소원 들어주기. 어떻습니까?"

"좋아요. 대신 상대도 납득할 수 있는 이유여야 되는 거예요."

"제가 드릴 말씀을 하시는군요."

신호등 불이 녹색으로 바꾸었다. 기어를 바꾸고 다시 차를 출발시키기 전, 승현은 자신만만한 얼굴로 한마디 내뱉었다.

"각오해 두세요. 전 지는 내기는 절대로 안 하니까."

❊❊❊

"그러고 보니 혹시 제가 파스타 좋아한다고 해서 이 레스토랑 예약하신 거예요?"

"네."

"와, 승현 씨 참 세심하시네요."

"세심이라뇨. 데이트 코스 짜는데 상대방 취향 고려 안 하는 남자도 있습니까?"

샛별에게 들기론 많았다. 하지만 내 동생이 그런 남자만 만났다는 말을 동생 애인의 형에게 어떻게 말할 것인가? 은영은 달리

할 말이 없어 냅킨으로 입술만 닦았다.

"기억력이 참 좋으시네요."

"그건 저도 인정합니다만, 딱히 이성에게 어필되는 매력은 아닌 것 같군요."

"이성에게 어필이 안 된다니요? 저는 기억력 좋은 남자를 좋아해요."

"그래서 은영 씨가 자기한테 고백했다는 것도 까먹고 대답도 안 한 남자 좋아했습니까?"

"까먹었는지 안 까먹었는지 승현 씨가 어떻게 알아요?"

"은영 씨 고백에 대답할 가치도 없다고 여겼다 쪽이 나으면 그쪽으로 하고요."

맛있게 먹은 파스타가 속에서 얹힌 듯했다. 은영은 급하게 찬물을 들이켜며 승현을 째려봤다.

"승현 씨, 지금 진짜 치사한 거 알죠?"

"치사하다? 제가 말입니까?"

"제가 하는 말마다 다 딴지 걸고 있잖아요!"

"딴지라니요. 정당하고 합당한 반론입니다."

"너무해, 진짜. 저도 똑같이 할 거예요."

"그렇게 하십시오. 정당하고 합당한 반론이면 얼마든지 수용하겠습니다."

그 말이 '네가 무슨 말을 하든 정당하고 합당하지 않게 만들어주마.'라고 들린 건 은영의 착각일까. 그녀는 승현이 왜 지금까지 내기에서 지지 않았는지 알 것 같았다.

"지는 내기도 우겨서 자기가 이기게 만든 거지……."

"뭐라고 했습니까?"

"아니에요, 아무것도. 저 화장실 좀 다녀올게요."

은영은 가방을 챙겨 들고 화장실을 향했다. 그리고 거울 앞에 서서 화장을 고치는데, 얼굴이 아닌 옷으로 시선이 갔다.

"⋯⋯진짜로 눈치 못 챘나?"

어깨랑 쇄골 윗부분이 다 비치는데, 치마가 이렇게 짧은데 어떻게 옷차림에 관해선 한마디도 안 할 수가 있지?

'난 승현 씨가 청바지에 후드 티 입고 나오면 놀라서라도 한마디 할 것 같은데.'

괜히 입술을 삐죽거린 은영은 가방을 정리한 후 화장실에서 나왔다. 그리고 복도를 지나 로비로 들어가려는 찰나, 코너에서 불쑥 튀어나온 남자와 부딪치고 말았다.

"엄마야!"

휘청거린 몸은 간신히 균형은 잡았으나 가방은 놓치고 말았다. 지퍼를 열어 놓은 탓에 바닥으로 떨어진 가방에서 화장품 파우치며 지갑, 핸드폰이 와르르 쏟아져 나왔다.

"꺅! 내 가방!"

"헉! 죄송합니다, 죄송합니다."

은영과 달리 아무런 피해도 입지 않은 남자가 연신 사과하며 얼른 바닥에 떨어진 물건을 주웠다.

그녀 역시 바닥에 쪼그리고 앉아 우선 가방을 줍고 핸드폰의 액정이 깨지지 않았는지 살폈다. 다행히 핸드폰은 무사했다.

안도의 한숨을 내쉬며 가방에 화장품 파우치와 지갑을 넣어 주는 남자에게 고맙다고 인사하려 고개를 드는데, 얼굴이 붉어진 남자가 후다닥 그녀의 시선을 피해 고개를 돌렸다.

'왜 저러지?'

다음 순간, 은영은 남자가 저러는 이유를 깨달았다. 쪼그리고 앉는 사이 그녀의 짧은 치마가 뒤집어지다시피 해서 허벅지가 반 이상이나 드러난 탓이었다.

"꺄악!"

들고 있던 가방을 거의 던지다시피 한 은영은 치맛자락을 아래로 당기며 황급히 자리에서 일어났다.

그러다 균형을 잃은 몸이 뒤로 넘어갔다. 은영은 어어, 하다가 이번에는 진짜 넘어지는구나 싶어 눈을 질끈 감았다.

그때.

─턱.

"잡았다."

단단한 팔이 허리에 감기며 그녀의 몸을 지탱해 주었다. 반사적으로 상대의 몸을 잡아 균형을 잡은 은영은 눈을 떠 위를 올려다봤다.

그렇게 바로 코앞에서 눈이 마주쳤다. 앞머리가 살짝 흐트러진 채 조금 놀란 얼굴을 한 승현과.

"괜찮습니까?"

"아, 아…… 네."

멍하니 고개를 끄덕이던 은영은 뒤늦게 승현의 품에 안긴 자세를 자각하고 후다닥 그의 품에서 빠져나왔다.

가슴이 쿵쾅거렸다. 코앞에서 본 승현의 눈동자가 그녀의 시야에 아른거렸다.

그녀가 달아오른 뺨을 두드리며 놀란 가슴을 진정시키는 사이, 구겨진 옷자락을 탁탁 턴 승현이 아직 무릎을 굽히고 앉아 있는 남자를 바라봤다.

"제가 이 여자분 일행이니 이만 가 보셔도 됩니다."

"아, 예…… 죄송했습니다."

이 상황에서 얼른 벗어나고 싶었는지 남자가 후다닥 화장실 쪽으로 사라졌다. 그사이 승현이 허리를 숙여 바닥에 떨어진 가방과 그 안에서 다시 쏟아진 물건을 줍기 시작했다.

"아, 제가 할게요."

"그냥 서 있으세요, 또 넘어지지 말고."

배려해 주는 거란 걸 은영은 알았다. 그러나 겨우 진정시킨 얼굴이 다시금 달아올라 그녀는 괜히 툴툴거렸다.

"누가 들으면 제가 맨날 넘어지는 앤 줄 알겠어요."

"두고 볼 일이죠. 은영 씨가 맨날 넘어지는지, 아닌지."

승현이 가방에 묻은 먼지를 툭툭 털고 은영에게 돌려주었다. 그의 의미심장한 목소리에 은영은 건네받은 가방을 품에 꼭 끌어안은 채 그를 밉게 흘겨봤다.

"한번 넘어지기만 해 봐요. 두고두고 우려먹을 거니까."

"그전까진 제가 우려먹어도 된다는 뜻으로 해석해도 됩니까?"

"아니요. 도와주셔서 감사합니다."

정중히 허리 숙여 인사하는 은영에 승현은 픽 웃었다. 그는 화장실을 찾는 사람을 피해 로비 쪽으로 나오며 그녀에게 물었다.

"다친 곳은 없죠?"

"네. 괜찮아요."

"그럼 자리부터 옮기죠. 계산은 끝냈습니다."

가게를 빠져나와 승현의 차 조수석에 오른 은영은 가방 안의 물건부터 확인했다.

두 번이나 떨어뜨렸지만, 가방이 쿠션 작용을 했는지 핸드폰도 파우치 안의 화장품도 무사했다.

안도의 한숨을 내쉰 은영은 차창 너머로 지나가는 풍경에 뒤늦게 관심을 가졌다.

"지금 어디로 가는 거예요?"

"가 보면 압니다."

"어디로 가길래 말을 안 해 줘요? 승재 씨가 그래요? 비밀로 해서 기대감을 높이라고?"

"기대됩니까?"

"음…… 조금은?"

"계속 조금만 하세요. 너무 많이는 하지 말고."

너무 기대하다 실망할 게 걱정되면 그냥 지금 말해 주지. 서프라이즈 같은 걸 좋아하는 걸까 생각하며 은영은 창 너머에 시선을 두었다.

다행히 그녀의 궁금증은 오래가지 않았다. 약 20분 후. 승현의 차는 백화점 지하 주차장으로 들어갔으니까.

"백화점? 지금 백화점 온 거예요?"

"네."

"왜요? 여기에 뭐 있는데요? 영화관?"

백화점에도 영화관이 있던가 생각하며 묻던 은영의 귀에 그녀가 상상도 못 한 답이 들려왔다.

"옷 사러 왔습니다."

"옷이요? 누구 옷이요?"

"데이트하다가 왔는데 누구 옷이겠습니까. 당연히 은영 씨 옷이죠."

"아, 제 옷 사러……. 제 옷을요?"

빈자리에 차를 주차시키고 시동을 끈 승현은 안전벨트를 풀며 담백한 목소리로 답했다.

"지금 입고 있는 옷 불편하지 않습니까."

"……!"

승현의 시선이 언뜻 은영의 다리에 닿았다. 화들짝 놀라 치맛자락을 잡아당기는 그녀에 승현은 무엇보다 확실한 대답을 들었다는 듯 차에서 내렸다. 은영이 그 뒤를 쫓아 차에서 후다닥 내렸다.

"저, 저 괜찮은데요!"

"제가 안 괜찮습니다. 아니, 불편합니다. 은영 씨가 치마 당길 때마다 제 시선도 자꾸 그쪽으로 가거든요."

엘리베이터 쪽으로 향하던 승현이 순간 우뚝 서서 제 뒤를 따르는 은영을 돌아봤다.

"혹시 오해하실까 봐 하는 말인데 일부러 본 건 아닙니다. 시야 안에서 뭐가 움직여서 자연스럽게 그쪽으로 눈이 간 겁니다."

얼굴만 보면 아무렇지 않아 보이는데, 말이 조금 빨라진 걸 보니 이상한 쪽으로 오해받을까 걱정된 모양이었다. 그 사실이 조금 유쾌하게 느껴져 은영은 고개를 끄덕였다.

"네. 일부러 여자 다리 훔쳐보는 분 아닌 거 알아요. 그것보다 승현 씨 불편하시면 제 옷이니까 제가 살게요."

"은영 씨가 산다니. 어떻게 말입니까?"

"네? 어떻게라뇨?"

"지갑 가져왔습니까?"

"……!"

헉. 순간 굳어 버린 은영을 승현이 가느다란 눈으로 응시했다.

"그러고 보니 아까 가방에서 쏟아진 물건 중에 지갑이 있었던 것 같은데."

지갑을 가져왔어? 내가 그렇게 두고 와라 두고 와라 강조를 했는데?

무섭게 번뜩이는 승현의 눈이 그렇게 묻고 있었다. 은영은 얼른 고개를 흔들었다. 반사적인 반응이었다.

"아, 안 가져왔어요!"

"정말입니까?"

"그럼요, 정말이죠. 그게, 지갑을 가져오긴 했는데 신분증 때문에 가져온 거거든요. 제가 술집을 가면 가끔 신분증 검사를 당할 때가 있어서……. 제가 좀 동안이라서요. 돈은 안 가져왔어요."

은영은 되는 대로 말을 뱉으며 하하 웃었다. 그리고 생각했다. 이게 바로 내 무덤 내가 판다는 거구나.

쥐구멍이 있으면 그 안에 들어가 숨고 싶었다. 그럴 수는 없으니 대신 걸음을 빨리해 엘리베이터로 향했다.

민망한 마음에 죄 없는 버튼만 연신 눌러 대는데, 오른쪽 주머니에 손을 꽂은 채 뒤를 따라온 승현이 여유로운 목소리로 말했다.

"그럼 역시 옷은 제가 사야겠군요."

"아, 그게……. 그럼 빌려주시면……."

은영의 말은 단칼에 잘렸다.

"돈은 은행에서만 빌리자는 게 제 철칙이라서요. 남한테 빌려줄 바엔 그냥 줍니다."

"백만 원, 2백만 원도요?"

"천만 원, 2천만 원도. 저한테 그만한 가치가 있는 사람이면요."

"저한텐 얼마까지 주실 수 있는데요?"

139

그때 엘리베이터가 도착했다. 내리는 사람들을 피해 양옆으로 갈라진 두 사람은 잠시 서로를 보지 못했다.

사람들이 다 빠져나가고, 승현과 눈이 마주친 은영은 제가 방금 무슨 질문을 했는지 뒤늦게 자각했다.

"아, 가, 갈까요? 여성 의류가 몇 층이지…….."

"저도 좀 궁금하네요. 제가 은영 씨한테 얼마나 줄 수 있을지."

"네?"

팔짱을 낀 승현이 엘리베이터 벽에 등을 기댄 채 은영을 지그시 바라봤다. 딱히 그 눈빛이 날카로운 것도 아니었는데, 은영은 저도 모르게 마른침을 삼켰다.

"시간도 많겠다, 이왕 백화점 온 김에 한번 실험해 보죠."

승현의 기다란 검지가 8층 버튼을 쿡 눌렀다. 움직이기 시작한 엘리베이터 속에서 은영은 황급히 벽에 붙은 안내도를 확인했다.

'8층…… 8층에 뭐가 있지?'

명품관.

이름만 들어도 입이 떡 벌어지는 유명 브랜드의 나열에 은영은 속으로 비명을 지르며 손바닥으로 버튼을 아무거나 막 눌렀다.

엘리베이터는 3층에서 띵 소리와 함께 멈췄다. 은영은 승현의 팔을 붙잡고 얼른 엘리베이터에서 내렸다.

"뭐 하는 겁니까?"

"잘못했습니다. 아무 소리 안 하고 받을 테니까 옷 한 벌만 사 주세요…….."

"갚겠단 소리 안 할 겁니까?"

"어느 안전이라고요…….."

기가 팍 죽은 목소리에 승현은 픽 웃음을 흘렸다.

"나중에 딴소리하기 없깁니다."

❊❊❊

입고 다닌 건 겨우 몇 시간이지만, 짧은 치마에 이골이 난 은영은 치마 길이만 보고 옷을 골랐다.

"저 이 옷으로 살게요."

승현은 은영이 갈아입은 원피스의 치맛자락이 거의 발목까지 내려오는 걸 보고 잠깐 웃다가 시원하게 카드를 긁었다. 즉시 떼어 버린 택에서 본 숫자에 정신이 아찔하긴 했지만, 다리를 감싸는 천의 감촉에 하늘을 날아갈 것처럼 기분이 좋아졌다.

덕분에 이후 일정도 즐겁게 소화할 수 있었다. 영화관, 카페, 저녁 먹고 드라이브. 집으로 가는 길이 조금 막히긴 했지만 은영은 그마저도 드라이브의 연장선이라 생각하기로 했다.

"오늘도 편의점 앞에서 세우면 됩니까?"

"네. 저 골목 안으로 들어가면 나중에 차 빼기 힘들어서요. 저기서 세워 주세요."

"지금 승재 목소리가 귓가로 스쳐 갔는데 말입니다."

"어떤 목소리요?"

"형이 그러고도 남자야? 차 빼기 힘들어도 집 앞까지 모셔다드려야지."

아무런 억양 변화 없이 읊는 말인데 승재가 길길이 날뛰는 얼굴이 머릿속에 자연스레 상상이 됐다.

저도 모르게 웃음이 터진 은영은 손으로 입을 막은 채 킥킥대다가 고개를 흔들었다.

"괜찮아요. 혹시나 진짜로 승재 씨가 그러면 제가 부담스러워하더라고 말하세요."

"부담스럽습니까?"

"만난 지 얼마 안 된 사이에선 보통 그렇지 않을까요? 아무래도 여자 혼자 사는 집이니까."

"그렇군요. 이해했습니다."

편의점 앞에서 차가 멈췄다. 은영이 안전벨트를 푸는 사이 승현이 뒷좌석으로 손을 뻗어 쇼핑백을 집어 그녀에게 건넸다. 갈아입은 옷을 넣어 둔 쇼핑백이었다.

"그래서 오늘 어땠습니까?"

"좋았어요. 솔직하게 말씀드리면 저 오늘 승현 씨랑 어색하면 어쩌지 엄청 고민했거든요. 근데 생각보다 편했던 것 같아요."

정확하게는 승현이 옷을 사 준 이후부터 모든 긴장이 풀어졌다. 그런 의미에서 따져 보면 샛별의 조언이 아예 허탕은 아니었다. 은영은 허벅지를 전부 덮은 치맛자락을 가볍게 만지작거렸다.

"이렇게 몇 번만 더 연습하면 승현 씨 부모님이랑 조부님 앞에서도 잘할 수 있을 것 같아요."

"말씀만 들어도 믿음직하군요. 반했습니다."

"……네?"

은영은 제 귀를 의심하며 옆을 돌아봤다. 핸들에 팔꿈치를 대고 턱을 괸 승현은 그녀와 눈이 마주친 순간 씩 웃어 보였다.

"내기, 제가 이겼죠?"

"어, 어…… 아, 아닌데요! 아니에요!"

"정당하고 합당한 반론 없이 그냥 아니라고 우기기만 하는 걸 딴지 건다고 하는 겁니다. 이의 있습니까?"

142

"있거든요! 이의! 엄청!"

"하지만 정당하고 합당한 반론은 아직도 없는 것 같군요."

"있다니까요!"

"말씀해 보세요. 5초 드리겠습니다. 5, 4."

"아, 아니, 그렇게 갑작스럽게……."

"3, 2, 1. 땡."

끝, 하고 깔끔하게 한 음절 내뱉는 승현에 은영은 억울하다고 외쳤다. 하지만 승현의 말마따나 정당하고 합당한 반론이 떠오르지 않아서 결국 그녀는 패배를 시인할 수밖에 없었다.

"진짜 억울해. 이유는 내가 훨씬 더 많이 말했는데……."

"소원은 나중에 생각나면 말씀드리겠습니다. 그럼 조심히 들어가세요."

"못됐어, 진짜……. 이상한 소원은 안 들어줄 거니까 그렇게 알아요!"

은영은 승현을 힘껏 노려본 뒤 차에서 내렸다. 그리고 분한 마음에 씩씩대며 걷다가 문득 떠오른 생각에 왔던 길을 돌아가 허리를 숙이고 조수석 창문 너머로 승현을 바라봤다.

"옷 사 주셔서 고마워요. 잘 입을게요."

은영이 그 말을 하기 위해 돌아왔다고는 생각하지 못한 걸까? 승현은 조금 놀란 듯 눈을 떴다가 이내 피식 웃으며 고개를 끄덕였다.

"들어가면 전화하겠습니다."

승현의 차가 먼저 떠난 후, 은영은 몸을 돌려 골목길 안으로 들어갔다.

가방을 어깨에 멘 채 쇼핑백을 두 손으로 끌어안고 걷는 그녀의 걸음은 상당히 느렸다. 주황색 가로등 불빛 아래로 드러난 얼굴은 발그스름했고.

"반칙이야, 진짜……."

생각도 못 한 타이밍에 갑자기 그런 말을 꺼내면 멀쩡히 돌아가던 머리도 돌덩이가 되는 게 당연한 거 아닌가?

승현과 헤어진 덕에 은영의 머리가 다시 굴러가기 시작했다. 그러나 몇 걸음 후, 저 앞에서 들려온 목소리에 은영의 머리는 다시 또 돌이 되고 말았다.

"언니!"

"새, 샛별아?"

은영을 향해 손을 크게 흔드는 사람은 분명 그녀의 동생이 맞았다. 얼떨떨한 얼굴의 은영과 달리 샛별은 반가운 얼굴로 그녀를 맞이했다.

"이제 오는 거야? 데이트 어땠어? 좋았어?"

"어, 어, 좋았는데……. 네가 이 시간에 왜 여기 있어?"

"왜는 왜야, 언니 데이트 후기 들으려고 왔지. 근데 잠깐."

뒤로 한 걸음 물러난 샛별이 눈을 가늘게 뜬 채 은영을 머리부터 발끝까지 훑었다. 그녀가 발목까지 내려오는 원피스를 뚫어져라 보는 걸 깨달은 순간, 은영은 아차 했다.

"언니 설마 지금 이 수녀복 입고 데이트하고 온 거야?"

"애 말하는 것 좀 봐. 수녀복은 무슨 수녀복이야."

"이게 수녀복이 아니면 뭐야? 까맣고! 안 비치고! 발목까지 내려오는데!"

"얘가, 얘가. 수녀님들 들으면 큰일 날 소리를 잘도 하네. 일단 들어가서 얘기하자. 근데 우리 집 비밀번호 알면서 왜 밖에서……."

순간 은영의 눈에 무언가가 들어왔다. 건물 벽 옆에 기대 세워 놓은 커다란 캐리어. 승재와의 여행이 취소되었을 때 샛별이 찜질 방까지 끌고 온 바로 그 캐리어였다.

"이거 뭐야?"

"언니, 그게."

살며시 은영의 옆으로 다가온 샛별이 우선 가방의 손잡이부터 잡았다. 그러고는 은영을 보며 배시시 웃었다. 내가 이렇게 예쁘 게 웃고 있는데 언니가 내 얼굴에 침을 뱉을 수 있겠냐는 듯.

"나도 언니한테 물어보는 게 우선이라고 생각은 했거든? 근데 언니 오늘 데이트하는데 내가 어떻게 방해를 하겠어. 안 그래?"

"됐고, 본론."

"나 언니 집에서 며칠만 좀 묵게 해 주라."

샛별은 배시시 웃으며 폭탄을 던졌다.

"나, 집 나왔어."

❅❅❅

밖에 있다가 집으로 들어왔을 때 승현이 가장 먼저 하는 일은 샤워지만, 그는 욕실로 들어가기 전에 핸드폰을 먼저 꺼내 들었 다. 은영에게 잘 들어왔다고 전화하기 위함이었다.

그런데.

[승현 씨, 상담하고 싶은 게 있어요. 집에 도착하시면 바로 전화 주 세요.]

전화하겠다고 했는데도 굳이 이런 메시지를 보낸 걸 보면 뭔가

145

큰일이 있는 모양이다. 승현은 곧 심각한 얼굴로 은영에게 전화를 걸었다.

　―여보세요, 승현 씨?

　"네, 접니다. 지금 집에 막 들어왔습니다. 상담하고 싶은 게 있다는 건 무슨 소립니까?"

　―아, 그게요…….

　쉽게 말할 수 있는 일이 아닌지 은영이 조금 머뭇거렸다. 괜히 긴장된 승현은 마른침을 한 번 삼키던 그때, 핸드폰 너머에서 속삭이는 듯한 은영의 목소리가 들려왔다.

　―저 이제 퇴근해서도 승현 씨 보고 싶을 거 같아요.

　"……네?"

　―그게, 샛별이가 당분간 저희 집에서 지내기로 했거든요. 엄마 재혼 준비 때문에 집에 있기 불편하다는데 이렇게 급하게 나온 거 보면 아무래도 싸운 거 같기도 하고…….

　"아, 아아."

　그 말이었군. 순간 멈춰 버렸던 사고가 다시 정상으로 돌아왔다. 괜히 민망해진 승현은 가벼운 헛기침을 뱉은 후 아무 일도 없었다는 것처럼 단조로운 목소리를 뱉었다.

　"그럼 이제 집에서도 계속 연기를 하셔야겠군요."

　―네. 그렇다고 통화를 안 하면 또 안 하는 대로 샛별이가 이상하다고 생각할 수 있을 것 같아서요.

　"무슨 말인지 이해했습니다."

　혼자서 원맨쇼를 하기엔 은영의 연기력이 뛰어나지 못했다. 그 말인즉, 정샛별 들으라고 매일 저녁 그와 다정하게 통화해야 한다는 뜻이었다.

"저야 아무렇게나 말해도 상관없으니 은영 씨만 고생하면 되겠군요."

─승현 씨는 왜요? 승재 씨가 들을 수도 있잖아요.

"못 듣습니다. 저 요즘 회사 근처 오피스텔에서 출퇴근하고 있거든요."

─오피스텔이요?

"네. 핸드폰 보여 달라고 승재가 하도 귀찮게 굴어서요. 피난 왔습니다."

지금 그가 있는 곳이 바로 그 오피스텔이었다. 그래서 은영과도 부담 없이 편하게 통화할 수 있는 거였고.

"그런데 당분간이라는 건 어느 정도를 말하는 겁니까?"

─정확히는 저도 잘 모르겠어요. 따로 집 구할 때까지만 있겠다고 했거든요.

"그럼 집을 못 구하면 계속 은영 씨 집에 머무르겠군요."

─아마도요.

빨리 집을 구해야 할 텐데. 은영은 작게 한숨을 내뱉었다.

─아무튼, 그래서 제가 갑자기 전화해서 무슨 말을 하더라도 장단 잘 맞춰 주세요.

"네, 알겠습니다."

─아, 샛별이가 불러서 이만 들어가 봐야겠어요. 그럼 좋은 밤 보내세요.

"네. 은영 씨도요."

통화도 끝냈겠다, 이제 씻으러 가도 되는데 승현은 계속 그 자리에 서 있었다. 그는 자신이 그러고 있다는 자각도 없이 은영의 목소리를 하염없이 곱씹는 데에 정신이 팔려 있었다.

'저 이제 퇴근해서도 승현 씨 보고 싶을 거 같아요.'

비슷한 말을 바로 어제도 들었다.

'보고 싶었어요!'

은영이 정한 것도 아니고 그가 직접 정한 암호였다. 그러니 그 말에 다른 뜻이 없다는 건 누구보다 잘 알고 있는데…….
"보고 싶었다……. 보고 싶다."
그 말을 곱씹을 때마다 이상하게 가슴이 울렁거렸다. 그 이유를 알지 못해 승현은 시간이 가는 줄도 모르고 한참을 가슴만 어루만졌다.

❋ ❋ ❋

[오늘 출근하다 보니까 가게 근처에서 교통사고 난 거 있죠? 승현 씨도 운전 조심하세요.]
[걱정은 안 해도 됩니다. 이래 봬도 안전 운전 10년 무사고 경력이거든요.]
[근데 운전이라는 게 나 혼자 잘한다고 되는 게 아니잖아요. 오늘 가게 근처에서 난 사고도 졸음 운전하던 트럭이 뒤에서 들이받았다고 하더라고요. 그래서 구급차도 오고 그랬는데……. 이런 거 볼 때마다 역시 전 면허 못 따겠다 싶어요.]
[왜 그렇게 겁을 냅니까. 어렸을 때 교통사고로 죽을 뻔했던 저도 운전 잘하는데.]

148

[어렸을 때 죽을 뻔했다고요? 정말로요?]

[네. 그때 머리를 심하게 다치는 바람에 중고등학교 때 기억이 아직도 가물가물합니다. 당시에도 좀처럼 적응을 못 해서 결국 대학교 때 가려고 했던 유학을 좀 더 일찍 갔고요.]

[지금은 괜찮으세요?]

[네. 그때 꿰맨 흉터가 아직 남아 있긴 한데, 머리카락에 가려져서 그냥은 안 보입니다.]

"그렇구나……."

기억을 잃고 흉터까지 남았다니. 얼마나 큰 사고였을까 상상하던 은영의 머릿속에 오래전 첫사랑이 떠올랐다. 전날까지 멀쩡하다가 갑자기 교통사고로 입원했단 소식만 남기곤 그대로 사라진 옆집 오빠를.

'그러고 보니 그 오빠 이름이 뭐였더라?'

햇수로 따지면 14년? 15년 전의 일이었다. 그 이후로는 본 적이 없다 보니 이름이 떠오르지 않았다.

"뭐였더라……."

하나뿐인 첫사랑 이름도 기억 못 하다니. 내가 머리가 이렇게 나빴나 새삼 충격을 받던 그때, 손에 들고 있던 핸드폰이 가볍게 진동했다.

액정에 뜬 이름은 지혜. 중학교 때부터 지금도 친하게 지내고 있는 친구의 이름이었다.

마침 그때의 일을 떠올리고 있었던 은영은 반갑게 그녀의 전화를 받았다.

"응, 지혜야."

ㅡ어, 전화 받네? 지금 통화 괜찮아?

"괜찮아. 지금 반죽 오븐에 넣어 놓고 잠깐 쉬고 있었어. 근데 너야말로 지금 일할 시간 아니야?"

—아, 나 지금 집이야. 이삿짐 싸느라고 오늘 연차 썼거든.

"이삿짐? 너 이사 가?"

—정확하게는 우리 부모님이지. 여기에도 내 짐 있어서 이번 기회에 필요 없는 건 다 내다 버리려고 작정하고 내려왔는데……. 너 혹시 기억나? 우리끼리 타임캡슐 묻은 거.

"타임캡슐? 우리가?"

—역시 너도 까먹은 모양이네. 나도 일기장 보고 알았어. 왜, 우리 졸업식 날 중학교 소운동장에 타임캡슐 묻었잖아. 10년 후에 와서 파내기로 하고.

"어…… 아, 아아! 아! 맞다, 그랬다!"

완전히 잊고 있던 기억 하나가 두꺼운 암막 커튼 뒤에서 모습을 드러냈다.

먼지 묻은 희미한 기억을 더듬으려 은영은 쉬지 않고 눈을 깜빡였다.

"와, 나 완전히 잊고 있었어. 그거 어떻게 됐지?"

—아무도 안 파냈으면 아직 그 자리에 있겠지. 그래서 말인데, 이번 주 일요일에 시간 돼?

"이번 주 일요일은 안 돼. 약속 있어서."

—그래? 그럼 토요일 저녁은?

"토요일 저녁……. 음, 케이크 예약 들어온 거 봐야 알 것 같아."

그때 주방 바깥에서 현수의 목소리가 들려왔다.

"은영아, 바빠?"

"네? 아뇨! 잠시만요! 미안한데 나 지금 가 봐야 할 거 같아. 이따 다시 얘기하자."

─그래. 다른 애들한테도 얘기해 보고 연락 줄게.

그렇게 전화를 끊자마자 현수가 주방 문 너머로 고개를 들이밀었다.

"잠깐 카운터 좀 봐 줘. 사장님이 잠깐 자리 비워서 카운터 비게 생겼어."

"아, 네."

고개를 끄덕인 은영은 위생 마스크와 앞치마를 벗고 카운터로 나갔다.

오늘도 카페 모니카의 매장은 카공족이 점령한 상태였다. 은영은 이참에 토요일 케이크 예약 상황을 볼 겸 태블릿을 집어 들었다.

딸랑딸랑─

그때 정장을 차려입은 남자가 가게 안으로 들어왔다. "어서 오세요." 하고 반사적으로 인사한 은영은 그의 옷차림을 보고 시계를 확인했다.

오후 3시 반.

직장인이 카페를 찾을 시간은 아니었다. 혹시 근처에서 면접이라도 본 걸까? 그런 생각을 하는데 카운터로 다가온 남자가 은영에게 말을 건넸다.

"케이크 예약했습니다만."

"아, 혹시 성함이 어떻게 되세요?"

상냥한 목소리로 묻는 은영에게 남자가 작게 미소 지으며 대답했다.

"권태용입니다."

❅ ❅ ❅

"그래, 반응이 어떻던가?"

태용의 질문에 비서는 무감정한 목소리로 답했다.

"회장님 성함을 언급해도 전혀 놀라는 티가 없더군요. 적어도 회장님의 성함은 모르는 것 같았습니다."

"한마디로 우리 승현이 돈 노리고 접근한 건 아닌 것 같다?"

"네. 감히 말씀드리자면 그렇게 영악한 아가씨는 아닌 것 같았습니다."

맛있게 드시라며 말갛게 웃던 얼굴이 생각나 최 비서는 답지 않게 한마디 덧붙였다.

"사람이 참 순해 보이더군요."

"그래? 흠……. 그 케이크나 이리 내 봐."

최 비서는 상자에서 케이크를 꺼내 한 조각 잘라 태용에게 내밀었다. 태용은 접시를 돌려 가며 뽀얀 말차 가루가 뿌려진 케이크를 구경했다.

"이게 그 아가씨가 만든 거다 이거지?"

"네."

"흠……."

태용은 한참 동안 이리저리 케이크를 구경하다가 핸드폰을 들어 사진을 찍었다. 그리고 포크를 집어 뾰족한 부분을 살짝 잘라 입에 넣었다.

"흐으음……. 맛이 썩 괜찮구먼. 자네도 한번 먹어 보게."

"네, 회장님."

최 비서는 케이크를 반듯하게 한 조각 더 잘라 접시에 담았다.

"굉장히 맛있군요. 제가 먹어 본 케이크 중 단연 최고입니다."

"괜히 아부 떨지 말고 사실대로 말하게."

"사실대로 말한 겁니다. 정말 맛있습니다."

"하여간 능청은."

말은 그렇게 하면서도 썩 기분 나빠 보이는 얼굴이 아니었다.

과연 이게 정답이었군. 그렇게 생각하며 최 비서는 케이크를 한 입 더 떠서 입에 넣었다.

조금 전 그가 한 말은 확실히 과장한 감이 없잖아 있었지만, 영 아부 떨려고 한 말은 아니었다. 솔직히 맛있었다.

"아무렴, 빵이랑 과자 만들어 파는 놈 마누라 될 사람이 이 정도는 할 줄 알아야지."

그 말에 최 비서는 저도 모르게 태용을 바라봤다. 그 시선을 알아차린 태용이 케이크를 더 먹다 말고 "왜?" 하고 그에게 물었다.

"아니요……."

태용은 정말 은영이 손자 며느릿감으로 마음에 든 걸까?

됨됨이를 따지기 이전에 집안, 학벌, 재산, 그 객관적인 지표를 따지면 은영은 승현의 짝이 되기에 한참이나 못 미쳤다. 그 모든 건 서류 몇 장으로 정리되어 그의 손에서 태용의 손으로 넘어갔다.

사실 그는 그때 이미 사달이 나도 날 줄 알았다. 아무리 봐도 태용이 마음에 들어 할 만한 아가씨가 아니라서.

그런데 웬걸. 태용은 그가 기껏 조사한 건 제대로 보지도 않고 대충 넘기더니 딱 두 가지만 물었다.

'이 아가씨 건강 검진 받은 적 없나? 그 자료는 왜 없어?'

153

'우리 승현이랑 서로 정말 좋아하는 거 맞아?'

조사 결과 은영의 몸은 아주 건강했고, 두 사람이 데이트하는 모습 역시 몇 번이나 포착할 수 있었다.

승현이 은영을 보고 희미하게 웃는 사진을 보며 태용은 어깨춤을 췄다. 그러고는 내 손자며느리 될 사람 음식 솜씨가 궁금하다며 케이크를 사 오라는 명령이 떨어졌다. 겸사겸사 혹시 우리 승현이 돈 보고 접근한 건 아닌지 알아보란 명령과 함께.

"최 비서, 한 접시 더 줘 봐."

"벌써 다 드셨습니까?"

"손이 자꾸 가니 별수 있나. 자네는 왜 아직 안 먹었어? 맛이 없나?"

"아뇨. 아껴 먹느라 그렇습니다."

"허이구, 한 조각 더 달라고 하면 될걸. 마음껏 먹게. 내 한 조각 더 양보할 테니."

"네. 감사합니다, 회장님."

태용의 빈 접시에 케이크를 한 조각 더 덜어준 최 비서는 보란 듯 바쁘게 포크를 비워 케이크를 먹어 치웠다. 그리고 태용이 너그럽게 양보해 준 케이크 한 조각을 제 접시로 덜며 기분이 무척이나 좋아 보이는 그의 눈치를 흘끔 살폈다.

'정말로 마음에 드신 건가…….'

아무나 데려와도 좋다는 그 말이 진심이었던 걸까? 하지만 옛날에는……. 아니, 그래서 마음이 바뀐 걸까.

'뭐, 이렇게 생각해 봐야 다 소용없지.'

어차피 그는 태용이 시키면 시키는 대로 움직여야 하는 입장이었다.

　그래도 가능하면 앞으로도 맛있는 케이크 많이 먹는 일이나 하고 싶다. 최 비서는 진심으로 그렇게 바라며 즐거운 마음으로 포크를 움직였다.

3. 가짜 연애의 나비 효과

-이번 정류소는 오원여자중학교입니다. 다음 정류소는…….

고개를 꾸벅거리며 졸다가 방송 덕분에 정신이 번쩍 들었다. 은영은 버스가 정류장을 지나치기 전에 얼른 하차 벨을 눌렀다. 그 덕에 제때 내릴 수 있었다.

"으으, 찌뿌둥해……."

은영은 중학교를 향해 걸어가며 가볍게 스트레칭을 했다.

토요일, 그것도 저녁의 중학교는 한산하다 못해 지나가는 사람이 아예 없었다. 심지어 정문 앞 경비 초소에조차 사람이 없었다.

주말엔 운동장을 개방해서 아예 지키는 사람이 없는 건가 생각하며 은영은 안으로 들어갔다.

"아, 은영아! 여기, 여기!"

학교 건물 뒤쪽, 별관 아래 소운동장에 모인 세 명의 여자 중하나가 은영을 보고 손을 크게 흔들었다. 은영은 오랜만에 보는 중학교 때 친구들을 보고 반가운 표정을 지었다.

"얘들아! 와, 진짜 오랜만이다."

"그러게. 잘 지냈어? 너 아직도 그 카페에서 일해?"

"응. 아직 거기서 일해. 선희 넌 애는 어쩌고 나왔어?"

"어쩌긴, 애 아빠한테 맡기고 나왔지. 내가 오늘은 무조건 나와야 한다고 우겼거든."

이렇게 네 명이 마지막으로 모인 게 2년 전이던가, 3년 전이던가. 각자 사는 게 바쁘다 보니 둘이나 셋이서는 모여도 넷이 다 함께 모이는 게 쉽지 않았다.

은영은 오랜만에 보는 친구들에게 집에서 직접 구운 쿠키를 한 봉지씩 나눠 주었다.

"이야, 옛날 생각난다. 우리 중학교 때도 은영이가 구워 오는 쿠키 나눠 먹고 그랬잖아."

"그땐 진짜 맛없었는데."

"와, 웃긴다. 자기가 제일 많이 먹어 놓고 이제 와서 맛없었대."

"지금은 일취월장했단 소리지. 잘 먹을게!"

네 사람은 철봉 앞에 서서 쉬지 않고 서로의 근황을 묻고 답했다. 그들이 이곳에 모인 이유를 떠올린 건 15분이 지난 후였다.

"야, 야. 이러다 깜깜해지겠다. 일단 타임캡슐부터 파고 카페든 어디든 들어가자."

"그래. 나 다리 아파."

"다들 나이 먹더니 체력 떨어진 거 봐. 옛날엔 막 1시간은 서서 떠들었는데."

"언제 적 이야기를 하냐."

네 사람은 키득거리며 중학교 졸업식 날 타임캡슐을 묻은 소운동장 입구 근처의 목련나무 아래에 쪼그려 앉았다. 만약 나무가 없어졌으면 타임캡슐을 찾기 힘들었을 텐데, 다행히 목련 나무는 졸업식 날 봤던 그 모습 그대로 자리를 지키고 있었다.

"근데 우리 이거 딱 10년 뒤에 와서 파기로 하지 않았어? 왜 지금 파고 있지?"

"왜긴 왜야. 전부 까먹어서 그렇지."

"나 아니었으면 이거 끝까지 못 파냈을걸."

"그런데 너희 타임캡슐에 뭐 넣었는지 기억나?"

"기억이 날 리가 있나. 타임캡슐 묻은 것도 기억 못 했는데."

"난 알아."

"어떻게 알아?"

"일기장에 적혀 있더라고. 과거의 나한테 스포당했어."

"그럼 넌 안 파도 되겠네?"

"안 파도 되긴? 이런 건 내 게 중요한 게 아냐. 남의 흑역사가 중요한 거지."

그 말에 은영을 포함해 세 명의 손이 우뚝 멈추었다. 허공에서 마주친 눈빛들이 서로에게 묻고 있었다.

너희 기억나?

아니.

우리 이거 그냥 그만두는 게 낫지 않을까?

지혜 말마따나 다른 친구들이 뭘 묻었을까 궁금은 한데 자신이 뭘 묻었는지는 전혀 기억이 안 났다. 은영은 오래된 과거를 기억해내려 끙끙 앓다가 이내 포기했다.

'10년 뒤에 친구들이랑 같이 파낼 거 알고 있었으니까 이상한 건 안 묻었겠지……? 그렇겠지?'

"찾았다!"

역시 그만두는 게 낫지 않을까, 하는 쪽으로 생각의 추가 기울었을 때 지혜가 힘차게 외쳤다.

세 사람의 시선이 그녀를 향하는 것과 동시에 지혜가 두 손으로 땅을 벅벅 파내더니 철제 상자 하나를 높이 치켜들었다. 그 바람에 날린 흙을 먹게 된 선희가 퉤퉤 침을 뱉으며 괴로워했다.

"야! 너 땜에 나 흙 먹었잖아!"

"쏘리, 쏘리. 얼른 와, 열어 보자."

"잠깐만. 나 마음의 준비 좀 하고……."

"마음의 준비는 무슨. 연다!"

누가 말리기도 전에 지혜가 고리에 달린 자물쇠의 비밀번호를 맞춰 풀었다.

아무도 기억 못 한 자물쇠의 비밀번호를 아는 건 역시 일기장 덕분이리라. 그 일기장 먼저 불태웠어야 한다고 누군가 후회하는 사이, 지혜가 상자 안에서 나온 네 개의 은색 봉투 중 하나를 집어 들었다. 개중 제일 작은 거였다.

"자기 게 뭔지 기억나는 사람 없지? 일단 아무거나 열어 본다?"

그러라고 하는 사람도 없지만 말리는 사람도 없었다. 그 침묵을 틈타 지혜는 망설이지 않고 테이프로 밀봉된 봉투를 뜯었다.

그 안에서 나온 걸 본 순간, 은영의 머릿속으로 어떤 장면이 스쳐 지나갔다.

"이건 뭐야? 명찰?"

"이거 우리 학교 거 아니지?"

"아닌 거 같은데. 그보다 시훈…… 아니다, 지훈인가? 이게 누구야? 남자 이름 같은데?"

반으로 부러진 명찰. 그럼에도 소중하게 간직했던 저 명찰은
은영의 것이었다. 아니, 원래는 저 이름 주인.

'은영아.'
'지훈 오빠!'

그녀의 첫사랑의 것이었다.

※※※

"나 왔어……."

"아, 언니! 친구들 잘 만나고 왔어?"

바닥에 드러누워 감자칩을 먹으며 TV를 보던 샛별이 은영을
반겼다. 대충 고개를 끄덕인 은영은 가방을 아무렇게나 던져 놓고
바닥에 주저앉았다.

"저녁은?"

"먹었지, 시간이 몇 신데."

"하긴, 벌써 12시가 다 됐네. 수원까지 다녀오느라 고생했어."

샛별이 마치 제 아이 다루듯 은영의 엉덩이를 토닥토닥 두드
렸다.

"그래도 씻고 자야지. 자, 정은영 씨 얼른 욕실로 들어갑니다.
실시!"

"실시……."

마음 같아서는 이대로 누워 자고 싶었지만, 먼 길을 다녀온 데
다 꽃삽 들고 땅까지 판 탓에 몸이 너무 찝찝했다. 그녀는 무거운

161

몸을 이끌고 겨우겨우 욕실로 들어갔다. 그래도 따뜻한 물을 몸에 끼얹으니 피로가 풀리는 기분이었다.

이대로 누워 자면 소원이 없겠다. 그런 생각을 하며 욕실에서 나오는데, 샛별이 어디 나갈 것처럼 옷을 갈아입는 게 보였다.

"뭐야? 이 시간에 어딜 가려고?"

"요 앞에 잠깐. 승재 오빠가 이 근처래서."

헤헤 웃는 샛별에 은영은 별 생각 없이 고개를 끄덕였다.

"너무 멀리 가지는 마. 어두워서 위험해."

"이 시간에 귀가한 언니가 할 소리는 아니네요."

메롱 하고 혀를 내미는 샛별에 은영은 밉지 않게 그녀를 흘겨봤다.

"피곤하면 먼저 자!"

"대체 몇 시에 들어오려고?"

샛별은 대답하지 않고 밖으로 나갔다. 은영은 저절로 잠기는 도어 록을 보다가 고개를 절레절레 흔들었다. 그때 그녀의 가방 속에서 핸드폰이 울렸다.

[나 이제 집이다! 오늘 재미있었어 얘들아. 조심해서 들어가고 다음에 봐!]

지혜의 메시지였다. 이어서 즐거웠다고 메시지를 남기는 선희를 따라 은영도 잘 들어왔다, 다음에 또 보자 메시지를 남겼다.

잠시 후 메시지를 확인한 지혜가 굳이 한마디를 덧붙였다.

[좋은 꿈 꿔! 은영이는 첫사랑 꿈꾸고!]

"아, 진짜……."

대체 지훈이 누구냐. 누구길래 저 명찰을 타임캡슐에 넣었냐.

난 모른다, 기억나지 않는다를 밀어 붙이는 데에도 한계가 있었다. 결국, 첫사랑한테 받은 거라고 실토하자 친구들의 놀림이 시작됐다.

[우리 은영이가 연애는커녕 좋아하는 연예인도 없어서 사실은 무성애자가 아닐까 언니가 걱정을 했는데…….]

[그런 쓸데없는 걱정을 왜 했어. 우리 은영이는 여태 못 잊을 정도로 열렬한 첫사랑을 하고 있었는데!]

[다 잊었거든? 명찰 보기 전엔 이름도 기억 안 났거든?]

그리고 '나 연애해.'라는 말을 쓸까말까 하다가 은영은 그만뒀다. 진짜로 연애하는 것도 아니니 가끔 보는 친구들한테 말할 필요는 없겠다 싶어서.

[역시 대세는 소꿉친구지. 어휴, 내 옆집에는 왜 또래 남자가 안 살아서.]

[그러게. 나도 보라네 옆집으로 이사 갈까 봐.]

[보라가 누군데?]

[우리 하람이 여자 친구. 벌써 손도 잡았대.]

[세상에, 벌써 여자 친구가 있어? 은영아. 다섯 살짜리가 너보다 진도 빠르다. 이모로서 자존심 안 상해?]

"나도 손 정도는 잡았거든?"

손뿐이랴. 은영은 자신이 넘어지던 순간 절 잡아 주었던 승현의 팔을 떠올렸다. 넘어지려던 그녀를 확실하게 잡아 주기 위함인지 승현은 그녀의 허리를 안아서 끌어안다시피 했다.

그 순간 바로 코앞에서 마주쳤던 눈동자를 떠올리다가 은영은 반사적으로 고개를 흔들었다. 무의식중에 거울을 보니 뺨이 뜨거울 정도로 빨개져 있었다.

안 되겠다. 맥주 한 잔 해야지.

그런데 냉장고에 있을 거라고 생각했던 음료 칸이 비어 있었다. 분명 맥주 한 캔이 남아 있어야 하는데, 아무래도 샛별이 마신 모양이었다.

"샛별이한테 올 때 사 오라고 하면⋯⋯."

집에 언제 올지를 알 수가 없구나.

피곤한데 그냥 잘까, 아니면 나가서 사 올까. 치열한 고민 끝에 은영은 옷을 대충 갈아입고 밖으로 나갔다.

'집에 안주로 먹을 게 있던가⋯⋯. 육포도 하나 사야겠-'

골목길을 걸어 모퉁이를 돌던 은영의 발걸음이 우뚝 멈추었다. 정면에 시선을 둔 채 그대로 굳어 버린 그녀는 가로등 아래에 딱 붙어 있는 그림자가 움직이는 걸 보고 놀라서 뒤로 도망쳤다.

'내, 내, 내 동생이⋯⋯!'

키스를 하고 있다. 키스!

굿나잇 키스 같은 귀여운 키스가 아니라 완전 진한 키스를!

'세상에, 세상에. 세상에!'

친동생이 애인이랑 키스하는 장면을 목격했다.

거기까지만 해도 놀랄 노 자인데, 중요한 건 샛별과 승재 모두 쌍둥이라는 사실이었다.

누구랑? 그녀와 승현과!

"나는⋯⋯ 나는 아무것도 못 본 거야. 못 봤어."

봤다. 가로등 아래라 너무 잘 보였다. 샛별의 허리를 끌어안은 승재가 눈을 감은 것도. 샛별이 승현의 목을 끌어안은 채 발돋움을 한 것도.

혹시나 제가 본 것을 들킬까 얼른 집으로 다시 들어온 은영은 바닥에 쓰러진 채 거친 숨을 골랐다.

"맥주 하나 마시려다가 이게 무슨……."

은영은 지금 이 순간이야말로 술이 간절했다. 그것도 맥주가 아닌 소주가.

하지만 다시 집 밖을 나가 편의점으로 향할 용기가 나지 않았다.

그녀는 직감했다. 술 한 잔 마음대로 마실 수 없는 이 밤. 아주 오래도록 잠 못 이룰 것을.

❈ ❈ ❈

"무슨 생각을 그렇게 합니까?"

팔짱을 낀 승현이 눈을 가늘게 뜨고 그녀를 바라봤다.

뭔가 의심 가는 게 있을 때 그가 자주 짓는 표정이었다. 은영은 아무것도 아니라고 고개를 흔들다가 연이은 승현의 재촉에 별수 없이 입을 열고 말았다.

"사실은, 제가 어제 샛별이랑 승재 씨가 키스하는 걸 봤거든요."

"그래서요?"

"그런 건 TV에서나 봤지 실제로 보는 건 처음이라서……. 게다가 그, 처음 눈에 들어온 게 승재 씨 얼굴이었단 말이에요."

"이 얼굴 말입니까?"

스스로를 가리키는 승현에 은영의 얼굴이 확 달아올랐다.

맞다. 저 얼굴이었다. 눈을 감은 데다 절반은 샛별의 뒤통수에 가려져 보이지 않았지만, 그래서 더 승현이 떠올랐다. 그녀에게 익숙한 건 승현이었으니까.

"그래서 정확히 뭐가 문제인 겁니까? 내가 샛별 씨랑 키스한 것 같아서 마음이 심란합니까? 아니면."

승현의 그림자와 함께 그의 얼굴이 점점 가까워졌다. 은영이 저도 모르게 주춤주춤 뒤로 물러났지만 벤치의 팔걸이가 그녀의 퇴로를 막고 있었다.

도망갈 곳이 없어진 은영은 다시 고개를 돌렸다. 그때 이미 승현의 얼굴은 코앞까지 다가와 있었다.

"상상했죠."

"뭐, 뭐를요?"

그 거리에서 승현의 입술이 곡선을 그리며 휘어졌다.

"나랑 키스하는 거."

"아, 아닌, 아닌데요. 그런 상상 안 했는데요! 애초에 전 그런 거 해 본 적도 없고, 관심도 없고……!"

횡설수설 변명하는 은영의 상체가 벤치 밖으로 기울어졌다. 더 이상 도망갈 수 없는 하체 대신 혼자 도망가는 상체를 승현이 붙잡았다. 그리고 끌어안아 당겼다.

"해 본 적이 없어서 상상을 못 했다. 그렇군요."

그는 은영의 어깨를 끌어안은 채 고개를 기울이며 작게 속삭였다.

"도와드리겠습니다, 은영 씨 상상."

단숨에 가까워지는 입술에 은영은 눈을 질끈 감았다. 이윽고 그녀의 입술에 무언가가 닿았다.

❊ ❊ ❊

"언니! 일어나라니까!"

눈이 뻑뻑했다. 샛별의 목소리에 겨우 눈을 뜬 은영은 뻑뻑한 눈

166

꺼풀을 몇 번이고 깜빡이다가 깨어진 꿈과 눈뜬 현실을 인식했다.

"……뭐야?"

"뭐긴 뭐야. 언니 오늘 승현 오빠랑 데이트한다며? 얼른 씻고 준비해야지!"

점점 명료해지는 시야 안으로 샛별의 얼굴이 보였다. 은영은 멀거니 그녀의 얼굴을 보다가 얼굴을 반쯤 가린 이불을 쥐고 옆으로 돌아누워 새우처럼 몸을 웅크렸다.그리고 속으로 비명을 질렀다.

내가 대체 무슨 꿈을 꾼 거야!

"어제 친구들이랑 뭘 하고 놀았길래 이렇게 맥을 못 춰? 언니 나보다 일찍 잤잖아."

"너보다…… 일찍 눕긴 했지."

"아하, 알겠다. 데이트가 기대돼서 설레는 마음에 잠 못 잤구나? 언니도 참, 누가 보면 첫 데이트 하러 가는 줄 알겠네."

까르르 웃음을 터뜨린 샛별이 얼른 씻고 준비하라며 은영을 욕실로 떠밀었다.

무의식중에 칫솔을 쥐고 치약을 쭉 짠 은영은 거울을 보며 양치질을 하다가 순간 눈에 확 들어온 자신의 입술을 보고 또 악 소리를 냈다. 이번엔 소리 내서.

-언니 왜 그래? 무슨 일 있어?

"아니, 아냐. 잠이 덜 깨서."

-찬물로 씻어, 찬물로. 그러면 잠 확 깰 거야.

진짜 그러든가 해야지.

하지만 저절로 진저리가 쳐질 정도로 차가운 물을 뒤집어써도 홧홧하게 달아오른 뺨은 좀처럼 식지 않았다. 어젯밤에 목격한 장면과 꿈속의 기억이 자꾸만 머릿속을 맴도는 탓이었다.

'이래서 승현 씨 얼굴을 어떻게 보지……?'

당일에 약속 취소하는 건 말도 안 되는 일이겠지.

은영은 일단 그녀 자신을 괴롭히는 기억을 어떻게든 지워야겠다고 다짐했다.

＊＊＊

하지만 결국 실패한 채로, 은영은 승현의 차에 올랐다.

"오늘따라 많이 피곤해 보이네요. 어제 늦게 잤습니까?"

"침대에 눕기는 일찍 누웠는데…… 잠이 안 와서 좀 설쳤어요."

승현과 단둘, 그것도 이런 밀폐된 공간에 앉아 있으려니 어젯밤에 꾼 꿈이 또렷하게 떠올랐다.

원래 꿈이라는 건 눈뜨자마자 잊혀야 하는 거 아닌가? 왜 이렇게 생생하지?

"왜요? 친구들과 무슨 일 있었습니까?"

"친구들하고는 없었는데……."

"다른 사람이랑은 있었습니까?"

목소리가 무심한 듯하지만 걱정해서 묻는다는 걸 은영은 알 수 있었다.

그러고 보면 처음 봤을 땐 차가운 얼음 같고 이도 안 들어갈 정도로 딱딱한 사람이라고 생각했는데……. 어느 순간부터 대하는 게 편해지고 인상도 많이 바뀌었다.

은영은 슬쩍 눈만 굴려 운전석의 승현을 힐끔거렸다. 그런데 그 순간 승현 역시 그녀를 돌아본 탓에 두 사람의 눈이 정확하게

168

마주쳤다.

"아……."

피할 타이밍을 놓쳤다. 짙은 눈빛에 마치 사로잡힌 것처럼 은영은 눈도 깜빡이지 못했다.

깊게 얽힌 눈빛이 분위기를 팽팽하게 당겼다.

가슴이…… 떨린다. 긴장인지 설렘인지 모르겠다.

그때까지 참고 있던 숨이 가냘프게 코끝으로 흘러나갔다. 그때 뒤에서 빵— 클랙슨 소리가 들려와 정신이 번쩍 들었다.

"아, 아. 승현 씨. 녹색 불이요."

"네, 저도 봤습니다."

작게 헛기침을 한 승현이 뒤늦게 차를 출발시켰다. 어쩐지 어색해진 분위기 속에서 은영은 어찌할 바를 몰라 창밖만 보다가 아무 말이나 입 밖으로 꺼냈다.

"승현 씨는 고등학교 때 외국으로 유학 가서 대학교까지 졸업하고 왔다고 했죠? 그럼 국내에는 동창이 별로 없겠네요?"

"별로 없는 게 아니라 아예 없습니다. 연락이 다 끊겨서요."

"아, 그러시구나……. 혹시 그런 연락은 안 와요? 동창회 하니까 참석하라고."

"그런 연락을 할 사람도 없습니다. 하지만 연락 와도 안 나갔을 겁니다. 만날 사람도 없는데 굳이 나가서 시간 낭비하는 것도 싫고, 모르는 사람이 알은척하는 것도 기분 나빠서요."

그렇게 말을 내뱉은 후, 승현은 잠시 무언가를 생각하는 듯하다가 한마디 덧붙였다.

"그래서 사람들이랑 잘 어울리는 승재를 보면 참 신기합니다. 쌍둥이인데 성격이 어떻게 저렇게 다를 수 있나 싶어서."

"아, 저도요. 저도 그런 생각 한 적 많아요."

똑같은 날 똑같은 배에서 태어난, 똑같이 생긴 쌍둥이.

그런데 활발하고 애교 많은 샛별과 달리 자신은 왜 소심하고 낯가림 많은 성격으로 자랐을까. 은영은 이미 짐작하고 있는 답이 있었다.

"……혹시요, 저랑 샛별이 이름 들었을 때 이상하다고 생각한 적 없으세요?"

"이상하다니, 뭐가 말입니까?"

"보통 형제자매 사이엔 돌림자를 넣어서 이름 짓잖아요. 승현 씨만 해도 승재 씨랑 승 자 돌림 쓰고. 그런데 저랑 샛별이는 특히나 쌍둥인데 하나는 은영이고, 하나는 샛별인 게 이상하지 않으셨어요?"

은영과 샛별. 그 이름이 쌍둥이 자매의 이름이라고 짐작할 수 있는 사람이 몇이나 될까?

"거기까지 생각해 본 적은 없습니다만, 확실히 잘 없는 일이긴 한 것 같군요. 혹시 부모님이 각자 지어 주신 이름입니까?"

"아, 아깝다. 정확하게는 부모님이 아니라 할아버지랑 어머니예요."

은영의 이름은 할아버지가 작명소에서 받아 온 이름이고, 샛별의 이름은 어머니가 직접 지은 이름이었다. 자신이 쌍둥이 딸을 임신했다는 걸 알았을 때부터 고심해서 지은 이름.

"할아버지 아니었으면 제 이름은 정새벽이 됐을 거예요."

"정새벽?"

승현은 시선을 앞에 둔 채 입속으로 정새벽, 새벽 씨 하고 되뇌었다. 그는 곧 고개를 살짝 기울였다.

"입에 잘 안 붙는군요. 은영 씨가 익숙해져서 그런가."

"저도 그래요. 그래서 어렸을 때 어머니가 절 새벽이라고 부르면 내 이름은 은영이라고 막 울었는데……. 아무튼."

은영은 불쑥 떠오른 어릴 때의 기억을 애써 지워 냈다. 별로 좋은 일도 아닌데 왜 이런 기억은 잊히지도 않을까 한숨 쉬면서.

"저희 할아버지랑 어머니랑 사이가 엄청 안 좋았거든요. 그래도 아슬아슬하게 균형을 유지하다가 저희 자매 이름 사건으로 빵 터졌다더라고요."

아버지의 중재로 두 쌍둥이의 이름을 할아버지와 어머니가 각자 하나씩 짓는 걸로 그 사건은 일단락되었다. 그러나 한 번 터져 버린 고부간의 갈등은 악화일로를 내달렸다.

"한 번은 그러셨어요. 할아버지가 너무너무 싫어서 할아버지가 지은 제 이름도 싫다고. ……아마 그래서였을 거예요. 이혼할 때 고민도 안 하고 샛별이를 데려가신 건."

멋모르던 어린 시절부터 이미 짐작하고 있던 사실.

어머니는 자신보다 샛별을 더 아꼈다. 가끔 할아버지와 크게 싸우면 마치 그를 보듯 절 노려본 적도 있었다. 어릴 때는 이해할 수 없었던 그 감정을 이제는 납득할 수 있었다.

딱, 납득까지만.

"……샛별 씨가 밉지는 않았습니까?"

은영이 하지 않은 말을 다 짐작한다는 듯 승현이 그런 질문을 던져왔다. 그의 가라앉은 목소리로부터 그의 사정을 떠올린 은영은 잠시 고민하다가 입을 열었다.

"음, 미워지기 전에 헤어져서요. 계속 같이 살았으면 미워하게 됐을지도 모르겠어요."

"……그렇습니까."

"그치만 미워하게 됐어도 그 감정이 오래가진 못했을 거예요."

뺨에 닿는 시선이 느껴졌지만 은영은 돌아보지 않았다. 이런 말을 하는 게 어쩐지 쑥스러웠다.

"배 속에서부터 함께였는걸요. 제가 샛별이 분신이고 샛별이가 제 분신이고. 보통 막 나는 멍청해, 나는 나쁜 놈이야 하고 자기혐오를 해도 그게 오래가지는 않잖아요?"

다른 사람 때문에 미워하기엔 너무 사랑했다. 사랑할 수밖에 없었다. 샛별이 그녀고, 그녀가 샛별이었으니까.

이 기분을 다른 사람에게 어떤 말로 어떻게 설명할까?

다행히 지금은 그런 고민을 할 필요가 없었다. 그녀의 옆에 있는 사람 역시 쌍둥이니까.

"네. 어떤 기분인지 압니다."

승현이 편하게 미소 지으며 고개를 끄덕였다. 은영도 그를 따라 웃었다.

"그죠? 승현 씨는 이해할 줄 알았어요. 다른 사람들은 이해 못 하더라구요. 아무리 그래도 남이지 않냐고."

"쌍둥이가 아니니 이해하기 힘든 거겠죠. 저도 보통의 형제자매를 가진 기분은 뭔지 모릅니다. 동생이라곤 승재 하나뿐이라."

"아, 저도요. 친구들 이야기 들어 보면 막 진심으로 머리채 잡고 싸우고 호칭도 야 너 한다는데 조금 충격이었어요. 저는 샛별이한테 너 소리 들어 본 적 없거든요."

"……저는 최근에 한 번 들어 봤습니다."

"진짜요?"

"네. 은영 씨 전화번호 먼저 따 놓고 연락 한 번 안 했다고."

172

은영은 저도 모르게 웃음을 터뜨렸다. 민망한지 승현이 웃지 말라고 한 소리 했지만 도저히 웃음이 멈추지 않았다.

이윽고 차가 오늘의 목적지인 수목원에 도착했다. 사람이 없어 한산한 주차장에 차를 멈춰 세운 승현이 안전벨트를 풀며 뒷좌석으로 손을 뻗었다.

"내리죠. 가방 무거우면 차에 두고 내리세요."

"괜찮아요. 별로 든 게 없어서……. 제가 보기엔 그 바구니가 더 무거워 보이는데, 설마 안에 든 게 다 음식이에요?"

"아마 그럴 겁니다."

"아마요?"

"제가 직접 준비한 건 아니거든요."

승현은 무언가 더 말을 하려다 말고 일단 내리자고 턱짓을 했다. 은영은 승현의 손에 들린 커다란 바구니를 흘끗거리며 수목원 안으로 걸음을 옮겼다.

'도시락은 알아서 준비하겠다더니…… 어디서 사 온 건가?'

승현과 함께 하얗고 노란 들꽃이 심겨진 오솔길을 걸으며 은영은 계속 그가 든 바구니를 흘끔거렸다. 그는 그녀의 시선을 알아차리지 못한 채 저 앞에 있는 표지판을 발견하고 은영에게 물었다.

"왼쪽으로 가면 미로 정원, 오른쪽으로 가면 튤립 밭이라는군요. 어디가 좋습니까?"

"전 둘 다 좋아요. 승현 씨는요?"

"저도 상관없습니다. 은영 씨가 고르세요."

"음…… 그럼 튤립부터 먼저 볼래요."

"튤립 좋아합니까?"

"그럼요. 꽃은 다 좋아해요."

이 수목원을 고른 것도 예쁜 꽃이 많다는 후기를 봤기 때문이었다. 과연 튤립 밭으로 가는 길 중간중간에 은영은 다양한 종류의 꽃을 구경할 수 있었다.

예뻐서 꽃 사진도 잔뜩 찍다가 혹시나 하는 마음에 승현과 붙어서서 셀카도 찍었다. 그런데 어떻게 찍어도 사진이 너무 어색하게 나왔다.

"으음…… 그냥 찍지 말까요?"

그냥 사진 찍기를 포기하려던 그때였다.

"어머, 둘이 왔어? 데이트하러 왔나 봐?"

"네?"

"사진 찍어 줄까? 대신 우리도 좀 찍어 줘. 셀카봉을 두고 왔더니 사진을 찍을 수가 없네."

호호 웃으며 은영에게 넉살 좋게 말을 붙인 사람은 50대 중후반으로 추정되는 아주머니였다. 그녀는 은영이 부탁하기도 전에 핸드폰을 가져가 두 사람을 향해 핸드폰을 들이밀고 소리쳤다.

"둘이 자세가 그게 뭐야? 좀 다정하게 붙어 봐. 총각! 바구니 내려놓고 아가씨 어깨에 팔 한 번 올려 봐! 그래, 그렇지! 아유, 이제야 좀 다정하네. 이제 찍을 테니까 웃어 봐. 하나, 둘, 셋! 어머, 잘 나왔다 잘 나왔어."

호들갑스럽게 사진을 찍어 준 그녀는 은영에게 다가와 조금 전에 찍은 사진을 보여 주었다.

"어때? 잘 나왔지?"

"아…… 네, 감사합니다."

"감사는 무슨, 다 상부상조하는 거지. 내 폰은 여기. 여보! 우리야! 여기서 사진 한 방 찍자!"

"아이, 사진은 무슨. 싫어."

조금 떨어진 곳에 서 있던 남자아이는 귀찮다는 얼굴로 제 팔을 잡아당기는 어머니의 손을 쳐 냈다.

"아까도 찍었잖아."

"아까 찍은 건 너랑 네 아빠……. 어머나!"

"악! 아, 이게 뭐야!"

다시 한번 잡아끌던 어머니의 손을 쳐 내다가 남자아이가 손에 들고 있던 스무디 컵을 쏟아 버렸다. 그나마 남자애는 반사적으로 얼른 물러났지만, 아주머니의 손은 주황색 음료로 끈적하게 젖고 말았다.

"세상에, 이게 뭐야."

"아, 그러게 왜 싫다는데 막 잡아끌고 그래."

"잠시만요, 저 물티슈 있는데 드릴게요."

"어머, 정말? 고마워서 어쩌나."

아주머니에게 다가간 은영은 가방을 뒤적여 밑에 깔린 물티슈를 꺼냈다. 고맙다는 말을 연신 반복하며 손을 닦아 낸 아주머니는 아무래도 화장실을 한 번 다녀와야겠다며 자리를 떴다.

"구경 더 할 거지? 이따 마주치면 사진은 그때 찍어 줘!"

"네, 그럴게요."

마치 한바탕 폭풍에 휩쓸린 기분이었다. 멀어지는 아주머니에게 손을 흔들던 은영은 쓰고 남은 물티슈를 가방에 넣었다. 그때, 은영의 뒤에 서 있던 승현이 그녀에게 말을 건넸다.

"은영 씨, 뭐가 떨어졌는데요."

"네? 아……!"

승현이 직접 허리 숙여 주워 준 건 다름 아닌 부러진 명찰이었다.

'저게 왜 여기서 나와?'

명찰에 [지훈]이라 적힌 걸 보니 그녀의 가방에서 떨어진 게 맞았다.

"은영 씨?"

그녀의 당황한 얼굴을 봤는지 승현이 의아한 표정을 지었다. 그에 정신이 번쩍 들어 얼른 명찰을 받아 든 은영은 아무 말이나 막 내뱉었다.

"아주머니가 엄청 친화력이 좋으시네요. 저는 모르는 사람한테 저렇게 말 못 거는데."

"그렇습니까? 처음 만났을 때 저한테 소리 질렀던 분은 샛별 씨였나 보군요."

"아니, 그때는…… 너무 화가 나서……."

화제를 다른 곳으로 돌리려다가 되레 덜미가 잡혔다. 은영은 어색하게 웃으며 다시 한번 말 돌리기를 시도하려 했으나 이번엔 승현이 더 빨랐다.

"그 명찰, 부러진 것 같은데 제가 대신 버려 드릴까요?"

"네? 아, 아뇨. 괜찮아요."

"안 버립니까?"

"네? 네……."

은영이 머뭇거리며 고개를 끄덕이자 그녀를 보는 승현의 눈빛이 묘해졌다.

"소중한 물건인가 보군요. 부러져도 못 버리는 걸 보니."

"부러져도 못 버리는 게 아니고, 이거 처음부터 부러져 있었던

176

거예요. 그래서 제가 달라고 할 수 있었거든요."

"멀쩡한 걸 달라고 할 수 있는 사이는 아닌데 부러진 거라도 갖고 싶었다."

딱히 책하는 말투도 아닌데 이상하게 가슴이 뜨끔뜨끔했다. 은영은 슬며시 승현의 눈치를 보면서도 자신이 왜 이러는지 모르겠다고 생각했다.

"그래서, 누굽니까? 이 지훈이라는 사람."

"그게……."

첫사랑이라고 답하면 되는 문제였다.

그 답엔 어떤 거짓도 없고, 비도덕적이나 불법적인 과정이 존재하지 않았다. 그런데도 입이 떨어지지 않아 괜히 명찰만 만지작거리는데, 그녀가 뭐라 말을 돌릴 새도 없이 승현이 곧장 답을 유추해 냈다.

"어렸을 때 좋아했다는 첫사랑. 맞습니까?"

"네, 뭐……."

은영은 조금 민망하긴 하지만 답을 하고 나니 속이 시원하다고 생각했다. 그러나 그 생각도 잠시.

"이제는 안 좋아한다면서 첫사랑이 준 물건을 왜 아직도 갖고 다닙니까?"

"네? 아뇨, 이게요, 제가 맨날 갖고 다닌 게 아니라……."

보다 딱딱해진 승현의 목소리에 은영은 어제 있었던 일을 차근차근 설명했다.

10년 전에 묻은 타임캡슐을 파냈는데 그 안에 이게 있었다. 그리고 가방에 넣어 뒀는데 어제 집에 와서 빼는 걸 깜빡하고 있었던 거지 결코 내가 첫사랑을 못 잊어서 이걸 가지고 다니는 게 아

177

니다.

구구절절한 설명을 끝냈을 땐 목이 다 말랐다. 그러나 그 긴 설명을 듣고도 이 일을 납득 못하겠다는 듯 승현이 한쪽 눈썹을 슥 들어 올렸다.

"첫사랑을 못 잊은 게 아닌데 왜 못 버립니까?"

"그거야 추억의 물건이니까요. 지훈 오빠한테 받은 건 이거 하나뿐이고…….."

"지훈 오빠?"

"네? 네. 제가 말 안 했나요? 오빠였어요."

"아니, 그게 궁금한 게 아니라."

"그럼요?"

순진한 얼굴로 눈을 깜빡이며 묻는 은영에 승현은 잠시 그녀를 외면했다.

그러게. 그럼 뭘까?

뒷목을 가볍게 어루만진 그는 다시 은영을 바라보며 물었다.

"그런데 받은 게 그거 하나뿐이라니. 다른 선물은 못 받은 겁니까?"

"말했잖아요. 고백하고 답도 못 들었다고. 선물 주고받을 사이 아니었어요."

"사귀는 사이 아니라고 선물도 안 줬다? 상당히 구두쇠였던 모양이군요. 그런 남자 뭐 하러 좋아했습니까?"

"잘생겨서요."

승현의 장점과 똑같은 답이 은영의 입에서 나왔다. 설마 그런 답을 들을 줄 몰랐다는 듯 승현은 기가 막힌 표정을 지었다.

"은영 씨, 남자 고를 때 얼굴만 보고 고르면 큰일 납니다. 중요한 건 내면이에요."

"물론 내면도 중요하죠. 그래도 이왕이면 얼굴도 잘생긴 쪽이 좋잖아요."

"맞습니다. 이왕이면 얼굴도 잘생기고, 내면도 괜찮고, 돈도 많은 남자가 좋죠."

"그죠. 그런데 그런 남자가 세상에 존재하진 않을 거고, 존재한다고 해도 절 좋아하지는 않을 거고……."

"왜 그렇게 생각합니까? 은영 씨를 좋아할 수도 있죠."

"저를 왜요? 별로 예쁘지도 않은데."

"안 예쁘다니요. 누가 그럽니까? 은영 씨 예뻐요."

"네?"

"예쁘다고요. 은영 씨."

그저 사실을 정정할 뿐이라는 것처럼 그의 목소리에 별다른 뜻도, 무게감도 실려 있지 않았다. 조금 놀라서 멍하니 승현을 보던 은영은 이내 웃음을 터뜨리며 고개를 끄덕였다.

"그죠, 제가 손이 예쁘긴 하죠."

"아니……."

손만 예쁜 건 아닌데.

그러나 그 말은 입안에서만 맴돌았다. 어쩐지 맥이 빠진 승현은 주변을 둘러봤다.

"조금 이르지만 점심이나 먹을까요."

"아, 그럴까요? 저쪽으로 가요. 아까 매점이랑 테이블 있는 거 봤어요."

은영이 살짝 흘러내린 가방끈을 어깨 위로 추켜올리며 먼저 걷기 시작했다. 승현은 내려놓은 바구니를 들고 그녀의 뒤를 걸으며 입속으로 중얼거렸다.

그래서 그거 진짜로 안 버릴 겁니까?

"근데 저 아까부터 궁금했는데, 그 도시락 누가 싼 거예요?"

"저희 어머니가 쌌습니다."

"……누가 쌌다고요?"

"어머니가요."

경악한 얼굴로 절 돌아보는 은영에 승현은 제 설명이 부족했단 사실을 알아차렸다. 그는 은영의 곁으로 다가가 바구니의 뚜껑을 열고 안에 가득한 찬합과 1회용 그릇을 보여 주었다.

"여기 있는 거 은영 씨가 한 입씩 다 먹어 봐야 합니다. 그게 오늘 제 숙제예요."

"숙제라니, 무슨 그런 숙제가 다 있어요?"

"은영 씨가 무슨 음식을 좋아하는지 알아 오라고 하셨거든요."

내가 무슨 음식을 좋아하는지 알아서 뭐 하게?

그 순간 그 질문에 해당하는 답이 은영의 머릿속을 스치고 지나갔다. 바로 그게 정답이라는 듯 승현이 살짝 미안한 감정을 담아 그녀의 눈을 피해 시선을 떨어뜨렸다.

"언제 시간 되면 한번 봤으면 좋겠다고 하시더군요."

❋❋❋

"세상에, 이게 다 웬 거예요? 진수성찬이 따로 없네."

코를 킁킁거리며 부엌으로 들어온 승재는 식탁 위에 가득 널린 음식을 보고 감탄을 금치 못했다.

일주일 중 일요일은 유일하게 도우미 아주머니가 출근하지 않는 날이었다. 그러니 식탁 위에 차려진 것도, 지금 가스레인지 위에서 보글보글 끓는 저 냄비도 전부 미희의 솜씨였다.

그를 증명하듯 불 앞에 선 미희가 능숙하게 웍을 흔들었다. 고소한 냄새를 풍기며 맛있게 만들어지는 건 다름 아닌 잡채였다.

"일어났니? 가서 손 씻고 와. 밥 먹어."

"에이, 여기서 씻으면 되죠."

어머니가 흘겨보든 말든, 싱크대 앞에 서서 손을 씻던 승재는 냄비의 투명한 뚜껑 안을 들여다보다 짧게 휘파람을 불었다.

"이야, 백숙까지. 오늘 진짜 무슨 날이에요?"

"날은 아니고, 그냥 연습 겸."

"연습이요? 무슨 연습?"

"다음 주 주말에 네 형이 애인 데려올 거야. 아무렴 며느리 될지도 모르는 아가씬데 내가 직접 대접해야지."

"컥!"

튀김용 나무젓가락을 가져와 잡채를 후루룩 흡입하던 승재가 쿨럭대며 기침을 해 댔다. 다행히 손으로 입을 가린 덕에 불상사는 일어나지 않았지만, 미희는 깜짝 놀라 냉장고에서 물을 떠 와 승재에게 내밀었다.

"그러게 접시에 덜어 먹지. 애도 아니고 이게 뭐니?"

"쿨럭쿨럭. 아니, 잡채가 문제가 아니라……. 누가 누굴 데려온다고요? 형이 은영 씨를?"

"어머, 이름도 알아? 넌 벌써 만나 본 적 있니?"

"네, 뭐……. 근데 무슨 인사를 벌써 와요? 혹시 할아버지 때문에 그러는 거예요?"

"왜 아니겠니."

181

잘 물었다는 듯 미희는 한숨을 쉬며 손에 비닐장갑을 끼고 잡채를 접시에 옮겨 담았다.

"어찌나 기운이 넘치시는지. 하루에 세 번 전화해서 계속 들들 볶으시는 거 있지? 대체 어떤 아가씬지 궁금하다고."

"아니, 그걸 왜 어머니한테……."

"왜겠니? 승현이를 닦달해 봤자 소용없는 거 아시니까 그러는 거지."

거기까지 말하고 아차 한 미희는 네 형에게는 비밀이라고 승재에게 당부했다. 승재는 당연한 걸 뭐 하러 입 아프게 두 번 이야기하냔 얼굴로 고개를 끄덕였다.

"너무 재촉하면 오히려 역효과 날지 모른단 말로 말리는 것도 하루 이틀이지. 일단 내가 만나 보고 말씀드리는 게 깔끔할 것 같아서."

"아니, 그래도……. 은영 씨 입장에선 어머니 만나는 것도 부담스럽지 않겠어요?"

"부담되겠지, 당연히. 그래도 네 할아버지한테 불려 가는 것보단 안 낫겠니?"

"아……."

할아버지한테 불려 간단 말에 납득이 됐다. 그의 할아버지라면 정말 그러고도 남을 분이었다.

그러다 문득, 할아버지한테 불려가는 게 은영이 아닌 샛별이 될 수도 있다 생각하니 등골을 타고 소름이 쫙 돋았다.

'만약 은영 씨랑 샛별이랑 쌍둥이인 걸 알게 되시면?'

"근데요……."

"응?"

"만약에."

승재는 자신의 질문이 이상하게 들리지는 않을까 어머니의 눈치를 보며 말을 이었다.

"형이 은영 씨랑 결혼하고 싶다고 하면…….."

"엄마는 무조건 찬성이지. 승현이가 언제 자기가 한 말 뒤집는 거 봤니? 이번에 아니면 결혼한단 소리 절대 못 들을걸?"

지금 사귀는 아가씨가 이미 결혼한 유부녀 아닌 이상 절대 반대 안 한단 말에 승재는 농담도 잘하신다고 하하 웃었다. 그러나 겉으로는 웃어도 속은 아니었다.

'형이 은영 씨랑 결혼하면 나랑 샛별이는 어떻게 되지? 할아버지는 무조건 겹사돈 반대하실 텐데…….'

급하게 먹은 잡채가 속에 얹힐 것 같았다. 승재는 공연히 주먹 쥔 손으로 명치만 두드려 댔다.

✻✻✻

[일요일에 갈 때 쿠키나 빵 같은 것 좀 구워 갈까 하는데요, 승현 씨 부모님은 어떤 거 좋아하세요? 롤케이크나 카스테라 같은 거 좋아하실까요?]

[그런 거 만들어 올 필요 없습니다. 손님으로 초대한 거니까 편하게 몸만 오세요.]

[그래도 어떻게 빈손으로 가요. 아니면 과일 같은 거 사 갈까요?]

[정 그러면, 치즈 케이크 만들기 쉽습니까? 어머니가 그걸 좋아하십니다.]

[어떤 치즈 케이크요? 치즈 케이크도 종류 많은데.]

[치즈 케이크에도 종류가 있습니까?]

[그럼요. 치즈 종류랑 따로 뭘 넣는지에 따라서 종류 어마어마하게 많아져요. 대중적으로 유명한 건 뉴욕 치즈 케이크, 수플레 치즈 케이크, 레어 치즈 케이크, 아, 제리 치즈 케이크라고 에멘탈 치즈 모양으로 만든 것도 있어요.]

[승현 씨 식품 기업에서 일해서 잘 아실 줄 알았는데. 의외로 잘 모르시네요?]

핸드폰을 쥔 채 키득키득 웃고 있을 은영의 모습이 눈에 선했다. 저도 모르게 픽 웃은 승현은 쥐고 있던 젓가락을 내려놓고 두 손으로 핸드폰을 쥐었다.

[저희 기업 제품 중에 치즈 케이크는 없어서요. 혹시 나중에 만들게 되면 조언 부탁드리겠습니다.]

[좋아요. 대신 공짜는 안 돼요!]

"흠, 흠흠."

들으라는 듯 일부러 소리 낸 헛기침에 승현은 고개를 들어 맞은 편을 쳐다봤다. 그곳엔 이미 점심을 다 먹은 윤 비서가 주먹 쥔 손으로 입을 가린 채 흠흠거리며 주변의 눈치를 살피고 있었다.

"팀장님, 연기가 필요 이상으로 지나치신 거 같습니다."

"필요 이상으로 지나치다니?"

"팀장님이 핸드폰 붙들고 피식피식 웃는 걸 적어도 스무 명은 봤습니다. 아마 지금 카페테리아 가면 팀장님 이름 한 백 번은 들을 수 있을걸요?"

"스무 명이 날 보고 수군거리며 지나가고 있는데 그걸 보고만 있었다?"

"그렇게 말씀하시면 제가 무척이나 억울합니다, 팀장님. 제가

184

헛기침을 지금 오십 번도 넘게 했거든요?"

헛기침 몇 번만 더 하면 주변 사람들이 이 여름에 독감 걸렸다고 119 부를지도 모른다며 한탄하는 윤 비서를 승현은 가뿐하게 무시했다. 하지만 은영과 메시지 주고받는다고 점심을 반도 못 먹기는 해서 일단 핸드폰을 내려놓고 식사에 집중하기로 했다.

"누가 보면 진짜로 연애하시는 줄 알겠어요."

"……"

"……왜, 왜 그렇게 보세요?"

갑자기 뭔가를 가늠하는 얼굴로 절 뚫어져라 보는 승현에 윤 비서가 긴장해서 마른침을 삼켰다.

내가 너무 간 크게 굴었나 자신이 한 말을 하나하나 되짚는 사이, 아예 젓가락을 내려놓은 승현이 그를 빤히 보며 입안에 든 음식을 느리게 씹었다.

아예 팔짱까지 낀 그가 비로소 입을 연 건 윤 비서가 구부정한 자세를 똑바로 펴고 잔뜩 긴장한 얼굴을 했을 때였다.

"윤 비서."

"네, 팀장님."

"……윤지훈."

승현이 혀끝으로 굴리다 내뱉은 이름에 윤 비서, 지훈은 한껏 긴장해서 승현을 쳐다봤다.

'무, 무섭게 왜 이름으로……!'

마지막으로 이름이 불렸던 건 반년 전, 신제품 CF 모델로 기용했던 아이돌 멤버가 음주 운전이란 대형 사고를 쳤을 때였다.

아무래도 느낌이 별로라고 마지막까지 고민하던 그의 옆에서 그 아이돌이 얼마나 인기가 많은지 역설해 도장 찍게 만들었다가 딱 저런 시선을 받았었지.

나도 모르는 사이 내가 대체 무슨 사고를 친 걸까. 그가 어제, 그제, 일주일 전을 지나 한 달 전까지 기억을 거슬러 올라갔을 때 드디어 승현의 입이 다시 열렸다.

"네 나이가 올해로 서른이었지?"

"네. 서른 됐습니다."

은영보다 두 살이 많다. 즉, 그녀의 입장에선 오빠다.

맞춰진 퍼즐 조각은 이제 겨우 두 갠데 왜 벌써 완성된 걸 본 것처럼 기분이 나쁠까?

먹다 만 점심은 아예 잊은 채 승현은 테이블을 검지로 두드리다 입을 열었다.

"고향이 어디였지?"

"저요? 상주요. 경상북도 상주."

"중학교 고등학교 다 거기서 다녔지?"

"아니요."

"아뇨?"

승현의 한쪽 눈썹이 삐딱하게 올라갔다. 승현의 맞은편에 앉은 덕에 그 표정 변화를 놓칠 수가 없었던 지훈은 살짝 위축된 채 조심조심 답했다.

"중학교는 상주에서 다녔는데, 고등학교는 대구로 갔습니다."

"그래?"

중학교는 상주, 고등학교는 대구. 경기도에서 중고등학교를 나온 은영과는 접점이 조금도 없다. 내내 굳어 있던 승현의 얼굴이 그제야 풀어지고, 지훈 역시 안도의 한숨을 내쉬었다.

"그런데 그런 건 왜 물어보세요?"

"몰라도 돼."

"넵, 모르겠습니다."

지훈은 공손하게 두 손을 들어 "식사하십시오." 하고 물을 뜨러 갔다. 누가 봐도 자리를 피하는 모양새였지만, 생각에 잠긴 승현은 그 사실을 알아차리지 못했다.

'갑자기 그런 건 왜 물어보냐고?'

그런 걸 왜 물었는지. 은영의 가방에 들어 있던 부러진 명찰이 왜 이렇게 신경 쓰이는지.

'나야말로 궁금하다고.'

정말로 왜일까? 승현은 도무지 알 수가 없었다.

❋❋❋

"여러분, 주목!"

영업을 종료하고 청소를 시작하기 전, 세연이 손뼉을 짝짝 쳐서 카페 내의 모든 직원을 홀로 불러 모았다. 오늘은 아이튜브 영상을 찍느라 은영도 이 시간까지 남아 있었다.

내 가겐데 왜 네가 주인 같을까, 하고 투덜거리는 박 사장을 필두로 현수와 은영, 막내까지 옹기종기 그녀의 앞에 모였다.

"무슨 말을 하려고 그렇게 폼을 잡아?"

"저, 청첩장 나왔습니다."

"진짜?"

쓸데없는 말하면 감봉해 버리겠다는 얼굴로 세연을 보던 박 사장의 얼굴에 놀람이 번져 나갔다. 세연은 이런 걸로 거짓말을 하겠냐며 가방에서 봉투를 꺼내 직원들에게 하나씩 나눠 주었다.

"와! 축하드려요, 언니!"

"세연이 너 진짜 결혼하는구나. 결혼한다는 말 들은 게 벌써 반 년인데 아무 소식이 없어서 결국 파투 났나 했더니."

"실제로 파투 날 뻔했어. 한밤중에 미친놈년들처럼 와왁대며 싸우다가…… 결국 이렇게 됐다."

한숨 쉬며 말하는 얼굴은 마치 결혼이 깨졌다고 말하는 것처럼 회한이 가득했다. 현수의 입안에서 그럴 거면 그냥 결혼 깨지 왜 하냐는 말이 맴돌았지만, 그는 현명하게 침묵했다. 그러다 불똥 튀기 십상이니까.

"아무튼, 다들 올 거지? 와야 한다? 나 친구 몇 명 없단 말이야. 사장님도 와 주시기예요."

"흠흠, 내가 거기 가서 뭐 하라고? 같이 놀 사람도 없구먼."

말은 그렇게 하지만 박 사장의 눈동자는 흘끔흘끔 세연을 향하고 있었다. 그 말을 곧이곧대로 듣고 '네, 그럼 사장님은 오지 마세요.' 했다가 벌어질 참사를 이제는 여기 있는 모두가 다 알았다.

그중 제일 먼저 나선 건 불똥이 튈 경우 제일 먼저 앗 뜨거 하게 되는 막내였다.

"에이, 저희랑 같이 노시면 되죠! 우리끼리 테이블 하나 차지하면 되잖아요. 안 그래요?"

"넥타이 매 본 지 오래돼서 넥타이 매는 방법도 까먹었는데……. 험험."

"제가 매 드릴게요. 저만 믿으세요, 사장님!"

"그럼…… 그럴까? 나 우리 막내만 믿는다?"

"네, 저만 믿으세요. 절대 길 안 잃어버리게 해 드릴게요."

직원 결혼식에 쓸데없이 비장함과 신뢰감이 넘치는 두 사람을

188

보며 현수가 손뼉을 짝짝 쳤다. 원래는 제가 했던 역할을 훌륭하게 물려받은 막내가 참 기특하다 칭찬하는 의미로.

그사이 봉투에서 청첩장을 꺼내 안을 살펴보는 은영에게 세연이 슬쩍 다가왔다.

"은영아, 내가 너한테 특별히 부탁할 게 하나 있는데."

"네? 뭔데요?"

"있잖아, 결혼식 날 부케 좀 받아 주면 안 돼?"

"부케요?"

상상도 못 한 그녀의 말에 은영이 눈이 동그래졌다. 그런 반응을 이미 짐작했던 세연은 제발 부탁한다며 은영의 손을 꼭 붙잡았다.

"내가 엄살떠는 게 아니라 진짜 부탁할 사람이 없어. 그나마 친한 애들은 다 결혼했거나 아니면 남자 친구랑 깨진 지 얼마 안 됐거나 그래서 부탁할 수 있는 상황이 아니거든."

"아니, 그래도……."

"혹시 뭐, 부케 받고 반년 안에 결혼 못 하면 2년 안에 결혼 못 하니 어쩌니 그런 미신 믿는 거 아니지? 그거 지역마다 이야기 다 다르더라. 누구는 3년 못 한대고 누구는 또 5년 못 한대고. 과학적 근거라곤 현수 양심만큼 없는 이야기야."

"거기서 내 이름은 또 왜 튀어나오냐."

"은영아, 응? 응? 부케 받아 주면 내가 옷 한 벌 해 줄게."

세연과 알고 지낸 지 벌써 몇 년이 되었지만 그녀가 이렇게까지 간절한 표정을 짓는 건 처음이었다. 결국, 은영은 못 이기는 척 고개를 끄덕였다.

"옷은 안 사 주셔도 돼요. 우리 사이에 그런 거 뭐 필요하다고."

189

"우리 사이니까 더 해 줘야지! 흐흐흥! 진짜 고마워, 은영아. 다음 주나 다다음 주 주말에 시간 한번 내줘. 언니가 풀코스로 쏜다!"

"저 짠순이가 웬일이야. 야, 부케 내가 받아 줄 테니까 나 사 줘, 나!"

"꺼져. 오징어 새끼가 뭐라는 거야."

"와 나, 진짜. 뼈가 부러졌습니다. 위자료를 청구합니다……."

늘 있던 일이라 키득거리며 웃은 은영은 청첩장을 가방에 잘 넣어 놓고 주방에 들어가 뒷정리를 했다.

그리고 집으로 돌아가는 길. 은영은 세연과 함께 지하철역을 향해 걷다가 반 충동적으로 그녀에게 물었다.

"언니, 상견례는 언제 했어요?"

"상견례? 꽤 됐어. 한 반년 전에 했나……. 그 답답이가 삽질만 안 했어도 진작 신혼여행 다녀와서 신혼집으로 이사 갔을 텐데."

다시 생각해도 열 받는다는 듯 세연이 허공에 대고 주먹을 붕붕 날렸다. 그녀가 남자 친구와 크게 싸웠을 때 그녀와 함께 술을 마셔 준 적이 있는 은영은 하하 어색하게 웃었다.

"그럼 남자 친구 부모님은 그때 처음 뵌 거예요?"

"아니, 따로 뵌 건…… 언제였더라. 3년 전? 사귀고 나서 반년 지났을 때였을걸."

"그렇게 일찍이요?"

"어, 그렇게 일찍. 그것 때문에도 한 번 헤어질 뻔했는데……. 근데 그건 왜 물어봐? 혹시 네 남자 친구 부모님이 만나재?"

"아, 아니요. 설마요. 만난 지 얼마 되지도 않았는데."

190

은영은 뜨끔해서 얼른 고개를 흔들었다. 그녀의 얼굴엔 어딘지 모르게 어색한 구석이 있었으나 세연은 깊게 의심하지 않았다.

"하긴, 연애한 지 이제 두 달 돼 가나? 당장 결혼할 것도 아닌데 부모님 만나는 건 말도 안 되지."

"그쵸, 당장 결혼할 것도 아닌데."

"결혼할 거 아니면 절대 만나면 안 돼. 아니, 결혼 결정되더라도 최대한 늦게 인사드리는 게 나아."

세연의 말에선 아주 깊은 회의감이 느껴졌다. 직감적으로 경험담임을 알아차린 은영은 지하철 내 편의점을 보고 화제를 돌렸다.

"아, 저 비타민 음료 하나 사 마실까 하는데 언니도 드실래요?"

"우리 은영이가 쏘는 거야? 그럼 먹어야지."

"네, 제가 쏠게요."

사이좋게 비타민 음료 한 병씩을 마신 후, 두 사람은 반대 방향으로 갈라져서 지하철을 탔다.

덜컹거리는 지하철에 몸을 실은 채 제일 궁금했던 걸 묻지 못한 은영은 지우지 못한 고민을 곱씹으며 끙, 소리를 냈다.

'만나 뵙는 건 피할 수 없고……. 대체 승현 씨 부모님 앞에서 뭘 어떻게 하면 되는 거지?'

✳✳✳

"아무것도 할 필요 없습니다."

"네?"

은영은 눈을 동그랗게 뜨고 승현을 바라봤다. 그러나 그는 놀란 그녀에겐 시선도 주지 않고 진열대에 전시된 목걸이를 쭉 살폈다.

"이거랑 이거 부탁드립니다."

"네, 손님."

살짝 긴장된 얼굴로 대기하고 있던 직원이 하얀 장갑을 낀 손으로 두 개의 목걸이를 꺼내 진열대 위에 올려놓았다.

하나는 초승달 모양의 금테에 새하얀 진주를 얹어 놓은 모양의 로즈골드, 그리고 다른 하나는 까만 오닉스를 클로버 모양으로 세공해 가운데에 투명한 다이아몬드를 박아 넣은 골드 목걸이였다.

언뜻 펜던트가 작고 심플해 보여도 초승달의 금테나 오닉스의 둘레에 투명한 보석이 촘촘히 박혀 있었다. 저게 그냥 큐빅이면 은영도 마음이 참 편했겠지만, 이름만 들어도 아는 이 매장의 브랜드가 말해 주고 있었다. 이건 다이아라고.

"보시다시피 두 제품 다 귀걸이와 함께 세트로 나온 제품입니다. 원하시면 목걸이만 따로 구매 가능하시고요."

"은영 씨, 귀 뚫었습니까?"

무심코 다가온 승현의 손이 은영의 머리카락을 귀 뒤로 넘겼다. 순간 거리가 가깝게 좁혀지며 묵직하고 시원한 남성용 스킨 향과 그의 뜨거운 체온이 공기를 타고 은영을 훅 덮쳤다.

"아, 실례."

제가 먼저 손을 뻗어 놓고 되레 제가 놀란 승현이 황급히 손을 물렸다. 그러나 은영의 귓가는 이미 발긋하게 달아오른 뒤였다. 그와 함께 사과빛으로 물든 뺨을 숨기려 은영은 괜찮다고 얼른 고개를 흔들었다.

귓바퀴를 따라 둥글게 그녀의 귀를 스친 승현의 손길이 아직도 그 자리에 머물고 있는 것 같았다. 귀뿐만 아니라 머리까지 뜨거워져서 조금 전까지 자신이 무슨 생각을 하고 있었는지도 헷갈렸다.

"어, 그, 아무것도 할 필요 없다뇨? 이 질문엔 이런 대답을 하면 되고, 저 질문엔 저런 대답을 하면 된다 뭐 이런 거 없어요?"

"없습니다. 은영 씨 마음대로 하세요. 혹 은영 씨 듣기에 기분 나쁜 말씀을 하시거든 솔직하게 그냥 기분 나쁘다고 해도 됩니다."

"그럼 그 뒷수습은 누가 하고요?"

"제가 하죠, 당연히."

"하지만……."

"은영 씨는 딱 하나만 신경 써 주시면 됩니다. 우리 거짓말을 들키지 않는 것."

거기까지 말한 승현이 목걸이를 보관함째로 들어 은영의 목 앞에 대보았다.

그러나 두 개를 다 대보고도 어느 게 더 어울리는지 확신할 수 없었는지 직원에게 시착해도 되냐고 물었다. 고개를 끄덕인 직원이 도와 드리겠다며 목걸이를 들고 은영의 뒤에 섰다.

"실례하겠습니다, 손님. 체인에 머리카락이 걸릴 수 있을 것 같아서요. 머리카락 좀 앞으로 모아 주실 수 있을까요?"

"아, 네."

직원의 부탁에 은영은 긴 머리카락을 하나로 모아 오른쪽 어깨 앞으로 넘겼다. 그러자 왼쪽 어깨와 목덜미 위로 서늘한 에어컨 바람이 닿아왔다.

그 부위가 노출되는 옷을 입은 것도 아니었다. 그런데 진열대에 몸을 기댄 채 팔짱을 끼고 이쪽을 응시하는 승현과 눈이 마주친 순간, 은영은 이유 없이 부끄러워져 시선을 떨어뜨렸다.

'왜 부끄럽지……?'

얼굴이 달아올랐을까 마음이 조마조마했다. 내내 고개를 숙이고 있던 은영은 쇄골 위로 오닉스 펜던트가 내려앉은 순간, 얼른 머리카락을 뒤로 넘겨 드러난 목덜미를 가렸다.

"어, 어때요?"

"잘 어울리네요. 은영 씨 보기엔 어떻습니까?"

승현의 시선이 거울에 닿은 순간 직원이 잽싸게 은영이 보기 쉽도록 거울을 들어 주었다. 그 놀라운 속도에 은영은 작게 웃었다.

"감사합니다. 음…… 예쁘긴 한데 저랑 잘 어울리는지는 모르겠어요."

"그럼 다음 거 걸어 보죠."

"아."

싫다는 뜻은 아니었는데.

그렇게 말할 새도 없이 직원이 거울을 두고 은영의 뒤로 다가와 실례하겠습니다, 한 마디와 함께 체인을 풀었다.

은영은 승현의 시선을 의식하지 않으려 애쓰며 다시 한번 머리카락을 앞으로 모았다. 그렇게 은영의 목에 진주 목걸이가 걸렸다.

"어머나, 정말 잘 어울리시네요. 분위기가 손님이랑 정말 딱이에요."

"그래요?"

조금 전엔 "마음에 드세요?" 하고 묻기만 했던 직원이 이번엔 묻지도 않은 말을 먼저 꺼내 왔다.

은영은 그녀가 눈썰미가 좋든 눈치가 빠르든 둘 중 하나라고 생각했다. 솔직히 아까 그 목걸이보단 지금 이 목걸이가 그녀의 마음에도 들었기 때문이었다.

'진주 목걸이는 사 본 적 없는데.'

은영은 거울을 빤히 보다가 저도 모르게 검지 끝으로 진주를 톡 건드렸다. 그러다 흠칫 놀라 직원의 눈치를 살피는데, 바로 옆에서 승현의 목소리가 들려왔다.

"마음에 드는 것 같군요. 그걸로 하죠."

"네?"

"귀걸이는 됐고, 세트로 팔찌는 없습니까?"

"죄송합니다, 세트로 나온 건 없어요. 대신 진주를 포인트로 쓴 비슷한 디자인이 몇 개 있는데 보여 드릴까요?"

"보여 주십시오."

오늘 매출 대박 났다고 직원이 신이 나서 달려간 사이, 은영은 어쩔 줄을 몰라 승현에게 속삭여 말했다.

"팔찌까지 사려고요? 목걸이 하나면 충분할 거 같은데."

"겨울이라 소매가 긴 옷을 입을 거면 모르겠는데, 목걸이만 하기엔 팔이 허전해 보이지 않습니까."

"그래도……."

"손가락도 허전해 보이네요. 이왕 이렇게 된 거 반지도 살까요."

승현의 시선이 반지 진열대를 향했다. 우연인지 의도한 건지, 그곳에 진열된 건 프러포즈 링이었다. 애초에 이 브랜드는 그쪽으로 유명했다.

"이왕이면 반지를 과시하는 쪽이 좀 더 제가 진심인 걸로 보이지 않을까 싶은데."

"그, 그래도 반지는 좀……."

진짜로 사귀는 남자한테 받기에도 부담스러울 판국에 가짜 연애를 들키지 않을 용도로 프러포즈 링이라니.

액세서리에 관심이 없는 승현의 눈엔 저게 단순한 반지로 보이는 모양이었지만, 은영은 아니었다. 그녀는 필사적으로 승현을 설득할 만한 말을 생각해 냈다.

"반지 보고 혹시나 승현 씨가 저한테 청혼했다고 생각하기라도 하시면 어떡해요."

"하긴…… 확실히 가볍게 선물할 물건은 아니죠."

은영의 설명에 납득했다는 듯 승현이 고개를 끄덕였다. 그는 곧 가볍게 웃으며 마치 농담하듯 말했다.

"의미가 깊은 물건이니 첫 반지는 정말 사랑하는 남자에게 선물 받으시는 게 좋을 거 같군요."

"네, 그럴게요."

정말 사랑하는 남자라. 당장은 실감이 나지 않았지만 은영은 일단 고개를 끄덕였다. 덕분에 그녀는 목걸이와 팔찌 두 개만 구입하고 매장을 빠져나올 수 있었다.

"후우……."

지친다 지쳐. 그렇게 속으로 중얼거린 걸 눈치채기라도 한 걸까? 손목시계로 시간을 확인하던 승현이 미간을 살짝 좁힌 채 물어왔다.

"그렇게 부담스럽습니까?"

"네? 아, 그게, 아무래도…… 한두 푼 하는 물건이 아니잖아요."

정신 건강을 위해 가격표는 보지도 않았지만 대충 짐작은 할 수 있었다. 조금 전 승현이 카드로 긁은 금액이 제 월급 몇 달 치라는 것쯤은. 그런 생각에 계속 끙끙대는 은영에게 승현이 보다 못해 한마디 했다.

"정 부담되면 일이 다 끝난 다음에 저한테 반납하세요. 그럼 되지 않겠습니까."

"그럴까요? 그러면 되겠네요! 헤어진 다음에 받았던 선물을 다 돌려주는 건 흔한 일이니까요."

부담감에서 벗어날 활로를 찾은 은영은 샛별이 매번 그랬던 걸 떠올리며 활짝 웃었다.

그러느라 발견하지 못했다. 그 말을 들은 승현이 함께 고개를 끄덕이면서도 한편으론 미묘한 표정을 짓고 있는 걸.

그 후 두 사람은 백화점을 돌아다니며 옷과 함께 가방과 구두까지 구입했다.

은영은 가격표가 눈에 들어올 때마다 '끝나면 반납, 끝나면 반납'을 입속으로 되뇌며 술렁이는 가슴을 진정시켰다.

어쨌거나 승현의 부모님에게 보이기 위해 사는 것이니 그들의 기준에 맞추는 것이 맞다 생각하면서.

"하아……."

"피곤합니까?"

백화점에 들어갔다가 나오기까지 꼭 3시간이 걸렸다. 승현의 차에 오른 순간 긴장이 풀린 은영의 입에선 그녀도 모르게 한숨이 새어 나왔다.

그런 그녀를 보며 승현이 조금 걱정스럽게 물었다. 은영은 어느새 익숙해진 승현의 차 조수석에 몸을 깊게 묻으며 고개를 좌우로 흔들었다.

"피곤하다기보다…… 조금 걱정돼서요. 내일 제가 잘할 수 있을지."

"걱정할 필요 없습니다. 못해도 되니까요."

"그래도요. 들키면 어떡해요."

"들키면 하는 수 없죠. 부모님 화는 제가 감당할 테니 은영 씨는 바로 도망가세요."

"네? 아니, 그래도 어떻게 그래요."

"은영 씨는 이 모든 일이 본인 탓이라고 말했지만."

승현은 은영에게로 몸을 기울여 그녀가 깜빡 잊고 있던 안전벨트를 당겨 버클에 꽂아 주었다.

가슴 앞을 스치고 지나가는 팔과 어깨에 은영은 숨을 멈추었다. 스킨 향. 몸의 열기. 그의 그림자와 숨이 닿는 거리에서 스치고 지나간 짙은 눈빛. 아까와 같은 것들이 은영의 가슴을 술렁이게 만들었다.

코끝으로 겨우 밀어낸 숨이 무척 떨리고 있는 게 스스로도 느껴졌다. 그녀는 찰칵 소리가 조그맣게 울린 후에야 겨우 정신이 들었다.

"실은 제 이기심으로 시작된 일인 걸 모르지 않습니다."

"네? 그게 어떻게 승현 씨 이기심으로 시작된 일이에요. 제 잘못으로 벌어진 일인데."

"고의가 아니었고, 오해할 만한 상황에서 실수로 벌어진 일이니 진심 어린 사과로 끝낼 일이었죠. 상대방에게도 제대로 해명했으면 될 일이었고."

"하지만……."

"정말로 자책할 필요 없습니다. 솔직히 말씀드리면 최근엔 저도 좀 헷갈려서요."

"헷갈리다뇨? 뭐가요?"

승현은 눈을 깜빡이며 묻는 은영을 빤히 바라봤다.

그가 한 말이 무슨 뜻인지 정말로 짐작 못 하겠다는 듯 그녀는 순진한 얼굴을 하고 있었다. 승현은 조금 맥이 빠지는 걸 느꼈다.

"……그런 게 있습니다."

"승현 씨?"

"밥이나 먹으러 가죠. 먹고 싶은 거 있습니까?"

"딱히 먹고 싶은 건 없는데, 아, 점심은 제가 살게요. 오늘 승현 씨 돈 많이 쓰셨으니까."

"지갑 가져왔습니까?"

"네? 어, 가져왔는데……. 가져오면 안 되는 거였나요?"

"네. 주세요. 압숩니다."

승현이 은영에게 손을 내밀었다. 처음엔 농담인 줄 알고 하하 웃던 은영은 묵묵히 버티고 있는 그의 표정과 눈빛에 뒤늦게 당황했다.

"진짜요? 진짜 압수예요?"

"네. 오늘만이 아닙니다. 한 달 뒤든 1년 뒤든, 저 만날 때 지갑 갖고 나오지 마세요. 앞으로는 검사할 겁니다."

"아, 아니, 저도 돈 버는데…… 꽤 버는데……."

"정 저한테 돈을 쓰고 싶거든 라면 먹을 때 저희 회사 제품 사 드세요. 음료수, 과자, 아이스크림, 레토르트. 뭐든 좋습니다."

"어…… 저 홍라면 제일 좋아하는데."

홍라면은 K기업의 라이벌이라 할 수 있는 T기업의 제품이었다. 한국인이 제일 사랑하는 라면 1위에 빛나는, 자타공인 T기업 대표라면.

"아하. 은영 씨가 좋아하는 음식을 하나 알게 됐네요. 홍라면을 제일 좋아하시는군요."

"아, 그, 그게요."

은영을 바라보는 승현의 눈빛이 무섭게 번뜩였다. 은영은 저도 모르게 어깨를 떨었다.

"옛날에는 그랬다는 이야기예요! 홍라면의 시대는 한참 전에 저물었죠. 이제는 그, 탕탕면 시대죠, 탕탕면 시대. 탕탕면 엄청 맛있던데 그거 K기업 제품이죠?"

"그것도 T기업 제품입니다."

"아……."

혹 떼려다가 혹 붙였다는 건 이런 상황에서 쓰는 말이겠지.

은영의 시선이 어지럽게 허공을 방황했다. 겨우 눈을 들어 승현의 얼굴을 확인했을 때, 그는 안전벨트를 매고 차에 시동을 걸고 있었다.

"딱 오늘 점심 식사만 은영 씨가 사세요. 지갑은 그때 압수하겠습니다."

"네! 제가 진짜 맛있는 거 살게요. 뭐든 말씀만 하세요. 뭐 드시고 싶으세요?"

"라면 먹죠. 은영 씨가 옛날에 제일 좋아했던 홍라면이나, 요즘 제일 좋아하는 탕탕면 둘 중 하나로."

"……."

여름엔 에어컨도 필요 없을 정도로 쿨하게 생겨 놓고는 은근히 뒤끝이 있는 모양이었다.

달리 무슨 말을 해야 할지 몰라 은영이 한없이 가벼웠던 제 입을 원망하는 사이, 차의 핸들을 부드럽게 꺾으며 승현이 한마디 덧붙였다.

"은영 씨가 내일 저희 부모님 앞에서 조심해야 할 거 하나 생각났습니다."

"네? 뭔데요?"

"홍라면, 탕탕면. 그 이름 절대 입 밖에 내지 마세요."

"……네."

내가 다시는 그 라면 입에 대나 봐라.

은영은 다짐했다. 오늘 집에 들어가면 부엌 찬장에 있는 홍라면과 탕탕면을 전부 내다 버릴 거라고.

✽✽✽

마침내, 결전의 날.

은영은 승현이 사 준 것들로 머리부터 발끝까지 치장하고, 미용실에 들러 드라이에 메이크업까지 따로 받은 후 승현과 함께 그의 집으로 향했다. 그 과정에서 은영은 머릿속으로 수십 가지의 시뮬레이션을 돌렸다.

승현의 부모님이 이런 질문을 던지면 이런 대답을 해야지, 승현이 좋아하는 음식을 전부 외웠으니 식사를 할 땐 그의 밥그릇에 반찬도 하나씩 얹어 줘야지.

사실은 승현과 실제로 사귀는 사이가 아니라는 걸 절대 들키지 않으리라! 은영은 그렇게 각오를 다졌다.

옆에서 승현이 홍라면이랑 탕탕면 좋아한단 말 빼곤 무슨 말이든 다 해도 된다고 농담을 건네서 긴장도 풀어 주었다. 덕분에 그녀는 자신 있었다. 승현의 부모님 앞에서 의연하게 굴 자신.

그러나 현실은 언제나 예상과 다르게 흘러가는 법. 은영은 정말로, 조금도 짐작 못 했다.

"그래, 아가씨가 우리 승현이 애인이라고?"

병원에 입원해 계신다던 승현의 할아버지, 적어도 오늘은 마주칠 거라곤 생각 못 한 이 모든 일의 원흉과 단둘이 앉아 대화를 나누게 될 것이라고는 말이다.

※※※

태용이 처음부터 집 거실에 떡 들어앉아 있었던 건 아니다. 만약 그랬다면 승재나 그의 부모님이 몰래 언질을 줬겠지.

그의 방문은 승현도 승재도 모르고 정호와 미희도 몰랐다. 비서의 보고를 통해 은영의 방문 소식을 알아낸 그가 독단으로 저지른 짓이었다.

처음 승현의 안내를 받아 그의 집에 도착했을 때 은영은 제게 닥칠 미래도 모르고 으리으리한 저택을 보고 감탄을 금치 못했다.

할아버지가 입원하시기 전에 3대가 같이 살았다니 집이 클 거라고 예상은 했지만, 설마하니 TV에서나 보던 대저택이 눈앞에 펼쳐지리라곤 상상도 못했던 것이다.

"세상에…… 저 이렇게 큰 집 처음 봐요."

"정원이 넓어서 그렇지 집은 별로 안 큽니다."

"아니, 집도 충분히 커 보이는데요……."

하지만 승현의 입에서 넓다는 말이 나온 정원은 정말로 넓었다. 과장 조금 보태면 여기서 운동회도 할 수 있겠다 싶을 정도로.

나무나 덤불을 심지 않고 그저 잔디만 깔아 놔서 더 넓어 보이는 걸지도 몰랐다. 정원 한쪽의 길을 걸으며 정원을 구경하던 은영은 바닥에 설치된 스프링클러를 보고 혀를 내둘렀다.

"아버지 취미시거든요. 잔디 깎는 거."

"아아······."

승현이 가리킨 정원 한쪽 구석에는 몇 개의 크고 작은 화분과 함께 잔디깎이가 세워져 있었다. 저걸 실물로 보는 건 오늘이 처음이었다. 그 순간 은영은 깨달았다. 오늘 처음 보고 겪는 경험이 아주 많으리란 걸.

"이따 시간 되면 후원도 구경시켜 드리겠습니다."

"후원도 따로 있어요?"

"네. 그쪽엔 어머니께서 가꾸시는 꽃밭이 있습니다. 직접 키운 꽃으로 집을 장식하는 게 어머니 취미세요."

"와······."

정말 차원이 다르구나. 은영은 집에 들어가기도 전에 정신이 얼떨떨해졌다.

"저희 왔습니다."

"처음 뵙겠습니다. 정은영이라고 합니다."

현관으로 들어선 은영은 신발도 못 벗고 허리부터 굽혔다. 그러자 도착했단 말을 듣고 현관 앞에 나와 있던 정호가 그녀를 반겨 주었다.

"어서 와요. 내가 이 녀석 애빕니다. 오느라 고생이 많았어요."

"아니에요. 승현 씨가 마중 나와 줘서 편하게 왔어요. 저, 이거 별거 아니지만 좋아하신다는 말씀 듣고 직접 만들었어요."

"아이고, 뭐 이런 걸 다. 애들 엄마가 좋아하겠네요. 일단 들어와요."

은영에게서 케이크 상자를 받아 든 정호가 껄껄 웃으며 그녀를 안내했다. 은영은 깊게 심호흡을 하며 복도를 지나 거실로 들어갔다.

한쪽 벽 전체가 통유리라 탁 트인 정원이 훤히 보이는 거실엔 가운데에 널찍한 테이블과 소파, 그리고 커다란 원목 서랍장과 TV만 놓여 있었다. 그래도 벽에 걸린 각종 그림과 액자 덕분에 휑하단 느낌은 별로 들지 않았다.

"아, 맛있는 냄새."

"얼른 들어가서 식사부터 합시다. 은영 씨 온다고 애들 엄마가 새벽부터 일어나서 솜씨 발휘했거든."

"아, 저, 말 편하게 하세요."

"다른 집 귀한 따님께 어떻게……. 흠흠, 그래도 은영 씨가 그게 편하면 그렇게 할까?"

"네, 그렇게 해 주세요."

"그래, 그럼. 얼른 들어가자."

은영이 승현과 함께 정호의 뒤를 따라 부엌으로 들어갔을 때, 이미 상이 한가득 차려진 널찍한 식탁 뒤로 미희와 승재가 부지런히 접시를 나르고 수저를 놓는 모습이 눈에 들어왔다.

먼저 그들을 발견하고 말을 건넨 건 승재였다.

"오셨어요, 형수님!"

"인석아, 형수라니. 은영 씨 부담스럽겠다."

"그래도 그쪽이 좀 더 친근하잖아요."

너스레를 떠는 승재의 옆에서 미희가 살갑게 말을 건네 왔다.

"어서 와요. 온 거 알았는데 내가 정신이 없어서 나가 보지를 못했네."

"아! 아니에요, 어머님. 처음 뵙겠습니다. 정은영이라고 해요."

"여보, 이것 좀 봐요. 은영 씨가 직접 만들어 왔다지 뭐야."

"뭔데요? 어머나, 치즈 케이크네. 이따 후식으로 먹으면 되겠다. 고마워요, 은영 씨."

"아니에요. 저야말로 이렇게 반겨 주셔서 감사드립니다."

"우리 아들이랑 교제하는 아가씬데 당연히 반겨야지. 이제 조금만 있으면 다 되니까 여기 앉아서 조금만 기다려요."

"아, 저도 도울게요."

"아냐, 아냐. 손님한테 어떻게 일을 시켜. 승재 있으니까 괜찮아요. 승재야! 물수건 좀 갖다 드려."

"나중에 제 애인 데려왔을 때도 이렇게 해 주시기예요."

투덜거리는 건지 형을 놀리는 건지, 속을 알 수 없는 얼굴로 승재가 따뜻한 물수건을 가져왔다. 은영은 승현이 권하는 자리에 앉아 그 수건으로 손을 닦았다.

잠시 후, 가스레인지의 불을 끈 미희가 식탁의 중앙에 커다란 냄비를 옮겨 놓았다. 전복과 낙지가 통째로 들어간 해물찜이었다.

미희가 가위를 가져와 전복과 낙지를 숭덩숭덩 자르는 사이 승재가 밥을 퍼서 식탁 위로 날랐다.

"좀 정신없죠? 미안해요, 오늘은 내가 가족끼리 보고 싶어서 일하는 사람들 다 출근하지 말라고 했거든."

"아니에요, 괜찮습니다."

"승현이가 누구 만난다고 사람 데려온 적은 처음이라 내가 호들갑을 좀 떨었어요. 승재랑 만나는 사람은 밖에서 몇 번 마주친 적 있는데, 우리 승현이는 정말 은영 씨가 처음이거든."

그 말에 자기 그릇에 고봉밥을 쌓아 올리던 승재가 당장이라도 쓰러져 죽을 것처럼 쿨럭대며 기침을 해 댔다.

"어, 엄마!"

"아…… 승재 씨는 연애 경험이 풍부하신가 봐요."

"그렇다니까요? 어휴, 이왕 쌍둥이로 태어난 거 좀 반반 섞어 태어나지. 어쩜 저렇게 극과 극으로 갈렸나 몰라."

어색한 분위기를 풀기 위해 던지는 가벼운 농담. 승재는 제가 그 제물이 됐음을 어렵지 않게 알아차렸다.

만약 이 자리에 있는 게 은영이 아니었다면 승재는 모친의 의도를 알아차리고 제가 좀 인기가 많다며 한마디 거들었을 것이다. 이 자리에 있는 게 애인의 언니가 아니었다면.

"어, 엄마는 농담도 참, 내가 여자를 만나면 얼마나 만났다고. 오해하지 마세요, 은영 씨. 저 그렇게 가벼운 남자 아니에요. 진중한 남자입니다."

"어머, 애 좀 봐?"

"하하, 우리 승재가 형 여자 친구 앞이라고 쑥스러웠나 보네."

"아니, 그런 게 아니라요……."

불쌍할 정도로 제 눈치를 보는 승재가 은영은 조금 불쌍해졌다. 뭐, 바람을 피우는 것도 아니고 여자 좀 많이 만난 게 뭐가 흠이 되겠는가.

'그렇게 따지면 우리 샛별이도 만만찮지…….'

스쳐 간 사람들 줄 세우면 과연 누가 이길까? 그런 우스운 상상을 하던 은영은 승재의 불안을 풀어 주려 가볍게 미소 지었다.

"서로 좋은 감정으로 만났다가 헤어지는 게 뭐 흠이라고요. 오히려 사람을 많이 만나면 만날수록 내가 아는 세계가 넓어지는 거니까 좋은 일이라고 생각해요."

"아……."

"그럼, 그럼. 좋은 일이지. 결혼한 것도 아니고 잠깐 만났다가 헤어지는 게 뭐 대수라고."

정호가 고개를 끄덕이며 맞장구를 쳤지만, 어쩐지 식탁 위의 분위기는 조금 애매해졌다.

은영이 그 이유를 몰라 고개를 갸웃거리는 사이, 제 편을 들어 준 그녀에게 해명할 기회를 주려 승재가 식탁 앞에 앉으며 슬쩍 말을 건넸다.

"형수도 연애 경험이 풍부하신가 봐요……?"

"어머, 얘 좀 봐. 못 하는 말이 없어."

"아, 아니에요! 제 경험담이 아니라 주변에서 들은 이야기예요. 저 연애는 승현 씨랑 처음 해요!"

당황한 은영이 손을 흔들어 가며 자신의 결백을 주장했다. 여태 묵묵히 앉아 있던 승현이 그녀의 편을 들고 나섰다.

"맞습니다. 은영 씨한텐 옛날에 좋아했던 첫사랑 말고는 없어요. 만나는 사람은 제가 처음입니다."

"승현 씨! 그 얘길 여기서 꺼내면 어떡해요!"

"흠도 아닌데 못 꺼낼 이유 있습니까? 그 사람 덕에 은영 씨 세계가 넓어졌으니 좋은 일이죠. 저는 좋아했던 사람도 없어서 제 세계는 좁지만 말입니다."

"좀!"

지금 뭐 하는 거냐고 저도 모르게 승현의 팔을 찰싹 때렸다가 은영은 정호와 미희, 그리고 승재의 놀란 얼굴을 보고 덩달아 깜짝 놀라 고개를 푹 숙였다.

에어컨을 틀어놔 공기는 서늘한데도 무척 더웠다. 옆에서 큭, 하고 짧게 웃음을 터뜨리는 승현이 그저 원망스럽기만 했다.

"죄, 죄송합니다……."

"아니, 아니. 은영 씨가 죄송할 게 뭐가 있어요. 승현이가, 흠흠, 질투가 많아서 그러는걸."

"오히려 내가 미안하지. 승현이가 참, 날 닮아서 질투가 많구먼. 크흠."

"식사부터 하죠. 이러다 음식 다 식을 것 같은데."

"그래, 그러자. 일단 먹자. 어서 들어요, 은영 씨."

"네…… 잘 먹겠습니다……."

그러나 분위기가 이런데 음식이 입에 들어가겠는가? 어른들 눈치가 보여 은영은 젓가락을 제대로 놀리지 못했다. 그런 그녀에게 승현이 육회를 앞접시에 덜어 밀어 주었다.

"이거 맛있습니다. 은영 씨 입에 맞을 거예요."

"아, 네. 고마워요."

은영은 승현이 준 육회를 집어 입에 넣었다.

아무래도 날고기인지라 익힌 것보다는 덜 부드러울 텐데 고기 자체가 좋은 고기인지 입에 넣자마자 혀에서 녹는 듯, 한 번 씹기가 무섭게 입안으로 고소한 참기름 향이 확 번졌다. 거기에 시원한 배의 아삭한 식감까지 더해져 은영은 자기도 모르게 감탄을 내뱉었다.

"와, 진짜 맛있다. 저 이렇게 고소한 육회는 처음 먹어 봐요."

"허허, 아는 사람이 목장을 하거든. 오늘 새벽에 갓 보내 준 거라 고기가 아직 신선해. 이따 좀 싸 줄 테니까 가져가요."

"네? 아니에요, 괜찮아요. 지금 많이 먹을게요."

"그래도 되고. 승현아, 은영 씨 해물찜 좀 덜어 드려라. 은영 씨가 해물 좋아한다면서?"

"네. 해물은 전반적으로 다 좋아해요."

답하며 가만 둘러보니 식탁 위에 그녀가 싫어하는 건 없었다. 그녀의 입맛을 맞추기 위해 도시락도 미리 싸 주고, 승현을 통해 취향을 물어본 미희의 정성이 이 순간 은영의 가슴에 깊게 새겨졌다.

"정말 다 좋아하는 것들뿐이에요. 감사합니다. 맛있게 잘 먹을게요."

"형수, 이것도 좀 드셔 보세요. 이건 제가 만든 겁니다."

밥을 크게 한 입 꿀떡 삼킨 승재가 은영에게 랍스타 버터 구이를 내밀었다. 은영은 왜 그가 그걸 만들었는지 알 것 같았다. 샛별이 가장 좋아하는 해산물이 바로 랍스타였기 때문이었다.

그러나 그 사실을 알지 못하는 승현은 중간에 접시를 가로채며 눈살을 찌푸렸다.

"네 애인 인사드리는 자리도 아니고 내 애인 인사드리는 자린데 왜 네가 요리를 해?"

"그래야 나중에 내가 내 애인 데려오면 형도 요리해 줄 거 아냐. 해 줄 거지?"

승재가 승현을 보며 한쪽 눈을 찡긋거렸다. 쌍둥이로 태어난 덕분일까? 승현은 그를 낳아 준 부모님도 알아차리지 못한 승재의 눈빛 속에 숨겨진 뜻을 이해했다.

나중에 자신이 샛별을 데려왔을 때에도 자리가 이렇게 화기애애할 수 있도록 도와 달란 뜻이었다.

도와주는 거야 어렵지 않지만…….

그런데 승재가 은영과 쌍둥이 자매인 샛별을 데려오면 부모님이 어떤 반응을 보이실까?

승현의 머릿속으로 벼락이 내리쳤다. 왜 진작 이 생각을 떠올리지 못했나 싶을 정도로 이건 심각한 문제였다.

딩동—

"응? 누구지?"

"더 올 사람 있어요?"

"아니? 오늘 은영 씨 오는데 누구를 부르니."

"홍선 씨, 좀 나가……. 아, 오늘 출근 안 했지, 참."

"제가 나가 볼게요."

자리에서 일어난 건 승재였다. 집에서 막내라 움직일 일 있으면 먼저 나가는 게 습관이 된 그는 누가 시키기도 전에 현관으로 향했다.

조금 불안해진 은영은 승현에게로 고개를 살짝 기울여 주변의 눈치를 살피며 귓속말했다.

"저…… 승현 씨, 혹시 할아버님이 오신 건……."

"그건 걱정 안 해도 됩니다. 할아버진 은영 씨가 오늘 집에 오는 거 모르시니까요."

승현의 단호한 목소리에 안도하는 것도 잠시.

"헉, 하, 할아버지?"

현관에서 들려온 승재의 목소리에 자신뿐만이 아니라 승현은 물론이고, 정호와 미희까지 깜짝 놀랐다는 것만이 은영에게 유일한 위안이었다.

"아버지가 오셨다고……?"

제일 먼저 자리를 박차고 일어난 건 정호였다. 그 뒤를 따라 미희와 승현, 그리고 은영도 따라서 밖으로 나갔다. 그때 태용은 이미 보무당당히 거실까지 들어와 있었다.

"아니, 아버지……."

"아버님, 어떻게 오신 거예요?"

"어떻게 오긴 뭘 어떻게 와? 내가 내 집에 오는데 누구 허락 받아야 되냐? 이게 네 집이야?"

사실 태용이 처음 쓰러졌을 때 집을 비롯해 웬만한 부동산 명의는 이미 이전 처리가 완료되었다.

그러나 명의가 누구 앞으로 되어 있든 그가 살아 있는 한 이 집은 그의 집이었다. 당당하게 소파에 몸을 묻은 태용은 고개를 들어 어정쩡하게 선 은영을 바라봤다.

"그래, 아가씨가 우리 승현이가 사귀는 사람이라고?"

"네……. 정은영이라고 합니다. 처음 뵙겠습니다."

끼어들 틈을 못 찾고 헤매던 은영은 그제야 허리를 꾸벅 숙여 인사했다. 그런 그녀의 앞으로 승현이 가로막듯 나섰다.

"할아버지, 여긴 어떻게 오신 거예요?"

"왜? 너도 이 늙은이 괄시할 참이냐?"

"그런 뜻 아닌 거 아시잖아요. 알고 오신 거죠?"

승현은 정호보다 조금 더 강하게 나갔다. 승재를 시켜 미지근한 물 한 잔을 가져오게 한 태용은 눈을 부릅뜨고 절 보는 손자를 보며 혀를 찼다.

"그래, 알고 왔다. 내 손자며느리 될 사람이 어떤 아가씬지 내가 직접 한 번 봐야지."

"때 되면 알아서 어련히 소개해 드렸으려고요."

"뭐 하러 날을 잡아? 이왕 집에 온 김에 한 번에 보면 되지. 안 그런가?"

"네, 네. 그럼요."

갑작스레 절 향해 날아온 화살에 은영이 깜짝 놀라 어깨를 들썩

211

였다. 누가 봐도 바짝 긴장한 모습이었다. 그런 그녀를 도울 겸 미희가 앞으로 나섰다.

"그보다 아버님, 점심은 드셨어요? 저희는 식사하던 중이었는데……."

"먹고 왔다. 나 신경 쓰지 말고 먹던 거 마저 먹어."

"아무리 그래도……."

"먹으라니까? 나 TV 보고 있을 테니까 얼른 먹고 와, 먹고. 나 그렇게 꽉 막힌 노인네 아냐."

그러나 누가 이 자리에서 마음 편히 식사를 할 수 있겠는가.

결국, 미희가 정성 들여 차린 점심 식사는 하는 둥 마는 둥 불편한 상태에서 치워야 했다. 미희가 미안하단 얼굴로 반찬 좀 싸주겠다고 말했지만, 그것 역시 불편하기는 마찬가지라 은영은 어색하게 웃기만 했다.

'나…… 분명히 체할 거야.'

이럴 줄 알고 미리 청심환과 함께 소화제를 먹고 온 게 다행이라면 다행이었다. 그렇게 은영은 승현과 함께 호랑이 굴에 제 발로 걸어 들어가는 기분으로 거실 소파에 앉았다.

당연하게 상석을 차지한 태용을 중심으로 정호와 미희, 승재가 나란히 앉고 그 맞은편에 승현과 은영이 앉았다.

테이블 위에는 미희가 손수 만든 식혜, 승재가 내린 커피와 함께 은영이 가져온 치즈 케이크와 과일이 차려졌다.

"할아버지, 케이크 드셔 보세요. 형수가 직접 만들어 가져온 거예요."

"그래?"

눈을 들어 은영의 얼굴을 들여다본 태용은 승재가 건넨 접시와

212

포크를 받아 들고 치즈 케이크를 한 입 잘라 입에 넣었다.

얼마 안 되는 그 짧은 시간 동안 어찌나 긴장했는지 손안으로 땀이 흥건하게 들어찼다. 은영은 테이블 아래에서 치맛자락에 손을 문질러 닦았다.

그런 그녀를 눈치챈 걸까? 태용이 턱을 우물거리는 사이 승현이 포크를 집어 들었다. 그리고 놀란 눈으로 절 바라보는 정호와 미희의 시선 속에서 케이크를 잘라 입에 넣었다. 그 순간 그의 얼굴로 번져 나간 미세한 놀람은 그를 보고 있던 모두가 눈치챘다.

"……맛있네요."

"어머, 승현이 너 케이크 안 먹잖니?"

"네. 그런데 은영 씨가 만든 건…… 맛있어서요."

"정말?"

"엄마도 참. 애인이 만들어 준 거잖아요. 돌멩이를 구워 줬어도 맛있지."

승재가 히죽거리든 말든 승현은 치즈 케이크를 한 번 더 잘라 입에 넣었다. 그의 얼굴에선 싫은 걸 참는 기색이 전혀 보이지 않았다. 그래서 은영은 승현이 케이크 종류를 즐겨 찾지 않을 뿐, 먹으면 잘 먹는구나 하고 생각했다.

그가 미국에 있다가 한국으로 돌아온 뒤, 이 집에서 먹는 케이크는 이게 처음이란 사실을 까맣게 모른 채.

"어머, 정말 맛있다! 내가 먹어 본 치즈 케이크 중에서 제일 맛있어."

"정말요? 감사합니다."

"감사는, 내가 더 고맙지. 은영 씨 어디에서 일한다고 했죠? 가끔 케이크 사러 가도 돼요?"

"그럼요. 미리 전화 주시면 제가 특별히 신경 써서 만들어 드릴 게요."

"어머, 고마워라."

은영과 미희가 화기애애한 분위기 속에서 대화를 나누는 사이, 승현은 제 접시의 케이크를 전부 먹어 치웠다.

그가 그렇게 마시듯 케이크를 먹어 치운 데에는 이유가 있었다. 그는 태용이 한 입만 먹고 내려놓은 케이크를 보며 손을 내밀었다.

"안 먹을 거면 주세요. 제가 먹을 테니까."

"누가 안 먹는댔냐? 뭐, 먹을 거니까."

투덜거리듯 말을 내뱉은 태용이 자리에서 일어났다.

그 순간 승재는 하마터면 '가시게요?' 하고 물을 뻔했다. 만약 그랬다면 당장에 불벼락이 떨어졌을 테니 그가 입을 다문 건 정말 다행인 일이었다.

"아가씨, 잠깐 나 좀 봅시다."

그 대신 은영이 날벼락을 맞았지만.

"네?"

"할아버지!"

"하실 말씀 있으면 여기서 하세요. 왜 굳이……."

"누가 들으면 내가 멀쩡한 아가씨 잡아먹으려는 줄 알겠다. 시끄럽고, 너희는 여기 있어. 내 이 아가씨랑 둘이 할 얘기가 있으니까."

"안 됩니다."

단칼에 자르고 나선 건 승현이었다. 그는 자리에서 일어나 은영이 제 몸에 가려져 보이지 않게끔 서서 태용을 마주 봤다.

"미리 말도 없이 오신 거부터가 은영 씨에게 무례한 짓인 거 모르세요? 무슨 말씀이든 저 있는 데서 하세요. 손자가 태어나 처음 사귄 여자랑 헤어지는 꼴 보기 싫으시면."

"아, 글쎄 이상한 소리 안 한다니까!"

"아버지!"

"저, 저 괜찮아요!"

버럭 언성을 높이는 태용에 그가 혹시나 쓰러질까 걱정한 정호의 입에서 큰 소리가 튀어나왔다. 결국, 은영이 자리에서 벌떡 일어났다.

"이상한 말씀 안 하신다잖아요. 저는 괜찮으니까 잠깐 할아버님이랑 대화 나누고 올게요."

"하지만."

"저 진짜로 괜찮으니까, 케이크 남은 거 먹고 있어요. 금방 올게요."

조손간에 싸움이 나는 것보단 자신이 태용과 단둘이 대화를 나누는 게 낫다. 은영은 그렇게 생각하며 태용의 뒤를 따라 그의 방으로 들어갔다.

'……그냥 가만히 있을 걸 그랬나?'

물론, 1분도 안 돼서 후회했지만.

그러나 겉으로는 웃는 낯을 유지하며 은영은 태용이 건네는 방석을 조심히 받아 들었다.

그녀가 그 방석을 깔고 무릎 꿇어 앉기 무섭게 보료에 앉은 태용이 질문을 건네 왔다.

"그래, 아가씨가 우리 승현이 애인이라고?"

"네."

'아니라면 제가 이 자리에 앉아 있지 않겠죠…….'라고 농담 섞어 말하기엔 분위기가 너무 무서웠다.

생김새만 따지면 승재와 승현은 미희를 많이 닮았던데, 정작 정호 역시 태용과 그리 닮지 않았다. 그도 자신의 모친을 더 많이 닮은 모양이었다.

한마디로, 태용은 이 집안사람들 그 어느 누구보다 독보적으로 무서운 인상을 지니고 있었다. 동물로 따지면 호랑이.

병원에 입원해 있는 동안 살이 꽤 빠졌는지 뺨이 홀쭉해져 광대뼈가 툭 튀어나왔는데, 그럼에도 눈빛은 부리부리했다. 지금 이 모습만 보면 어느 누구도 이 노인이 병원에 입원 중인 환자란 사실을 모를 것이다.

"우리 승현이랑은 언제부터 만났나?"

"만난 지는…… 두 달, 석 달? 얼마 안 됐어요."

큰일 났다. 정확히 언제부터 만났다 말하기로 했는지 까먹었다. 필사적으로 승현과 미리 맞춰 놓은 이야기를 떠올렸지만 머리가 잘 굴러가지 않았다.

안 그래도 긴장된 상황에서 그렇게 생각이 막히니 세계 최초로 긴장해서 죽은 사람이 될 수 있을 것 같았다. 은영은 말 그대로 울고 싶은 걸 꾹 참고 최대한 평정을 가장했다.

"두세 달이라. 그 정도면 오래됐지."

"네, 오래됐……. 네?"

내가 지금 2, 3년이라고 잘못 말했나……? 아닌데? 제대로 말했는데?

"그래서, 우리 승현이랑 결혼은 언제쯤 할 생각인가?"

"아, 아뇨! 아직 결혼 생각은 한 번도 해 본 적이 없어서요!"

"에잉, 스물여덟이면 결혼할 때 됐지. 말 나온 김에 생각 한번 해 봐. 우리 승현이, 남편감으로 어떻게 생각하나?"

"아, 그게, 그러니까…… 물론 승현 씨는 남편감으로 무척 좋은 사람이라고 생각하지만……. 그런데 제가 몇 살인지 알려 드렸던가요?"

알려 준 적 없다. 태용이 은영의 나이를 알고 있는 건 비서가 따로 조사한 자료에서 봤기 때문이었다.

이렇게 실수할까 봐 대충 그냥 훑기만 했던 건데. 이 좋은 머리가 이럴 때 발목을 잡았다며 태용은 험험 헛기침을 했다.

"승현이한테 들어서 알았지. 그래, 고향이 어디라고?"

"인천에서 태어났어요. 자라기는 수원에서 자랐고요."

"그래, 수원……. 수원?"

무슨 말을 하든 좋다 하고 손뼉 칠 기세로 고개를 끄덕이던 태용의 움직임이 우뚝 멈추었다. 그가 갑자기 왜 그러나 싶어 은영은 잔뜩 긴장한 채로 마른침을 삼켰다.

"수원에서 자랐다고? 언제? 몇 살부터?"

"네? 아, 아홉 살인가 열 살부터…… 고등학교 졸업할 때까지 수원에서 살았어요."

"수원, 무슨 동?"

갑자기 그건 왜 여쭤보시는 거지? 은영은 의아해하면서도 태용의 질문에 착실히 답했다. 그러자 태용의 눈이 놀라 커졌다.

"그러면 혹시……."

그때, 닫힌 문을 똑똑 두드리는 소리가 들렸다. 중요한 순간에 방해받은 태용의 얼굴 위로 짜증이 확 번져 나갔지만, 그는 곧 겁먹은 은영을 보고는 흠흠 헛기침을 했다. 동시에 허락을 구할 생각 따윈 없었다는 듯 문이 벌컥 열렸다.

"차 가져왔습니다."

승현이었다. 은영은 그 순간만큼 그가 반가웠던 적이 없었다.

아예 작정하고 들어왔는지 그는 태용과 은영 사이에 놓인 탁상에 쟁반을 내려놓고 은영의 옆에 앉았다. 태용이 방석을 내주든 말든 맨바닥도 개의치 않고.

"드세요. 할아버지 좋아하시는 수정과랑 인삼정과입니다."

"그래, 그렇게 둘이 앉은 거 보니 참 보기 좋구나."

"……네?"

태용이 쫓아내도 엉덩이 붙이고 앉아 있을 생각으로 애초에 승현은 수정과를 석 잔 들고 왔다. 그런데 그 핑계를 댈 새도 없이 태용이 그를 반겼다. 그에 무언가 잘못됐단 걸 느끼기가 무섭게.

"이름이 은영이라고 했던가? 자매 중에 장녀라고?"

"아, 네. 제가 맏이예요."

"그래, 그럼 그쪽도 개혼이니 딱 좋구먼."

"……네?"

개혼? 내가 아는 그 개혼?

은영의 눈동자가 물처럼 흔들리고 승현의 눈이 부릅떠지던 그때, 태용이 수정과 그릇을 집어 들며 담담히 읊조리듯 말했다.

"둘이 서로 좋아 만나는데 망설일 거 뭐 있느냐. 내 길일 받아왔다."

"네?"

"사주 궁합 맞춰 보니 세상에 다시 없을 천생연분이라더구나. 준비는 내 다 알아서 할 테니 너희는 다른 걱정 말고 식 올릴 준비나 하거라."

할 말은 그게 다라는 듯 태용이 수정과를 쭉 들이켜곤 자리에서 일어났다.

설마 하니 은영과 처음 보는 자리에서 너희 결혼해라 소리 할 줄은 몰라 굳어 있던 승현이 뒤늦게 자리에서 벌떡 일어나 그를 붙잡았다.

"할아버지!"

"할애비 돼서 새아가 치마폭에 대추는 던져 줘야지. 내 그것만 하면 더는 여한 없다. 그날 당장 죽어도 돼."

그렇게 말한 태용은 허리를 굽혀 은영의 손을 잡았다. 당황한 은영이 엉거주춤 몸을 일으켜 그의 두 손을 잡자 태용이 그녀의 손을 다독이며 말해 왔다.

"우리 승현이, 잘 부탁하네."

"네? 아, 그게…….”

"일만 할 줄 알지 사람한테 곁 내줄 줄 몰라서 저러다 정말 평생 혼자 외롭게 살까 얼마나 걱정했는지 몰라. 참 고맙네, 고마워.”

태용의 절절한 목소리엔 그의 진심이 듬뿍 담겨 있었다. 이 분위기 속에서 그녀가 대체 무슨 말을 할 것인가?

"아니요, 저야말로…… 잘 부탁드립니다.”

은영은 말 그대로 울고 싶은 심정이 되어 승현을 돌아봤다. 그러나 예상과 전혀 다른 태용의 모습에 당황한 건 그 역시 마찬가지라 두 사람은 하릴없이 눈빛으로 무언의 대화만 나누었다.

'이제 어떻게 해요?'

'저도…… 모르겠습니다.'

어쨌거나 한 가지 사실만은 분명했다.

어떻게든 하지 않으면 이대로 두 사람은 식장으로 직행하게 될

219

것이다!

✽✽✽

"우와, 언니 이게 다 뭐야? 웬 반찬?"

"나도 몰라……."

"가져온 사람이 모르면 어떡해?"

신발을 벗기가 무섭게 널브러진 은영 대신 그녀가 바닥에 내려 놓은 5단 찬합을 풀어 본 샛별이 우와, 하고 감탄을 금치 못했다.

"육회, 소갈비, 전복조림, 해물찜, 송이 구이……. 이건 뭐야? 처음 보는 건데. 어머, 랍스터도 있네!"

"그건 너 먹어. 네 거야."

"어, 진짜? 진짜 나 먹어도 돼?"

바닥에 엎드린 자세에서 영차영차 몸을 뒤집어 천장을 보고 누운 은영이 고개만 끄덕였다. 샛별은 신이 나서 상을 펴고 찬합을 늘어놓은 다음 아예 밥을 한 그릇 퍼 왔다.

"언니도 한 그릇 먹을래?"

"나는 괜찮……. 아니다, 먹을래."

생각해 보니 승현의 집에서는 제대로 먹지도 못했다. 그 사실을 인식하니 너무 억울해져서 저거라도 먹어야 할 거 같았다.

그래. 먹고 죽은 귀신이 때깔도 좋다잖아.

은영은 샛별과 마주 보고 앉아 밥을 한 숟가락 크게 떠 입에 넣었다.

두 뺨이 미어터질 정도로 밥과 반찬을 넣고 우물거리니 속이 다 시원했다. 그래, 밥은 이렇게 먹는 거지.

"우와, 맛있다. 밖에서 사 먹는 것보다 더 맛있어."

"많이 먹어."

"근데 진짜로 이거 어디서 난 거야? 어디서 산 건 아닌 것 같은데."

"받았어."

"누구한테?"

"승현 씨 어머님한테."

툭. 샛별의 손에서 랍스터 껍질이 떨어졌다.

"뭐, 뭐? 누구?"

"나 오늘 승현 씨 집에 가서 승현 씨 부모님 뵙고 왔어. 할아버님이랑."

은영이 뼈를 손으로 잡은 채 묵묵히 소갈비를 뜯으며 설명했다. 샛별이 기겁해서 되물었다.

"어딜 갔다 왔다고? 아니, 세상에…… 벌써? 왜? 둘이 결혼해? 설마 사고 쳤어?"

"결혼 안 해. 사고도 안 쳤어. ……아마."

"아마? 뭐가 아만데? 결혼 안 하는 게 아마야, 사고 안 친 게 아마야?"

식겁한 얼굴의 샛별이 속 시원하게 대답부터 하고 먹으라고 은영의 손에서 숟가락을 빼앗았다.

그러나 은영은 아랑곳하지 않고 젓가락을 들어 전복조림을 통째로 입에 집어넣었다. 그러자 샛별이 이번엔 그녀의 손에서 젓가락을 빼앗아 갔다.

"언니! 지금 밥이 목으로 넘어가?"

"넘어가. 안 넘어가도 넘길 거야."

221

"아니…… 그 집에서 밥도 제대로 안 줬어? 쫄쫄 굶다가 이제 밥 먹는 거야?"

샛별이 은영에게 숟가락을 돌려주며 물었다. 건네받은 숟가락으로 밥그릇의 쌀알을 싹싹 긁은 은영은 너도 먹으라고 샛별의 밥그릇에 불고기를 놓아 주며 말했다.

"밥상은 엄청 근사하게 차려 주셨어. 이것도 거기서 못 먹은 거, 나 먹으라고 차린 거니까 가져가서 먹으라고 굳이 들려 주신 거고."

"진짜? 어머님 되게 좋으신 분 같다. 그런데 왜 밥을 못 먹은 거야?"

"말도 없이 갑자기 할아버님이 찾아오셔서……."

그 생각을 하니 자연히 서러워졌다. 그녀가 찬물을 쭉 들이켜는 사이 샛별이 조심스럽게 물어왔다.

"할아버지? 그…… 위독하시다는?"

은영은 고개를 끄덕이다가 한숨을 내쉬었다.

"나도 듣기는 그렇게 들었는데 엄청 정정하시더라. 오늘…… 진짜 엄청 무서웠어. 차라리 호랑이한테 물려 가는 게 낫겠다 싶을 정도로."

"그 정도야……? 그렇게 무서운 할아버지가 언니한테 막 뭐라고 했어?"

"뭐라고 했지……."

결혼하라고.

태용을 떠올리며 길게 한숨을 내쉬는 은영의 귓가로 그의 목소리가 맴돌았다.

222

'고맙네, 고마워.'

　승현의 부모님은 그녀를 반갑게 맞이해 주었지만, 사실 은영은 그 집에 도착했을 때부터 상당히 주눅 들어 있는 상태였다.

　당연히 태용에게도 싫은 소리를 듣게 될 줄 알았다. 승현에겐 딱히 말하지 않았지만, 그녀는 물벼락 혹은 돈 봉투를 받거나 심하면 뺨을 맞을지도 모른다고 생각했다. 그래도 이 모든 게 다 자신의 실수로 빚어진 일이니 담담히 받아들이자고 생각했는데…….

　"차라리 뺨을 맞는 쪽이 마음은 더 편했을지도……."

　"뭐라고? 거기서 뺨을 맞았다고?!"

　"아니야, 그런 거. ……아, 피곤해."

　"뭐야! 제대로 설명해 줘! 그래서 어떻게 됐는데?"

　기운 없이 늘어진 은영은 내일 얘기하자고 대충 손을 휘젓고 침대로 기어 올라가 그대로 눈을 감았다. 아직 씻지도 않았고, 밥을 바로 먹은 직후라 이대로 잠들면 체할지도 모르는데…… 너무 피곤해서 그런 것쯤 아무럼 어떠랴 싶었다.

　'그런데 내가 어느 동네에서 살았는지는 왜 물어보신 걸까?'

　너무 피곤한 나머지 그 희미한 의문은 답을 찾기도 전에 금방 낙엽처럼 바스라지고 말았다.

　길고 길었던 일요일은 그렇게 끝이 났다.

❅❅❅

　[회의 때문에 정신이 없어서 핸드폰을 이제 확인했네요. 점심은 먹었

습니까?]

　[전 먹었어요. 승현 씨는요?]

　[이제 먹고 있습니다. 샌드위치로 끼니 때우는 거 오랜만이네요.]

　[샌드위치요? 식당 가서 식사할 시간도 없을 만큼 바쁜 거예요?]

　[전에 말씀드렸던 신제품이 출시돼서 실시간으로 매출 추이 지켜보고 리뷰 집계해서 보고 받느라 정신없습니다. 혹시 먹어 봤습니까?]

　[아, 그게요. 제가 먹어 보려고 했는데 편의점에 들를 시간이 없어서. 이따 퇴근하면서 꼭 사 먹을게요.]

　[그럴 필요 없습니다. 이따 제가 한 박스 들고 갈 테니까 저녁에 만나죠.]

　[저녁에요? 저 오늘은 아이튜브 영상 찍느라 늦게 퇴근할 것 같아요. 아마 좀 늦게까지 찍을 것 같은데.]

　[잘됐네요. 저도 오늘은 야근하느라 늦게 퇴근합니다. 퇴근할 때 연락할 테니 혹시 먼저 끝나더라도 가지 말고 있어요.]

　[네, 그래요.]

　그렇게 메시지를 주고받은 후, 시간이 흘러흘러 어느새 밤 10시. 사무실에서 가지고 나온 과자 한 박스를 뒷좌석에 싣고 운전석에 앉은 승현은 은영에게 이제 출발한다고 메시지를 보냈다.

　그러기가 무섭게 승재에게서 전화가 걸려왔다. 승현은 핸드폰을 스피커 모드로 돌려놓고 거치대에 고정시킨 후 차를 출발시켰다.

　"어, 왜?"

　―왜 이렇게 안 오나 싶어서. 형, 언제 와?

　"좀 늦을 거야. 왜? 무슨 일 있어?"

　―별일은 없고, 형이랑 같이 먹으려고 형 오피스텔에 치킨 사 왔는데 다

식어 버렸어.

"그냥 다 먹어. 나 입맛 없어."

—그래? 은영 씨 치즈 케이크 남은 것도 내가 들고 왔는데 이것도 내가 다 먹어도 돼?

승현은 순간 말문이 막혀 핸드폰을 노려봤다. 영상 통화도 아닌데 희한하게 승재가 낄낄 웃고 있는 모습이 눈에 그려졌다.

"……그건 뭐. 먹을 거니까."

—알았어. 근데 진짜 궁금해서 물어보는 건데, 애인이 만든 거라 의리로 먹는 거야? 아니면 진짜 맛있어서 먹는 거야?

"운전 방해된다. 끊어."

—어, 형! 잠깐, 나 할 말이……!

매정하게 전화를 끊은 승현은 차창 턱에 팔꿈치를 대고 턱을 괸 채 한 손으로 핸들을 잡았다. 이윽고 어느새 익숙해진 길에 접어든 그는 작게 한숨을 내쉬었다.

'의리로 먹는 거야? 아니면 진짜 맛있어서 먹는 거야?'

"전자……였는데."

왜지?

원래부터 단걸 별로 좋아하지 않는 승현이었지만, 고등학교 때 교통사고를 당한 이후엔 케이크 종류는 입에 전혀 대지 않게 되었다. 뭘 먹어도 맛이 없어서.

뿐만 아니라 외국에서 생활하는 동안 신물이 날 정도로 빵, 햄버거, 샌드위치를 먹고, 한국에 와서는 시장 조사를 한다고 온갖 과자 종류를 다 먹어 보다가 베이커리류에는 완전히 질려 버렸다.

그에게 제과란 일이나 마찬가지였다. 퇴근하면 서류를 들여다보기 싫은 것처럼. 일도 아닌데 굳이 먹고 싶지는 않았다. 그중에서도 치즈 케이크는 제일 질색했다. 느끼한 데다 케이크이기까지 하니 말 그대로 설상가상이었다.

솔직히 은영이 만든 걸 입에 넣을 때도 싫은 티를 내지 않으려 온 얼굴에 힘을 주고 있었다. 그래서 반대의 경우를 더 대비 못 했다.

"대체 왜 맛있었던 거지……."

도저히 그 이유를 알 수가 없었다. 승현은 그 찝찝함을 내내 곱씹으며 은영이 일하는 카페 앞에 차를 멈춰 세웠다.

마감 시간인 10시가 지났기 때문인지 카페엔 불이 다 꺼져 있었다. 카페의 건물을 들여다보던 승현은 차에서 내리기 전에 핸드폰을 확인했다. 그의 예상대로 은영이 보낸 메시지가 도착해 있었다.

[저 지금 동영상 촬영 중이에요. 가게 문 열려 있으니까 도착하면 편하게 들어오세요.]

"문을 열어 놨다고?"

누가 나쁜 마음을 먹고 막 들어가면 어쩌려고.

차에서 내린 승현은 우선 가게 주변부터 둘러봤다. 다행히 번화가에 위치한 카페는 늦은 시간에도 가로등과 주변 가게의 간판 불빛에 둘러싸여 있었다. 물론 누군가 작정하고 못된 짓을 하려면 그런 건 다 소용없겠지만.

작게 한숨을 내쉰 승현은 클로즈 팻말이 걸려 있는 유리문을 밀어 카페 안으로 들어갔다.

딸랑딸랑—

사람이 한 명도 없는 데다 불이 전부 꺼져 있는 탓에 더 고요한 매장 내부로 문에 달린 방울 소리가 선명하게 울려 퍼졌다. 그걸 들었는지 안쪽에서 인기척이 느껴졌다. 깜깜한 와중에 유일하게 빛이 보이는 곳이라 바로 알아차릴 수 있었다.

"승현 씨?"

"네, 접니다."

"잠깐만 이쪽으로 와 주세요!"

목소리가 상당히 다급하게 들려 승현은 곧장 빛이 보이는 곳으로 향했다. 활짝 열린 문 안쪽, 밝은 조명을 설치해 놓은 테이블 앞에 선 은영이 카메라를 들여다보며 끙끙대고 있었다.

그녀가 여러 방향으로 각도를 틀어 가며 찍는 건 수플레 팬케이크였다. 두툼한 두께의 팬케이크가 반쯤 겹쳐진 채 쌓여 있는 걸 본 후에야 승현은 갓 구워진 따뜻하고 달콤한 빵 냄새, 그리고 녹은 버터 냄새를 느낄 수 있었다.

"팬케이크 만드는 걸 촬영한 겁니까?"

"네. 이제 잘라서 단면 샷만 찍으면 되는데……. 승현 씨 보기엔 어느 각도가 좋아 보여요? 이쪽? 저쪽?"

은영은 팬케이크 접시를 돌리고 그녀 자신도 싱크대 주변을 뱅뱅 돌면서 최적의 각도를 찾아내려 애썼다. 그런 스스로가 본인이 생각하기에도 조금 웃겼는지, 이윽고 카메라를 내려놓고 승현을 보며 머쓱하게 웃어 보였다.

"사실 촬영은 제 몫이 아니거든요. 원래 사장님이 하시는 건데……."

"그런데 왜 혼자 이러고 있습니까?"

"갑자기 급한 일이 생겼다고 먼저 가셨어요. 이제 단면 샷만 찍으면 되는데 이건 망하면 돌이킬 수가 없어서……. 으으, 못 정하겠다. 승현 씨가 보기에 어느 각도로 놓고 찍으면 좋을 것 같아요?"

"글쎄요, 제가 보기엔."

승현은 테이블에 깔린 새하얀 테이블보와 그 위의 데코용 꽃병, 작은 도자기 시럽 볼을 가만히 보다가 위치를 바꾸었다. 조명까지 옮긴 후에야 그는 가운데에 팬케이크 접시를 놓았다.

노릇노릇한 면이 보이도록 뽀얀 슈가 파우더를 절반만 뿌려 놓은 팬케이크 위엔 버터 조각이 하나씩 놓여 있었다.

승현은 위에 겹쳐진 것보다 아래에 있는 걸 쓰는 게 모양이 덜 망가지겠다고 골라 주기까지 한 후에 카메라를 건네받았다.

"이렇게 찍으면 될 것 같네요. 와서 한 번 보세요."

"네, 잠깐만요."

은영은 승현의 옆에 붙어 서서 화면에 담긴 구도를 확인했다. 그녀가 잘 볼 수 있도록 승현이 카메라를 든 손을 내려 주었다.

카메라가 좀 컸으면 좋으련만, 박 사장의 카메라는 그리 크지 않아서 은영은 카메라의 화면을 보기 위해 승현의 옆에 어깨가 닿을 만큼 딱 붙어야 했다.

"와, 제가 원한 구도가 딱 이런 구도였어요! 승현 씨 사진도 잘 찍는구나."

"남들 하는 정도는 합니다. ……아, 은영 씨 얼굴에 파우더 묻었네요."

"파우더요? 어디요?"

무심코 고개를 든 순간 그녀의 입꼬리 위로 승현의 엄지가 스쳤다.

그 온기에 놀란 은영이 눈을 동그랗게 떴다. 떨리는 숨결 속에서 두 사람의 시선이 교차되었다.

찰나의 시간이 무척이나 길게 느껴졌다. 팽팽한 긴장감에 마른침이 저절로 넘어갔다. 그때, 살짝 스쳤던 조금 전의 접촉은 실수였다는 듯 승현의 온기가 분명하게 닿아 왔다.

"⋯⋯여기."

커다란 손이 그녀의 한쪽 뺨을 다 감쌀 것처럼 쥐어 왔다.

그 순간, 은영의 머릿속으로 언젠가 꿨던 꿈의 내용이 스쳐 지나갔다. 그녀는 흠칫 놀라 저도 모르게 뒤로 물러나고 말았다.

"파우더⋯⋯! 가 엄청 잘 묻거든요, 케이크 만들다 보면! 제가 좀 칠칠치 못해서!"

부러 하하하 웃는 소리를 내며 후다닥 거울 앞으로 달려간 은영은 뺨에 묻은 슈가 파우더를 닦아 내는 척, 빨개진 뺨을 손으로 두드렸다.

뺨의 홍조가 빠진 걸 확인한 후에 뒤를 돌아본 은영은 눈을 내리깐 채 카메라를 만지작거리고 있는 승현을 보며 작게 한숨을 쉬었다. 그건 안도의 한숨이었지만⋯⋯ 그녀는 어쩐지 조금 분했다.

'뭐야? 나 혼자만 동요한 거야? 나만 분위기 이상했던 거야?'

사람 하나 들었다 놔 놓고 본인은 아무 일도 없었다는 것처럼 구는 게 그렇게 얄미울 수가 없었다.

그러나 어쩌겠는가? 달리 복수할 방법이 없어 은영은 그와 마찬가지로 아무 일도 없었다는 것처럼 그에게로 돌아갔다.

"그, 일단 풀 샷부터 좀 찍어 주세요."

"네, 알겠습니다."

승현은 박 사장의 카메라가 마치 자신의 것인 것처럼 능숙하게 조작해 영상을 찍었다.

막 퇴근한 탓에 재킷에 넥타이까지 한 슈트를 입고 있는데도 승현에겐 카메라가 무척이나 잘 어울렸다. 은영은 그런 그를 넋 놓고 보다가 뒤늦게 정신을 차리고 시럽 볼을 집어 들었다.

팬케이크에 시럽을 뿌리고, 한 조각 썰고, 포크로 찍어 앵글 밖으로 빼내기까지.

한입 크기로 썬 팬케이크를 입에 넣은 그녀는 손짓으로 승현을 불렀다. 그리고 입을 우물거리며 단면을 찍어 달라고 손짓으로 부탁하는데, 승현이 속내를 알 수 없는 눈으로 그녀의 입을 빤히 바라보는 것 아닌가.

'왜 저러지?'

은영은 뭐가 묻었나 싶어 손으로 입 주변을 만지작거렸다.

그 모습에 정신이 들었는지 승현이 곧 테이블 근처로 다가와 반으로 잘린 팬케이크의 단면 샷을 촬영해 주었다. 그의 어깨 너머로 촬영되는 장면을 구경하느라 은영은 조금 전의 일을 잊고 말았다.

"됐다. 이거면 충분해요. 고마워요, 승현 씨."

"찍은 거 확인 안 해 봐도 됩니까?"

"잘 찍혔겠죠. 그리고 괜히 확인했다가 잘 안 됐으면 처음부터 다시 만들어야 되는데……. 몰라요, 오늘은 집에 갈래요."

만약 결과물이 만족스럽지 못하면 그건 다 혼자 퇴근한 사장님 탓이니 사장님이 편집으로 알아서 다 살려야 한다고 종알거리며 은영은 뒷정리를 시작했다.

"저 이거 금방 끝나거든요. 그동안 승현 씨…… 음, 이거라도 드실래요? 맛있게 잘됐는데."

"팬케이크 말입니까?"

"아! 이런 거 별로 안 좋아하시죠, 참?"

집에 가져가서 샛별이랑 나눠 먹어야겠다. 은영의 입에서 그 말이 튀어나오기 전에 승현이 은영의 손에서 포크를 가져갔다.

"먹겠습니다."

"정말요? 혹시 오늘 저녁 안 드셨어요?"

"저녁도 샌드위치 먹었습니다. 금방 소화돼서 출출하네요."

"그럼 머핀 있는데 그것도 드릴까요? 호두 좋아하세요?"

"싫어하진 않습니다."

그걸 좋아한다는 뜻으로 들었는지 은영이 냉장고에서 호두 머핀을 꺼내 왔다. 따뜻하게 데운 우유 한 잔과 같이.

팬케이크에, 머핀에, 우유까지. 이 나이에 간식 상을 받은 기분이라 승현은 저도 모르게 픽 웃고 말았다.

"잘 먹겠습니다."

"부족하면 말씀하세요. 머핀은 더 있거든요."

은영이 설거지를 하는 동안 승현은 우선 팬케이크부터 한 조각 썰어 입에 넣고 씹었다.

참 이상도 하지. 특히 이런 팬케이크 종류는 미국에서 하도 먹어 물린 지 오래인데.

"……왜 맛있지."

"네? 뭐라고요?"

"아뇨, 아무것도."

팬케이크의 부드러운 식감과 고소한 버터, 달콤한 메이플 시럽이 입안에서 조화롭게 어우러졌다. 무엇 하나 유별나지 않고 순한 게 만든 사람을 참 닮았다.

승현은 순식간에 팬케이크 두 조각을 해치웠다. 데운 우유가 채 식기도 전의 일이었다.

포크를 놓은 승현은 아예 유산지로 감싸인 머핀의 아랫부분을 잡고 통째로 한 입 깨물었다. 그러나 이건 무슨 맛일까. 살짝 기대감이 어렸던 그의 얼굴에 곧 금이 갔다.

마치 색이 빠져나간 듯 무뚝뚝한 얼굴로 머핀을 내려다보던 승현은 기계적으로 입안에 든 걸 씹다가 은영에게 물었다.

"이거, 은영 씨가 만든 겁니까?"

"머핀이요? 아뇨, 그건 아까 저녁에 현수 오빠가 간식으로 사 온 거예요."

다른 데서 사 왔다는 말보다 먼저 그의 귀에 거슬린 건 현수 '오빠'란 단어였다. 그러나 그가 느낀 불쾌감을 어떻게 표현해야 할지 몰라 승현은 결국 머핀에 대해 물었다.

"따로 사 왔다는 건, 가게에선 머핀을 안 만드는 겁니까?"

"단골손님이 해 달라고 주문하면 만들기는 하는데 굳이 만들어 놓진 않아요. 아무래도 잘 나가는 건 케이크나 타르트 종류라서."

"그럼 제가 만들어 달라고 하면 만들어 줄 겁니까?"

"어, 승현 씨는 저희 카페 단골 아니잖아요."

"자주 오겠습니다."

은영이 농담조로 건넨 말에 승현이 곧장 대꾸했다. 프라이팬을 헹구던 은영은 조금 놀란 얼굴로 승현을 보다가 밝게 웃음을 터뜨렸다.

"알았어요. 승현 씨니까 특별히 단골 서비스 해 드릴게요. 무슨 머핀 좋아해요?"

"특별히 좋아하는 건 없습니다. 은영 씨가 좋아하는 걸로 해 주세요.”

“저 라즈베리랑 초코 좋아하는데. 그거 해 드릴까요?”

“네.”

승현은 입속으로 라즈베리와 초코를 되뇌며 고개를 끄덕였다.

동시에 그의 머릿속에 한 가지 사실이 새겨졌다. 먹은 지 오래되어 빵과 케이크가 맛있게 느껴진 게 아니라 은영이 만든 것만 그의 입에 맛있게 느껴진다는 걸.

❊ ❊ ❊

[미안, 오빠. 나 10분 정도 늦을 거 같아.ㅠㅠ]

약속 장소에 도착해 샛별을 기다리던 승재는 샛별의 메시지를 확인하고 곧장 답장을 보냈다.

[난 카페 도착했어. 네 거 먼저 주문해 놓고 앉아 있을게. 연유 라테 시키면 되지?]

[응! 나 아침 안 먹고 나와서 그러는데 샌드위치도 시켜 줘.]

[아침도 안 먹고 나왔어? 오늘 몇 시에 일어났는데?]

[1시간 전에. 오빠가 보자고 안 했으면 늦잠 잤을 거야. 나 오빠 때문에 일찍 일어난 거니까 맛있는 거 사 줘.]

[알았어. 우리 공주님, 늦어도 괜찮으니까 천천히 오세요.]

[네에♡]

메시지 끝에 붙은 하트에 승재의 입에선 웃음이 저절로 실실 새어 나왔다. 핸드폰을 주머니 속에 밀어 넣은 그는 카운터에 가서 아이스 아메리카노와 연유 라테, 샌드위치와 베이글을 주문했다.

“오빠!”

"아, 샛별아!"

환하게 웃으며 저를 부르는 그녀에게 손을 흔들어 주자 샛별이 발랄한 걸음으로 테이블로 다가와 그의 맞은편 자리를 냉큼 차지했다.

"늦어서 미안. 많이 기다렸어?"

"아니, 너 볼 생각에 시간 가는 줄도 몰랐지."

"치, 능청은."

입으로는 타박하지만 얼굴은 기분이 꽤 좋아 보였다. 그래서 승재는 굳이 진짜라고 해명하는 대신 그녀를 따라 웃었다.

마침 진동 벨이 드르륵 소리 내며 테이블 위에서 불빛을 반짝거렸다. 자기가 갔다 오겠다며 샛별이 진동 벨을 들고 일어났다.

"와, 베이글도 맛있겠다. 오빠, 이거 나 절반 먹어도 돼?"

"다 먹어도 돼. 너 먹으라고 시킨 거야."

"진짜? 오빠가 최고야!"

샛별이 까르르 웃는 동안 승재는 포크와 나이프를 들고 베이글을 한입 크기로 썰었다. 그리고 베이글 한 조각을 크림치즈에 찍어 입에 넣어 주자 샛별이 웃으면서 맛있다고 말해 주었다. 그 얼굴을 보며 승재도 덩달아 미소를 지었다.

"그런데 오빠."

"응?"

연유 라테를 한 모금 마신 샛별이 입술에 묻은 우유 거품을 혀로 날름거리며 그에게 물어 왔다. 별거 아닌 이야기를 묻는 것처럼 여상히.

"우리 언니, 오빠네 부모님이랑 할아버님께 인사드리러 갔다며. 나한테 왜 그 얘기 안 해 줬어?"

"어?"

"들어 보니까 가고 싶어서 간 게 아니라 어쩔 수 없이 간 느낌이던데……. 오빠랑 1년 사귄 나도 안 불려 갔는데 대체 왜 언니가 오빠네 집에 불려 간 거야?"

"아, 그게."

승재는 곧장 알아차렸다. 샛별의 말에 뼈가 박혀 있다는 걸. 마른침을 삼킨 그는 샛별의 눈치를 살피며 조심스럽게 대답했다.

"우리 형이 장손이라서 그래. 할아버지가 워낙 옛날…… 고지식한 분이라 대는 무조건 장손이 이어야 된다고 생각하시거든."

"그래서? 장손이 빨리 대를 이어야 해서 언니 부른 거야? 괜찮다 싶으면 얼른 결혼시키고, 아니다 싶음 얼른 쫓아내게?"

"아니, 그런 거 아니야, 진짜로. 가볍게 인사만 했어."

"부모님 다 계시는 자리에 불려 간 게 어떻게 가벼운 인사야? 그게 얼마나 부담되는 자린지 오빠 몰라서 그래?"

"진짜 아니야, 진짜. 부담되고 그런 자리 아니었어. 그냥 밥만 먹었어."

"아아, 그냥 밥만 먹었어? 그래서 우리 언니는 하루 종일 굶은 사람처럼 집에 오자마자 밥을 두 그릇이나 먹어 치운 거야?"

"……은영 씨가 그랬어?"

"그랬어!"

곱씹다 보니 속상해 죽겠다고, 샛별은 쥐고 있던 포크를 내려놓았다.

"오빠 이렇게 눈치 없이 해맑은 거 보니까 승현 오빠가 어떻게 했을지도 다 보인다. 나 생각해서라도 오빠는 우리 언니 챙겨 줬어야지!"

"미안해, 내가 잘못했어. 다 잘못했어, 샛별아."

"말로만 사과하는 건 누가 못 해? 됐어, 나 갈 거야."

"샛별아!"

먹다 만 샌드위치고 뭐고 가방을 들고 자리에서 일어나는 샛별은 정말로 속이 상한 듯 보였다. 저런 샛별을 그대로 보냈다간 최소 사나흘은 연락이 없을 거란 걸 알기에 승재는 카페를 나가는 샛별을 얼른 뒤쫓았다.

"내가 미안해. 다음에는 내가 진짜 잘할게. 응? 화 풀어."

"됐어. 오빠는 집에 밥이나 먹으러 가. 난 우리 언니 보러 갈래."

"그럼 같이 가자. 은영 씨 만나서 잘못했다고 사과할게."

"오빠가 언니한테 뭘 잘못했는데?"

"다 잘못했지."

솔직히 뻥이었다. 자신이 은영에게 뭘 잘못했는지 승재는 개미 눈곱만큼도 알지 못했다. 그러나 그렇게 해서 샛별이 화를 푼다면 그는 은영이 아닌 지나가는 사람 아무나한테라도 무릎을 꿇을 수 있었다.

"그때 편한 분위기 못 만들어 줘서 미안하다고 내가 다 사과할게. 이왕 이렇게 된 거 내가 밥이라도 살까? 은영 씨는 뭐 좋아해? 응?"

"언니 지금 일하는 중이거든?"

"토요일인데? 아, 카페에서 일하지, 참. 그럼 카페로 가자. 우리 거기서 시간 보내다가 은영 씨 퇴근하는 시간에 맞춰서 밥 먹으러 가면 되잖아."

'……그럴까?' 하고 망설이는 게 샛별의 얼굴 위로 드러났다.

승재는 그 순간을 놓치지 않고 샛별을 얼른 제 차에 태워 은영의 카페로 향했다. 다행히 조수석에 앉아 은영과 가볍게 통화를 나눈 샛별은 기분이 한결 나아진 듯했다.

"언니 오늘 저녁에 약속 없대. 오빠가 맛있는 거 사 준다고 장담했으니까, 진짜진짜 맛있는 거 사 줘야 해."

"그럼! 나만 믿어. 풀코스로 쏜다, 내가."

"내가 한 번만 더 믿어 줄 거야."

가볍게 저를 흘겨보는 샛별에 승재는 작게 안도의 한숨을 내쉬었다.

화가 완전히 풀렸는지 그녀는 차에서 내린 승재의 팔에 가볍게 팔짱을 꼈다. 맞닿은 온기에 승재는 헤실헤실 웃으며 카페 〈모니카〉의 문으로 향했다. 문을 열려는 순간, 안에서 먼저 나오는 사람이 있어 일단 한 걸음 뒤로 물러나는데.

"어머, 승재야."

"어, 엄마?"

카페 안에서 나오던 사람은 다름 아닌 미희였다. 그녀를 본 승재의 입이 떡 벌어졌다. 엄마가 대체 왜 여기에?!

조금 전 샛별과 나눈 대화가 떠올라 승재의 머릿속이 새하얘졌다. 그의 등이 식은땀으로 흥건해졌다.

"어, 엄마가 왜 여기서 나와요……?"

"왜기는? 케이크 사러 왔지. 그때 보니까 승현이가 은영 씨 케이크는 잘 먹길래……."

승재의 질문에 답하던 미희의 목소리가 점차 잦아들었다. 승재의 팔에 팔짱을 낀 샛별을 발견했기 때문이었다.

"안녕하세요, 어머님."

상황을 파악한 샛별이 얼른 팔짱을 풀고 미희에게 고개를 숙였다. 그녀의 인사는 무척이나 예의 발랐지만, 미희의 얼굴엔 이미 경악이 퍼져 나간 뒤였다.

"세상에! 권승재 너, 네 형수 될 사람이랑 지금 뭐 하는 거야!"

"아, 아니에요, 엄마! 오해예요, 오해!"

"오해는 무슨! 넌 엄마 눈이 단춧구멍인 줄 알아? 세상에, 어떻게, 아니, 어떻게!"

샛별이 팔짱을 꼈던 승재의 팔을 바라보며 미희가 기가 막힌 표정을 지었다. 그녀는 곧 샛별을 향해서도 말했다.

"은영 씨도 이러는 거 아니에요. 대체 어떻게 우리 승현이를 두고……."

"아니에요. 오해하신 거예요, 어머님. 저는 은영 언니가 아니에요."

"지금 그걸 말이라고……!"

불현듯 느껴진 위화감에 미희는 눈을 크게 뜨고 샛별을 살폈다. 그러고 보니 전에 봤을 때와 헤어스타일이 달랐다. 표정이나 눈빛에서부터 피어오르는 분위기 역시 유순하고 차분하다 느꼈던 그때보다 훨씬 밝고 천진하게 느껴졌고.

"어머, 잠깐만…… 그럼 혹시?"

"처음 뵙겠습니다. 저는 은영 언니 쌍둥이 동생인 정샛별이라고 하고요."

샛별은 미희에게 다시 한번 고개를 꾸벅 숙여 인사했다.

그리고 조금은 긴장된 얼굴로 웃어 보였다. 속으로는 이분이 정말 케이크 사러 여기에 온 게 맞을까 생각하면서.

"보시다시피, 승재 오빠랑 교제하고 있어요."

"현수 오빠! 오미희 손님 왔다 가셨어요?"

"어? 어어, 조금 전에?"

"어떡해! 손님 오시면 저 꼭 불러 달라고 했잖아요!"

예약까지 하고 직접 찾아와 준 미희를 인사도 없이 그냥 보냈단 사실에 은영은 발을 동동 굴렀다. 그럴 틈이 없었다고, 미안하다고 사과한 현수는 창밖을 기웃거리며 말했다.

"진짜 조금 전이었거든? 5분도 안 됐어. 지금 나가면 뵐 수 있을지도……."

"그럼 저 잠깐만 나갔다 올게요!"

"어어, 은영아! 야!"

은영은 앞치마를 두르고 위생 마스크를 낀 상태로 얼른 주방 밖으로 나갔다.

유리 벽 밖을 보니 미희로 추정되는 여인의 뒷모습이 얼핏 보였다. 은영은 그녀가 떠나기 전에 얼른 문을 밀고 나갔다.

"어머님! ……어?"

은영의 목소리를 듣고 동시에 그녀를 돌아보는 세 사람.

미희의 얼굴을 가장 먼저 확인한 은영은 그녀의 앞에 서 있는 승재와 샛별을 보고 눈을 동그랗게 떴다.

"승재 씨랑 샛별이까지…… 어떻게 다 여기 있어요? 여기서 만나기로 약속이라도 한 거예요?"

"아니, 우연히 마주친 거란다. 그보다 난 우리 승재한테 애인이 있는 건 알았어도 그 사람이 은영 씨 쌍둥이 동생인 줄은 몰랐는데……."

미희의 질책 섞인 시선이 승재에게 닿았다. 승재는 찔끔한 얼굴로 변명하듯 어물어물 답했다.

"아니, 굳이 말하기도 좀 애매해져서……. 난 형이 은영 씨를 그렇게 일찍 인사시킬 줄은 몰랐지."

"그 후에라도 말을 했어야지."

미희는 복잡한 얼굴로 승재를 보다가 뒤늦게 샛별을 바라봤다.

"만나서 반가웠어요, 샛별 씨. 다음에 기회 되면 그때 정식으로 인사해요."

"네, 어머님. 그럼 살펴 가세요."

"그래요. 승재 넌 오늘 저녁 집에서 보자. 은영 씨도 수고해요."

"아, 네. ……조심해서 가세요."

세 사람은 미희가 비서와 함께 차에 올라 떠나는 모습을 말없이 지켜봤다. 끝없이 이어지던 어색한 침묵을 깨뜨린 건 세 사람 중 어느 누구도 아닌 가게에서 나온 현수였다.

"은영아, 케이크 다 구워졌는데."

"아, 네. 갈게요."

은영은 가게 안으로 들어가기 전에 샛별에게 시선을 주었다. 쌍둥이라서일까. 두 사람은 길게 이야기를 나누지 않아도 서로의 생각을 읽을 수 있었다.

"이따 얘기하자."

"응. 집에서 봐."

은영이 가게 안으로 들어가는 걸 보고 승재가 샛별에게 물었다.

"집에서? 저녁 같이 안 먹을 거야?"

"지금 언니랑 저녁 먹게 생겼어? 아까 어머님이 오빠한테 그랬잖아. 저녁에 집에서 보자고."

샛별은 승재의 팔을 잡고 그를 주차장으로 이끌었다. 그리고 복잡한 얼굴로 말했다.

"그 전에 일단 나랑 이야기 좀 해."

"무슨 이야기?"

"대책을 세워야 할 거 아니야. 아까 어머님 얼굴 못 봤어?"

모진 말을 입에 담지는 않았지만, 그렇다고 해서 그게 환영의 뜻이 되지는 않는다는 걸 샛별은 알았다. 그녀는 저와 승재를 보던 미희의 눈빛을 떠올리며 한숨을 지었다.

"어른이 반대하는 연애는 안 하자는 주의인데……."

"그게 무슨 소리야? 우리 엄마가 은영 씨를 얼마나 좋아하셨는데, 당연히 너도 좋아해 주실 거야."

"어머님이 언니를 좋아해 주셨으니까 문제지."

세상에 어떤 어른이 겹사돈을 반길까. 그것도 쌍둥이 겹사돈을.

샛별은 장담할 수 있었다. 오늘, 집으로 돌아간 승재는 결코 좋은 말을 듣지 못하게 되리란 걸.

그 예상은 정확히 들어맞았다.

4. 감정의 자각, 그리고……

딩동. 딩동.

빗소리를 들으며 평소보다 일찍 잠들었던 승현은 늦은 밤 끊이지 않고 울려 대는 초인종 소리에 잠에서 깨 기분이 상당히 좋지 못했다.

"대체 누구……."

"형, 나 집 나왔어."

"……뭐?"

그러나 문을 열어 동생의 얼굴을 본 순간 그는 짜증도, 화도 내지 못한 채 일단 승재를 집으로 들였다.

우산도 없이 어딜 쏘다닌 건지. 물에 빠진 생쥐 꼴이 된 동생을 욕실로 들여보낸 승현은 갈아입을 옷을 준비하고 핸드폰을 집어 들었다. 그는 그제야 발견했다. 정호와 미희가 번갈아 보낸 메시지를.

[혹시 승재 그리로 갔니?]

[승재랑 연락되면 전화 좀 주렴.]

"얜 또 무슨 사고를 친 거야…….."

쿵, 소리를 낸 승현은 승재가 들어간 욕실 문을 바라보다가 베란다로 나가 통화 버튼을 눌렀다. 굵은 빗줄기는 여태 창문을 토독토독 두드리고 있었다.

─승현아! 승재는? 승재 거기 있니?

"네. 승재 지금 씻고 있어요. 무슨 일이 있었던 거예요?"

─그게…….

미희는 작게 한숨부터 내쉬었다. 안도와 자책과 염려가 뒤섞인 그 소리가 알려 주었다. 집에서 무슨 일이 있어도 있었음을.

─승현이 넌 알고 있었니? 승재가 은영 씨 동생이랑 사귀는 거?

그거였구나. 그녀의 말 한마디로 일이 어떻게 된 건지 알아차린 승현은 낭패 어린 얼굴을 손으로 감쌌다.

"어떻게 아셨어요?"

─둘이 같이 있는 거 봤어. 그런데 넌 별로 안 놀라는 걸 보니 이미 알고 있었던 모양이구나. 그럼 엄마한테 미리 말을 좀 해 주지 그랬어.

"제 이야기도 아닌데 어떻게 말을 해요. 그리고…… 승재가 샛별 씨랑 사귄 게 먼저예요. 저는 두 사람 통해서 은영 씨 소개받은 거고요."

─언제는 인터넷 통해서 알게 됐다더니?

아차. 승재를 변호하는 데에 급급해 그렇게 둘러댔던 걸 까맣게 잊고 있었다. 그의 당황한 기색이 핸드폰 너머로 전달된 걸까? 어쩐지 이상했다고 말하며 미희가 한숨을 내쉬었다.

─네가 그런 식으로 사람 만날 애가 아니지……. 일부러 숨기려고 그렇게

둘러댄 거였구나.

숨기려고 둘러댄 건 맞지만 숨기고 싶었던 게 이 사실은 아니었다. 그러나 그렇게 밝힐 만큼 승현은 멍청하지 않았다.

—생각해 보니 내가 좀 심했던 것 같기도 해. 다짜고짜 쌍둥이가 서로 사귀는 건 남들 보기에 모양새가 그렇지 않느냐 말했으니.

"……그렇게 말씀하셨어요?"

승현의 그 말이 질책으로 들린 걸까. 미희는 한 번 더 한숨을 내쉬었다.

—승재한테는 내가 말실수했다고 전해 주렴. 그리고 다시 이야기해 보자는 말도.

"네. 오늘은 늦었으니까 내일 저녁에 제가 승재 데리고 갈게요. 저도 같이 이야기해요, 은영 씨랑 사귀는 건 저도 마찬가지니까."

—그래, 그러자. 승재 좀 잘 달래 주고. 알았지?

"걱정 마세요."

—내가 참…… 너희를 쌍둥이로 낳아서 다행이야.

승현도 그렇게 생각했다. 하지만 아마 승재는 다르게 생각하고 있지 않을까? 오늘 일만 해도 승현이 없었다면, 최소한 승현이 은영과 사귀는 척을 하지 않았다면 생기지 않았을 일이었다.

전화를 끊은 승현은 복잡한 얼굴로 비 내리는 창밖 풍경을 내다보다가 문이 열리는 소리를 듣고 거실로 들어왔다.

"거기서 뭐 하고 있었어?"

"아, 잠깐 통화 좀 하느라고……. 나랑 얘기 좀 하자."

그 말에 승재의 얼굴이 딱딱하게 굳어졌다.

"엄마랑 통화했어?"

행여나 그가 오해할까 봐 승현은 얼른 중요한 이야기부터 꺼냈다.

"어머니가 미안하다고 전해 달래. 본인이 말실수하셨다고."

"무슨 말실수? 은영 씨한테는 새벽부터 준비한 진수성찬 대접하셨으면서, 샛별이랑은 대화도 제대로 안 해 보고 좀 그렇다고 한 거?"

"승재야, 무슨 말을 그렇게 해."

"나 이번에 부모님한테 정말 실망했어. 그런데 형한테도 지금 그럴 거 같아."

승재의 발치로 젖은 수건이 툭 떨어졌다. 그는 무척이나 상처받은 눈으로 승현을 응시했다. 덕분에 승현은 깨달을 수 있었다. 자신이 너무 성급하게 말을 꺼냈다는 걸.

"내가 샛별이랑 먼저 만났어. 우리 사귄 지 벌써 1년 지났어. 그런데 왜 내가 부모님한테 넌지시 헤어지란 소리를 들어야 해?"

"그런 뜻으로 하신 말씀 아닌 거 알잖아."

"아니, 모르겠는데? 지금도 나는 형이 무슨 생각으로 날 타이르려는 건지 잘 모르겠어. 입장 바꿔 생각해 봐. 내가 샛별이랑 사귀고 있으니까 형더러 은영 씨랑 헤어지라고 하면, 그러면 기분이 좋을 거 같아?"

어차피 승현과 은영은 진짜로 사귀는 사이가 아니었다. 그러니 부모님이 그런 말을 했다면 승현은 고개를 끄덕였을 거다. 이 일을 이렇게 끝낼 수 있어 다행이라고도 생각했을 거고.

그러나.

"거봐. 형도 기분 나쁘잖아."

"……내가?"

"아니라고 할 거야? 그런 표정 짓고 있으면서?"

승재의 말에 승현은 고개를 돌려 베란다로 향하는 유리문을 바라봤다.

비 내리는 새까만 풍경을 배경으로 그의 얼굴이 유리에 거울처럼 비치고 있었다. 그 속에서 그는 무척이나 굳은 얼굴을 하고 있었다. 마치 누군가에게 욕이라도 실컷 들어먹은 것처럼.

"내가…… 실수했다. 미안해. 널 타이르려고 한 건 아니야."

"다른 사람은 몰라도 형은 그러면 안 되잖아. 어떻게 형이 나한테 그래."

"정말 미안해. 앞으로는 안 그럴게."

그의 사과에서 진심이 느껴진 걸까? 서운하고 원망스러운 얼굴로 승현을 보던 승재가 작게 한숨을 내쉬었다. 그는 바닥에 떨어진 수건을 주워 젖은 머리를 털며 퉁명스럽게 중얼거렸다.

"됐어. ……그래서 엄마가 뭐라고 했는데."

"그런 식으로 말하려던 게 아니었다고, 실수했다고 하셨어. 그리고 다시 이야기하자고도 말씀하셨고. 나랑 같이 가자. 이건 네 문제가 아니라 우리 둘 문제니까."

"……그래."

고개를 끄덕인 승재는 잠시 그대로 서 있다가 크게 한 번 한숨을 내쉬고는 수건으로 머리를 거칠게 털었다. 그러고는 그 행동에 놀라 저를 바라보는 승현에게 작게 웃어 보였다.

"그래도 형이랑 같이라 좀 낫네. 우리 무조건 같이 살고 같이 죽는 거야. 배신하기 없기다. 알았지?"

"그래, 걱정 마. 내가 어떻게든 해결할 테니까."

"형이? 무슨 수로?"

"있어, 그런 게."

자신의 기분이 왜 이렇게 저기압이 됐는지 승현은 좀처럼 알 수가 없었다. 그러나 이것만은 분명했다.

바로 지금이 이 연극을 끝낼 절호의 기회라는 것.

❀❀❀

띡, 띡띡, 띡. 도어 록 버튼이 눌리는 소리에 은영은 봉지를 끌어안은 채 과자를 먹던 자세 그대로 현관을 돌아봤다.

"나 왔어……."

"왜 이렇게 늦었어?"

은영은 자리에서 일어나며 벽에 걸린 시계를 확인했다. 밤 11시. 샛별이 이렇게 늦게 퇴근했던 적은 딱 한 번밖에 없었다.

"오늘 회식했어?"

"아니, 회식이 아니고 집 좀 보고 왔어. 언니 나 물 좀."

냉장고까지 갈 힘도 없는지 샛별이 거실 바닥에 끈적한 수프처럼 늘어졌다.

은영이 냉장고에서 차가운 물을 꺼내 한 컵 따라 오자 그녀는 바닥에 엎드린 채로 은영이 먹다 만 과자를 한 움큼 쥐어 와작거리고 있었다.

"이거 맛있다. 못 보던 건데 어디서 샀어?"

"승현 씨한테 받았어. 이번에 새로 나왔대. 맛있지?"

"응, 맛있다. 단짠단짠 중독성 있네."

그 말에 은영은 저도 모르게 웃고 말았다. 이 이야기를 승현에게 해 주면 좋아하겠다 싶어서.

"근데 무슨 집을 이 시간까지 봐? 이 시간에도 집을 보여 줘?"

248

"아니, 집은 퇴근하고……. 아저씨가 엄마한테 내 얘기 들었나 봐. 아는 사람이 내놓은 집 소개해 준대서 그 집 보고, 아저씨랑 엄마랑 같이 밥 먹고 차 마시느라 늦었어."

"차?"

"밥만 먹고 헤어지기 아쉽다고 아저씨가 붙잡아서……. 으으, 제발 나 딸 취급 좀 안 해 줬으면 좋겠는데."

그 말에 은영은 기분이 조금 묘해졌다. 재혼 날짜까지 정해졌음에도 은영은 어머니로부터 '아저씨'를 소개받기는커녕 그렇게 됐다는 소식조차 직접 전해 듣지 못했다.

당연히 그로부터 샛별은 질색하는 딸 취급을 받아 보지도 못했다. 덕분에 이럴 때마다 새삼 실감이 났다. 엄마가 날 정말 딸로 생각 안 하는구나, 하는 실감.

'뭐, 몰랐던 것도 아니고…….'

씁쓸해지는 얼굴을 은영은 애써 가다듬었다. 그녀는 의식적으로 입꼬리를 당겨 웃으며 샛별에게 물었다.

"그래서 그 집 계약하기로 한 거야?"

"그거 말인데, 언니."

"응?"

샛별이 먹던 과자를 내려놓고 바닥에 똑바로 앉았다. 은영은 샛별이 내려놓은 봉지에서 과자를 꺼내 입에 넣다가 진지한 얼굴의 그녀를 보고 의아한 표정을 지었다.

"그 집이 투룸이거든? 거실 있고, 베란다 있어서 빨래 널기도 좋고, 햇빛 잘 드는 3층이야. 근처에 편의점도 있고, 파출소도 있고, 지하철역까지 걸어서 5분밖에 안 걸려."

"그래? 조건이 너무 좋은 거 아냐? 그 정도면 엄청 비쌀 것 같은데."

"완전 비싸지. 그래서 그냥 안 보러 가겠다고 했거든. 근데 내가 집 나온 게 엄마 재혼 때문이기도 하잖아? 그래서 아저씨가 책임감을 느끼는지 보증금을 내 주겠다고 하더라고."

"진짜? 그럼 해야지! 서울에서 그만한 집 구하는 게 어디 쉬운 것도 아니고. 얼른 계약한다 그래."

"안 그래도 벌써 그랬지. 그래서 말인데, 그 집으로 나랑 같이 이사 안 갈래?"

"뭐?"

생각도 못 한 샛별의 제안에 은영은 눈을 동그랗게 떴다.

"그 집에서 같이 살자고?"

"응! 솔직히 난 지금이 딱 좋거든. 언니는 안 그래? 나랑 사는 거 싫어?"

"아니, 싫지는 않은데……. 그 집 아저씨가 너 살라고 보증금 내 주시는 거잖아. 내가 같이 들어가면 좀 그렇지 않을까?"

"뭐 어때? 언니가 남이야? 언니도 엄마 딸이잖아."

"음……."

과연 엄마도 그렇게 생각할까? 그 말이 입 밖으로 나오려던 찰나, 핸드폰 벨소리가 둘 사이로 끼어들었다. 은영의 핸드폰에서 울리는 소리였다.

"잠깐만, 나 전화 좀."

"승현 오빠가 봐?"

이 시간에 전화할 사람이 그 말고 없긴 했다. 아닐 거란 말도 못 하고 어물거리는 은영을 샛별이 짓궂은 얼굴로 흘겨봤다.

"좋을 때네, 좋을 때야. 그럼 전화 받고 와. 난 씻고 올게. 이야기는 이따가 하자."

"……응, 그래."

갈아입을 옷을 챙겨 욕실로 들어간 샛별은 미처 보지 못했다. 발신인을 확인하고 살짝 굳은 제 언니의 얼굴을.

은영은 전화를 받지 않고 잠깐 액정을 내려다보다가 샛별이 욕실로 들어간 걸 확인하고 집 밖으로 나왔다.

샛별이 씻기 시작하면 물소리 때문에 제 목소리가 들리지 않을 걸 알면서도 그녀는 그랬다. 엄마와 통화하는 게 승현과 통화하는 것보다 더 어색하게 느껴져서.

'엄마가 먼저 전화한 게 언제였더라?'

기억도 안 날 정도로 오랜만이었다. 그나마도 샛별이 집에 안 들어왔다고 혹시 어디 있는지 아냐고 묻는 전화였고.

볼일이 있으면 항상 샛별을 통해 용건을 전달했고, 주고받는 메시지라곤 명절날 안부 메시지가 다였다. 만나서 얼굴 보고 같이 밥 먹는 과정에서도 두 사람은 단둘이 만난 적이 한 번도 없었다.

전화를 하려다가, 메시지를 보내려다가 말았던 적. 엄마도 있을까?

있다 해도 그녀가 알 리 없고 또 의미 없는 일이었다. 건물 앞에 나와 쪼그려 앉은 은영은 한 번 끊겼다가 다시 울리기 시작한 핸드폰의 통화 버튼을 눌렀다.

"……여보세요."

―전화 이제 받네. 자고 있었니?

기분 탓일까? 핸드폰에서 들려오는 엄마의 목소리가 왜 일찍 받지 않았냐고 타박하는 것처럼 들렸다. 은영은 괜히 머리카락을 귀 뒤로 넘겨 만지작거리며 고개를 작게 흔들었다.

"아뇨, 샛별이랑 얘기 좀 했어요. 오늘 샛별이랑 같이 집 보고 오셨다면서요. 집에는 잘 들어가셨어요?"

─잘 들어왔지. 근데 혹시 샛별이가 너한테 무슨 얘기 안 했니?

"무슨 얘기요?"

그 질문의 답이 나오기에 앞서 자그마한 한숨 소리가 들려왔다.

─그, 같이 살자든가.

"아…… . 네, 안 그래도 그 얘기 하더라고요."

─뭐라고 대답했니? 그렇게 하기로 했어?

모친의 목소리엔 언뜻 초조한 감이 실려 있었다. 때문에 은영은 눈치챌 수 있었다. 기억도 안 날 만큼 오랜만에 엄마가 먼저 전화를 걸어온 건 바로 이 때문이라는 걸.

"……생각해 보기로 했는데요. 왜요?"

─그걸 생각해 본다고 하면 어떡하니? 샛별이가 철없이 굴면 언니인 네가 말려야지. 3억이 뉘 집 개 이름도 아니고 그걸 덥석 해 달라고 해, 해 달라길.

"3억이요?"

─그래. 원룸 싼 데 들어가면 될 걸 굳이 너랑 살겠다고……. 샛별이한테 같이 살기 싫다고, 원룸 들어가라고 좀 해 줘. 알았지?

"……네, 그럴게요."

은영은 입술을 비집고 나오려는 헛웃음을 겨우 삼켰다. 무너지고 난 후에야 자신이 기대를 쌓았다는 걸 알았다. 딱히 그녀의 잘못이 아니란 걸 알면서도 엄마가 원망스러웠다.

─그래, 고맙…….

"왜 싫냐고 물으면 엄마가 그러라고 했다고 해도 되죠?"

─뭐? 얘 좀 봐. 그걸 그렇게 말하면 어떡하니? 샛별이가 나한테 따지면

252

뭐라고 하라고.

"그러면요? 저는 저랑 사는 게 좋다고 같이 살자는 애한테 뭐라고 거절을 해요?"

─잘 둘러대면 되잖아. 너 머리 좋잖니.

"제가 머리가 좋은지 안 좋은지 엄마가 어떻게 알아요? 저 학창 시절 때 성적표 한 번이라도 보셨어요?"

─……근데 얘가 왜 갑자기 신경질이야. 너 생리하니?

"그걸 지금 말이라고……!"

저 멀리 골목을 지나가는 사람이 보이지 않았다면 소리를 지를 뻔했다. 큼지막한 불덩이를 삼킨 것처럼 속이 뜨거웠다. 이런 게 쌓여서 사람이 화병에 걸리나 보다. 은영은 울고 싶은 마음을 억누르며 손으로 눈을 가렸다.

"엄만 절 딸로 생각하긴 해요?"

─갑자기 그건 또 무슨 소리니?

"샛별이 신경 쓴 만큼 저 신경 쓴 적 있냐고요."

─넌 네 아빠 있잖아.

대수롭지 않은 목소리였다. 마치 두 개 있는 사탕을 하나씩 사이좋게 나누어 줬는데 뭐가 문제냐고 따지는 듯.

"그러니까…… 저는 아빠 딸이지 엄마 딸은 아니란 소리네요."

─얘 말하는 것 좀 봐. 누가 들으면 내가 진짜 못된 엄만 줄 알겠네. 그러는 너는? 날 엄마로 생각하긴 하니? 막말로 네가 나한테 샛별이처럼 살갑게 군 적 있어?

"엄마가 날 어색하게 대하는데 내가 어떻게 살갑게 굴어요?"

─나만 어색하게 굴었니? 너도 어색하게 굴었잖아?

"엄마가 나한테 묻는 거라곤 전부 샛별이 얘기뿐이었으니까!"

샛별이 밖에선 어떤 모습인지, 자신의 재혼에 대해 샛별이 무슨 생각을 하는지, 그 애 요즘 고민이 많아 보이던데 혹시 뭐 아는 거 없는지. 딸의 친구를 만나도 그렇게 모든 화제가 샛별을 중심으로 흘러가진 않았을 거다.

이혼 후 처음 엄마를 만나는 자리에서 오랜만에 만나는 엄마와 어떤 대화를 나누게 될까 긴장과 기대를 했다가 돌아오는 길. 분명 짧지 않은 대화를 나누었는데 왜 기분이 이상할까 한참을 고민한 후에야.

아, 엄마가 없는 곳에서 내가 어떻게 자랐는지 하나도 묻지 않았다는 걸 깨달아서.

—지금 네 나이가 몇인데 그런 소릴……. 애정 결핍이니? 네 아빠가 너한테 잘 안 해 줬어? 하긴, 그 양반이 주변에 관심 가지고 그러는 양반이 아니지. 그나마 제 피 물려준 딸자식은 어련히 신경 써 줄까 했더니.

마치 건너건너 들은 남의 이야기를 하듯 그녀는 쯧 하고 혀를 찼다. 그 속에 담긴 감정은 상대를 향한 못마땅함뿐이었다. 은영은 눈물겹게 서러워졌다.

"됐어요. 끊을게요."

—그래. 샛별이한테 말 잘하고.

끊겠단 말에 미련도 없이 그래라 하는 모친에 은영은 내내 삼켜둔 말을 충동적으로 꺼내 놓았다.

"이름 때문이에요?"

—뭐?

"……아니에요, 아무것도. 끊을게요."

은영은 이번에야말로 통화 종료 버튼을 눌렀다. 그리고 쪼그려 앉은 자세 그대로 무릎을 안은 채 얼굴을 묻었다.

"아, 진짜……."

그 말은 꺼내는 게 아니었는데. 후회해도 이미 엎질러진 물이었다. 은영은 핸드폰을 꽉 쥔 채 입술을 잘근거렸다. 눈가가 시큰거리는 게 누가 툭하고 건드리면 눈물이 쏟아질 것 같았다.

애정 결핍이냐고? 그래, 그 말이 맞는 것 같았다.

하나뿐인 동생과는 어렸을 때 헤어져 소식도 모르고 살았고, 낳아 준 모친 역시 마찬가지였다.

왜 샛별이랑 못 만나게 할까. 왜 엄마는 전화도 한 통 하지 않을까.

아버지는 그녀를 제 부모 집에 맡긴 후 마치 도망치듯 외국으로 갔다. 그래서 은영은 호랑이처럼 무서운 할아버지와 그의 눈치를 보는 할머니 슬하에서 자라야 했다.

그나마 할머니가 살아 계실 적엔 괜찮았다. 그래도 그녀는 어린 손녀를 꽤 예뻐해 주셨으니까.

그러나 중학교 1학년 때 할머니가 돌아가신 후, 은영의 생활은 완전히 뒤바뀌었다. 그녀를 부엌으로 몰아넣은 할아버지 때문이었다.

'부엌일은 기집애가 해야지. 얼른 밥 차려 오거라. 뱃가죽이 등가죽에 붙으려니까.'

'저, 저는…… 이런 거 못 해요. 할 줄 몰라요.'

'할 줄 모르면 배워서라도 해야지. 그동안 제 할미랑 딱 붙어 지내더니 이런 것도 안 배우고 뭐 했어?'

밥을 태워서 종아리를 맞고, 식칼에 베인 상처는 방치당했다.

애써 만든 음식을 할아버지는 먹지도 않고 싱크대에 쏟아부었다.

'다시 해 와, 다시!'

고무장갑이 손에 맞지 않아 설거지를 할 땐 맨손으로 해야 했고, 그 탓에 습진이 걸린 손가락은 친구들 사이에서 놀림감이 되었다.

그때마다 은영은 부모님이 이혼하시기 전을 떠올리곤 했다. 그러나 가족끼리 화기애애했던 시절은 너무 오래돼 기억나지 않고, 그나마 머릿속에 떠오르는 엄마의 목소리는 마지막으로 들은 것뿐이었다.

'당신이 그 애 맡아요. 샛별이는 내가 데려갈 거니까.'

미련이라곤 조금도 없는 목소리.

그때까지 은영과 샛별은 얼굴과 목소리, 키와 몸무게, 입고 다니는 옷과 입맛, 성격과 취향 그 모든 것이 같았다. 그런 쌍둥이였기에 둘 중 하나를 데려가는 데 고민이 없었던 걸까?

아니, 은영은 알고 있었다. 모친이 왜 샛별을 택했는지. 왜 뒤에 남은 그녀를 돌아보지 않았는지.

지이잉—

그때 핸드폰이 울렸다. 화들짝 놀란 은영은 일말의 기대감을 가지고 핸드폰 액정을 들여다보았다.

그러나 거기 적힌 이름은 엄마가 아니었다.

승현이었다.

순간 실망인지 반가움인지 모를 감정으로 가슴이 울렁거렸다. 아아, 하고 목소리를 가다듬은 은영은 전화가 끊어질세라 얼른 통화 버튼을 눌렀다.

"여보세요, 승현 씨?"

―아직 안 잤습니까?

"아직 12시도 안 됐는걸요. 승현 씨는 지금 어디예요? 출장은 잘 갔다 왔어요?"

승현은 지방에 있는 공장에 1박 2일간 출장을 다녀오느라 연락이 뜸할 거라고 미리 알려 주었다.

그동안 상당히 바빴던 걸까? 어제오늘 승현은 하루에 서너 번씩 주고받던 메시지를 모두 걸렀다. 근 이틀 만에 받게 된 그의 전화가 반가운 것도 당연하다면 당연한 일이었다.

―네, 잘 다녀왔습니다. 조금 전에 서울 도착했는데…… 혹시 무슨 일 있었습니까?

"네?"

―목소리가 조금 안 좋은 것 같아서요. 어디 아픈 건 아니죠?

이상하다. 나 방금 목소리 되게 밝게 냈는데.

은영은 아무것도 아니라고 말을 하려다 그만 감정이 울컥 치밀어 올라 헛숨을 들이켰다. 그 소리를 들은 걸까? 승현이 핸드폰 너머에서 은영 씨? 하고 불러 왔다.

―정말 무슨 일 있습니까? 지금 어디예요?

"집이에요. 괜찮아요. 아무 일 없어요."

―정말요?

네. 그렇게 대답하면 끝날 일이었다. 그런데 그 한 음절이 차마 입 밖으로 나오지 않았다. 의미 없는 고갯짓마저도 할 수 없어 은영은 핸드폰을 꽉 움켜쥔 채 숨을 꾹꾹 눌러 참다가 끝내 울음을 터뜨리듯 참았던 숨을 내뱉었다.

"승현 씨……. 혹시요, 제가 전에 했던 말 기억해요?"

─어떤 말 말입니까?

"엄마가 지어 준 제 이름은 새벽이었다는 거요. 그래서 어렸을 땐 엄마가 절 새벽이라고 불렀는데, 전 그게 싫어서 엉엉 울었다고 한 거."

─네, 기억합니다.

바람도 불지 않아 그저 조용하기만 한 밤. 귀에 댄 핸드폰에서 들려오는 그의 나지막한 목소리가 마치 그녀의 마음을 부드럽게 달래는 듯했다. 그래서 은영은 두서없이 계속해서 털어놓을 수 있었다.

"한 서너 번 그랬을 때, 엄마가 저한테 그랬어요."

'그래, 너 그냥 정은영 해.'

"그러고 나선 저를 새벽이라고 한 번도 안 불렀어요. 아마 그때부터였을 거예요. 엄마가 절 사랑하기를 포기한 게."

은영의 모친에게 시부가 지어 준 이름을 가진 딸은 시부나 마찬가지였던 모양이다.

차마 그에게 다 쏟아 내지 못한 미움이 낮은 곳으로 흐르듯 은영에게로 고였다. 그러다 은영 역시 제 배로 낳은 딸이란 사실을 떠올릴 때면 불합리한 미움을 미안해하곤 했다.

그러나 딱 거기까지였다. 샛별을 보듯 그녀를 봐 주지는 않았다. 샛별에게는 조건 없이 퍼 주는 애정을 그녀에겐 나눠 주지 않았다.

"엄마가 새벽이라고 불렀을 때, 그냥 네, 하고 대답했으면……
엄마가 절 사랑해 줬을까요?"

―……글쎄요.

조금은 냉정하게 들려오는 그 대답에 은영은 정신이 번쩍 들
었다.

내가 지금 누구한테 무슨 말을 한 거지?

뺨이 확 달아올랐다. 은영은 시큰거리는 눈가를 손등으로 누르
며 어색한 웃음을 내뱉었다.

"죄송해요, 제가 좀 이상한 소리를 했죠. 갑자기 막……."

―누군가에게 사랑받기 위해 자기 자신을 바꾸기 시작하면 계속 바꾸게
될 겁니다.

"네?"

―그렇게 하나하나 바꾸기 시작하면 나중엔 어디서부터 어디까지가 진짜
은영 씨인지 모르게 될 거예요. 이 세상에서 누구보다 은영 씨를 사랑해야
하는 사람은 은영 씨여야 하지 않겠습니까. 그러니까…….

승현이 잠시 말을 머뭇거리는 사이, 은영은 그의 말을 한 음절
이라도 놓칠까 한참을 숨죽이고 있었다.

―상대가 은영 씨를 낳아 주신 어머니라고 해도 은영 씨를 사랑하지 않
는 사람은 그냥 포기하세요. 그분이 아니더라도 지금의 은영 씨를 있는 그
대로 사랑해 주는 사람이 많지 않습니까. 예를 들면.

"예를 들면?"

묵묵히 듣던 은영은 저도 모르게 무심코 되묻고 말았다. 그와
동시에 핸드폰 너머에서 승현의 숨소리가 들렸다.

잠시 후, 그의 목소리가 이어지려는 찰나.

"언니! 아직도 통화 중이야?"

"엄마야, 깜짝이야!"

"미안, 미안. 아직 통화하고 있었구나? 올 때 된 거 같은데 안 들어와서 걱정했잖아."

반쯤 열린 건물 현관의 유리문에 매달려 히죽히죽 웃는 샛별의 얼굴엔 장난기가 가득했다.

걱정했다는 말도 물론 진심이겠지만, 그보다는 저를 놀릴 생각이 더 큰 것 같은 샛별의 얼굴에 은영은 저도 모르게 미간에 힘을 주고 말았다. 그러다 핸드폰 너머에 있는 승현에 생각이 미처 핸드폰을 고쳐 잡았다.

"여보세요, 승현 씨?"

-지금 밖에 나와 있습니까?

"아, 네. 집 안에서 통화하는 건 좀 그래서……."

"내 눈치 안 봐도 되는데! 우리 사이에 뭐가 어때서?"

"너는 조용히 좀 해."

"네, 네. 통화 더 하고 들어와!"

손을 팔랑팔랑 흔든 샛별이 끝까지 짓궂은 웃음을 흘리곤 계단 위로 올라갔다. 은영은 작게 한숨을 내쉬었다.

"승현 씨, 저 이만 들어가 봐야 할 거 같아요."

통화 더 하고 들어오라고 샛별이 말하긴 했지만, 그랬다간 오늘 밤 내내 놀림당할 게 분명했다.

"저, 그런데……."

-네?

예를 들면, 그 뒤에 누구 이름을 말하려고 했어요?

입안에 맴도는 그 질문을 입 밖으로 내기엔 용기가 부족했다.

은영은 의미 없이 입술을 벙긋거리다 고개를 작게 흔들었다.

"아니에요, 아무것도. 집에 조심해서 들어가세요."

—네. 은영 씨도 조심해서 들어가고…… 좋은 꿈 꾸세요.

"네, 승현 씨도요."

전화를 끊고 나서 은영은 가만히 생각했다. 왜 자신은 승현의 입에서 나올 이름이 궁금했던 걸까?

왜 그 이름이.

"승현 씨였으면……."

좋겠다고 생각했을까.

따로 고민할 필요도 없었다. 어떻게 이걸 눈치 못 챌까.

유리문을 밀어 열고 계단을 오르는 그 짧은 사이에 그녀는 자각했다. 자신의 두 번째 사랑이 시작됐음을.

"말도 안 돼……."

미쳤어. 미쳤어, 정은영.

하필이면 그 사람을. 이제 어쩌려고.

계단을 오르다 말고 다리에 힘이 풀려 쓰러지듯 그 자리에 주저앉고 만 은영은 샛별이 의아한 얼굴로 다시 그녀를 찾으러 나올 때까지 두 손에 얼굴을 묻고 있었다.

'나 승현 씨 좋아하나 봐.'

그 생각에 얼굴을 시뻘겋게 물들인 채로.

❀❀❀

'할아버지는 왜 형만 좋아해?'

261

"큼, 크흠."

화면이 꺼진 핸드폰을 쥔 채 멍하니 차창 너머를 바라보던 승현은 윤 비서의 헛기침에 정신이 들었다.

고개를 돌려 운전석에 앉은 그를 바라보자 시선을 느낀 윤 비서가 승현에게 흘끗 시선을 주었다.

"그분이랑 통화하신 거죠?"

"그래."

"무슨 일 있으시대요?"

"······그걸 네가 왜 궁금해해?"

"네? 아니, 팀장님이 무슨 일 있냐고 물으시는 걸 들어서······. 그런 말 들으면 생판 모르는 남이라도 걱정되는 게 인지상정이지 않습니까."

상당히 억울해하며 반론하는 윤 비서에 승현은 뒤늦게 제 얼굴을 만지작거렸다. 예상대로 입매가 평소보다 단단하게 굳어 있었다. 의식적으로 얼굴에서 힘을 뺀 승현은 손으로 가리듯 뺨을 감싼 채 시선을 창밖으로 돌렸다.

"걱정 안 해도 돼. 별일 아니니까."

"그거 다행이네요."

승현의 목소리가 아까보다 누그러졌기 때문일까? 윤 비서는 한결 편해진 얼굴로 전방을 주시하며 다시 운전에 집중했다. 승현은 그 모습을 흘긋거리다 작게 한숨을 내쉬었다. 그러고는 신경질적으로 앞머리를 흐트렸다.

"피곤하면 좀 주무세요, 팀장님. 도착하면 깨워 드릴게요."

아직 30분 정도 걸린다고 윤 비서가 말했지만 승현은 눈을 붙이지 못했다. 피곤하지 않냐고 물으면 그렇지 않은데도 마음이 심란해서 잠이 오지 않았다.

'엄마가 새벽이라고 불렀을 때, 그냥 네, 하고 대답했으면…… 엄마가 절 사랑해 줬을까요?'
'이상하다……. 나도 형처럼 가만히 앉아서 책만 읽었는데…….'

이렇게 신경 쓰이는 건 그녀에게서 승재의 그림자가 보이기 때문일까.

평소에 잘만 보냈던 메시지를 괜히 출장 핑계 대고 보내지 않은 것도, 우리 이제 그만해도 될 것 같다는 말을 하루하루 미루고 있는 것도.

다 그래서 그런 걸까?

'지금의 은영 씨를 있는 그대로 사랑해 주는 사람이 많지 않습니까. 예를 들면…….'

예를 들면.

자신은 그 뒤에 누구 이름을 말하려고 한 걸까.

"하……."

미치겠네, 진짜.

더 깊어지려는 고민을 애써 털어 낸 승현은 쥐고 있던 핸드폰을 들어 은영에게 메시지 한 통을 보냈다.

[내일 밤에 시간 괜찮습니까?]

별거 아닌 내용인데도 보내기 버튼을 누르기까지 오랜 시간이 걸렸다. 답장은 약 10분 후에 도착했다.

263

[퇴근 후엔 괜찮아요.]

[그럼 잠깐 시간 좀 내주십시오.]

승현은 몇 개 안 되는 글자를 한참 걸려 작성했다.

[앞으로 저희 관계에 관해 할 얘기가 있습니다.]

❅ ❅ ❅

"우리 이제 그만 만나죠."

"······네?"

"이제 은영 씨가 저 안 도와줘도 됩니다. 다른 사람한테 도움을 받기로 했거든요."

"누, 누구한테요?"

"은영 씨도 잘 아는 사람입니다."

또각또각 구두 소리와 함께 승현의 옆으로 한 여자가 나타났다.

승현이 은영에게 사 주었던 옷과 액세서리를 착용한 채 당당하게 승현의 팔에 팔짱을 낀 그녀는 은영을 향해 자신감 넘치는 미소를 지어 보였다.

"우리 구면이죠?"

그 말 그대로였다. 딱 한 번이지만, 은영은 그녀의 얼굴을 기억하고 있었다. 승현과 선을 봤던 여자.

이 여자분과는 선을 한 번 보고 말 사이가 아니었냐는 질문이 입안에 맴돌았다. 이게 대체 어떻게 된 거냐는 의미 없는 질문조차 입 밖으로 나가지 않았다. 아니, 입술이 딱 붙어서 떨어지지조차 않았다.

머릿속이 새하얗게 비어 아무 말도 떠올리지 못하는 은영의 입에서 승현은 무심한 얼굴로 아, 하고 말을 덧붙였다.

"도움을 받기로 했다는 말엔 어폐가 있네요. 이분이랑은 진짜로 결혼할 겁니다."

"……뭐라고요?"

"그동안 도와주신 보답으로 은영 씨에게 제일 먼저 드리겠습니다."

승현은 재킷 안주머니에서 봉투 하나를 꺼냈다. 테두리가 레이스 모양으로 장식된 분홍색 봉투. 그 안에서 나온 건 청첩장이었다.

"참석해 주실 거죠?"

❄❄❄

"……영아."

"……."

"은영아, 정은영!"

"헉, 네, 네?"

어깨를 흔드는 손길에 정신이 번쩍 든 은영은 냉장고 문에 대고 있던 이마를 떼고 뒤를 돌아봤다.

얘가 왜 이러나, 하는 표정으로 그녀를 보던 현수는 엄지로 어깨 너머의 오븐을 가리켰다.

"저거 아까부터 울리는데. 오븐 다 된 거 아냐?"

"네? 아!"

요란하게 울리는 타이머 소리가 시끄러웠는지 막내가 설거지를 하다 말고 오른손의 고무장갑을 벗어 타이머를 끄고 있었다.

265

저 소리를 내가 왜 못 들었지?

은영은 "죄송합니다. 미안해." 여기저기에 대고 사과를 하며 얼른 오븐으로 다가갔다. 중요한 건, 대체 무슨 생각을 하며 이 안에 넣은 반죽을 했는지 모르겠다는 거였다.

다행히 오븐 문을 열자마자 맛있는 빵 냄새가 순식간에 주방 내에 퍼졌다. 탄 냄새가 나는 것도 아니고, 빵이 구워진 모양도 예쁜 걸 보니 반죽은 제대로 한 모양이었다.

은영은 다행이라 생각하며 두 손에 오븐 장갑을 낀 채 오븐 안에서 머핀 틀을 꺼냈다.

12구의 머핀 틀 속엔 라즈베리 머핀과 초코 머핀이 가지런히 놓여 따끈따끈한 김을 뿜어내고 있었다. 그 냄새에 이끌린 막내와 현수가 은영의 양옆에 딱 붙어서 고개를 숙이고 코를 킁킁거렸다.

"히야…… 냄새 끝내준다. 갓 구운 빵 냄새는 맡아도 맡아도 안 질리는 거 같아요. 냄새만 맡아도 배부르다."

"그래? 그럼 네 몫까지 내가 먹어도 되겠네?"

"아니요?!"

진짜로 현수가 제 몫까지 다 먹어 치우기라도 할까, 막내가 황급히 두 손으로 머핀을 하나씩 집어 들려 했다. 그 모습에 은영이 화들짝 놀라 외쳤다.

"잠깐만!"

생각보다 먼저 소리가 튀어 나갔고, 그 탓에 소리를 제대로 줄이지 못했다. 머핀을 집으려다 큰 소리에 놀란 막내가 후다닥 손을 뒤로 물렸다.

"어, 먹으면 안 되는 거예요?"

할 일이 없고 손님이 없을 때 은영은 가게 직원들이 먹을 빵이

266

나 쿠키를 자주 굽고는 했다. 그 손맛에 길들여져 아르바이트를 그만두질 못하는 막내는 눈꼬리를 늘어뜨린 채 제 손만 만지작거렸다.

"죄송해요. 간식인 줄 알고……."

"아, 아니, 먹어도 되는데, 그게……."

이번에는 은영이 막내와 현수의 눈치를 살폈다. 그녀가 왜 그러는지 몰라 두 사람이 의아한 표정을 짓는데, 은영이 머핀 틀 속의 머핀들을 흘끔흘끔 살피다가 개중 유산지 위로 머리가 예쁘게 부푼 머핀 네 개를 쏙쏙 골라냈다.

"이것만 빼고 다 먹어도 돼."

그렇게 머핀 네 개를 들고 뒤로 슥 빠지는 은영에 현수가 눈을 껌뻑이며 물었다.

"왜 그것만 빼? 거기엔 뭐 다른 거 넣기라도 했어?"

"아니에요, 다 똑같이 들어갔어요."

"그런데 왜?"

한 번 궁금한 건 곧 죽어도 답을 들어야 하는 현수가 끝까지 물어 댔다. 어떻게든 화제를 돌리려 애쓰다가 결국 포기한 은영이 체념하고 입을 우물거렸다.

"이왕이면 예쁜 거 주고 싶어서요."

"흐흥, 누구한테 주려고 예쁜 걸 골라냈을까? 동생앵? 친구우?"

말꼬리를 늘이며 히죽히죽 웃는 폼이 그렇게 얄미울 수가 없었다. 결국 약이 오른 은영은 머핀 틀을 막내 쪽으로 휙 밀어 버렸다.

"막내야, 이거 가져가서 사장님이랑 세연 언니랑 같이 나눠 먹어. 현수 오빠는 절대 주지 말고."

"어어, 너 치사하게 먹는 거 가지고 그러기냐?"

"네, 누나! 오늘도 맛있게 잘 먹겠습니다!"

어쨌든 주방의 실세는 은영이었다. 현수가 뭐라고 하든 말든 막내는 머핀 틀을 통째로 들고 후다닥 홀로 나갔다. 현수는 괘씸한 막내의 등을 기가 막힌 눈으로 쳐다봤다.

"야! 너 거기 안 서? 내 건 두고 가!"

그렇게 두 사람이 빠져나가자 주방이 조용하다 못해 썰렁해졌다. 은영은 차라리 썰렁한 게 낫다고 생각하며 선반에서 포장 비닐과 빵 끈을 꺼냈다.

'승현 씨…… 좋아해 주려나?'

머핀을 구워 달라고 했던 승현을 떠올리며 은영은 아직 뜨거운 머핀의 김을 식히려 손으로 부채질을 했다.

승현이 무언가를 직접 구워 달라고 요청한 건 그게 처음이었다. 빵이나 쿠키 같은 건 잘 먹지 않는다고 말했던 그라 그 부탁이 더 기꺼웠다.

또…….

'좋아하는 사람한테 직접 만든 걸 주는 건 처음이네.'

아니, 처음은 아니었다. 어렸을 때 첫사랑, 옆집 살던 지훈 오빠한텐 먹을 걸 자주 만들어 줬으니까.

엉성한 솜씨로 음식을 만들어 놓으면 이걸 먹으라고 만든 거냐 역정을 냈던 할아버지와 달리, 지훈은 음식에서 탄내가 진동을 해도 끝까지 다 먹어 주었다.

그런 지훈에게 미안하고 민망해서 요리 연습을 더 열심히 했었다. 어렸던 은영의 요리 실력이 쑥쑥 늘어날 수 있었던 원동력은 매를 드는 할아버지가 아니라 다정한 옆집 오빠였다.

"밸런타인데이 날에 주려고 초콜릿 만드는 연습까지 했었는데……."

그러고 보면 이번에도 밸런타인데이 때 초콜릿은 못 줄 거다. 이 관계가 내년 2월까지 지속될 리 없으니.

어젯밤 꿈에서처럼 승현이 그만두자고 하면 지금 당장이라도 끊어질 인연이었다. 어쩌면 그가 오늘 하려는 말이 그 말일지도 모른다.

처음엔 이런 말도 안 되는 연극은 얼른 그만두고 싶었는데, 어쩌다 그를 좋아하게 됐을까?

"어쩌면…… 다른 형태로 만날 수 있었을지도 모르는데."

언감생심 그의 마음은 바라지도 않는다. 지금 이대로도 좋으니 조금만 더 오래 그의 얼굴을 보고 싶었다. 현재로선 그게 은영이 바라는 최대치였다.

❀❀❀

승현과 만나기로 한 곳은 근처의 24시간 카페였다. 요즘 시험 기간인지 카페엔 책과 노트북을 들고 와 자리를 잡고 앉아 있는 대학생들이 많이 보였다.

늦은 시간인데도 빈자리를 겨우 찾은 은영은 아메리카노와 라테를 한 잔 주문했다. 그리고 자리에 앉아 승현에게 메시지를 보냈다.

[저 카페에 도착해서 자리 잡았어요. 2층으로 올라가는 계단 안쪽 구석 자리니까 그쪽으로 오면 돼요. 승현 씨 좋아하는 라테도 미리 주문해 놨어요.]

"……이건 좀 그런가?"

아직 오지도 않은 사람이 마실 음료를 주문한 것도 그렇고, 그 이야기를 굳이 생색내듯 하는 것도 그렇고.

자신의 마음을 자각했기 때문일까? 평소라면 별생각 없이 했을 말과 행동이 은영은 하나부터 열까지 다 신경 쓰였다. 그렇다고 이미 주문한 라테를 버릴 수도 없어서 은영은 승현이 오면 말하자 싶어 뒷줄만 빼고 메시지를 보냈다.

'머핀…… 미리 꺼내 놔야겠다.'

가방 안에 넣어 두면 승현이 왔을 때 꺼내지 못할 것 같았다.

이상하다. 아무리 그래도 내가 이렇게까지 소심한 사람은 아니었는데. 은영은 작게 한숨을 내쉬며 끝이 살짝 구겨진 빵의 포장지를 예쁘게 폈다. 그때 그녀의 핸드폰이 울렸다.

[엄마]

승현 씨인가? 하고 핸드폰을 확인하던 은영의 입매가 살짝 굳어졌다. 사실 그녀의 전화는 지금 처음 온 게 아니었다. 점심때 한 번, 그리고 저녁때도 한 번 왔다.

두 번 다 일하느라 전화가 온 것도 몰라 못 받은 거였지만, 은영은 확인한 후에도 굳이 전화를 걸지 않았다. 무슨 말을 하려는지 짐작이 가서.

'샛별이한테 싫은 소리 하는 게 그렇게 어려운가?'

나한테는 이 말 저 말 다 할 수 있고?

그런 생각을 떠올렸더니 마음이 삐뚤어졌다. 살짝 부아가 치민 은영은 결국 전화를 받지 않았다.

그녀의 모친은 전화가 끊어진 후에도 한 번 더 전화를 걸었다가 그다음엔 메시지를 보내왔다.

[너 엄마 전화 일부러······.]

액정에 뜬 미리 보기 창엔 모친의 메시지가 반만 보였지만, 다 보지 않아도 무슨 내용인지 알 것 같았다. 그래서 은영은 괜히 확인하지 않고 가만히 액정을 지켜보았다. 그러자 몇 개의 미리 보기 창이 연달아 휙휙 떴다.

[너한텐 실망했다 정말.]

[어떻게 언니가 돼서 동생······.]

[그런 점은 네 아빠랑 똑······.]

[네가 이러니까 내가······.]

네가 이러니까 내가? 그 단어를 본 순간 은영은 반사적으로 액정을 두드려 모친의 메시지를 화면에 띄웠다.

그녀를 충동질한 메시지의 내용은 다음과 같았다.

[네가 이러니까 내가 널 좋아할 수가 없는 거야.]

그 말을 몇 번이나 반복해서 훑어보던 은영은 저도 모르게 웃음을 터뜨리고 말았다.

"날 좋아했던 적도 없으면서."

갑자기 작년 가을의 일이 떠올랐다. 지금 만나는 사람이 다음 주에 생일인데 케이크 하나 만들어 줄 수 있냐고 부탁해서 은영은 엄마의 부탁이라 보다 정성을 쏟아 케이크를 만들었다.

평소 잘 하지 않는 설탕 공예까지 연습해서 꽃과 인형까지 만들어 케이크를 장식해서 보냈다. 그리고 받았던 엄마의 답장은.

'케이크 잘 받았어. 얼마 보내 주면 되니?'

고맙다. 잘 먹었다. 케이크 예쁘더라. 그런 진심 어린 말 한마

271

디면 충분했는데. 돌아온 건 마치 남을 대하는 듯 돈을 주겠단 한마디가 전부였다.

'진짜? 그거 언니가 만든 거였어?'

심지어 그 자리에 같이 있었다는 샛별은 은영이 말하기 전까진 그 케이크를 만든 게 은영이란 사실을 알지도 못했다.

'뭐야! 엄마는 왜 그걸 말 안 해 줬지? 케이크도 맛있고, 인형도 되게 귀엽게 잘 만들었던데. 나중에 우리 생일에도 만들어 주면 안 돼? 와인이랑 치킨은 내가 살게!'

생각해 보면 그랬다. 일찍 돌아가신 할머니. 그녀를 늘 혼내기만 했던 할아버지. 마치 버리듯 떠나 돈만 보내 주고 소식은 없는 아버지. 그녀를 좋아할 수가 없다는 어머니.

그들은 해 주지 못한 가족 노릇을 단 한 명, 오로지 샛별만이 해 주고 있었다. 단순히 쌍둥이라 애틋했던 게 아니라 그래서 샛별이 특별했던 거다.

새삼 깨달은 사실에 은영은 멀거니 내려다보고 있던 핸드폰을 집어 들었다. 그리고 망설임 없이 답장을 보냈다.

[일부러 피한 거 맞아요. 엄마 전화 받기 싫어요.]

[샛별이한테 미움받기 싫죠? 나도 그래요. 나한테는 샛별이밖에 없어요.]

[샛별이한테 같이 살자고 할 거예요. 엄마가 선택해요. 재혼할 분인지, 샛별인지.]

그렇게 연달아 메시지를 보내고 나자 핸드폰이 다시 울리기 시작했다. 그러나 상대가 할 말이 뭔지 이미 짐작이 가는데 뭐 하러 전화를 받겠는가.

그녀는 하고 싶은 말을 이미 다 한 뒤였다. 은영은 통화를 거부한 뒤 모친의 번호를 아예 차단해 버렸다. 시간이 좀 지나면 차단을 풀 생각이었다. 아니면 그냥 이렇게 놔두거나.

'애초에 끊긴 인연이었어.'

아무리 이혼해서 남남이 되었다고 해도 그건 부부의 이야기였다. 어려서 아무것도 몰랐던 은영과 달리, 그녀는 하려면 얼마든지 연락을 취할 수 있었는데 그러지 않았다. 관심이 없었고, 사랑하지 않았던 거다.

아주 오래전에 이미 그러했던 걸 이제 와서 바꿀 수 있을 리가.

또 그녀가 노력해서 바꾼다 해도 그녀가 더 노력하지 않으면 그 관심과 사랑은 끊어지게 될 거다.

아무리 상대가 모친이라 해도 은영은 평생 노력할 자신이 없었다. 그렇게 할 정도로 모친의 애정이 가치 있지 않다는 걸 이제는 알았다.

은영아.

한 번도 그렇게 다정하게 불러 주지 않은 사람인걸.

'지금의 은영 씨를 있는 그대로 사랑해 주는 사람이 많지 않습니까. 예를 들면.'

"……승현 씨는 언제쯤 오려나."

역시 라테를 미리 주문한 건 괜한 행동이었던 것 같다. 컵의 표면에 물방울이 송송 맺히는 만큼 컵 안의 얼음도 녹고 있을 것 같아 은영은 기분이 가라앉았다.

그냥 처음부터 주문한 적 없었던 것처럼 버리고 와야겠다고 생각하던 그때.

"저, 실례합니다."

"네?"

라테 컵을 들고 자리에서 일어나려던 은영은 어떤 남자와 눈이 마주쳤다.

밤이 늦었기 때문인지 반듯하게 넘겼을 머리카락이 흐트러져 있지만, 그 사실이 그의 단정한 이미지를 무너뜨리진 못했다. 그는 마치 습관처럼 넥타이 매듭을 반듯하게 정리한 후 입을 열었다.

"정은영 씨 맞으시죠?"

"맞는데…… 누구세요?"

어떻게 내 이름을 알지? 은영의 경계 어린 시선에 남자는 선량한 얼굴로 싱긋 웃었다.

"저는 권승현 팀장님이 보내서 온 사람입니다."

그는 미리 준비하고 있었다는 듯 카드 지갑에서 명함 한 장을 뽑아 은영에게 건넸다. '권승현 팀장님'이란 단어에 경계를 누그러뜨린 은영은 흘끗거리는 시선으로 남자를 보며 받아 든 명함을 살폈다.

일전에 승현에게 받았던 것과 같은 재질, 같은 디자인의 명함 속 비서라는 직함이 남자의 신상을 증명하고 있었다. 그러나 그녀의 시선을 확 잡아끈 건 그런 것들이 아니었다.

"윤……지훈?"

"네, 윤지훈이라고 합니다. 잘 부탁드립니다."

"아, 네. 저는 정은영이라고 해요."

고개를 꾸벅 숙인 은영은 명함에 적힌 이름을 몇 번이고 곱씹다가 괜히 그의 얼굴을 흘끔거렸다. 지훈은 그 시선을 곧장 알아차렸다.

"왜 그러십니까? 제 얼굴에 뭐가 묻기라도 했나요?"

"아뇨, 그냥 누굴 좀 닮은 것 같아서……."

"흠흠, 제가 어디 가서 잘생겼단 이야기를 종종 듣고는 합니다."

"하하."

확실히 준수한 얼굴이기는 했지만, 승현의 얼굴에 익숙해진 은영은 그 말에 순수하게 맞장구를 쳐 주기 어려웠다.

본인도 그 사실을 익히 아는지 은영의 어색한 웃음에 머쓱해하는 대신 넉살 좋게 자리에 앉아도 되냐고 물었다.

은영은 얼른 고개를 끄덕였다. 그러다 문득 떠오른 의문에 지훈의 주변을 두리번거렸다.

"저, 그런데 승현 씨는요?"

"아, 그것 때문에 제가 대신 사과 말씀 전해 드리러 왔습니다. 팀장님께선 오늘 이 자리에 오지 못하십니다. 갑자기 급한 일이 생기셔서요."

"급한 일이요?"

그래서 메시지에 답이 없었던 모양이다. 승현이 얼마나 바쁜지는 은영도 잘 알아서 그가 약속을 깼다는 사실에 크게 서운한 마음이 들지는 않았다.

그러나 가슴 한편이 조금 가라앉기는 했다. 은영은 눈앞의 남자에게 그 사실을 들키지 않으려 애써 입꼬리를 끌어 올렸다.

"그렇군요. 근데 그런 거면 굳이 이렇게 직접 올 필요 없이 메시지 한 통만 보내 주셔도 됐는데요."

"팀장님께선 약속을 당일에, 그것도 약속 시각 다 돼서 취소하는 걸 정말 싫어하셔서요. 메시지 한 통으로 못 가게 됐다고 통보하는 걸 아주 무례한 일이라고 생각하십니다. 나중에 은영 씨께도 직접 사과하겠다고 하셨으니 너무 불쾌하게 생각하지 말아 주시길 바랍니다."

"아니에요. 불쾌하다고 생각 안 해요. 그런데 많이 바쁘신 거예요? 이 시간에도 자리를 못 비우실 만큼?"

"아, 회사 일이 아니라……."

"회사 일이 아니라?"

순간 저도 모르게 되묻고 만 은영에 지훈은 잠깐 망설임을 보였다. 내가 알아도 되는 일이 아닌 모양이다, 하고 곧장 알아차린 은영은 얼른 화제를 바꿨다.

"승현 씨 때문에 지훈 씨도 이 늦은 시간에 고생하시네요. 혹시 라테 좋아하세요? 승현 씨 드시라고 주문한 거라 입 안 댔는데."

"아, 제가 마셔도 되나요?"

"승현 씨 대신 오셨잖아요. 사과 대신 하셨으니까 커피도 대신 드세요."

"감사합니다. 그럼 잘 마시겠습니다."

넙죽 컵을 받아 든 지훈은 빨대를 꽂지도 않고 유리컵을 입으로 가져가 벌컥벌컥 커피를 들이켰다.

무슨 냉수를 마시듯 커피를 마시는 그에 은영의 눈이 동그래졌다. 단숨에 커피를 반쯤 들이켜고 후우, 숨을 뱉은 그는 뒤늦게 머쓱한 얼굴로 하하 웃었다.

"죄송합니다. 조금 서둘렀더니 더워서……."

276

"서두르셨어요?"

"네. 제가 깜빡하고 은영 씨 번호를 못 받아서요. 카페 들어와서도 한참 헤맸어요. 이쪽 자리에 앉아 계신 줄 몰라서."

"아아."

은영도 혹시 승현이 그럴까 봐 헤매지 말라고 안쪽 자리에 있다고 메시지를 보낸 참이었다. 생각난 김에 핸드폰을 켜 보니 여전히 승현은 메시지를 확인하지 않은 상태였다.

사람을 대신 보낼 정도로 약속에 신경 쓰고 있었으면 틈나는 대로 핸드폰을 들여다볼 만도 한데, 그러지 못하고 있는 걸 보니 정말 일이 급한 모양이었다.

'혹시 할아버님한테 무슨 일이 생긴 건……'

아니, 그에게 정말 무슨 일이 생겼으면 지훈도 여기에 와 있을 정신은 없을 것이다. 지금은 비록 은퇴했다고 하나 여전히 명예회장 겸 대주주로서 크고 작게 회사에 영향력을 끼치고 있다고 했으니까.

"이후 스케줄은 어떻게 되시죠? 달리 갈 곳이 있으면 제가 모시겠습니다."

"네? 아니에요. 저 집으로 갈 거라서요."

"그럼 집까지 모셔다드리겠습니다. 대신 사과 말씀 전하고 집까지 안전하게 모시라는 게 팀장님 명령이었거든요."

"하지만……."

승현의 비서지 제 비서도 아닌데 어떻게 냉큼 그러겠다고 하겠는가? 은영이 망설이는 이유를 알았는지 지훈이 부담스러워할 거 없다며 한쪽 눈을 찡긋거렸다.

"모시게 해 주세요. 그래야 제가 양심적으로 보너스를 받아 갈 수 있거든요. 저 지금, 굳이 말하면 아르바이트 중이라서."

"아르바이트요?"

"업무 외 수당 곱하기 잔업 수당이라 꽤 쏠쏠합니다. 은영 씨 덕분에 받게 된 보너스니 은영 씨한테도 한턱 쏘죠. 여기 베이글 샌드위치 드셔 보셨어요?"

"아뇨. 그게 유명하다고 승현 씨한테 듣기는 했는데."

작게 도리질 치는 은영에게 지훈이 자부심 넘치는 표정으로 답했다.

"제가 팀장님께 추천해 드린 겁니다. 한번 드셔 보세요. 시간이 늦었으니까 포장으로. 콜?"

"음…… 네. 그렇게까지 말씀하시면 잘 먹을게요."

"후회하지 않으실 겁니다. 혹시 집에 동거인이?"

"아, 동생이랑 같이 살아요."

"그럼 동생분 것까지 두 개. 두 분 다 매운 거 잘 드시나요?"

"네, 잘 먹어요. 그런데……."

동생 것까지 사 줄 필요는 없다고 말하기 전에 지훈이 자리에서 일어났다. 말릴 새도 없이 카운터로 떠나는 그의 뒷모습을 보며 은영은 작게 한숨을 내쉬었다.

'뭐…… 커피값 대신이라 생각하면 되겠지?'

주문을 마치고 카운터 옆 벽에 기대선 그가 진열대의 머그컵과 텀블러를 구경하다가 은영과 눈이 마주쳤다. 그 순간 저를 향해 미소 지어 보이는 그에 은영도 함께 미소 지었다.

'엄청 붙임성 있는 사람이네…….'

요즘 애들이 자주 쓰는 말로 표현하면 인싸라고 해야 할까? 그의 상사와는 정반대의 성격을 지니고 있었다. 굳이 말하자면 승현은 붙임성이 없다기보다는 붙임성 있게 대하기 어려운 사람이지만.

'그것도 초반에나 그랬고…….'

또 버릇처럼 승현을 떠올리던 은영은 그런 자신을 뒤늦게 자각하고 얼른 고개를 흔들었다.

그리고 다른 생각을 할 겸 괜히 카페 인테리어를 구경하다가 다시 한번 지훈의 옆모습에 시선을 주었다.

'……아니겠지?'

지훈이란 이름은 흔한 이름이니까. 게다가 그녀가 기억하는 지훈은 저렇게 성격이 밝지 않았다. 평소엔 말이 없고, 잘 웃지도 않아서 첫인상은 굉장히 무서웠더랬다.

그러다 처음 말을 나누었던 게…….

"포장 끝났습니다. 이만 갈까요, 은영 씨?"

"네? 아, 네."

얼마나 생각에 잠겨 있었는지 그새 지훈이 돌아왔다. 자리에서 일어난 은영은 마시다 만 커피를 정리하고 밖으로 나가 지훈의 차에 올랐다.

흡연자인지 차에서 살짝 담배 냄새가 났다. 저도 모르게 미간을 찌푸릴 뻔했지만, 은영은 내색 않고 안전벨트를 맸다.

"여기, 주소 좀 입력해 주세요."

"아, 네."

은영은 잠깐 망설이다가 처음 승현에게 가르쳐 주었던 편의점 주소를 입력했다. 지훈은 내비게이션에 편의점 이름이 뜬 걸 확인하고도 별말 하지 않았다. 대신 에어컨을 켤까 물었다.

"아, 아뇨. 괜찮아요. 별로 안 더워요."

"더우면 편하게 말씀하세요. 아니면 창문을 좀 열까요?"

지훈은 은영의 대답을 듣기도 전에 창문을 조금만 열었다. 바람이 들이닥쳐 은영의 머리카락이 휘날리지 않을 정도로만.

덕분에 희미하게 느껴지던 담배 냄새가 지워졌다. 조금 편하게 숨을 쉬던 은영은 어쩌면 이것 때문에 창문을 열어 준 걸지도 모르겠다고 생각했다.

'좋은 사람 같다.'

지훈과 승현이 같이 있는 모습은 한 번도 본 적이 없는데, 두 사람이 함께 일할 때 어떤 분위기일지 저절로 머릿속에 그려졌다.

그 장면이 조금은 유쾌해 은영은 저도 모르게 키득키득 웃고 말았다. 내비게이션을 확인하며 차를 몰던 지훈이 그런 은영에게 미소 띤 얼굴로 물었다.

"갑자기 재밌는 이야기라도 생각나셨나 봐요?"

"네? 아뇨, 그냥…… 갑자기 승현 씨가 생각나서요."

달리 둘러댈 말이 없어 곧이곧대로 답한 후, 은영은 후회했다. 그래서 왜 웃었냐고 물으면 뭐라고 답하지?

"아하, 역시."

"네?"

그런데 지훈의 반응이 은영의 생각과 달랐다. 그럴 줄 알았다는 듯 고개를 끄덕이는 그에 은영은 당황해 눈만 깜빡였다. 그런 그녀를 뒤늦게 알아차린 지훈이 흠흠 헛기침을 하고는 은근한 목소리로 물어 왔다.

"저희 팀장님이랑 진짜로 사귀시는 거 맞죠?"

"……네?"

"아니에요? 그럼 저희 팀장님만 진심이신가?"

고개를 살짝 갸웃거리며 혼잣말을 하듯 중얼거리는 지훈에 은영은 제 귀를 의심했다. 그러나 설마 하며 뺨을 붉히는 일은 없었다. 그저 당황하기만 한 은영은 서둘러 손사래를 쳤다.

"무슨 말씀을, 설마요. 저희 그런 거 아니에요. 아니, 그러니까……."

그러고 보니 이 사람은 자신과 승현이 어떤 관계인지 다 알고 있는 건가? 아니까 이런 소리를 하는 거겠지?

그러나 괜한 말로 일을 망칠지도 모른다는 생각이 들어 은영은 조개처럼 입을 딱 다물었다. 그리고 어떻게든 화제를 바꾸려 머리를 굴리는데, 제가 장담한 그대로 눈치가 빠른 지훈은 은영이 무슨 생각을 하는지 안다는 듯 눈꼬리를 접어 웃었다.

"너무 당황하지 않으셔도 돼요. 저는 다 알고 있거든요. 애초에 팀장님 첫 데이트 코스 짜 드린 것도 저고."

"데이트 코스를 지훈 씨가 짰다고요? 그럼 혹시 첫날 점심에 간 레스토랑이……?"

"파르펠레, 맞죠? 파스타 전문점."

레스토랑 이름까지는 기억나지 않지만, 파스타를 먹었던 건 기억하고 있었다.

자신이 파스타를 좋아한다고 한 걸 기억하고 일부러 데려가 준 곳인 줄 알았는데. 사실은 지훈의 추천이었던 걸까? 어쩐지 조금 실망스러워졌다.

"사실 그때까지만 해도 팀장님은 무슨 새로운 기획을 진행하는 것처럼 굉장히 사무적인 태도셨거든요. 그런데 어느 순간부터 점점 태도가 달라지셔서는……!"

지훈은 백미러로 은영의 반응을 흘끗 살피다가 결정적인 부분

281

에서 말을 끊었다. 그의 낚시질에 홀라당 낚여 버린 은영은 자신의 몸이 왼쪽으로 살짝 기울어졌단 사실도 인지하지 못한 채 뒷말을 재촉했다.

"승현 씨 태도가 어떻게 달라졌는데요?"

"저희 공장에 트러블이 생겨서 지방에 출장 다녀온 건 알고 계시죠?"

"네."

"그런데 그동안 팀장님한테 연락 거의 못 받으셨죠?"

"그걸 어떻게 아세요?"

그 질문에 지훈은 흐흥, 하고 젠체를 했다.

"어떻게 모르겠어요. 팀장님이 하루 종일 핸드폰만 붙잡고 망설이는 걸 다 봤는데."

"망설이다뇨? 왜요?"

"그러니까요. 왜일까요?"

지훈은 빨간불 앞에 차가 잠시 멈춘 틈을 타 은영에게로 몸을 살짝 기울이고는 장난스럽게 속삭였다.

"참고로 저희 팀장님, 전엔 한 번도 그런 적이 없던 분이세요. 예스면 예스, 노면 노. 데이터가 부족한 상황이 아니면 절대로 결정을 망설이는 분이 아니시거든요."

"그래요……?"

은영은 머릿속으로 승현이 핸드폰을 붙잡고 연락을 망설이는 모습을 떠올려 보았다. 그러니까, 아까 자신이 그랬던 것처럼.

그런데 그런 모습을 한 번도 보지 못했기 때문일까. 잘 상상이 되지 않았다. 지훈의 말마따나 승현과 망설임이란 단어가 잘 어울리지 않아서.

'하지만……'

평소엔 별생각 없이 하던 일에 쓸데없는 걱정이 달라붙는 경험을 그녀도 하지 않았던가? 만약 승현도 그런 거라면, 그리고 그 이유 역시 그녀와 같다면…….

'혹시 승현 씨도.'

나랑 같은 감정이라면.

"어, 도착한 것 같은데 여기 맞나요?"

"네? 아, 네. 맞아요."

지훈의 말에 화들짝 놀라 고개를 든 은영은 창 너머를 확인하고 얼른 고개를 끄덕였다.

차가 갓길에 서는 사이 은영은 달아오른 뺨을 손으로 가볍게 두드렸다. 지훈이 짓궂은 소리를 한 것도 아닌데 그에게 제 생각을 들킨 것처럼 기분이 몹시 부끄러웠다.

"바래다주셔서 감사합니다. 승현 씨한테도 전해 주세요."

"하하, 그건 제가 부탁드려야죠. 팀장님께 제가 몹시 친절했더란 말을 꼭 좀 부탁드립니다."

"그러면 보너스 더 받으세요?"

"그럴지도 모르죠. 아, 이거 가져가세요."

지훈이 뒷좌석으로 손을 뻗어 카페에서 포장해 온 종이 가방을 그녀에게 건넸다. 고맙다는 인사와 함께 종이 가방을 받아 든 그녀는 잠시 망설이다가 지훈에게 물었다.

"혹시 머핀 좋아하세요?"

"머핀이요? 없어서 못 먹죠. 저 밀가루에 환장한 놈입니다. 이 험난한 세상, 밀가루의 도움으로 연명하고 있죠."

지훈의 너스레에 가볍게 웃음을 터뜨린 은영은 가방에서 머핀을 꺼내 지훈에게 건넸다.

"그럼 이거 가져가서 드세요. 제가 직접 만든 거예요."

"직접 만드신 거라고요? ……아, 팀장님 주려고 만드셨구나, 맞죠?"

머핀을 받아든 지훈이 은영에게 되물었다. 은영은 살짝 수줍게 웃으며 고개를 끄덕였다.

"네. 그런데 사실 승현 씨한텐 만들었단 말 안 했거든요. 오늘 서프라이즈로 주려고 했는데, 지훈 씨가 대신 고생해 주셨으니까 지훈 씨가 드세요."

"이거 제가 먹으면 큰일 날 거 같은데……. 마음만 받, 아니다, 마음도 받으면 안 되겠구나. 아무튼 이건 팀장님께 잘 전해 드릴 게요."

"아니에요, 안 그러셔도 돼요. 승현 씨한테는 다음에 따로 만들어 드리면 되니까 지훈 씨 드세요."

행여 지훈이 승현에게 전해 주겠다고 고집을 피울까, 은영은 말을 마친 후 후다닥 차에서 내렸다. 그리고 차 문을 닫은 후 고개를 숙여 차창 너머로 지훈에게 한 번 더 감사 인사를 전했다.

"오늘 정말 고마웠어요. 승현 씨한텐 몹시 친절하셨더라고 말씀드릴 테니까 이만 들어가서 쉬세요."

"네. 은영 씨도 이만 들어가세요."

손에 든 머핀을 흔들며 인사하는 지훈에 은영은 마주 손을 흔든 후 집으로 향했다.

습관처럼 비밀번호를 누르고 현관문을 연 은영을 웃음 가득한 TV 소리와 그 앞에 드러누운 샛별이 반겨 주었다.

"언니, 벌써 와? 오늘 승현 오빠랑 데이트한다더니……. 어, 손에 든 건 뭐야?"

"승현 씨 갑자기 일이 생겼대서 그냥 왔어. 이거 베이글 샌드위 친데 지금 먹을래?"

"먹을래! 안 그래도 출출했는데 잘됐다."

바닥을 뒹굴던 샛별이 자리에서 벌떡 일어나 은영의 손에서 종이 가방을 받아 갔다. 그러고는 부엌으로 가서 달그락거리더니 곧 탄산음료와 함께 상을 차려 왔다.

"음, 이거 맛 괜찮다. 승현 오빠가 사 준 거야?"

"아니, 승현 씨 말고 승현 씨 비서."

"비서?"

입가에 묻은 소스를 엄지로 훑던 샛별은 희한한 말을 들은 것처럼 미간을 찌푸렸다.

"데이트하는 자리에 비서를 데리고 왔다고?"

"아니야. 정확하게는…… 승현 씨가 갑자기 바쁜 일이 생겨서 못 온다고 비서가 와서 전해 줬어."

"그렇구나……. 혹시 집에 무슨 일 생겼나?"

"응?"

"그게, 승재 오빠도 저녁부터 통 연락이 안 됐거든."

조금 찝찝한 표정을 짓던 샛별은 물티슈로 손에 묻은 걸 닦아 내고 TV 앞에 굴러다니던 핸드폰을 집어 들었다.

"아직도 확인 안 했네. 바빠서 연락 못 하면 못 한다고 미리 말해 주는 사람인데."

그 말에 은영은 핸드폰을 꺼내 승현과의 메시지 창을 확인했다. 답장이 오기는커녕 승현이 메시지를 확인한 흔적도 없었다.

"혹시 편찮으시다던 할아버지한테 무슨 일 생긴 건 아니겠지……?"

"그건 아닐 거야."

"그러면?"

"글쎄……."

은영은 한참 고민하다가 도통 모르겠다고 고개를 흔들었다. 할아버지 일이 아니라면 대체 무슨 일이 생긴 걸까? 도무지 짐작 가는 게 없었다.

❋ ❋ ❋

승현이 미희에게 전화를 받은 건 그가 막 퇴근해서 엘리베이터에 올랐을 때였다.

버튼 누르는 것도 잊고 깊은 생각에 잠긴 그 대신, 지훈이 지하 2층 버튼을 누르고 전화가 왔다는 사실 역시 알려 주었다.

"팀장님, 지금 진동 울리는 것 같은데요."

"응? 아아."

재킷 안주머니에서 핸드폰을 꺼내는 승현은 아직도 정신을 반쯤 빼놓은 얼굴을 하고 있었다. 지훈은 그런 그를 향해 몰래 의심의 눈길을 보냈다.

'요 며칠 상태가 계속 이상하신데…….'

신제품 매출도 잘 나오고, 반응도 좋고, 공장에 생긴 문제도 잘 해결했고. 회사 일은 문제가 없다. 있었어도 승현이라면 곧바로 문제점을 찾아 해결했지, 저렇게 혼자 넋 놓고 한숨을 쉬는 일은 없었을 것이다.

그러면 뭐가 문제일까?

멀쩡한 사람도 한순간에 바보로 만드는 건 지훈이 알기로 하나밖에 없었다.

사랑. 아니, 정확하게는 짝사랑.

'그래, 어쩐지 이상하다 했어. 처음 보는 여자랑 연인 행세? 형식적인 선 한 번 보는 것도 그렇게 귀찮아했던 분이 연인 행세는 무슨.'

연인이 되고 싶었던 거지. 첫눈에 반한 거야.

지훈이 고개를 흔들며 가볍게 혀를 차던 그때. "네, 어머니." 하고 답한 후 핸드폰 너머에서 들려오는 말을 가만히 듣고 있던 승현의 얼굴빛이 한순간에 달라졌다.

"할아버지가요?"

확 가라앉은 목소리로 되묻는 승현에 지훈은 저도 모르게 헉, 소리를 내고 말았다.

대체 무슨 말을 전해 들었기에 승현이 저렇게 무시무시한 표정을 짓는지는 모르겠으나, 권태용 전 명예 회장이 엮인 일이라면 무슨 일이든 일어날 수 있었다. 그것도 안 좋은 방향으로.

"네, 알겠습니다. 바로 갈게요."

승현이 곧장 전화를 끊는 것과 동시에 엘리베이터 문이 띵, 소리를 내며 열렸다.

하아, 긴 한숨도 잠시.

손으로 얼굴을 거칠게 쓸어내린 그는 표정을 딱딱하게 굳힌 채 엘리베이터에서 내렸다. 그리고 자신의 차를 찾아 빠른 걸음으로 이동하며 손에 쥔 핸드폰을 만지작거렸다.

"팀장님, 무슨 일이십니까?"

좀 전의 통화가 가벼운 내용이 아니었음을 눈치챈 지훈이 빠르게 승현의 뒤로 따라붙으며 물었다. 그에게 가볍게 손짓한 승현은 쥐고 있는 핸드폰을 내려다봤다. 거기엔 은영과 주고받은 메시지 내용이 떠올라 있었다.

[퇴근하면 전에 봤던 그 카페로 가겠습니다. 아마 제가 조금 늦을 것 같군요. 도착하면 연락 주세요.]

[네. 그럼 이따 봐요.]

거기에 대고 갑자기 급한 일이 생겨 약속을 취소해야겠단 메시지를 보내는 건 아주 쉬운 일이었다. 그러나 그는 그 간단한 단어 몇 개 치지 못하고 잠시 걸음을 멈췄다.

'오랜만에 만나는 거였는데…….'

아쉬움이란 감정은 자각하는 순간 몸집을 크게 부풀려 승현을 허탈하게 했다.

동시에 그런 생각이 들었다. 갑자기 일이 생겼다고 하면 은영은 분명 괜찮으니 다음에 보자고 할 텐데, 그 말을 보기 싫다는 생각.

"……지훈아, 부탁이 하나 있는데."

윤 비서가 아니라 지훈아.

지훈은 긴장을 풀고 편하게 대답했다.

"네, 말씀하세요."

"나 대신 누구 좀 만나서 말 좀 전해 줘."

"누구를요?"

"내…….."

지훈에게 은영과 만나기로 약속한 장소를 알려 주던 승현은 그 질문에 입술이 달라붙고 말았다.

차라리 사정을 모르는 사람이라면 지금 사귀는 사람이라고 둘러대듯 답하면 될 텐데. 지훈은 당사자를 제외하고 유일하게 그들의 진짜 관계를 아는 사람이었다.

그에게 은영과의 관계를 뭐라고 설명할지 궁리하는 지금, 승현은 비로소 깨달았다. 가짜 연인이란 시한부 관계를 제외하면 두 사람 사이엔 아무것도 남지 않는다는 걸.

"……은영 씨. 정은영 씨 알지?"

"아아, 지금 사귀시는 분이요?"

승현의 굳은 얼굴을 풀어 주기 위함인지 지훈이 웃는 얼굴로 너스레를 떨었다. 그에 맞춰 조금 웃어 주던 승현은 힘없이 고개를 끄덕였다.

"그래, 사귀는 사람."

그리고 아마 높은 확률로.

'승현아, 네 할아버지 지금 집에 오셨어! 승재가 은영 씨 동생이랑 교제하는 걸 알고는 승재더러 당장 헤어지라고 난리서!'

이제는 아무 관계도 아니게 될 사람.

❀❀❀

집으로 가던 길, 승현은 차 안에서 어디쯤 왔냐는 미희의 전화를 한 번 더 받았다.

─승재가 그 아가씨 정말 좋아하나 봐. 할아버지가 뭐라고 하면 알았다고 고개 숙이던 애가 오늘은 대들고 난리야. 저러다 둘 중 하나 잘못되기라도 하면…….

그녀의 목소리 너머로 승재의 목소리가 어렴풋이 들려왔다. 거리가 좀 떨어져 있는지 그가 하는 말이 확실하게는 들리지 않았지만, 화가 잔뜩 났다는 건 알 수 있었다.

전화를 끊고 액셀을 더 세게 밟은 승현은 집 앞에 도착하자마자 차를 제대로 주차할 정신도 없이 계단을 밟았다. 그가 도착하길 기다리며 밖에 나와 있던 사용인이 문을 열어 주었을 때, 쩌렁쩌렁한 목소리가 그의 고막을 때렸다.

"이런 고얀 놈 같으니라고! 버르장머리 없이 어디 할아버지한테 대들어, 대들기는!"

"할아버지요? 애초에 저를 손자로 생각하기는 하세요?"

"뭐라?"

"할아버지한테 손자는 형뿐이잖아요!"

그 말을 듣는 순간 승현은 아찔한 현기증에 눈앞이 새까매졌다. 태용이 티 나는 차별을 할 때마다 그가 걱정했던 것. 그러나 그의 앞에선 늘 유쾌하게 웃는 승재라 괜찮다고 생각했던 것.

만약 터진다면 막연한 미래의 일이라 생각했다. 아니, 터진다는 건 곪디곪은 상처가 더 견디지 못함을 이르는 것인데 왜 지금까지 승재가 아무렇지 않을 거라고 생각한 걸까. 심지어 동생을 위한답시고 저지른 일이 그를 더 절벽으로 내몬 격이었다.

평생 할아버지한테 저와 비교당하며 살아온 동생이었다. 그에게 사랑받길 포기한 동생이 온 마음을 준 상대가 샛별이었다. 그가 말한 '운명의 상대'란 단어가 그런 뜻이었음을, 지금 이 순간 승현은 깨달았다.

"이놈이 근데! 아직도 정신 못 차리고……! 억, 어억!"

"회, 회장님!"

"아버님!"

그 소리에 정신이 번쩍 들었다. 입술을 세게 한 번 깨문 승현은 성큼성큼 복도를 지나 거실로 들어섰다.

"승현아!"

"형······."

그의 등장을 가장 먼저 알아차린 사람은 미희였다. 안도와 당황, 그 외에도 수많은 감정이 복합적으로 뒤섞인 모친의 목소리에 승재의 시선 역시 그를 향했다.

그러나 승현은 그들에게 시선을 주는 대신 거실 한가운데의 소파에 드러눕듯 주저앉은 태용을 바라봤다. 조마조마한 얼굴을 한 주치의와 비서를 양옆에 낀 채 시뻘게진 얼굴로 거친 숨을 고르던 태용이 그를 곧 마주 보았다.

눈이 마주치기가 무섭게 승현은 곧장 말을 꺼냈다. 언젠가는 해야만 했던, 그러나 그저 대책 없이 미루고만 싶었던 그 말을.

"제가 헤어지겠습니다."

"······뭐?"

"형!"

"겹사돈이 마음에 안 드시는 거죠. 제가 은영 씨랑 헤어지겠습니다. 그러니 승재 괴롭히지 마세요."

"그게 무슨 소리야! 왜 네가 헤어져!"

"그럼 승재는 왜 샛별 씨랑 헤어져야 하는데요."

승현의 차분한 질문에 태용은 의자에서 펄쩍 뛰어오를 기세로 고함지르듯 답했다.

"왜냐니! 그걸 몰라서 묻냐? 그냥 겹사돈도 아니고 쌍둥이 겹사돈이 말이 돼? 아내며 남편 얼굴들이 똑같은 걸 보고 밖에서 뭐라고 떠들어 대겠어!"

"밖에서 떠드는 소리가 중요합니까?"

"중요하다마다! 네 위치를 모르는 게냐? 몇십 년 뒤면 네가 K 기업 회장이야. 널 둘러싼 소문 하나하나가 주가에 영향을 미칠 거고, 그건 네 자리뿐 아니라 나아가선 회사 기둥 하나를 흔들어 놓을지도 몰라. 애초에 구설수는 피할 수 있으면 피해야 좋단 걸 그 좋은 머리로 왜 몰라!"

"제가 불륜을 저지르는 것도 아니고, 쌍둥이 겹사돈이 그렇게 큰 흠이 됩니까?"

"성냥불도 여러 사람 입 거치면 산불 되는 게 이 바닥이야!"

"요즘 세상에 이게 산불로 번질 문제일지는 모르겠지만, 네. 그럴 수도 있겠죠. 잘 알겠습니다."

"그래, 이해했다니⋯⋯."

"그러니 제가 헤어지겠다는 겁니다."

"뭐?"

태용이 두 눈을 부릅뜨고 승현을 노려봤다. 오랜 병원 생활로 깡마른 노인네의 두 눈은 무서우리만치 형형하게 빛났지만, 승현은 눈 하나 깜짝 않고 그의 시선을 마주했다.

"승재가 저보다 먼저 샛별 씨 만나서 연애 시작했고, 두 사람 덕분에 제가 은영 씨 만나서 사귀었던 겁니다. 둘 중 하나가 헤어져야 한다면 제가 헤어지는 게 맞겠죠."

"왜 네가 헤어져, 네가 형인데!"

"할아버지께선 항상 그 말씀으로 승재한테 양보를 강요하셨죠."

눈을 내리깐 채 승현은 차마 승재가 있는 곳으로 시선을 주지 못했다.

승재의 체념이 늘 때마다 승현의 마음속엔 죄책감이 하나둘 쌓였다. 상황을 타개하려 노력하다 번번이 할아버지의 쇠심줄 같은 고집에 꺾이고, 승재에게 '난 괜찮아.'라는 말을 들을 때마다 그는 불안에 잠겨 들었다. 이러다 언젠간 승재와 영영 멀어지게 될 거란 불안.

"형……."

한 번은, 그래도 한 번은 승재가 원하는 걸 지켜 주고 싶었다. 그는 직감했다. 그로 인해 뒤틀린 이 일을 바로잡을 기회는 바로 지금 이 순간뿐이라는 것.

"제가 헤어지겠습니다. 아니, 사실은."

그래서 그는 어쩌면 좀 더 일찍, 혹은 지금 이 순간에라도 깨달을 수 있었던 어떤 사실을 끝끝내 외면하고 말았다.

"이미 헤어지고 오는 길입니다. 다시는 은영 씨 볼 일 없을 겁니다."

"안 돼!"

"그렇게 말씀하셔도 이미……."

"넌 안 돼. 승현이 넌 헤어지면 안 돼. 그 아가씨가 어떤 아가씬데!"

"과분한 사람이죠. 은영 씨나 샛별 씨나 이런 식으로 뒤에서 함부로 말해선 안 될 사람이기도 하고요."

"그런 뜻이 아니다! 그 애는, 그 애는 수원에서……! 억!"

"회장님!"

"수원?"

수원이라면 부모님이 이혼하고 은영 씨가 이사 간 곳일 텐데.

승현이 수원에 대해 떠올릴 수 있는 건 그게 다였다. 그는 살면서 수원에 가 본 적이 한 번도 없었다.

조금 더 깊게 생각하면 뭔가 떠올릴 수 있었을지도 모르지만, 눈앞에서 급박하게 돌아가는 상황에 승현은 다른 생각을 떠올릴 겨를이 없었다.

"회, 회장님이 의식을 잃으셨습니다. 바로 병원으로 모시겠습니다!"

"김 기사! 얼른 가서 차량 대기시켜!"

"네, 네!"

태용이 비서의 등에 업혀 밖으로 나가고, 승현을 비롯해 다른 가족들 역시 함께 병원으로 향했다.

＊＊＊

검사 결과, 당장 내일이었던 수술이 미뤄지고, 외출 금지에 면회 금지, 절대 안정이 필요하단 조건이 붙긴 했지만 다행히 오늘 내일을 걱정하진 않아도 된다고 했다.

태용이 깨어나면 내일 다시 오기로 하고, 미희와 두 형제는 일단 집으로 돌아가기로 했다.

운전기사까지 총 네 명이나 탄 차 안엔 묵직한 침묵이 내려앉았다. 그 침묵을 깬 나직한 목소리는 승재의 것이었다.

"참 대단하신 분이야. 형제가 같은 자매랑 결혼해서 요동칠 주가는 걱정하시면서, 당신이 돌아가셔서 요동칠 주가는 요만큼도 걱정 안 하시고."

"승재야."

"……."

답지 않게 시니컬한 그의 말을 미희가 조용히 꾸짖었다. 승재
는 곧장 입을 다물었지만 불만과 원망, 서러움이 한데 섞인 그의
얼굴은 도통 본래의 빛을 찾지 못했다.

괜찮다는 말을 꾸며 낼 만큼 그의 상태가 좋지 못하단 뜻이었
다. 그래서 승현 역시 승재에게 아무런 말을 건네지 못했다.

집으로 돌아가는 차 안에서 손으로 얼굴을 덮은 채 내내 긴 숨
만 내쉬던 그는 집에 도착한 순간 아무 말 없이 제 방으로 돌아가
려 했다. 그런데.

"승현아."

"네?"

계단의 중간에서 멈춘 승현은 손으로 난간을 잡은 채 고개를 돌
려 미희를 내려다봤다.

팔짱을 낀 채 복잡한 얼굴로 그를 올려다보는 미희의 옆에 승재
가 서 있었다. 그로부터 반쯤 등 돌린 자세로 고개를 숙인 그는 미
희와는 다른 의미로 무슨 생각을 하는지 전혀 짐작할 수 없었다.

"은영 씨…… 고향이 수원이니?"

"아뇨. 태어난 곳은 인천이라고 알고 있는데요."

"그러다 수원으로 이사 가긴 했고?"

"……왜요?"

집요하게 답을 캐묻는 미희에 승현은 의구심을 느꼈다. 태용도
그렇고, 지금 미희와 승재의 반응도 그렇고. 은영이 수원에서 산
게 뭐가 그렇게 중요한 걸까? 그곳에서 무슨 일이 있었길래?

"아니…… 아니야, 아무것도. 올라가서 쉬렴."

승현의 의혹이 표정에 드러난 걸까? 고개를 흔든 미희가 자기
도 피곤하다며 방으로 들어갔다. 그 모습이 마치 도망치는 것 같

앉았다고 하면 너무 넘겨짚은 걸까.

승현은 찝찝한 얼굴로 그 뒷모습을 지켜보다가 어느새 가까이 다가온 승재에게 시선을 건넸다.

그러나 그는 승현에겐 눈길조차 주지 않고 그를 스쳐 지나가 2층으로 올라갔다. 그 얼굴이 너무도 심각하게 굳어 있어서 승현은 차마 그에게 말을 걸지 못했다.

그렇게 계단에 홀로 남겨진 승현은 그대로 밟고 선 계단에 털썩 걸터앉았다.

두 팔꿈치를 무릎 위에 올린 채 깍지 낀 손에 이마를 묻은 그는 태용이 쓰러졌을 때의 일을 떠올렸다. 정확하게는 수원이라는 지명을 들은 미희와 승재가 각자 지은 표정을.

미희는 경악한 표정을 지었고, 또 승재는.

'······완전히 얼어붙었었지.'

마치 알아선 안 될 사실을 깨달은 사람처럼.

뭘까. 다른 가족들은 다 아는 사실을 왜 자신만 모르는 걸까.

—철컥. 끼익······.

그때 현관문 열리는 소리와 함께 복도의 자동 점멸등이 켜졌다.

식구들이 자고 있으리라 생각했는지 조심조심 안으로 들어오던 발소리는 이윽고 조금 빨라짐과 동시에 커졌다. 계단 중간에 걸터앉은 승현을 발견했기 때문이었다.

"아니, 승현이 너······ 거기서 뭐 하고 있는 거냐?"

"이제 퇴근하시나 봐요."

"어어, 일이 많아서······. 그보다 할아버지는 괜찮으시냐? 갑자기 안 좋아지셨다니. 내일 수술하신다던 분이 갑자기 왜 몸이 안 좋아지신 게야?"

일부러 소식을 전하지 않은 건지 정호는 오늘 이 집에서 일어난 일을 모르는 듯했다.

태용의 수술이 미뤄졌다는 사실을 알고 있다면 다른 이야기는 굳이 전할 필요 없었다. 승현은 오늘 집에서 일어난 일을 구구절절 설명하는 대신 다른 걸 물었다.

"아버지, 저 고등학교 때 교통사고 났던 거요."

"응? 어어…… 그 사고가 왜?"

"그 사고…….."

수원에서 일어났던 거냐고 물으려던 승현은 어색하게 웃는 정호의 얼굴로부터 어떤 위화감을 느꼈다.

교통사고로 고등학교 때의 기억을 거의 잃었고, 지금도 떠오르지 않지만 그건 전부 옛날이야기였다. 당시라면 몰라도 지금의 승현이 그 사고로 불편을 겪을 일은 없었다.

시간이 이쯤 지났으면 과거의 사고는 농담거리로 전락하는 게 보통이었다. 그런데 그의 가족들은 단 한 명도 승현의 앞에서 그가 겪은 사고에 대해 말하지 않았다. 단 한 명도.

이제까지 승현은 그게 자신을 배려하기 때문이라 생각했다. 하지만 그게 아니었다면.

만약, 자신이 잃어버린 기억을 되찾을까 걱정했던 거라면.

"……를 당한 게 맞나요?"

"뭐라고?"

"교통사고, 아니죠?"

정호의 눈동자 위로 한순간 파문이 일었다.

눈 한 번 깜빡이는 순간보다 더 짧은 순간이었으나 집요하게 그의 반응을 살피던 승현은 그 사실을 놓치지 않았다. 그는 제 아버지가 가면을 쓸 틈을 주지 않고 곧바로 연이어 캐물었다.

"대체 저, 수원에서 무슨 일이 있었던 겁니까?"

❉❉❉

방으로 들어온 승재는 제가 닫은 문에 등을 기댄 채 그대로 쭉 미끄러져 바닥에 털썩 주저앉았다. 불도 켜지 않고 멍한 얼굴로 허공을 바라보던 그는 곧 주머니에서 핸드폰을 꺼내 들었다.

[갑자기 왜 연락이 없어?]

[핸드폰이 망가진 거야, 아님 손가락이 부러진 거야?]

[무슨 일 생겼어?]

[혹시 할아버지한테 무슨 일 생긴 건 아니지?]

쌓여 있는 메시지를 확인한 후, 승재는 여느 때라면 당연히 보냈을 '바로 답장 못 해서 미안해, 걱정 끼쳐서 미안해.'라는 말들을 생략한 채 질문 하나를 던졌다.

[샛별아. 은영 씨 혹시 어렸을 때 수원에서 산 적 있어?]

아직 안 자고 있었던 걸까. 답장은 금방 도착했다.

[뭐야, 갑자기 생뚱맞게? 응. 부모님 이혼하시고 나는 서울에서 살고, 언니는 수원에서 살았어. 할아버지 댁이 수원에 있었거든.]

"하……!"

정말이었다. 정말로 은영이 수원에서 살았었다.

그냥 우연이라고 생각했는데.

'저, 실례지만…… 혹시 우리 어디서 본 적 없나요?'
'어머나? 요즘 세상에 이런 식으로 작업 거는 남자가 있네?'

298

'아뇨, 작업이 아니라 정말 진지하게 묻는 건데…… 혹시 저 모르세요? 어디서 본 것 같은데.'

'전 없는 것 같은데. 혹시 저희 언니랑 아는 사이 아니세요?'

'언니?'

'저 쌍둥이 언니 있거든요.'

'아아…….'

'근데 진짜 작업 아니고 진지한 질문이에요?'

'왜요?'

'작업 건 거 아니면 제가 걸까 싶어서요. 지금 만나는 사람 있으세요?'

그게 두 사람의 첫 만남.

솔직하고 발랄한 샛별의 매력에 금방 흠뻑 빠져들던 승재는 그녀를 처음 봤을 때의 기시감을 깨끗하게 잊었다. 나중에 다시 떠오른 적이 있긴 하지만 별생각 없이 넘겼다.

샛별이 서울에서 살았으니 당연히 그녀의 쌍둥이 언니 역시 서울에서 살았을 줄 알았지. 수원에는 전혀 연고가 없는 줄 알았지.

"은영 씨……였구나."

핸드폰의 불빛이 꺼지고, 완연한 어둠이 들어찬 방 안에서 승재는 힘없이 중얼거렸다.

'그때 내가 만났던 사람.'

❋ ❋ ❋

"좋은 아침입니다!"

"아, 윤 비서님!"

오전 8시 30분. 평소와 마찬가지로 30분 일찍 출근한 지훈은 개발 3팀 사무실로 들어서며 활기찬 목소리로 직원들에게 인사를 건넸다.

이제나저제나 그가 출근하기만을 기다리고 있던 김 대리가 급한 손짓으로 그를 불러 쟁반을 내밀었다. 거기엔 따뜻한 커피가 놓여 있었다.

"윤 비서님, 들어갈 때 이것 좀 가지고 들어가 주세요."

"팀장님 출근하셨나 보네요. 그런데 오늘은 왜요?"

식품 기업이다 보니 탕비실엔 커피와 과자 외에도 자사의 냉동 식품과 레토르트 식품을 거의 편의점처럼 쫙 깔아 놓았다. 그래서 아예 일찍 출근해 여기서 아침을 먹는 직원들도 많았지만, 승현이 이 탕비실에서 소비하는 건 커피뿐이었다.

하지만 그마저도 본인이 직접 타 먹지, 부하 직원에게 시키는 일은 거의 없었다. 그렇다 보니 직원들이 승현의 커피를 타는 건 높은 확률로 한 가지 경우를 뜻했다.

승현의 기분이 좋지 않아 보일 때, 그의 눈치를 살피러.

"저는 일찍 출근해서 제대로 못 봤거든요? 그런데 민정 씨가 아까 출근하시는 팀장님 얼굴을 봤는데 글쎄, 밤에 제대로 잠도 못 주무신 것 같다고."

문 닫힌 팀장실 안 팀장님이 탕비실에서 나누는 대화를 들을 수 있을 리 만무하건만, 지훈에게 설명하는 김 대리의 목소리는 마치 속삭이는 것처럼 작디작았다.

팀장님이 기분 나쁠 만한 일이 뭐가 있더라……. 고민하던 지훈은 목덜미를 긁적거렸다.

"네. 들어가서 팀장님 기분 좀 살피고 올게요."

"으아아, 고마워요! 역시 우리 윤 비서님이 최고라니까."

아직 대답밖에 안 했는데 벌써 일이 해결됐다는 것처럼 김 대리가 안도의 한숨을 내쉬었다.

오늘 팀장님 기분 안 좋아 보인단 소문이 벌써 사무실 내에 쫙 퍼졌는지 일찍 출근해서 앉아 있던 직원들이 지훈에게 파이팅, 파이팅 응원의 말을 속삭였다.

이럴 때마다 꼭 화웅의 목을 베러 나가는 관우가 된 기분이었다. 쟁반 위 커피의 김이 다 식기 전에 팀장실에서 나올 수 있겠지? 지훈은 그런 쓸데없는 생각을 하며 팀장실의 문을 두드렸다.

"팀장님, 윤 비섭니다. 들어가겠습니다."

잠깐의 틈을 두고 팀장실의 문을 연 지훈은 책상 앞에 앉아 있는 승현을 발견하고 저도 모르게 윽, 소리를 냈다.

솔직히 말하면 그는 김 대리가 우는 소리를 내는 걸 반쯤 흘려들었다. 최근에는 승현의 기분이 안 좋아 보인단 소리를 들어도 실제로 그의 기분이 나빴던 적이 없어서.

그러나 오랜 시간 승현의 밑에서 일한 그의 경험이 외치고 있었다. 오늘은 진짜다. 그제야 어젯밤의 일을 떠올린 지훈은 고개만 살짝 들어 저를 올려다보는 승현의 시선을 받으며 필사적으로 그의 앞에서 꺼낼 첫말을 골라냈다.

"흠흠, 어제 가셨던 일은 무사히 잘 처리하셨습니까?"

"그래. 넌?"

"전해 들으셨을지 모르겠지만 팀장님 말씀대로 무사히 집 앞까지 모셔다드렸습니다. 은영 씨가 팀장님께 신경 써 주셔서 감사하다고 전해 달라고 하셨습니다."

"다른 말은 없었어?"

"다른 말이요?"

"그래. 예를 들면."

예를 들면? 지훈은 책상 위에 커피를 내려놓으며 가만히 그의 뒷말을 기다렸다.

그러나 쉽게 말이 이어지지 않는 걸 보니 뭔가 듣고 싶은 말이 있는데 차마 제 입으로 꺼내기 민망하거나 아니면 본인도 그게 뭔지 정확하게 모르는 듯했다.

평소라면 그런 승현을 가볍게 놀렸겠지만, 오늘은 그럴 분위기가 아니었다. 지훈은 잠깐 상사의 눈치를 보다가 번뜩 떠오른 생각에 "아!" 하고 내뱉었다.

"제가 팀장님 드리려고 가져온 게 있는데…….."

"가져온 거?"

"짜잔!"

부러 오버스럽게 소리를 낸 지훈은 가방에서 머핀을 꺼냈다. 뭘 꺼내려고 그러나, 커피를 홀짝이며 그의 모습을 지켜보던 승현은 헛웃음조차 짓지 않고 혀를 가볍게 찼다.

"이게 뭐냐면요…….."

"됐어, 너 먹어."

"네?"

"나 그런 거 안 먹는 거 알잖아."

그러지 말고 은영 씨가 만든 건데 하나만 드셔 보시란 말은 입 밖으로 나가지도 못했다.

"아니, 그래도…….."

"이만 나가 봐. 정확히 10분에 회의 시작할 거니까 준비 제대로 해 놓으라고 전달해."

"네."

아이고, 망했다.

승현의 입에서 나온 '준비 제대로 하라'는 말은 '준비가 조금이라도 미흡할 시 깨질 각오하라'는 말과 같은 뜻이었다. 비서인 그라고 빠져나갈 수 있는 일이 아니었다.

가볍게 한숨을 내쉰 지훈은 머핀을 도로 가방에 집어넣었다.

'미리 이야기가 오간 선물인 줄 알았는데……. 혹시 팀장님이 빵 싫어하시는 거 몰랐나?'

그런 거면 아예 말을 안 꺼내는 게 나을 수도 있었다. 싫어하는 걸 모르고 만들었다고 해도, 그런 이유로 선물을 거부당하면 은영이 많이 민망할 테니까.

'그래, 내가 먹자.'

그런 사실은 조금도 짐작하지 못한 채 지훈이 밖으로 나가고, 홀로 팀장실에 남은 승현은 어제 미처 확인 못 한 매출 보고서를 뒤적이다가 책상 위에 탁 내려놓고 의자에 몸을 깊게 묻었다.

"하아……."

벌써 몇 번째인지 모를 한숨인데 답답한 가슴은 조금도 풀어지지 않았다.

무의식중에 넥타이 매듭을 느슨하게 조절한 승현은 의자에 머리를 기댄 채 지그시 눈을 감았다. 쭉 뻗은 목선 한가운데에서 툭 불거져 나온 울대가 눈에 띄게 울렁거렸다.

'무슨 일은 무슨. 교통사고가 아니면 머리를 다칠 일이 뭐가 있겠느냐.'

303

'그리고 교통사고든 아니든 10년도 더 지난 일인데 아무렴 어떠려고. 괜한 일에 신경 쓸 시간 있으면 얼른 들어가 잠이나 자거라. 내일도 출근해야지.'

정호는 그런 식으로 말을 얼버무리는 사람이 아니었다. 확실하게 말을 해 주거나, 아니면 말해 줄 수 없다고 단호하게 끊으면 몰라.

'분명히 뭔가 있어.'

대체 자신에게 무슨 일이 있었길래 가족들이 다 같이 입을 다문단 말인가. 짐작 가는 게 없어서 더 혼란스러웠다.

하릴없이 얼굴을 쓸어내리던 승현은 주머니 속에서 진동하는 핸드폰을 무심하게 꺼내 들었다. 그러다 액정에 뜬 이름을 확인하고 얼른 통화 버튼을 눌렀다.

"네. 이른 시간에 연락해서 미안합니다. 따로 부탁할 게 있어서요. ……네. 아무도 모르게 진행해 주세요. 특히 가족들은."

조금은 초조하게 의자 손잡이를 두드리던 그의 검지가 우뚝 멈추었다. 마지막 말을 남겨 두고 조금 망설이던 승현은 이내 결심한 듯 말을 뱉었다.

"조사 좀 부탁드립니다. 제 과거에 대해."

❃❃❃

"켜져라, 켜져라, 제발 켜져라……."

간절히 애원하며 전원 버튼을 눌렀지만, 무정한 핸드폰은 은영에게 새까만 얼굴만 보여 줄 뿐이었다.

그렇게 다섯 번째 시도마저 무산된 순간 그녀는 맥없이 어깨를 떨어뜨리고 말았다. 조마조마한 얼굴로 옆에서 지켜보던 막내가 울상이 된 얼굴로 은영에게 재차 사과했다.

"아, 어떡해. 진짜 죄송해요, 누나. 제가 수리비 드릴게요."

"아냐. 핸드폰 거기 놔둔 내 잘못이지."

오늘 아침까지만 해도 멀쩡했던 은영의 핸드폰이 왜 운명했는가. 승현에게 메시지를 보내고 잠깐 싱크대 옆에 내려놓은 걸 막내가 설거지하다 잘못 건드려 물에 빠뜨린 탓이었다. 그것도 그냥 물이 아니고 세제 거품이 가득 떠 있는 물속.

얼른 건져 말리긴 했으나 핸드폰은 켜지지 않았다. 물에 빠뜨린 직후엔 켜지 않는 게 좋다는 현수의 충고에 핸드폰을 햇빛이 잘 드는 곳에 두고 하루 종일 말려 보았으나…….

은영의 핸드폰은 다시는 켜지지 않으려는 모양이었다. 미련을 버리지 못하고 핸드폰을 두드려 보던 그녀는 거의 울상이 된 막내를 발견하고 켜지지 않는 핸드폰을 가방에 넣었다.

"괜찮아. 어차피 오래된 거라 바꿀 생각이었어."

"안에 데이터 다 날아가면 어떡해요……?"

"어, 그러면."

좀 곤란하긴 하지. 은영이 꿀꺽 삼킨 뒷말을 듣기라도 한 것처럼 막내의 어깨가 아래로 축 처졌다.

"죄송해요…….."

"괜찮아. 나 사진도 잘 안 찍어서 안에 든 거라고 해 봐야 전화번호 정돈데 요즘엔 메신저로 다 연동되니까."

"아무튼 수리비는 제가 내게 해 주세요. 안 그러면 제가 그동안 먹은 빵이랑 쿠키들이 오늘 밤 꿈에 나와 저를 은혜도 모르는 짐

승이라고 욕할 거예요……!"

"알았어, 알았어. 일단 내일 대리점 갔다 와서 말해 줄게."

"네. 진짜진짜 죄송해요, 누나."

그게 그렇게 신경 쓰였던 걸까? 은영은 퇴근하고 나서야 막내의 사과 폭풍에서 벗어날 수 있었다.

'예전 같았으면 핸드폰이 고장 나도 정말 괜찮았을 텐데…….'

퇴근길이 조금 허전하긴 하지만 딱 그뿐이었을 것이다. 그러나 하루에도 십수 번씩 핸드폰을 들여다보게 된 지금, 그녀의 손은 자꾸만 핸드폰을 찾아 전원 버튼을 눌러 보고 있었다.

'승현 씨가 답장 보냈으려나?'

그리고 보면 승현과 메시지를 주고받을 때 답장이 하루 텀으로 밀린 적은 한 번도 없었다. 자기 전에는 항상 이제 잘 거란 말과 함께 잘 자란 인사를 주고받았으니까.

먼저 메시지를 보내 놓고, 답한 메시지에 반응을 하지 않는 자신을 승현이 걱정하고 있을까……. 그랬으면 좋겠다.

'아마 신경 안 쓰겠지?'

며칠은커녕 아직 하루도 안 지났으니까.

'그래도 집에 도착하면 샛별이한테 승재 씨 통해서 말 좀 전해 달라고 해야지.'

그 생각으로 바삐 걸어 집으로 돌아온 은영이었지만, 그녀를 맞이한 건 화가 잔뜩 난 샛별의 목소리였다.

"그러니까 왜 이제 와서 그러냐고! 처음부터 안 된다고 말했으면 됐잖아. 왜 사람을 떼쓰는 어린애로 만들어? 됐어, 필요 없어. 내 일은 내가 알아서 할 테니까 엄마 일은 엄마가 알아서 해!"

안으로 발도 들이지 못하고 현관에 우뚝 선 은영은 샛별의 입에서 나온 엄마란 단어를 통해 그녀의 대화 상대와 내용을 전부 짐작해 냈다.

그 일에 대해 완전히 잊고 있던 은영은 괜히 찔려서 씩씩대며 분을 못 참는 샛별에게 조심히 다가갔다.

"샛별아……."

"어, 언니. 왔어?"

통화에 너무 집중해서, 혹은 제 감정에 매몰돼서 은영이 돌아온 것도 몰랐던 모양이다. 그녀에게 어색한 웃음을 보인 샛별이 "피곤하지?" 하고 의미 없는 말을 늘어놓다가 갑자기 하, 하고 숨을 뱉어 냈다.

"언니, 저번에 내가 그랬잖아. 우리 같이 살자고."

"아, 그거……."

"미안. 그거 아저씨 친척이 내놓은 집이라 보증금 싸게 해서 들어갈 수 있었던 건데 이미 다른 사람이랑 계약 끝났대. 다른 집 구해 줄 수 있는데 투룸은 안 될 거라더라."

샛별의 목소리엔 큰집으로 이사 갈 수 있었는데 무산되었다는 아쉬움보다 제가 먼저 말을 꺼내 놓고 철회하게 된 민망함이 더 커 보였다.

차라리 모친이 시킨 대로 제가 거절했으면 샛별의 마음이 더 편했을까? 어쨌거나 이미 늦은 일이라 은영은 괜찮다고 샛별을 달랬다.

"할 수 없지. 솔직히 나도 좀 그랬어. 난 아저씨 얼굴 한 번도 본 적 없는데 어떻게 신세를 져."

"이 김에 얼굴 보면 좋지 뭐. 그러고 보니까 아빠는 요즘 뭐 하고 지낸대? 소식 못 들은 지 꽤 된 거 같은데."

"나도 몰라. 살아는 계시겠지."

그나마 대학교 졸업하기 전까진 명절날 얼굴이라도 봤지, 최근 몇 년간은 메시지나 전화가 끝이었다. 마지막으로 얼굴을 본게 언제였나 곱씹어 보던 은영은 문득 떠오른 생각에 샛별에게 물었다.

"나 핸드폰이 고장 나서 그러는데, 승재 씨 통해서 승현 씨한테 연락 좀 넣어 줄 수 있어?"

그 순간 샛별의 얼굴이 와그작 구겨졌다.

"미안, 못 해."

"어? 왜, 왜?"

그리 어려운 부탁은 아니라고 생각했던 은영은 샛별의 답에 놀라서 되물었다. 그에 샛별은 여전히 인상을 구긴 채로 볼멘소리를 냈다.

"이 인간, 잠수 탔거든."

"잠수?"

"응. 메시지 보낸 것도 씹고, 전화도 안 받아. 무슨 일 있음 무슨 일 있다고 말을 해 줘야 할 거 아냐! 할아버지 아프실 때도 그말 쏙 빼고 여행 못 간다고만 해서 내가 얼마나 짜증 났는데!"

말을 하면 할수록 샛별의 목소리는 빨라지고 억양이 높아졌다. 괜히 제가 혼나는 것처럼 어깨를 좁히던 은영은 조심스레 승재의 편을 들어 주었다.

"혹시 승재 씨도 핸드폰 고장 난 거 아닐까?"

"핸드폰이 고장 났음 컴퓨터로 연락하면 될 거 아냐!"

"아……."

그 수가 있구나. 평소에 컴퓨터로 메신저를 이용하는 일이 없어서 생각도 못 하고 있었다.

이따가 노트북으로 승현에게 연락하면 되겠다. 그렇게 생각한 은영은 샛별의 화난 얼굴을 보고 일단 대화에 집중하기로 했다.

"당장 연락을 못 해 줄 만큼 급한 일이 생긴 거 아닐까⋯⋯?"

"그러니까 그 급한 일이 뭔데? 손가락이 부러졌어도 사람이 걱정할 거 알면 다른 사람한테 부탁해서 연락을 해야지. 혼수상태에 빠져서 의식 없는 거 아니면 용서 못 해."

"무슨 말을 그렇게 해. 그러다 말이 씨가 되면 어쩌려고⋯⋯."

"혼수상태 빠졌으면 더 용서 못 해!"

제 감정을 주체 못 하고 씩씩대던 샛별은 그러다 본인도 걱정이 됐는지 다시 핸드폰을 잡고 승재에게 연락을 보내기 시작했다.

차마 거기다 대고 내 핸드폰 고장 났다고 전해 달란 말을 하기가 뭐 해서 은영은 노트북을 켜서 메신저 앱을 다운받았다.

그러나 안타깝게도, 미리 로그인을 해 놨으면 몰라도 새로 앱을 받아서 로그인을 하려면 그녀의 핸드폰으로 인증을 해야 했다. 핸드폰이 안 켜져서 컴퓨터로 메신저를 쓰려는 건데.

"하아⋯⋯."

아무래도 내일 출근하기 전에 대리점부터 들러야겠다. 은영은 켜지지 않는 핸드폰을 만지작거리며 우울한 한숨을 내뱉었다.

❋ ❋ ❋

"할아버지 상태는 좀 어떠십니까?"

"그게⋯⋯ 최악은 아니지만 좋지도 않으십니다. 현재로선 경과를 더 지켜봐야 한다고밖에는⋯⋯."

본인도 두루뭉술한 말밖에 하지 못한단 자각이 있는지 주치의가 겸연쩍은 얼굴로 괜히 차트를 뒤적거렸다. 그 모습에 짧게 혀를 찬 승현은 닫혀 있는 병실 문을 바라봤다.

"면회도 안 될 정도인데 최악은 아니라고요."

"아, 네. 지금 환자분은 절대 안정이 필요한 상황이라서요. 의사나 간호사도 꼭 필요할 때가 아니면 들어가지 않습니다."

주치의는 그 말을 하며 슬쩍 승현의 눈치를 살폈다. 만약 조금만 더 신경을 썼다면 그의 분위기가 이상하단 사실을 알아차렸을 테지만, 승현은 다른 데에 정신이 팔려 있었다.

"깨어나시거든 따로 연락 주십시오."

"네. 그렇게 하겠습니다."

승현이 몸을 돌리자 복도에 대기하고 있던 경호원과 비서들이 그에게 고개를 숙여 인사했다. 가벼운 고갯짓으로 화답한 승현은 손으로 얼굴을 쓸며 VIP 병동 엘리베이터에 몸을 실었다.

"회장님 상태는 좀 어떠세요?"

주차장, 차 운전석에 앉아 대기하고 있던 지훈이 뒷좌석에 오르는 승현을 돌아보며 조심스레 물었다. 승현은 뻐근한 뒷목을 주무르며 가볍게 고개를 저었다.

"분위기를 보니 최악은 걱정 안 해도 될 거 같아. 당분간은."

"당분간이라 하시면……?"

"마음의 준비 하란 소릴 들은 게 벌써 몇 달 전이었으니까."

워낙에 입지적인 인물이라 처음 그가 쓰러졌단 기사가 퍼져 나갔을 땐 사내의 분위기는 물론, K기업의 주가 역시 파도처럼 요동쳤다.

그러나 그가 병상에 누워서도 제 존재감을 거침없이 과시했기 때문일까, 아니면 오늘이 고비란 기사와 쾌차 중이란 기사가 번갈아 계속 뜨고 있기 때문일까.

마치 양치기 소년의 늑대가 나타났다는 외침을 무감각하게 흘러 넘기는 것처럼 이제는 태용이 위독하다는 소문이 돌아도 회사 내 분위기는 잠잠하기만 했다. 승현 역시 딱 그 감각으로 무덤덤했고.

"아버지가 알아서 잘하시겠지만…… 행여나 또 언론에서 시끄럽게 굴기 전에 그쪽으로 미리 연락이나 좀 해 놔."

"네, 알아보겠습니다."

"그리고……."

주머니에서 핸드폰을 꺼내던 승현은 부재중 전화와 쌓여 있는 메시지를 하나둘 살피다가 가만히 미간을 찡그렸다.

지훈은 운전에 집중하느라 그런 승현을 미리 알아차리지 못했다. 뒤늦게 백미러로 승현의 언짢은 얼굴을 확인한 그는 차창에 팔꿈치를 대고 턱을 괸 승현에게 조심히 물었다.

"팀장님? 무슨 일 있으십니까?"

"어제 아무 일 없었지?"

"네? 어제라고 하시면……. 아, 은영 씨요? 네. 잘 바래다드렸는데요."

별다른 생각 없이 고개를 끄덕이던 지훈은 헛, 하고 놀란 소리를 냈다.

"혹시 뭐…… 불편하셨대요?"

"아니, 그런 건 아닌데. ……아니, 아니야."

승현은 고개를 흔들었으나 지훈은 승현의 반응이 못내 찜찜했는지 계속해서 그의 눈치를 살폈다. 하지만 승현은 그런 지훈을 알아차리지 못한 채 계속해서 핸드폰만 내려다봤다.

[어제는 지훈 씨 덕분에 집에 잘 들어왔어요. 일은 잘 해결하셨어요?]

[무사히 들어갔다니 다행입니다. 어제는 갑자기 약속을 취소해서 죄송했습니다. 할아버지 일로 문제가 생겨서요.]

보통 은영의 메시지 텀은 아침, 점심, 저녁으로 중간에 갑자기 일이 바빠져서 확인이 늦어지더라도 몇 시간 안으로는 답장을 보내 주곤 했다. 단 하루도 빠짐없이 그랬다.

그런데 오늘은 답장이 없는 정도가 아니라 아예 메시지를 확인하지 않고 있었다. 어제 일로 기분이 나빠진 게 아니라면…….

"……무슨 일이 생겼나."

"네?"

승현의 혼잣말을 들은 지훈이 저에게 하는 말인 줄 알고 그에게 되물었다. 그러나 딴생각에 정신이 팔린 승현은 연락처에서 은영의 이름을 찾아 통화 버튼을 누르고 있었다.

−고객님의 전화기가 꺼져 있어…….

은영이 평소에 핸드폰을 꺼 놓는 일이 있었던가? 어제 일만 아니었으면 승재에게 전화해서 샛별을 통해 은영의 소식을 물어볼 텐데, 아무래도 여의치 않았다.

한참의 고민 끝에 결국, 승현은 결단을 내렸다.

"잠깐 차 좀 세워 봐."

"네? 왜요?"

"내가 운전할 테니까 넌 택시 타고 퇴근해."

"네? 지금요? 여기서요? 따로 가실 데 있으면 제가 모시겠습니다."

승현은 단 한 마디로 지훈의 마음을 돌려놓았다.

"택시비 줄게."

"일찍 퇴근시켜 주셔서 감사합니다."

점멸등을 켜고 차가 갓길에 멈춰 섰다. 차에서 내린 지훈은 곧장 핸드폰을 꺼내 콜택시를 부르며 승현에게 조심히 가시라 인사했다.

"그럼 내일 뵙겠습니다, 팀장님."

"그래, 수고해."

내가 지금 뭐 하는 거지? 그런 생각을 하면서도 승현은 이미 핸들을 잡은 채 액셀을 밟고 있었다. 목적지를 내비게이션에 찍을 필요도 없었다. 가면 뭐 얼마나 갔다고, 머리로 어디였더라 생각하기도 전에 손이 이미 핸들을 꺾고 있었다.

지금 이게 잘하는 짓인가 싶은데 신호등은 또 그의 편이었다. 그렇게 승현은 차도 막히지 않는 도로를 단숨에 달려 익숙한 편의점 앞에 도착했다.

은영의 집으로 이어지는 골목은 길이 좁은 데다 주변에 사는 사람들이 차를 대 놔서 안으로 들어가기 힘들어 보였다. 대충 골목어귀 빈자리에 주차하고 내린 승현은 주머니에서 핸드폰을 꺼내 들었다.

−고객님의 전화기가 꺼져 있어…….

은영의 핸드폰은 여전히 꺼져 있었다. 미간을 좁힌 채 통화 종료 버튼을 누른 승현은 골목 안으로 들어가 은영의 집을 찾았다.

전에 집 앞까지 바래다 준 적이 있어서 그녀가 사는 건물이 어디인지는 알고 있었다. 다만, 몇 층 몇 호에 사는지는 몰랐다.

반지하부터 4층까지 불이 들어와 있는 창문은 단 하나뿐이었다. 저기가 은영의 집일까, 아니면 벌써 불을 끄고 누워 잠든 걸까. 그도 아니면 아직 집에 도착하지 않은 걸까…….

순간 미친 척하고 정은영 나오라고 외쳐 볼까 하는 생각이 잠깐 들었다. 그녀에게 너무 민폐 되는 일이란 생각이 들지 않았으면 정말 그랬을 거다.

"하아……."

집 주소를 정확하게 알아 놓는 거였는데.

하릴없이 빌라 건물을 바라보던 승현은 벽에 등을 툭 기댔다. 그리고 팔짱을 낀 채 건물을 노려보듯 지켜봤다.

혹시나 은영이 아직 퇴근을 안 했을 수도 있고, 자다가 갑자기 뭔가 먹고 싶어져서 편의점에 가려고 나올 수도 있으니까.

'얼굴 좀 보여 주면 안 되겠습니까.'

요 며칠 늦게 잠들어서 굉장히 피곤한데 이상하게 집에 가야겠단 생각이 들지 않았다.

현재 시각 밤 9시. 승현은 체력이 버텨 주는 한 여기서 1시간이고 2시간이고 서 있어 봐야겠다고 생각했다.

***

왈! 왈왈, 왈!

"으, 시끄러워……."

깜빡 잠들었던 은영은 샛별의 투덜거림을 듣고서야 왈왈 짖는 개소리를 인식했다.

"저거 1층 개가 짖는 소리지?"

"응."

하암, 하고 길게 하품한 은영은 이불을 머리 위까지 뒤집어쓰고 반대쪽으로 돌아누웠다.

1층에 혼자 사는 아주머니가 키우는 개는 겁이 많아서, 낯선 사람을 보면 잘 짖었다. 그나마 여기서 몇 년 살았더니 이제 은영을 보고는 짖지 않는다는 게 위안이라면 위안일까.

왈왈, 왈왈왈!

그나저나 이 늦은 밤에 저 개는 왜 계속 짖고 있는 걸까. 새로 이사 온 사람도 없는데 이 시간에 낯선 사람 볼 일이 뭐가 있다고……. 설마?

"어우, 시끄러워. 언제까지 짖으려고……. 언니? 뭐 해?"

잠이 다 달아났는지 일어나서 두 손으로 귀를 막고 있던 샛별이 눈을 동그랗게 뜨고 은영을 바라봤다. 자다 깨서 엉망이 된 머리카락을 대충 손으로 빗어 넘긴 은영은 창문을 열고 밖을 내다봤다.

"아유, 이걸 어쩌면 좋아. 죄송해요. 저희 집 개가 낯선 사람을 보면 잘 짖어서."

"아뇨, 제가 더 죄송합니다. 저 때문에 소란이 일었네요."

"그런데 이 근처에서 한 번도 뵌 적 없는 거 같은데. 왜 여기 서 있어요? 누구 만나기로 했나?"

"저는……."

뭐라고 답하기가 애매했는지 승현이 말을 얼버무렸다.

그때 위에서 내려다보는 시선을 느낀 걸까? 그가 고개를 들어 이쪽을 바라봤다. 정확하게 눈이 마주친 순간, 은영은 저도 모르게 창문 아래로 고개를 푹 숙여 숨어 버렸다.

"언니? 왜 그래?"

"바, 밖에 승현 씨 왔어."

"뭐? 이 시간에? 말도 없이? 왜?"

"나 핸드폰 고장 난 것 때문에 그런가……?"

미안하고 난감하면서도 한편으론 기분이 나쁘지 않았다. 아니, 조금 기뻤다.

혼자서 얼굴과 머리카락을 막 만져 보던 은영은 두 손으로 뺨을 감싼 채 샛별에게 물었다.

"나 지금 상태 어때? 괜찮아?"

"어어, 내 눈에는 괜찮은데……. 언니 승현 오빠한테 생얼 보여 준 적 있어?"

"없……지."

"그럼 안 괜찮지 않을까?"

그러나 이 시간에, 그것도 승현을 밖에 세워 놓고 화장을 하고 있을 순 없었다. 두 손으로 얼굴을 가린 채 "어떡해, 어떡해." 하던 은영은 슬그머니 눈을 내밀어 창밖을 보다가 깜짝 놀라 눈을 화등잔만 하게 떴다. 1층 아줌마와 대화를 끝냈는지, 어느새 승현이 저만치 멀어져 걸어가고 있었다.

"승현 씨!"

급한 마음에 큰 목소리로 그를 부른 은영은 제풀에 놀라 두 손으로 입을 틀어막았다.

그래도 큰 소리를 낸 보람이 있는지 승현이 바로 뒤를 돌아 그녀를 쳐다봤다. 은영은 어쩔까 고민하다가 이미 한 번 소리 지른 거 냅다 하고 한 번 더 외쳤다.

"거기 있어요! 내려갈 테니까!"

시간이 없었다. 얼른 안 내려가면 승현이 곧 돌아갈 것 같았다. 은영은 날이 더운 것도 잊고 후드 집업을 꺼내 후드를 뒤집어쓰고 지퍼를 목 끝까지 채웠다. 그런 언니가 안쓰러웠는지 샛별이 도수 없는 안경을 꺼내 은영의 얼굴에 씌워 주었다.

"언니 연락 안 된다고 걱정돼서 왔나 보다. 집 어딘지는 정확하게 말 안 해 줬어?"

"응. 몇 호 사는지는 말 안 해 줬어."

"이제 집 어디 사는지 알았네. 나 얼른 나가야겠다. 그치?"

샛별이 놀리는 건지, 눈치 보는 건지 알 수 없는 말을 넌지시 꺼냈다. 어느 쪽이든 그런 거 아니라고 손사래를 친 은영은 앉은 자리에서 일어났다.

"나 나갔다 올게. 먼저 자."

"늦게 들어올 거야?"

"늦게 들어오긴 뭘……. 그냥 잠깐 얘기만 하고 올 거야."

집업의 목 부분을 당겨 빨개진 얼굴을 가린 은영은 후다닥 밖으로 나와 계단을 두 개씩 뛰어 내려갔다.

"승현 씨!"

다시 건물 앞까지 돌아와 있는 그 덕에 은영은 멀리까지 뛰어갈 필요가 없었다. 그러나 계단을 뛰어 내려온 것만으로 숨이 차서 은영은 손으로 무릎을 짚은 채 헉헉 거친 숨을 몰아쉬었다.

"뛰어온 겁니까? 그러다 넘어지기라도 하면 어쩌려고."

"아니, 승현 씨가 기다리니까……."

"5분도 못 기다릴 만큼 성질 급한 사람 아닙니다. 그보다 안 덥습니까?"

왜 이 날씨에 긴팔을 입었냐고 승현이 눈짓으로 물었다. 그 시선에 헉, 숨을 들이켠 은영은 제대로 머리를 가리고 있는지 후드를 확인한 다음 옷의 목 부분을 끌어올려 코까지 가렸다. 그런 그

317

녀를 승현이 수상한 눈으로 바라봤다.

"얼굴을 왜 그렇게 가리는 겁니까? 혹시 감기라도 걸렸어요?"

"아, 아니, 그런 건 아니고요……. 화, 화장을 지워서……."

"네?"

작은 목소리로 겨우 꺼낸 말을 승현은 듣지 못한 모양이었다. 안 그래도 더워 죽겠는데 민망함으로 뺨이 화끈화끈 달아올랐다.

그때 등 뒤에서 왈왈! 개 짖는 소리가 들려왔다. 놀라서 뒤를 돌아보자 아주머니가 후다닥 개를 안고 집으로 들어가는 모습이 보였다. 몰래 숨어서 구경하고 있었던 모양이다.

"스, 승현 씨! 우리 자리 좀 옮겨요."

"그래야겠습니다. 이러다 온 동네 사람들 다 깨우겠군요."

사실 은영이 자리를 피하자고 한 건 민망함 때문이었다.

이제 다음에 길 가다 마주치면 그때 그 남자는 누구냐고 엄청 캐물으시겠지.

그 속내를 알 리 없는 승현은 저 앞에 차를 세워 두었으니 그리로 가서 얘기하자고 몸을 돌렸다. 은영은 그의 옆에 나란히 서서 걸었다. 여전히 손으로는 목깃을 잡은 채로.

"그런데 저 개, 몸집도 작은데 목청이 엄청 크군요."

"그쵸? 원래 작은 개가 훨씬 크게 짖는대요."

"아아, 나름의 생존 방식이군요."

이해했다는 듯 승현이 고개를 끄덕였다. 그는 주머니에서 차 키를 꺼내다가 골목 바깥의 편의점에 시선을 둔 채 은영에게 물었다.

"뭐 따뜻한 거라도 마시겠습니까?"

"저 진짜 감기 걸린 거 아닌데……."

집업 목깃 속에서 웅얼거리는 은영에 승현이 어깨를 한 번 으쓱였다.

"아니더라도 일단 들어가죠. 저녁을 제대로 못 먹었더니 배가 고파서."

"저녁을 못 먹었다고요? 이 시간까지?"

"아예 안 먹은 건 아니고 샌드위치 하나 먹긴 했는데……."

"겨우 하나 먹고 돼요? 세상에, 어쩐지 피곤해 보이더라니. 얼른 들어가요, 얼른."

은영은 내내 생명줄처럼 잡고 있던 목깃도 놓고 승현의 팔을 잡아 이끌었다. 그녀 몰래 픽 웃은 승현은 부러 어어, 소리를 내며 못이기는 척 그녀에게 끌려 들어갔다.

"아…… 역시 이 시간엔 도시락 다 나가고 없네. 삼각 김밥이랑 컵라면 어때요? 닭갈비 맛이랑 소고기 고추장 맛 남아 있는데. 승현 씨, 이거 좋아해요?"

"싫어하진 않습니다."

"그러면 이거랑…… 컵라면은 뭐 좋아해요?"

"뭐 좋아할 거 같습니까?"

승현의 입가에 언뜻 짓궂은 미소가 떠올랐다. 별생각 없이 자신이 즐겨 먹는 컵라면 이름을 입에 올리려던 은영은 언젠가의 일을 떠올리고 황급히 말을 바꿨다.

"당연히…… 참라면 좋아하죠. 한국인이라면 참라면."

"저희 회사 제품이군요. 기쁩니다."

웃음기 섞인 승현의 목소리에 은영은 그가 자신을 놀렸다는 걸 뒤늦게 깨달았다. 그녀는 얄미운 마음에 승현을 흘겨보다가 얼른 가서 계산하라고 승현의 등을 떠밀었다.

"저 승현 씨 만난다고 지갑 안 들고 나왔어요. 그러니까 승현 씨가 계산해요."

"잘했습니다. 은영 씨도 하나 골라요. 사 줄 테니까."

자다 깬 탓에 딱히 먹고 싶은 건 없었다. 배도 별로 안 고팠고. 그러나 승현이 편의점에서 혼자 컵라면을 먹게 두기 그래서 은영도 컵라면을 하나 가져왔다. 참라면으로.

"이 시간에 편의점에서 컵라면은 처음 먹어 보네요."

"저도요. 특히 10시 넘어서 라면은 절대 안 먹는데."

벌써 11시였다. 내일 얼굴 부으면 어떡하지, 그런 걱정을 하면서도 뜨거운 물을 부어 놓은 컵라면에서 피어오르는 얼큰한 냄새에 입안 가득 군침이 고였다.

"왜 안 먹습니까? 얼굴 부을까 봐?"

"네. 저 아침에 얼굴 진짜 잘 붓거든요. 라면 먹고 자면 완전 보름달 돼요."

"신경 안 써도 될 거 같은데요. 부어도 예쁩니다."

"……네?"

그대로 얼어붙은 은영은 뒤늦게 머리 위의 후드를 확 잡아 눌러썼다. 그리고 반대쪽 손으로는 목깃을 잡아 거의 콧등까지 가릴 기세로 끌어올리고는 몸을 뒤로 뺀 채 더듬거리는 목소리로 물었다.

"저, 저, 지금 얼굴 부었어요?"

"아뇨."

"바, 방금 부어도 예쁘다고……."

"그러게요. 듣기는 끝까지 다 들어 놓고 왜 부었다 쪽을 더 신경 씁니까?"

320

승현이 포장을 벗긴 삼각 김밥을 은영에게 내밀며 먹겠냐고 물어 왔다. 은영은 달아오른 얼굴을 숨기려 애쓰며 고개를 흔들 었다.

"그럼 이건 제가 먹겠습니다."

편의점 플라스틱 의자에 다리를 꼬고 앉은 승현이 참 멋들어지 게 삼각 김밥을 먹기 시작했다.

컵라면 먹으려고 들어와서 혼자 화보를 찍고 있는 승현을 몰래 훔쳐보며 은영은 달아오른 얼굴을 식히려 애썼다. 이 사람은 대체 어떻게 이렇게 민망한 말을 눈 하나 깜짝 않고 잘할까?

'나한테 마음이 없어서 가능한 거겠지?'

그 생각에 마음이 급격하게 차분해졌다. 뜨겁던 얼굴도 본래의 온도를 되찾은 것 같아 은영은 잡고 있던 걸 놓고 컵라면의 뚜껑 을 벗겼다.

젓가락으로 면발을 대충 휘저어 보니 거의 다 익은 듯했다. 괜스 레 면발을 몇 번 더 휘젓던 은영은 옆에 앉은 승현이 아닌 맞은편 유리벽에 비친 그의 얼굴을 흘끔거리다가 조심스레 입을 열었다.

"근데 저희 집에는 왜……. 혹시 연락 안 돼서 찾아온 거예요?"

"네. 한 번도 안 그랬던 사람이 왜 갑자기 핸드폰을 꺼 놨는지 혹시 물어봐도 됩니까?"

"벌써 다 물었으면서."

밉지 않게 승현을 흘겨보다가 키득키득 웃은 은영은 뜸 들이지 않고 사실을 말해 주었다.

"핸드폰이 물에 빠져서 고장이 났거든요. 말려도 안 켜지더라 고요."

"방수 기능 없습니까?"

"없어요. 산 지 오래됐거든요. 벌써 한 4년 썼나?"

"그럼 이번엔 방수 기능 있는 걸로 사세요. 높은 데서 떨어뜨려도 안 고장 나는 튼튼한 걸로."

"안 그래도 그러려고요."

"제가 지금 쓰는 거 튼튼한데, 이 기종 어떻습니까?"

"기종 뭔데요?"

승현은 소금기 묻은 손가락을 물티슈로 닦아 내고 주머니에서 핸드폰을 꺼내 은영에게 보여 줬다.

"나온 지 아직 1년도 안 된 거라 지금 사기 괜찮을 겁니다."

"그래요?"

전자 기기 쪽은 잘 모르는 은영은 생각 없이 승현의 말에 고개를 끄덕이다가 불현듯 어떤 사실을 깨달았다.

'만약에 내가 승현 씨 거랑 똑같은 핸드폰을 사면…….'

커플 폰 아닌가?

'아니, 아니. 커플 폰은 무슨.'

대한민국에 이 핸드폰을 쓰는 사람이 못 해도 만 단위는 넘을 텐데 커플은 무슨. 승현도 아마 그런 쪽으로는 생각 못 하고 추천했을 것이다.

한번 생각해 보겠다는 말로 화제를 넘긴 은영은 혼자만의 어색함을 지우려 라면 면발을 후루룩 흡입하다가 문득 떠오른 질문을 승현에게 건넸다.

"그런데 아까 왜 그냥 간 거예요?"

"그냥 가다뇨?"

"창문 너머에서 눈 마주쳤을 때…… 제가 숨어서 화났었어요, 혹시?"

"화가 왜 납니까. 애초에 은영 씨 괜찮은지 얼굴만 보려고 했던 거라서요."

승현은 라면 면발을 크게 집어 한입에 넣은 뒤 깔끔하게 삼키고 말을 이었다.

"아무 일 없는 거 봤더니 긴장이 풀리고, 긴장이 풀렸더니 배가 고파서요. 집에 들어가기 전에 뭐 먹고 들어가야겠단 생각하고 있었습니다."

"그럼 따뜻한 거 사 주겠다던 건 그냥 핑계 댄 거였어요?"

"네. 제가 먹고 싶었습니다."

"뭐야."

정말로 배가 고팠는지 라면에 삼각 김밥을 한 입 두 입 복스럽게 잘도 먹고 있었다. 이렇게 잘 먹는 사람이 이제까지 샌드위치 하나만 먹고 어떻게 버텼을까? 승현이 먹는 걸 보다 보니 은영도 배가 고파져서 열심히 젓가락을 움직였다.

"후식으로 아이스크림 어떻습니까?"

"음, 좋아요."

"아이스크림은 어떤 거 좋아합니까?"

"원 플러스 원이요."

은영의 대답에 짧게 웃음을 터뜨린 승현은 냉동고를 쭉 훑어보더니 알아서 아이스크림을 꺼냈다.

"딸기, 초코, 바닐라. 그중에 뭐 좋아합니까?"

"딸기요."

"원 플러스 원 하는 건 초코 맛인데요."

"승현 씨 돈 많다면서요. 원 플러스 원 아니면 두 개 못 사요?"

"원 플러스 원 좋아한다길래 한번 물어봤습니다."

323

승현은 입가에 내내 피식거리는 웃음을 매단 채로 아이스크림을 가져가 계산하고 돌아왔다. 두 사람은 편의점을 나와 길을 걸으려다가, 주변이 너무 조용해서 승현의 차에 탔다.

"안 덥습니까? 에어컨 켤까요?"

"아니에요, 괜찮아요."

"하긴, 더우면 옷을 벗으면 되겠네요."

근데 이 사람이 오늘따라 왜 이렇게 거리낌이 없지?

은영은 딸기 아이스크림을 입에 문 채 눈을 가늘게 뜨고 승현을 바라봤다. 그녀의 시선 속에 담긴 뜻을 알아차렸는지 승현이 짧게 웃음을 터뜨렸다. 그러고는 카시트에 몸을 깊게 묻었다.

"미안합니다. 생각보다 긴장을 좀 많이 했었나 봐요."

"왜요? 저 연락 안 된 것 때문에요?"

"……네."

조금 팀을 두고 고개를 끄덕인 승현은 은영을 향해 고개를 돌렸다. 그의 입가에는 보다 힘이 빠진 미소가 부드럽게 맺혀 있었다.

"저도 몰랐는데, 제가 생각했던 것보다 훨씬 은영 씨를 걱정했던 모양입니다."

나직하지만 무게 있는 목소리가 그의 진심을 대변하고 있었다. 별생각 없이 던진 말에 돌아온 파문이 생각보다 커서 은영은 말을 더듬었다.

"죄, 죄송해요. 승현 씨가 그렇게 걱정할 줄은 몰랐어요."

"아닙니다. 제가 마음이 좀 급했습니다. 하필이면 사고 얘기에 정신이 팔려 있던 중이라……."

"사고 얘기요?"

"네. 제가 예전에 당했던 사고요."

승현의 오른손이 뒷목을 가만히 쓸었다. 그의 머리카락에 가려져 잘 보이지 않지만, 운전석과 조수석 정도의 가까운 거리에선 세로로 꿰맨 흉터가 언뜻 보였다.

 "그 사고가 왜요? 혹시 이제 와서 무슨 후유증이라도 나타난 거예요?"

 "딱히 그런 건 아닙니다. 그런데 그때 당했던 사고가…….."

 사고가? 은영은 고개를 살짝 기울인 채 승현의 뒷말을 기다리다가 손등 위로 아이스크림이 녹아 똑 떨어지는 감촉을 느끼고 후다닥 손등을 혀로 핥았다. 그러느라 미처 보지 못했다. 심란한 눈으로 저를 살피다 가볍게 한숨 지은 승현을.

 "아무튼, 그런 얘기를 하다 보니 갑자기 은영 씨한테 사고라도 난 건 아닌가 걱정됐습니다. 별일 아니었다니 다행이네요."

 "죄송해요. 다음부턴 핸드폰 간수 잘할게요."

 "방수 잘 되는 걸로 사세요. 꼭."

 은영은 미소 띤 얼굴로 고개를 끄덕였다. 그에 마음이 조금 놓였는지 승현은 조금 긴 숨을 뱉다가 남은 아이스크림을 한 입 두 입 크게 베어 먹었다.

 "그런데 큰일 났네요."

 "네? 뭐가요?"

 "저 지금 졸립니다. 긴장이 완전히 풀렸나 봐요."

 운전석에 몸을 묻은 채 팔짱을 낀 승현이 느리게 눈을 한 번 껌뻑이더니 그대로 눈꺼풀을 내리감았다. 은영은 당황해서 시계를 한 번 보고 그를 말렸다.

 "어어, 눈 감지 마세요. 집에 가서 주무셔야죠."

 "못 갈 것 같습니다. 지금 운전하면 사고 날 것 같아요."

"그럼 대리라도…….″

"저 제 비서 말고 다른 사람한텐 차 안 맡깁니다."

느리게 답하는 목소리엔 약간의 귀찮음이 섞여 있었다. 한껏 풀어진 자세로 몸을 축 늘어뜨린 승현은 이대로 놔두면 5분. 아니, 1분 만에 잠들 것처럼 보였다.

은영은 뭐라고 더 말을 건네려다가 잠깐 망설인 후 입술을 뗐다.

"그럼 잠깐 주무실래요? 제가 한 30분 있다가 깨워 드릴게요."

"은영 씨는 안 피곤합니까?"

"전 괜찮아요. 아까 좀 자다가 깨서."

"저 때문에 깬 거군요…….″

승현의 목소리가 아까보다 길게 늘어졌다. 은영은 담요 같은 것 없나 차 뒷좌석을 살펴보다가 자세가 불편해 보이는 그에게 서둘러 말했다.

"승현 씨, 의자 뒤로 젖히고 자요."

"의자…….″

움직임 없이 단어만 중얼거리는 승현은 이미 반쯤 잠에 빠져든 듯했다.

그 모습이 너무 불편해 보여서 안절부절못하던 은영은 조심조심 몸을 기울여 승현의 몸 왼쪽으로 손을 뻗었다.

'레버가 어딨지……. 아, 찾았다.'

승현의 어깨 위로 카시트를 뒤로 밀려던 순간, 레버를 쥔 그녀의 손이 무언가에 턱 붙잡혔다.

손등 전체를 감싸고도 남는 커다란 손바닥과 뜨거운 체온. 그저 쥐고 있을 뿐인데도 느껴지는 강한 힘.

한 번도 느껴 본 적 없는 것들에 긴장한 순간, 은영은 자신이 승현을 거의 끌어안다시피 한 자세를 취하고 있다는 사실을 그제야 깨달았다.

그때, 승현이 감았던 눈을 떴다.

그의 코끝에서 느릿하게 밀려 나오는 숨이 그녀의 이마 위로 내려앉을 만큼 가까운 거리였다. 은영은 제 얼굴이 비친 승현의 눈을 올려다보며 숨을 멈추었다. 만약, 이대로 거리가 조금만 가까워지면…….

덜컥!

"엄마야!"

그때 승현이 은영의 손을 쥔 채로 손에 힘을 주었고, 동시에 시트가 뒤로 푹 넘어갔다.

왼손으로 카시트를 잡고 있던 은영의 몸 역시 승현의 몸 위로 풀썩 쓰러지듯 넘어갔다.

졸지에 그를 끌어안은 자세가 되어 버린 그녀는 속으로 비명을 지르며 후다닥 몸을 물렸다.

"30분 뒤에 깨워 주세요……."

그녀가 그러거나 말거나 잠에 취한 목소리로 중얼거린 승현은 손을 회수해 팔짱을 끼더니 카시트에 머리를 기대고 다시 눈을 감았다.

어정쩡한 자세로 그를 지켜보던 은영은 승현의 가슴이 느리게 오르내리는 걸 확인하고는 천천히 몸을 뒤로 물려 자세를 바로 했다.

'……방금.'

입술이 닿지 않았나? 아닌가? 착각인가?

손끝으로 입술을 문지르던 그녀는 새빨갛게 달아오른 얼굴을 두 손으로 감싼 채 소리 없이 발버둥을 쳤다.

✳✳✳

"……씨, 은영 씨."

"우웅…….."

"은영 씨, 일어나세요. 아침입니다."

"아침…….."

아침으로 뭐 해 먹지. 식빵 사 놓은 게 남아 있던가? 태평하게 그런 생각을 하며 몸을 뒤척이던 은영은 어깨를 가볍게 두드리는 손길에 인상을 쓰다가 번뜩 정신이 들었다.

여기가 지금 어디지?

"꺅! 지, 지금 몇 시예요?!"

"7시 조금 안 됐습니다. 잠깐만 잔다는 게 푹 자 버렸네요."

그도 잠에서 깬 지 얼마 안 됐는지 부스스한 머리카락을 가볍게 훑고는 주머니에서 핸드폰을 꺼내 쌓인 연락이 있는지 확인했다.

자동차의 시계로 정확한 시각을 확인한 은영은 어느새 환해진 창밖을 보며 "미쳤어, 미쳤어." 소리 내어 중얼거렸다.

"죄송해요. 제가 깨워 드린다고 해 놓고 저도 같이 잠들었나 봐요."

"늦은 시간이었으니까요. 그보다 출근 시간은 괜찮습니까?"

"전 괜찮아요. 승현 씨는요?"

"시간 충분합니다. 회사 근처에 있는 오피스텔에 들렀다 가면 돼요."

한 손으로 능숙하게 핸드폰 액정을 두드려 답장 몇 개를 보낸 승현이 문손잡이에 손을 올렸다.

"내려요. 바래다드리겠습니다."

"아뇨! 바로 코앞인 걸요. 날도 밝았고. 전 괜찮으니까 얼른 들어가세요."

은영은 승현이 내리기 전에 얼른 차에서 내려 문을 닫았다. 그리고 잠깐 머뭇거리다가 고개를 숙여 창문 너머로 승현과 눈을 마주쳤다.

"핸드폰 고친 다음 다시 연락할게요. 조심해서 들어가세요!"

그리고 은영은 승현의 대답을 듣지도 않고 골목 안쪽으로 뛰어 들어갔다. 행여 뒤에서 쫓아오기라도 할까 급하게.

"미쳤어, 정은영. 미쳤어, 미쳤어……."

떠오르는 말은 그것뿐이었다. 은영은 머리 위로 삐뚤어진 후드를 다시 깊게 눌러쓰고 반쯤 흘러내린 안경 역시 고쳐 썼다.

그나마 이런 걸로 가리고 있어서 다행일까?

아니, 전혀 위안이 되지 않았다. 안 그래도 추한 꼴 많이 보였는데 기어이 라면 먹고 자서 탱탱 부은 얼굴까지 보였구나. 은영은 울고 싶은 마음으로 현관문을 열었다.

끼이익.

최대한 소리 나지 않게 조심히 문을 열었는데 오히려 그래서 더 경첩이 삐거덕거렸다. 헉, 하고 숨을 들이켠 은영은 조마조마한 마음으로 집 안의 기척을 살폈다.

'아직 7시 안 됐으니까 샛별이 아직 자고 있겠지……?'

그러나 안타깝게도, 평소라면 아직 이불 속에 있었을 그녀의 동생은 거실에 상을 펼쳐 놓고 식빵에 잼을 발라 아침을 먹고 있었다. 오늘따라 참 부지런하게도.

"왔어?"

"어, 어어…… 일찍 일어났네?"

"그러게. 알람도 안 울렸는데 눈이 일찍 떠지지 뭐야."

TV 속 아침 뉴스를 보며 빵을 씹던 샛별이 슬쩍 고개를 들어 은영을 위아래로 훑었다.

"금방 들어온다던 언니가 외박을 해서 그런가……."

"외, 외박이라니? 그런 거 아냐!"

"그런 거 아니긴? 밖에서 잤음 외박이지. 외박이 뭐 별건가?"

그렇게 말하면 또 할 말이 없었다. 차마 샛별을 보지 못하고 괜히 천장만 이리저리 살피던 은영은 뒷걸음질 치듯 슬금슬금 욕실로 향했다.

"아, 덥다……. 나 먼저 씻을게."

"빨리 나와. 나 오늘 일찍 나가야 돼."

"알았어."

곧장 욕실로 들어간 은영은 문을 닫은 후 그대로 주저앉듯 쪼그려 앉았다. 그녀는 그 자세로 땅이 꺼져라 한숨을 내뱉었다.

"대체 왜 거기서 잠이 든 거야……."

미쳤어. 미쳤어, 정은영.

마치 고장 난 라디오처럼 그 말만 계속해서 반복하는 은영의 얼굴은 그 이상 더 타오를 수 없을 정도로 새빨개져 좀처럼 본래 색을 되찾지 못했다.

❁❁❁

"아, 이거 안 되겠네. 안 그래도 기기 자체가 오래됐는데 핸드

330

폰이 방수가 안 돼서 폭삭 젖었어요. 데이터 다 죽었어요, 이거. 못 살려요."

"못 살려요? 아예?"

"네. 뭐가 떠야 시도라도 해 볼 텐데······ 아예 반응이 없잖아요. 완전 먹통 된 거예요, 이거."

핸드폰 대리점 직원이 은영을 향해 책상 위 모니터를 돌려 주었다. 컴퓨터나 전자 기기에 대해 잘 모르는 은영은 하얀 화면을 보며 대충 고개를 끄덕였다.

"그럼 다 날아간 거죠?"

"그런 거죠. 혹시 데이터 백업은 안 해 두셨어요?"

"네······."

핸드폰이 이렇게 한순간에 고장 날 줄 어떻게 알고 백업을 해 뒀겠는가. 애초에 은영은 핸드폰 내의 데이터를 백업하는 방법도 잘 몰랐다. 그냥 쓰던 핸드폰을 대리점에 가져가면 알아서 새 핸드폰에 다 옮겨 줬으니까.

"전에 쓰던 핸드폰도 없으세요? 새로 사시면 거기 있는 데이터는 옮겨 드릴 수 있는데."

"없어요. 반납하고 할인받아서."

"아이고, 저런······."

대리점 직원이 안타까운 듯 쯧쯧 혀를 찼다. 그게 정말로 더는 방법이 없다는 뜻 같아서 은영은 한숨을 내쉬었다.

"어떻게, 새로 개통하실 거예요?"

대리점 직원이 슬쩍 그녀의 눈치를 보며 물었다. 내부의 데이터가 다 날아갈 정도로 망가진 폰인데 수리한다고 오래 쓸 수 있을 것 같지 않아 은영은 고개를 끄덕였다.

331

"방수 잘되는 걸로 하나 추천해 주세요."

"아유, 최근에 나오는 건 다 방수가 기본이에요. 요즘 인기 있는 게 뭐냐 하면……."

대리점 직원이 진열대 위로 핸드폰을 여러 개 꺼내 늘어놓았다. 크기만 좀 다를 뿐 은영의 눈엔 다 비슷비슷해 보였다. 그런데 그중 하나에 유난히 눈길이 간다 싶더니, 승현이 쓰는 것과 같은 기종이었다.

"이게 마음에 드세요?"

그녀의 시선을 알아차린 직원이 은영이 보고 있던 핸드폰을 집어 들었다. 번뜩 정신이 든 은영은 "아, 그게." 하고 뭔가를 들킨 사람처럼 말을 더듬다가 뺨을 붉힌 채 은근히 물었다.

"그거 괜찮아요? 아는 사람이 튼튼하고 좋다던데."

"그럼요. 이거 광고 어떻게 하는지 아세요? 아파트 10층에서 떨어뜨려요. 그래도 액정 안 깨진다고."

"진짜요?"

"그럼요! 안 깨지는 게 뭐예요? 금 하나 안 간다니까요? 이거 좋아요. 평소에 핸드폰 좀 험하게 쓰시면 추천해 드릴게요."

은영은 핸드폰을 험하게 쓰는 편은 아니었다. 그랬으면 같은 핸드폰을 4년이나 쓰지도 못했겠지.

그러나 그녀는 그런 말을 꺼내는 대신 그걸로 하겠다고 고개를 끄덕였다. 은영의 빠른 결정이 마음에 들었는지 대리점 직원은 싱글벙글 웃으면서 개통 절차를 밟아 주었다.

"감사합니다! 다음에 또 오세요!"

오전이라 손님이 없어 은영은 금방 새 핸드폰을 개통할 수 있었다. 그래도 출근 시간이 아슬아슬해 얼른 정류장으로 달려간 그녀는 버스에 오른 후 가장 먼저 메신저 앱부터 다운받았다.

다행히 로그인을 하자 친구 목록이 그대로 연동되었다. 친한 친구와 가게 사람들한테 사정을 알리고 번호를 알려 달라 메시지를 쭉 보낸 은영은 마지막으로 승현에게 메시지를 보냈다.

[핸드폰 새로 사서 개통하고 나오는 길이에요. 전에 쓰던 게 너무 오래된 거라 수리는 안 된다고 하더라고요.]

마침 시간이 비는지 답장이 바로 도착했다.

[튼튼한 걸로 샀습니까?]

그에 답장을 보내려 네, 하고 쓴 은영은 잠깐 고민하다가 뒤에 단어를 더 이어서 썼다. 조금 망설이다 전송 버튼을 눌렀을 때 그녀의 가슴은 터질 것처럼 크게 뛰고 있었다.

[네. 승현 씨랑 똑같은 걸로 샀어요.]

이 말에 승현은 뭐라고 대답할까?

[잘했습니다. 물에 빠뜨려도 걱정 없고, 높은 데서 떨어뜨려도 괜찮을 겁니다. 오븐에 넣지만 마세요.]

"누가 보면 진짜 정신 빼놓고 다니는 줄 알겠네……."

입술을 삐죽거린 은영은 그렇게까지 덜렁거리지는 않는다고 답장을 보냈다. 그리고 덜컹거리는 버스 안에서 손잡이를 잡고 서 있다가 반쯤 충동적으로 메시지 하나를 더 작성했다.

[그런데 혹시 어제 일 어디까지 기억해요?]

아니, 이건 아니다.

잠에 취한 그가 어제 일을 기억을 못 하면 못 하는 대로 무슨 일이 있었냐 물을 것이고, 기억을 하면 하는 대로…….

"으아아!"

몸서리를 친 은영은 입력창의 메시지를 서둘러 지웠다.

그래. 오늘 아침 그의 반응을 떠올려 보면 기억을 못 하거나 별 생각이 없거나 둘 중 하나인 듯한데, 그런 그에게 굳이 '입술이 닿은 것 같은데 착각인 것 같다. 그러니 승현 씨도 신경 쓸 것 없다.' 하고 구구절절 말해 봐야 찔리는 것처럼 보일 확률이 높았다.

'그래, 잊자. 잊어.'

그렇게 다짐할 때마다 입술을 스친 온기가 더욱 선명해질 뿐이었지만, 은영은 억지로 고개를 흔들어 기억을 떨쳐 냈다.

✽✽✽

[전 이만 출근해요. 오늘도 좋은 하루 보내세요!]

[네. 은영 씨도 좋은 하루 보내십시오.]

결재며 처리해야 할 서류가 산더미인데 승현은 의자 등받이가 뒤로 기울 정도로 몸을 푹 묻고 앉아 핸드폰만 들여다보고 있었다.

그의 눈앞에 있는 건 핸드폰이지만, 그의 뇌리를 점령한 건 기계가 아닌 사람이었다. 놀란 듯 동그래진 눈으로 그를 올려다보던 은영의 얼굴.

"하아……."

그 얼굴이 대체 왜 잊히지 않는 걸까. 쥐고 있던 핸드폰을 내려놓은 승현은 입술을 잘근거리며 이마를 문질렀다.

가만히 앉아 있는데 문득 은영이 떠오르는 것 정도야 그리 드문 일도 아니었다. 특히 요 며칠간 그는 하루에도 몇 번씩 그녀의 생각을 하고는 했다. 어제까지와 오늘 그녀를 떠올리는 이유가 다르다는 게 문제지만.

'이제 이런 연극은 더 이상 할 필요 없다고 말해야 하는데…….'

예쁘다는 말이나 당신을 걱정했다는 말 같은 낯간지러운 말은 의식할 새도 없이 입 밖으로 잘만 튀어 나가는데, 꼭 해야 하는 그 말은 목구멍 밖으로 고개 내밀 생각을 하질 않았다.

아니, 솔직하게 말하면 해야 한다는 생각 자체를 못 했다. 이 관계를 부담스러워하고 있는 은영을 위해서라도 얼른 그 말을 해야 하는데…….

문득, 의자의 팔걸이를 초조하게 두드리던 그의 검지가 우뚝 멈추었다.

'나는 이 관계를 어떻게 생각하고 있지?'

겨우 하루 연락이 되지 않았다고 곧장 그녀의 집을 찾아간 게, 정말로 그녀가 무사한지 보고 싶었던 것 하나가 다일까.

그랬으면 집 앞까지 찾아온 저를 보고 숨은 은영을 두고 뒤돌아서며 뭐가 그렇게 서운하고 민망했던 걸까.

왜 저를 불러 세운 은영에 안도해 긴장을 풀고…….

'스, 스, 승현 씨?'

그 놀란 얼굴을 끌어안고 싶었을까.

아니, 끌어안는 걸로 끝내는 게 아니라.

"아…….."

거기서 생각을 잘라 낸 승현은 두 팔꿈치를 무릎 위에 걸친 채 고개를 푹 숙였다. 곧 그의 입에선 바닥이 꺼져라 큰 한숨이 흘러나왔다.

"미친놈."

그 혼자만 있는 팀장실이라 얼마나 다행인지. 승현은 두 손으로 연거푸 제 얼굴을 쓸어내렸다. 그 마찰로 인해 달아오른 뺨이 일견 무뚝뚝해 보이는 그의 얼굴 위로 지금 그가 느끼는 감정을 그대로 비추는 듯했다.

"대체 어쩌자고……."

손끝으로 입술을 문지르던 승현은 의자에 몸을 묻으며 천장을 향해 한숨을 내뱉었다. 한숨을 몇 번이나 뱉어 내도 그의 고민은 가벼워지지 않았다. 아니, 오히려 더 선명해졌다.

"안 돼, 이건……."

팔로 눈을 가린 채 승현은 한참이나 무의미한 시간을 흘려보냈다. 그러다 마침내 감은 눈을 뜬 그는 책상 위에 아무렇게나 내버려 둔 핸드폰을 집어 들었다.

[갑자기 죄송합니다만, 이번 주 일요일에 시간 괜찮습니까?]

승현은 긴 숨과 함께 한 문장을 더 작성해서 메시지를 전송했다.

[그저께 못한 말을 하고 싶은데요.]

✻✻✻

대체 무슨 말을 하려는 걸까?

"응? 뭐가?"

"네?"

의아한 얼굴로 되묻는 은영에 세연이 고개를 갸웃거렸다.

"방금 뭐라고 말하지 않았어요?"

"아니요, 아무 말도 안 했는데요."

도리질을 치는 은영에 세연이 "그래?" 하며 머리를 긁적였다.

"이젠 환청까지 들리나……."

보약이라도 한 제 지어 먹어야지 안 되겠다고 중얼거리는 세연을 모르는 척, 은영은 포장 중인 쿠키만 뚫어져라 노려봤다.

죄책감에 가슴이 따끔거렸지만 그녀는 차마 아무 말도 할 수 없었다. 어떻게 말하겠는가? 자신의 상황을.

솔직한 마음으론 누구라도 붙잡고 상담하고 싶었다. 자신이 지금 어떤 남자와 이러이러한 이유로 연인인 척 만나고 있는데 최근 들어 분위기가 상당히 좋아진 것 같다. 이게 내 착각인가 싶은데 상대가 자꾸 할 말이 있다고 시간을 잡는다…….

'승현 씨도…… 내가 좋아진 게 아닐까?'

이제 자신을 도와줄 필요 없다. 그러니 우리 이제 그만 만나자.

그 말이라면 전화로 해도 충분하지 않겠는가. 막말로 이제 더 만날 필요도 없는데 뭐 하러 번거롭게 따로 만나서 그런 이야기를 나눈단 말인가. 괜히 분위기만 어색하게.

'아무리 생각해도…….'

내 생각이 맞는 것 같은데. 아, 누구한테 물어보고 싶은데. 네 생각이 맞는 것 같다고 확인을 받고 싶은데.

그런데 이걸 대체 누구한테 물어본단 말인가.

하루 종일 그 생각에 끙끙대던 은영은 결국 카페 직원들의 면면을 훑어보다가 조심스레 카운터로 향했다.

"저, 사장님."

"응? 왜?"

오늘도 열심히 드라마 재방송을 보고 있던 박 사장이 은영에겐 눈길조차 주지 않고 대꾸했다.

카페 직원 중 눈치가 제일 없는 사람.

은영은 바로 그 이유 때문에 박 사장을 상담역으로 골랐다.

"제가 어제 영화를 보다 말았는데, 아무리 생각해도 잘 모르겠어서요."

"영화? 영화 하면 또 나지. 한때 내 별명이 박 아카데미였어, 박 아카데미. 뭐야? 뭐가 궁금한데?"

박 사장이 팝콘 그릇을 은영에게 내밀며 물었다. 예의상 한 줌 쥔 팝콘을 입에 한 알 한 알 넣으며 은영은 조심스레 말을 골랐다.

"남자 주인공이요, 여자 주인공이랑 계약 약혼…… 같은 걸 했거든요. 둘이 서로 마음은 없는데 어떤 목적을 위해서?"

"오호라, 계약 약혼. 그래서?"

"가짜로 약혼했다는 걸 들키면 안 되니까 다른 사람들 앞에서는 둘이 서로 다정한 척하기로 했는데, 둘만 있는 자리에서도 남자 주인공이 여자 주인공한테 그런 말을 하더라고요. 뭐…… 얼굴이 부어도 예쁘다던가, 겨우 하루뿐인데 연락이 안 돼서 걱정했다던가."

"반했네, 반했어. 그리고?"

"네?"

"응?"

"반한…… 거 맞아요? 남자 주인공이 여자 주인공한테?"

"그럼 반하지도 않은 사람한테 예쁘단 소릴 왜 해?"

"어…… 예의상?"

"아이고, 은영아. 너는 연애도 하는 애가 어쩜 그렇게 둔하냐."

막내가 설거지하다가 깨먹은 컵이 하나도 둘도 셋도 아닌 네 개나 된다는 걸 이 카페에서 혼자 모르는 사람에게 들으니 다소 충격이 컸다.

그러나 듣고 싶은 말을 목전에 둔 은영은 그런 내색을 않은 채

338

마른침을 꼴깍 삼키며 그의 말을 기다렸다.

"남자는 말이지, 예쁘다는 말만큼은 절대 예의상 하지 않아요. 상대가 꼬꼬마 어린애가 아닌 이상 여자한테 예쁘다고 말한다? 그거 관심 있단 뜻이야."

"왜 예의상 안 해요? 가족이라거나 친구 애인이라거나 학교 선후배라거나……."

"첫째, 돈이 걸리지 않은 이상 같은 피가 흐르는 이성한텐 절대 예쁘다거나 잘생겼다는 말이 오가지 않는다. 둘째, 친구 애인한테 예쁘다고 칭찬한다? 옆에서 듣는 친구 기분이 참 좋겠지? 셋째, 학교 선후배고 직장 동료고 예의를 가장 깍듯하게 차리는 방법은 예쁘다 잘생겼다 칭찬을 하는 게 아니라 입을 다물고 있는 거야. 오케이?"

"오케이……."

숨 한 번 안 쉬고 다다다 쏟아진 박 사장의 말에 은영은 멍한 얼굴로 고개를 끄덕였다.

눈을 깜빡이며 여태 손에 쥐고 있던 팝콘을 전부 입에 넣고 씹던 그녀는 입안에 든 걸 꿀꺽 삼킨 후 "근데요……." 하고 박 사장에게 한 번 더 물었다.

"남자 주인공이 여자 주인공 처음 만났을 때 이미 예쁘단 말을 했거든요. 그럼 그것도 예의상 한 말이 아니었던 거예요?"

"뭐, 예쁘다는 말을 안 하면 이야기가 진행이 안 되는 상황이었어?"

"어…… 그건 아니었어요."

"그럼 뭐, 뻔하지. 나 그런 거 과장 조금 보태서 천 번은 봤어."

박 사장은 정말로 그런 장면을 천 번은 본 사람처럼 감흥 없는 얼굴로 와그작와그작 팝콘을 씹었다.

"남자 주인공이 여자 주인공한테 첫눈에 반한 거야."

❋❋❋

"언니, 나 다 씻었어."

"……."

"언니? 언니!"

"엄마야, 깜짝이야!"

바로 귀에 대고 소리를 꽥 지르는 샛별에 은영이 화들짝 놀라 어깨를 들썩였다. 너무 놀라 쿵쾅거리는 가슴을 손으로 짚은 채 은영은 긴 숨을 내뱉었다.

"놀라라! 애 떨어질 뻔했잖아."

"그러게 왜 그렇게 넋을 놓고 있어? 오늘 무슨 일 있었어?"

샛별이 젖은 머리카락을 수건으로 털며 은영의 옆에 앉았다.

맞아, 나 씻어야 되는데. 옆에 앉은 동생으로부터 풍겨 오는 샴푸 냄새에 은영은 그런 생각을 했다. 하지만 입에서 나오는 건 영 다른 말이었다.

"샛별아, 내일 시간 괜찮아?"

"내일? 괜찮지, 토요일이니까. 왜?"

"나…… 옷 사는 것 좀 도와 달라고."

"옷? 무슨 옷?"

"옷이 옷이지 뭐……. 그, 나, 승현 씨랑 데이트할 건데 옷이 별로…… 없는 거 같아서…….."

백화점에 끌려간 날 무슨 옷을 사냐고 한사코 거절했던 기억이 아직 생생해. 은영의 목소리는 마치 음 소거 버튼을 누른 것처럼 한없이 작아졌다.

설마 그녀의 입에서 그런 말이 나올 줄은 몰랐던 걸까. 눈이 동그래진 샛별은 한없이 민망해하는 은영을 보며 깔깔 웃음을 터뜨렸다.

"뭐야, 언제는 아무거나 입으면 된다더니?"

"그땐 그랬는데 오늘 보니까 또 아닌 것 같아서……."

"거봐, 내가 뭐랬어. 옷은 아무리 많아도 부족하다고 했지?"

의기양양한 얼굴로 한참을 잘난 척한 샛별은 민망함을 이기고 제게 어려운 부탁을 한 언니를 위해 내일 하루 시간을 내주기로 했다.

"근데 언니 내일 출근하잖아."

"사장님한테 말해서 일찍 퇴근하기로 했어. 아마 4시나 5시쯤 백화점에 갈 수 있을 거야."

"그래? 그러면 내가 먼저 나가서 예쁜 옷 봐 둘게."

"고마워. ……대신 너무 짧은 옷은 말고."

"으으음, 원래 좀 짧은 게 예쁜데."

마치 밀당이라도 하는 듯 완강하게 팔짱을 끼고 앉은 샛별에게 은영이 부탁한다고 당근을 내밀었다.

"내가 진짜 맛있는 거 사 줄게."

"사 주는 건 됐고, 케이크나 만들어 줘."

"무슨 케이크?"

"왜 전에 만들어 준 거 있잖아. 악마의 케이크."

초코 시트에 초코 크림에 윗면부터 아랫면까지 꾸덕꾸덕한 초코로 도배를 해 놓은 악마의 케이크는 한 입 먹는 순간 아, 이래서 악마의 케이크구나 하고 깨달을 수 있는 무지막지하게 다디단 케이크였다.

그래서 전에 만들어 달래서 만들어 줬을 때도 샛별은 딱 한 조각만 먹었다. 더 먹었다간 당뇨 올 거 같다면서.

"마음에 안 든 거 아니었어?"

"살찌고 건강 해칠 거 같아서 마음엔 안 드는데, 솔직히 맛있었거든. 단 거 먹고 스트레스 해소 좀 해야겠어."

"무슨 스트레스?"

"후……."

은영의 질문에 일단 입바람으로 앞머리를 불어 넘긴 샛별은 짜증이 가득한 얼굴로 털어놓았다.

"권승재 이 인간, 드디어 연락됐거든."

"드디어라니? 그동안 계속 연락 안 됐었어?"

"어. 방금 연락됐어. 대체 무슨 일이 있었길래 만 이틀간 감감무소식이었냐고 물었더니 내일 말해 준다는 거 있지?"

"내일 만나기로 한 거야?"

"응. 아, 옷은 걱정 마. 권승재랑은 밥만 먹고 헤어질 거니까."

"나 때문이면 안 그래도 되는데……."

"내가 싫어. 흥, 사람 걱정하게 해 놓고 미안하단 말 한마디면 땡인가? 자기도 속 좀 타 보라지."

샛별은 입술을 삐죽이며 종알거리다가 갑자기 아, 소리 내며 은영에게 물었다.

"이 인간 갑자기 잠수 타기 전에 나한테 언니 수원 산 적 있냐고 묻던데."

"수원?"

그 단어가 조금 찝찝하게 느껴져 은영은 미간을 찌푸린 채 기억을 되짚었다.

"전에 승현 씨 집에 갔을 때 할아버님도 나한테 수원에 산 적 있냐고 물어봤었는데."

"진짜? 왜?"

"몰라. 따로 말을 안 해 주셔서."

"수원에 진짜 뭐가 있나?"

"그러게……."

수원에 꿀단지라도 숨겨 놓은 걸까? 도저히 짐작이 안 가서 은영은 고개를 갸웃거렸다.

"내일 승재 씨 만나면 한 번 물어봐 봐. 내가 수원에서 살았던 적 있는 건 왜 물었는지."

"응, 그럴게."

그러나 다음 날.

박 사장에게 미리 말해 놓은 대로 일찍 퇴근한 은영은 그래서 수원에 관해 왜 물어본 건지 답을 들을 수 없었다.

아니, 답을 듣기는커녕.

"여보세요? 샛별아? 여보세요? 이상하다, 전화는 연결이 됐는데……."

ㅡ……언니.

"응, 샛별아. 너 지금…… 너 울어?"

ㅡ어, 언니.

"너 왜 그래! 너 어디야, 무슨 일인데?"

등골을 타고 소름이 확 끼쳤다. 은영은 자신이 길거리에 서 있

343

단 사실도 잊은 채 핸드폰에 대고 소리 높여 외쳤다.

그게 효과가 있었던 걸까. 운 지 한참 된 듯 샛별은 꺽꺽대는 숨을 겨우 삼키며 답해 왔다.

—나, 나…… 승재 오빠한테 차였어.

✾✾✾

"여보, 잠깐 나 좀 봅시다."

전정가위를 쥔 미희의 손에서 기다란 백합 줄기가 싹둑 잘려 나갔다.

오래된 LP판에서 흘러나오는 팝송을 흥얼거리느라 바로 뒤까지 다가오는 인기척을 느끼지 못한 그녀는 "어머, 어머." 당황한 얼굴로 짧아진 백합을 내려 보다가 원망스레 뒤를 돌아봤다.

"이이는, 갑자기 말을 걸면 어떡해요?"

"갑자기라뇨? 내가 몇 번을 불렀는데."

그 말에 미희의 손에서 날카로운 전정가위가 철컥거리며 두어 번 맞물렸다.

아내의 시선을 피해 고개를 돌리며 험험 헛기침을 한 정호는 괜히 집 안을 두리번거리고는 얘기 좀 하자며 재차 손짓했다. 그러나 미희는 고운 미간만 찌푸릴 뿐이었다.

"여기서 해요. 무슨 비밀 이야기를 하려고 들어가서 하재."

"잠깐이면 되니까 시간 좀 내줘요. 누가 들으면 안 되는 이야기라 그래."

"아이, 참."

별수 없이 짧아진 백합을 버리듯 테이블 위에 두고 전정가위를 내려놓은 미희는 직접 LP판의 전원을 내리며 사용인을 불렀다.

"저기 테이블 위에 꽃 좀 치워 줘요. 이미 꽂은 거랑 멀쩡한 건 놔두고, 잘려 나간 것만."

"네, 사모님."

미희는 소파 등받이에 두었던 숄을 어깨에 걸치고 팔짱을 낀 채 정호의 뒤를 따라 그의 서재로 들어갔다.

본래 태용이 쓰던 이 서재는 무엇보다 방음을 철저히 해 문을 닫으면 밖에선 아무리 용을 써도 안에서 나누는 이야기를 듣지 못했다.

그 사실을 잘 아는 미희는 정호가 대체 무슨 말을 하려고 여기로 불렀나 불안한 표정을 지었다.

"혹시 아버님한테 무슨 일 생긴 건 아니죠?"

"그런 건 아니니까 걱정 말아요."

"그럼 뭔데 그렇게 분위기를 잡아요?"

정호의 맞은편 소파에 앉던 미희의 몸이 일순 굳었다. 안색 역시 달라진 그녀가 정호를 향해 고개를 들어 올리며 딱딱해진 목소리로 물었다.

"혹시……."

그녀가 뭘 생각하고 있는지 안다는 듯 정호가 무겁게 고개를 끄덕였다.

"승현이가 지금 자기 과거를 조사하고 있나 봅니다."

"뭐라고요? 걔가 그걸 왜요!"

"왜긴 왜겠어요. 주변에서 자꾸 이야기가 나오니까 궁금해진 거겠지."

"그래도요. 여태까지 모르는 대로 잘 살다가……."

"그동안엔 굳이 들춰 낼 필요가 없었으니까요. 후, 아버지가 실수만 안 하셨어도……."

이미 다 지난 일을 한탄해 무엇하랴만, 당장 할 수 있는 건 그것뿐이라 정호는 쯧 하고 혀만 찼다.

그 맞은편에서 미희는 두 손을 맞잡은 채 불안한 얼굴로 시선을 내리깔았다.

"승현이한테는 죽을 때까지 비밀로 하자고 약속하셔 놓고는……. 승현이가 지금 어디까지 알아요? 만약에 다 알게 되면 어떻게 하죠?"

"나도 지금 그게 걱정이긴 한데…… 한편으론 승현이 그 녀석도 슬슬 알 때가 되지 않았나 싶기도 해요. 아무렴 이미 다 지난 일이겠다……."

"지금 그게 당신이 할 말이에요? 그때 승현이한테 정확히 무슨 일이 있었는지 당신도 모르잖아요!"

격양된 감정만큼 미희의 언성 역시 높아졌다. 당시의 기억은 뾰족한 가시가 되어 아직도 그녀의 가슴 한편에 꽉 박혀 있었다. 당사자인 승현에게 용서받는다 하더라도 그녀는 스스로를 절대 용서하지 못할 것이다.

"나는 그 당시엔 당신이랑 이혼할 생각까지 했어요. 내가 어떻게 그 일을 묻었는지 알아요? 승현이가 알까 봐! 그 애가 스스로 지운 그 기억을 다시 떠올릴까 봐!"

"여보!"

"당신 일 처리 똑바로 해요. 만약에, 만약에 우리 승현이가 그때 그 일 알게 되면……!"

벌컥—

"권승재!"

갑자기 문이 벌컥 열리며 들려온 승현의 목소리에 정호와 미희는 소스라치게 놀라 문을 돌아봤다.

"스, 승현이 너!"

"어머니, 승재 여기 있……. 어머니? 아버지?"

조급하게 서재 안을 둘러보던 승현은 낯빛이 창백해진 제 부모님을 뒤늦게 발견하고 의아한 표정을 지었다. 그런 그에게 정호가 드물게 엄격한 목소리를 냈다.

"승현이, 너……. 노크도 없이 함부로 문을 열다니, 이게 뭐 하는 짓이냐?"

이 집에 아무리 사용인이 많다지만 허락도 없이 서재 문을 열 수 있는 사람은 아무도 없었다. 그래서 문 잠그는 걸 잊고 만 탓에 하마터면 승현이 들어선 안 될 말을 듣게 만들 뻔했다.

아니, 실은 이미 들은 것 아닐까?

찰나의 순간 서로 시선을 주고받은 두 사람 중 먼저 표정을 갈무리한 정호가 낮게 깐 목소리로 승현에게 재차 물었다.

"대체 뭐 그리 급한 일이 있길래 네 엄마 아빠 얘기 나누는데……."

"혹시 승재 못 보셨어요?"

"승재?"

갑자기 둘째의 이름이 여기서 왜 나오는지 두 사람은 알지 못했지만, 어쨌거나 그의 입에서 과거의 이야기가 나오는 것보단 나았다.

몰래 안도의 숨을 내쉬는 미희 대신 정호가 한결 부드러워진 목소리로 재차 물었다.

"승재 그 녀석을 왜 여기서 찾아? 당분간 네 오피스텔에서 지내기로 했다며."

"……제 오피스텔이요? 언제요?"

"언제냐니?"

그걸 네가 물으면 어떡하냐는 듯 되물으며 정호가 미희를 돌아봤다. 그녀 역시 승현의 말이 무척 의외라는 듯 놀란 표정을 지었다.

"어제 아침에 나가면서 그랬는데……. 어젯밤에도 집에 안 들어왔어."

그리고 미희는 무언가 깨달은 표정을 지었다.

"네 오피스텔에 승재 안 갔어?"

"안 왔어요."

승현은 손으로 얼굴을 감싼 채 한숨을 내뱉었다. 미희 역시 "그럼 얘가 어딜 간 거야?" 하고 걱정하는 목소리를 냈다. 이 상황을 심각하게 생각하지 않는 건 정호뿐이었다.

"승재 나이가 몇인데 외박 좀 했다고 걱정을 해? 돈도 있겠다, 호텔이라도 갔겠지."

"그게 무슨……. 호텔에 가면 간다고 말을 하면 되지 왜 제 형한테 간다고 거짓말을 해요?"

"당신이 이럴 거 알고 그랬겠죠. 보나마나 멀쩡한 집 두고 왜 호텔에 가냐고 꼬치꼬치 캐물었을 거 아냐. 안 그래요?"

"내가 또 언제 꼬치꼬치 캐물었다고……."

그러나 정곡을 찔린 듯 미희는 말을 끝맺지 못하고 입을 다물었다. 정호는 그런 그녀를 보며 마치 달래는 듯한 목소리를 냈다.

"아무렴 제 할아버지가 그 난리를 쳤는데 저도 혼자 있고 싶었겠지. 아버지가 언제 그 녀석한테 말 따뜻하게 해 준 적 있어요?"

비단 승재의 이야기만은 아닌지라 정호의 말에 그 자신도 모르는 사이 감정이 실렸다. 뒤늦게 아차 한 그는 맏이인 승현의 눈치를 살폈다.

다행히 제 아버지의 말을 귀담아듣지 않은 듯 승현은 핸드폰을 살펴보다가 부모님에게 물었다.

"그럼 두 분 다 승재 지금 어딨는지 모르시는 거죠?"

"찾으려면 못 찾을 건 없지. 그런데 지금 승재를 꼭 찾아야 하는 거냐?"

"네, 찾아야 해요."

도와주세요, 아버지. 승현은 애타는 눈으로 정호를 바라보며 1시간 전 은영에게 받은 메시지 내용을 떠올렸다.

'승현 씨, 샛별이가 승재 씨랑 헤어졌대요. 승현 씨는 알고 있었어요?'

❀ ❀ ❀

정호의 예상대로 승재는 서초구에 위치한 호텔에 있었다.

그런데 그가 틀어박힌 곳은 룸이 아닌 호텔 지하에 있는 바였다. 정호의 수행 비서의 도움을 받아 바에 붙어 있는 VIP 시크릿 룸으로 들어간 승현은 사람 스무 명은 둘러앉을 수 있는 커다란 방 안에 홀로 앉아 술병을 기울이는 승재를 발견할 수 있었다.

"권승재!"

"뭐야아…… 누가 내, 이름을……."

349

이미 잔뜩 취했는지 승재는 물에 불린 미역처럼 흐느적거리며 제 몸을 제대로 가누지 못했다.

테이블에 반쯤 기대고 있는 몸을 억지로 일으키다가 풀썩, 소파로 쓰러지듯 주저앉은 그의 고개가 위를 향했다. 그렇게 저를 내려다보는 승현과 눈이 마주친 승재는 눈매를 둥글게 휘며 헤실헤실 웃었다.

"어어, 이게 누구야……. 내 반쪽! 마이 브라더!"

"너…… 혼자서 대체 술을 얼마나 마신 거야?"

"나? 많이 마셨지……. 이만큼! 다 내가 마셨어!"

승재는 테이블 위에 쌓인 빈 병을 손사래 치듯 가리키며 히죽히죽 웃었다.

테이블 위를 눈으로 훑은 승현은 줄잡아 대여섯은 되는 빈병을 보고 한숨을 쉬었다. 그런 그의 속도 모르고 승재는 헬렐레 횡설수설을 했다.

"형, 그거 알아? 여기 이 호텔 바…… 내가 샛별이 처음 만난 데다……? 처음 아닌 것 같다고 생각을 했었는데…… 아니었어, 여기가 진짜 처음이었어……. 그때 샛별이 진짜 예뻤다? 아, 지금도 예쁘긴 한데, 그땐 진짜 예뻐서, 나 그때 샛별이한테 한눈에 반했잖아. 흐흐흥."

"그래, 그 샛별 씨."

인터폰의 수화기를 들어 직원을 호출한 승현은 얼음을 가득 넣은 냉수를 주문했다. 직원을 기다리는 동안 승현은 여전히 선 채로 승재를 내려다보며 물었다.

"대체 어떻게 된 거야. 샛별 씨랑 헤어졌어? 왜?"

"왜느은…… 왜겠어?"

"나 때문이야? 나 때문에…….."

"아니야, 아니야……. 우리 형은 아아무것도! 잘못이, 없지!"

소파에 거의 드러누운 채 이제 승재는 승현이 있는 쪽은 보지도 않고 바람 빠지는 소리를 내며 웃음을 터뜨렸다.

그때 문을 두드리는 소리가 들렸다. 승현은 직접 문까지 가서 직원이 내미는 얼음 컵을 받아 들었다. 그리고 승재가 누워 있는 소파로 돌아오다가 도중에 우뚝 멈추고 말았다.

실없는 소리를 내며 웃은 게 언제냐는 듯 혼자 비라도 맞은 것처럼 두 뺨을 흠뻑 적시며 울고 있는 승재 때문이었다.

"승재, 너…….."

"혀엉…… 내가, 내가아……. 형한테, 너무 미안해. 너무 미안해서…….."

두 팔로 얼굴을 가린 채 꺽꺽대며 오열하는 승재에 당황한 것도 잠시. 차라리 샛별의 이름을 부르며 울면 이해라도 하겠건만, 왜 자신에게 미안하다며 우는지 몰라 승현은 가슴이 답답해졌다.

"미안하긴 네가 나한테 뭐가 미안해?"

"그때, 나 때문에…… 그냥 내가…….."

"말을 하려면 제대로 똑바로 해."

거칠게 머리를 쓸어 넘긴 승현은 제 눈치를 보던 부모님을 떠올리며 짜증 섞인 한숨을 뱉어 냈다.

할아버지의 말. 자신은 전혀 짐작도 안 가는 그 말을 듣고 이상한 반응을 보였던 어머니와 승재. 그것들만 봐도 무슨 일이 있긴 있었던 건 분명한데, 모두가 다 아는 걸 혼자만 모르는 채 겉돌고 있으려니 흡사 따돌림이라도 당하는 느낌이었다.

"미안해, 미안해 형…….."

"그러니까 뭐가 미안하냐고!"

"말 못 해애……. 형이 나 미워할 테니까……."

"너 지금 일부러 이래? 내 속 뒤집으려고 일부러?"

승재 마시라고 주문한 얼음물은 결국 승현이 들이켰다. 그러나 차가운 냉수를 마셔도 속이 진정되지 않았다. 오히려 더 타오르는 것 같았다. 지치지도 않는지 옆에서 계속 우는 소리를 내는 승재 때문에.

"권승재."

"흐윽, 허엉……."

"도대체 무슨 일인지는 모르겠지만, 그게 그렇게 미안해서 못 견디겠어?"

"허엉, 엉……."

"그럼 이거랑 퉁 치자. 더 묻지도 않을게."

그의 주변으로 가라앉는 지친 분위기를 눈치챈 걸까? 정신 못 차리고 울기만 하던 승재가 젖은 눈을 들어 승현을 바라봤다. 퉁퉁 부은 붉은 눈을 응시하며 승현은 여태 숨기고 있던 진실을 마침내 털어놓았다.

"나, 은영 씨랑 사귀는 사이 아니야."

"헤어, 헤어졌다고……."

"그러니까 애초에 헤어지고 말고 할 관계가 아니었다고."

"……뭐라고?"

마치 찬물을 뒤집어쓰기라도 것처럼 승재의 얼굴이 한순간에 달라졌다. 승현은 저를 향하는 시선을 피해 눈길을 떨어뜨리며 꼭 잠긴 목소리를 내뱉었다.

"처음부터, 은영 씨랑 사귄 적 없어. ……그동안 계속 거짓말한

352

거야."

❋❋❋

"훌쩍, 흑, 흐윽…….."

"이제 그만 울어, 응? 너 그러다 쓰러지겠어."

"아, 헉, 흐엉, 안 쓰러져. 내가, 흑, 훌쩍, 이렇게, 흐윽, 우는 게, 히끅! 한두 번도, 흑, 아니고, 히끅!"

눈가가 짓무를 정도로 한참을 울더니 결국 샛별은 어깨를 들썩이며 크게 딸꾹질을 해 댔다. 걱정스러운 얼굴로 그런 샛별의 등을 두드려 주던 은영은 곧 부엌에서 물을 한 컵 떠 왔다.

"자, 마셔."

"훌쩍, 흑……. 이거, 미지근, 한 거, 히끅! 잖아, 히끅!"

"너 지금 찬물 들어가면 놀래. 그냥 마셔."

"싫어, 흑, 찬물, 히끅! 마실래, 훌쩍."

서럽게 울며 말하는데 그 앞에서 어떻게 안 된다고 단칼에 거절할까. 결국 은영은 냉장고에서 물을 꺼내 샛별에게 따라 주었다.

과연 냉장고에서 나온 물이 너무 차갑기는 했는지 샛별은 몇 번에 걸쳐 물을 조금씩 나눠 마셨다. 그래도 딸꾹질은 쉽게 멈추지 않았다.

"흐윽, 훌쩍, 히끅! 흑."

"배는 안 고파? 너 저녁도 안 먹었잖아."

"먹기, 히끅! 싫어, 흑!"

"그래도……."

은영의 달램도 소용없이 샛별은 두 무릎에 얼굴을 파묻은 채 계

353

속해서 고개를 흔들기만 했다.

본인이 싫다는데 무슨 말을 더 할 수 있을까. 작게 한숨을 내쉰 은영은 일단 뭐라도 만들어 둘까 싶어서 자리에서 일어났다. 그러자 샛별이 곧장 그녀의 발목을 붙잡고 늘어졌다.

"어, 어디 가. 히끅! 여기, 있어, 흑!"

"너 배고플까 봐서……."

"안 고, 히끅! 파. 여기 있어, 나 안아 줘, 언니, 흐어엉!"

겨우 그치나 싶었던 울음을 왈칵 터뜨리며 샛별이 은영의 품에 안겼다. 제게 와락 안기는 동생을 반사적으로 둘러 안은 은영은 울상을 지은 채 샛별을 꽉 안아 주었다.

"왜 자꾸 울고 그래. 나도 눈물 나게……!"

"허어엉, 권승재 이 나쁜 놈, 개새끼! 평생 나만 사랑하겠다더니, 이 사기꾼……!"

샛별은 그 후로도 한참을 더 울다가 지쳐서 잠들었다. 그런데도 흘릴 눈물이 남아 있는지 샛별은 자면서도 훌쩍거렸다.

물티슈를 가져와 그녀의 얼굴을 닦아 준 은영은 혹시나 샛별이 배가 고파 잠에서 깰까 부엌으로 들어가 식사거리를 만들었다.

냉장고에 있던 멸치와 김치, 그리고 참치와 마요네즈를 가져와 조미김을 부숴 주먹밥을 만드는데, 고소한 참기름 냄새가 잊고 있던 허기를 자극했다. 멀리 갈 것 없이 은영은 눈에 보이는 대로 밥알과 멸치를 대충 뭉쳐 입에 넣고 씹었다.

그런데 몇 번 씹지도 않고 삼킨 게 문제가 된 걸까. 목이 콱 막혀 왔다. 물을 따라 마시고도 그 답답함이 가시지 않아 은영은 주먹으로 가슴을 치다가 그 자리에 주저앉았다.

"아……."

샛별이 잠들고 혼자 있게 되자, 아니라고 외면하듯 내리눌렀던 온갖 감정들이 숨통을 조르듯 그녀를 좀먹었다.

'나 때문이야.'

샛별이 그랬다. 승재한테서 헤어지려는 이유를 듣지 못했다고.

그냥 그만하자고 했단다. 그게 끝이었단다. 아무런 전조도 없이 갑자기, 그저 헤어지자고 하는 말을 샛별은 당연히 납득하지 못했다. 그런데 승재는 그런 그녀를 이해시키려는 노력도 하지 않았단다.

두 번 다시는 보지 않을 것처럼 굴었단다. 어떻게 나한테 그럴 수가 있느냐고, 감정이 식었으면 그런 티라도 냈어야지 어떻게 한순간에 돌아설 수가 있느냐고 엉엉 우는 샛별에게 은영은 차마 말하지 못했다.

'분명…… 나 때문이야.'

자신과 승현의 거짓 관계가 거기에 영향을 미친 게 분명했다. 그 사실 자체도, 엉엉 우는 샛별에게 차마 그 말을 하지 못했다는 것도 은영은 미안해서 죽을 것 같았다.

지이잉―

무릎을 끌어안은 채 입술을 깨물던 은영은 문득 들려온 진동 소리에 흠칫 놀라 어깨를 떨었다.

지이잉. 지이잉. 계속해서 울리는 핸드폰 소리가 멀어서 제 핸드폰인지, 샛별의 핸드폰인지 알 수 없었다.

혹 승재가 건 전화가 아닐까 샛별의 것부터 확인했지만, 울리는 건 그녀의 핸드폰이었다. 가방에 방치해 두었던 핸드폰을 뒤늦게 꺼낸 은영은 액정에 뜬 이름을 확인하고 집 밖으로 나가 전화를 받았다.

"네, 승현 씨."

−지금 통화 괜찮습니까?

곧장 승재 씨랑 이야기해 봤냐고 물으려던 은영은 승현의 지친 목소리에서 느껴지는 피로에 하려던 말을 꿀꺽 삼켰다.

"네, 통화 괜찮아요. ……승현 씨 지금 어디예요?"

−호텔입니다. 집까지 갈 기운이 없어서.

"네? 호텔이요?"

−승재가 여기에서……. 아니. 하아.

승재 씨가 호텔에서? 순간 은영의 머릿속에 말로 설명할 수 없는 이상한 생각이 피어올랐다. 말을 끊은 승현도 그녀가 그런 오해를 할 수 있겠다 생각했는지 곧 다시 말을 건네 왔다.

−여기서 술을 좀 마셨거든요. 취해서 쓰러진 걸 도저히 집까지 데려갈 엄두가 안 나서 그냥 위로 올라왔습니다.

"아, 아아……. 호텔 바에서 술을 마신 거군요."

그녀가 떠올린 끔찍한 상상이 사실이 아니라 다행이었다. 무겁게 안도의 한숨을 내쉰 은영은 승재가 왜 취할 정도로 술을 마셨는지에 생각이 미쳤다.

"저, 승현 씨. 승재 씨요, 샛별이가 싫어서 헤어지자고 한 거 아니죠?"

−높은 확률로요. 저는 그렇게 생각합니다.

"승재 씨한테서는 못 들은 거예요? 샛별이랑 헤어진 이유."

−네, 못 들었습니다. 그리고…….

그리고? 은영은 승현의 말이 이어지기를 기다렸으나 한참 뒤 들려온 목소리는 화제를 바꾸고 있었다.

−내일 만나서 얘기하죠. 약속 안 잊었죠?

"아, 네. 기억하고는 있는데⋯⋯."

–시간 맞춰 가겠습니다. 내일 보죠.

순간 어떤 말이 은영의 목구멍까지 치솟아 올랐으나 그녀는 귓가에 맴도는 지친 목소리에 결국 고개를 끄덕이고 말았다.

"네⋯⋯. 내일 봐요."

–그럼 좋은 꿈 꾸십시오.

그렇게 끊어진 핸드폰을 은영은 물끄러미 보다가 작게 한숨을 내뱉었다.

"⋯⋯."

통화를 하는 내내 쪼그려 앉아 있었기 때문일까. 일어나려고 다리에 힘을 주는데 다리가 저려서 움직일 수가 없었다. 저려 오는 다리로 절뚝이며 집으로 들어온 은영은 가장 먼저 샛별이 깼는지부터 확인했다.

이제는 훌쩍이던 것도 멈추고 깊게 잠든 듯했다. 그녀가 몸을 뒤척이다가 침대 아래로 반쯤 떨어뜨린 이불을 다시 잘 덮어 준 뒤, 은영은 옷장 앞에 가서 섰다.

여러 벌의 여름옷이 옷걸이에 가지런히 걸려 있었다. 그녀는 그중 한 벌을 한참 동안 바라보다가 이내 결심한 듯 그 옷을 집어 들었다.

❋❋❋

"⋯⋯어나, 언니."

"으응⋯⋯."

"일어나라니까!"

357

"어어?"

몸을 흔드는 거친 손길에 눈을 뜬 은영은 멍한 의식 속에서 몸을 벌떡 일으켰다. 자다 깬 탓에 생각이 잘 정리가 되지 않았다. 여긴 어디? 나는 누구.

그러다 바로 옆에 서 있는 샛별을 발견하고 그녀는 정신이 돌아왔다. 아니, 돌아왔다고 생각했는데 샛별이 너무 멀쩡한 얼굴로 서 있어서 이게 꿈인가 했다.

"샛별아……?"

"지금이 몇 신데 아직까지 자고 있어. 얼른 씻고 나와. 언니 오늘 승현 오빠랑 데이트하기로 했잖아."

"어어, 어? 어…… 지금 몇 신데?"

"11시야, 11시! 1시에 나가기로 했다며!"

"11시?"

머릿속으로 시간을 계산하다보니 정신이 번쩍 들었다. 은영은 샛별이 등을 떠미는 대로 욕실로 들어가 일단 샤워를 하고 나왔다.

드라이기로 젖은 머리카락을 말리는 동안 샛별이 언니 먹으라고 자기가 준비했다며 한입 크기로 썬 빵을 들고 나왔다. 토스트기로 구운 빵에 잼을 바른 것뿐이었지만, 은영은 샛별이 이걸 무슨 정신으로 만들었나 싶어 조심스레 물었다.

"너…… 괜찮아?"

괜찮냐고 묻는 것도 사실 눈치가 보였다. 말을 뱉은 직후 은영은 자신이 괜히 말을 꺼냈나 후회했지만, 손에 묻은 딸기잼을 쪽쪽 빨아먹던 샛별은 "뭐가?" 하면서 방긋 웃었다.

"괜찮지, 그럼! 남자한테 차인 거 뭐 별거라고. 내가 몇 날 며칠이고 울기만 할까 봐?"

어제 좀 울었어야 그렇게 생각을 안 하지. 하지만 은영은 괜히 그런 말을 꺼내는 대신 머뭇머뭇 정말 괜찮냐고 물었다. 그런 그녀의 걱정을 날리듯 샛별은 힘차게 고개를 끄덕였다.

"나 진짜 괜찮으니까 괜히 내 걱정한답시고 나가서도 이런 표정 짓고 있지 말고 승현 오빠랑 잘 놀다 와."

아래로 축 처진 은영의 입꼬리를 샛별이 검지로 콕콕 찌르며 경쾌하게 말을 건네 왔다. 차라리 울면 달래 주기라도 하지. 아무 일도 없었다는 듯 경쾌하게 구는 샛별에 은영은 더욱 안절부절못했다.

"샛별아……."

"아, 집에 들어올 때 마카롱 좀 사 줘. 10개 세트. 내가 좋아하는 맛 알지?"

"알지, 근데……."

"나는 잠이나 더 자야겠다. 내가 옷 꺼내 놨으니까 그거 입고 갔다 와. 괜히 나 때문에 승현 오빠랑 싸우지 말고!"

빠르게 자기 할 말만 뱉어 낸 샛별이 휙 하고 몸을 일으켜 방으로 들어갔다. 나름 잽싼 움직임이었으나 은영은 보고 말았다. 발갛게 부어오른 샛별의 눈가가 다시 촉촉해졌다는 걸.

❈❈❈

[저 도착했습니다.]

[지금 나갈게요.]

메시지를 보내자마자 거의 바로 답장이 돌아왔다. 핸드폰을 주머니 속에 넣은 승현은 카시트에 몸을 묻은 채 작게 한숨을 내쉬었다.

초점이 흐려진 눈이 차창 너머를 향했다. 무의식중에 차 핸들을 두드리던 그의 손짓이 멎은 건 맞은편에서 타다닥 뛰어오는 은영을 발견했을 때였다. 승현은 곧바로 차에서 내렸다.

"뛰지 마세요. 그러다 넘어집니다."

"제가 애도 아니고, 좀 뛴다고 안 넘어져요."

"전적이 한 번 있으신 걸로 아는데."

"제가 언제······."

떠오르는 게 있는지 승현의 차 앞에 멈춰 선 은영이 아, 하고 입을 다물었다. 가볍게 웃음을 터뜨린 승현은 조수석 앞으로 와서 문을 열어 주었다.

"타세요. 덥죠?"

"근데 그거 안 우려먹기로 했잖아요."

"제가 제 입으로 그러겠다고 했습니까?"

"······."

입을 샐쭉 내민 은영이 차에 올랐다. 입가에 웃음기를 매단 승현은 차 문을 닫아 준 후 운전석으로 돌아가 안전벨트를 맸다.

"그런데 손에 든 건 뭡니까?"

"네? 아, 이거요······. 이따 말씀 드릴게요."

답을 조금 머뭇거린 은영의 얼굴 위로 그늘이 살짝 스쳐 지나갔으나 승현은 미처 알아차리지 못했다.

"그럼 출발하겠습니다."

"네. 아, 승현 씨. 오늘 점심은 제가 사면 안 될까요?"

"안 됩니다."

은영의 질문이 끝나기가 무섭게 승현의 입에서 거절의 말이 튀어나왔다. 그 목소리가 어찌나 칼 같은지, 승현과 처음 만났을 때의 은영이라면 기가 죽어 "네……." 대답하고 끝났겠지만, 은영은 고개를 가볍게 흔들었다.

"제가 대접하고 싶어서 그래요. 제가 정말 좋아하는 집이거든요."

"그럼 안내만 해 주십시오. 돈은 제가 내겠습니다."

"싫어요. 그럼 안내도 안 할 거예요."

"은영 씨."

"자꾸 고집부릴 거예요?"

고집은 누가 부리는 거냐고 말하려다가 승현은 정말로 얼굴 한가득 '왕고집'이라고 써 놓은 은영의 얼굴을 보고 결국 웃음을 터뜨렸다.

그가 어떻게 그녀를 이길까. 결국, 승현은 못 이기는 척 고개를 끄덕였다.

"알았습니다. 대신 맛없으면 제가 돈 낼 겁니다."

"그럴 일 없을 거예요. 거기 진짜 숨겨진 맛집이거든요."

"진짜 맛집인데 왜 숨겨져 있습니까?"

"음…… 단골들이 다 꽁꽁 숨겨 놔서?"

승현은 피식피식 웃으며 은영이 알려 주는 대로 차를 운전했다.

그렇게 도착한 곳은 어느 시장 안에 있는 작은 식당이었다. 위치가 위치다 보니 승현이 떠올린 건 수십 년 전통의 오래된 가게였지만, 정작 그의 눈앞에 나타난 건 지은 지 몇 년 되지 않아 보이는 새 건물이었다.

"여기예요, 승현 씨. 여기 음식 진짜 맛있어요."

"그렇습니까?"

과연 맛집은 맛집인지 가게 안엔 사람이 많았다. "어서 오세요!" 하고 외친 직원도 음식을 나르고 치우느라 정신없이 움직이고 있었다.

다행히 그들이 들어갔을 때 마침 식사를 마친 사람들이 일어나고 있어서 테이블에 앉을 수 있었다. 직원이 잽싸게 빈 접시를 치우고, 자리에 앉은 승현은 주변을 둘러보며 물티슈로 손을 닦았다.

"메뉴가 하난가 보군요."

"네. 요일마다 메뉴가 달라진대요. 보자…… 와, 다행이다. 오늘은 찜닭이네요."

좋아하는 거라며 싱글거리는 은영에 승현이 의아한 얼굴로 물었다.

"무슨 메뉴가 나올지 몰랐던 겁니까? 만약 싫어하는 메뉴 나왔으면 어쩌려고요?"

"밑반찬이랑 먹으려고 했죠. 여기 밑반찬도 맛있거든요."

단일 메뉴의 이점은 따로 주문을 하고 받을 필요가 없다는 거였다. 그들이 테이블에 앉고 5분도 안 돼서 이미 만들어져 있는 메인 메뉴와 밑반찬이 빠르게 세팅되었다. 승현이 감탄한 건 바로 그 속도였다.

"바쁠 때 오면 좋겠네요. 이 근처에 있을 때의 이야기지만."

"먼 게 조금 흠이긴 하죠. 저도 일요일에나 가끔 한 번씩 와요."

젓가락을 집어 든 은영이 "잘 먹겠습니다." 하곤 먼저 닭덩이를 하나 집어 들었다. 간장 양념이 배어 짙은 색으로 물든 살덩이에선 맛있는 냄새가 피어올랐다.

362

"음, 맛있다. 승현 씨도 드세요."

"네, 잘 먹겠습니다."

은영이 잘 먹는 걸 보고 그제야 젓가락을 든 승현은 그녀가 한 것처럼 닭고기를 한 점 집어 입에 넣었다.

확실히 그녀가 장담한 대로 짭짤하고 감칠맛이 나는 게 자꾸 손이 갔다. 여섯 칸 접시에 소분되어 나온 반찬들 역시 생긴 것처럼 담백하고 정갈해 부담 없이 먹을 수 있었다.

"은영 씨, 낙지 젓갈 안 먹습니까? 맛있는데요."

"어…… 그게."

승현의 지적에 은영은 조금 망설이다 살짝 웃으며 고개를 흔들었다.

"저 젓갈류는 별로 안 좋아해요."

"그럼 제가 먹겠습니다."

"네. 드세요."

은영이 제 접시를 승현 쪽으로 내밀었다. 그녀의 접시에 있는 낙지 젓갈을 전부 제 접시로 옮겨 놓은 승현은 그녀에게 제 찜닭 뚝배기를 내밀었다.

"드세요. 아직 많이 남았습니다."

"아, 저 괜찮은데."

그러나 승현은 은영의 말은 듣지도 않고 낙지 젓갈을 흰 쌀밥에 비벼 김에 싸 입에 넣었다.

참 맛있게도 먹는구나 감탄하며 은영은 승현의 뚝배기에서 닭고기 하나를 집어 들었다. 그리고 입에 넣고 씹다가 승현의 눈치를 살짝 보며 마치 변명하듯 말했다.

"사실은 제가 어렸을 때 오징어젓갈을 먹다 제대로 안 씹고 삼켜서 목에 걸리는 바람에 정말 죽을 뻔했거든요. 그 후로 젓갈류는 손을 안 대게 되더라구요. 양념 때문에 다 비슷해 보여서."

"그랬군요. 고생했겠습니다."

"네, 진짜 고생했어요."

고개를 힘껏 끄덕이는 은영에 승현은 피식 웃음을 흘렸다. 그녀가 왜 그 말을 강조하는지 다 알겠다는 듯.

"저도 안 먹는 거 많습니다. 미역 미끌거려서 싫어하고, 멸치는 징그러워서 싫어해요."

"아…… 티 났어요?"

은영은 뺨을 살짝 붉힌 채 헛기침을 했다. 그런 그녀를 바라보는 승현의 눈길에 온기가 담겼다. 본인은 물론 그의 눈길을 피해 다른 곳에 시선을 둔 은영도 눈치채지 못했지만.

"어렸을 때 할아버지 앞에서 편식했다가 자주 혼나서…… 어디가서 뭐 못 먹는단 소릴 잘 못 하게 되더라고요. 특히 다 큰 다음엔 이 나이 먹고 편식한다는 소리 하는 게 좀 그래서."

"은영 씨 나이가 어때서요. 저도 이 나이 먹고 싫어하는 거 많습니다. 백 살 돼도 편식할 거예요."

승현은 자신의 접시에 있는 감자볶음을 젓가락 끝으로 가리켰다.

"사실 감자도 퍽퍽해서 별로 안 좋아합니다. 은영 씨 좋아하면 먹을래요?"

"아, 네. 전 좋아해요. 제가 먹을게요."

은영이 승현의 접시에서 감자볶음을 몽땅 다 집어 갔다. 조금 전에 본 그대로 감자볶음을 맛있게 먹는 그녀를 보며 승현은 슬며시 미소를 지었다.

"나중에 또 먹기 싫은 거 나오거든 내 생각 해요. 나보다 네 살 많은 권승현도 편식하는데 내가 못 할 건 뭐냐고."

"네, 그럴게요."

긴장이 풀린 걸까? 배시시 웃은 은영은 어깨에 힘을 **뺀** 채 식사를 마저 이어 나갔다.

맛있게 잘 먹었으니까 계산은 은영이 했다. 식당에서 나온 승현은 습관적으로 시계를 확인한 후 주차장으로 향하려 했지만, 은영이 그의 팔을 잡아당겼다.

"승현 씨, 레모네이드 안 마실래요?"

"레모네이드요?"

"저기서 파는 거요. 바로 갈아 주는데 맛있어요. 아, 레몬 싫어하세요, 혹시?"

"좋아합니다. 저희 회사에서 나오는 음료수 중에 잘 팔리는 것 중 하나가 아이스티거든요. 레몬 맛."

"그래요? 전 복숭아 맛 좋아하는데."

"사 줄까요?"

"제가 사 먹을게요. 저 저번에 승현 씨가 갖다준 과자도 아직 다 못 먹었어요."

"그걸 왜 아직 못 먹었습니까?"

"한 박스나 갖다줘 놓고 할 말이에요? 하루에 하나씩 먹어도 30일은 걸린다고요."

"하루에 두 개 먹을 만큼 맛있지는 않은 모양이군요."

"과자 안 먹는 승현 씨가 할 말은 아니잖아요."

레모네이드 두 잔을 받아 한 잔을 승현에게 건넨 은영은 시끌벅적한 시장 길을 지나다가 제과점의 매대를 발견하고 그쪽에 시선을 주었다.

"승현 씨, 혹시 머핀……."

"네?"

은영은 잠깐 승현의 얼굴을 보다가 고개를 흔들었다.

"아니에요, 아무것도."

"뭐가 아닙니까?"

"아뇨……. 저기 호떡 맛있을 것 같아서요. 호떡 안 먹을래요?"

"전 괜찮습니다."

"전 먹을래요."

은영은 내친김에 호떡에 핫도그, 뻥튀기까지 한 봉지 사 들고 승현의 차로 돌아왔다. 무언가를 끝도 없이 입에 넣는 은영을 신기하게 보던 승현이 결국 그녀에게 손을 내밀었다.

"하나 먹어 봐도 됩니까?"

"네, 드세요."

납작하고 동그란 뻥튀기를 받아 든 승현은 손으로 그걸 부숴서 입에 넣어 보았다. 그러나 몇 번 씹어 삼킨 뒤, 그의 얼굴은 형용할 수 없는 얼굴로 물들었다. 은영이 그걸 보고 물었다.

"왜요? 맛없어요?"

"솔직히 무슨 맛인지 잘 모르겠습니다."

"그렇구나……. 이건 제가 다 먹을게요."

승현이 차를 출발시켜 어딘가로 향하는 동안 은영은 끊임없이 뻥튀기를 먹었다. 옆에서 와작와작 쉬지 않고 들려오는 소리에 승현의 시선이 계속 옆자리로 흘끗흘끗 향했다. 딱히 어색한 침묵이 내려앉은 것도 아닌데, 그는 은영이 묻지도 않은 걸 먼저 물었다.

"공원 갈 건데, 괜찮습니까?"

"네, 좋아요."

"사람 없는 곳이라 대화 나누기 좋을 겁니다."

승현이 넌지시 건넨 그 말의 의미를 이해했는지 은영은 말없이 고개를 끄덕였다. 공원에 도착해 차가 멈추기 전까지 차 내부엔 은영이 뻥튀기를 씹는 소리만 울렸다.

승현이 대화 장소로 고른 공원은 특별히 예쁘거나 구경할 만한 건 없었다. 그래서 일요일인데도 사람이 없는 것 같았다. 두 사람은 공원 안으로 조금 걸어 들어가 물이 어설프게 졸졸 흐르는 분수 앞 벤치에 앉았다.

하늘은 구름 한 점 없이 맑았다. 그래서 조금 더웠지만, 등 뒤의 분수 덕분에 앉아 있을 만은 했다. 그래서 그런 말을 할 수 있었다.

"날씨가 좋아서 다행이네요."

"그러게요."

은영은 파란 하늘에 시선을 둔 채 숨을 길게 내뱉었다. 옆에 앉은 승현 역시 그녀를 따라 먼 하늘을 바라보다가 결심한 듯 은영을 돌아봤다.

"은영 씨……."

"승현 씨, 혹시 전에 저한테 해 준 말 기억해요?"

"제가 한 말이요? 어떤 말 말입니까?"

"지금의 저를 있는 그대로 사랑해 주는 사람이 많다고 했잖아요."

"……아, 네. 그런 말을 한 적이 있었죠."

승현은 조금 머쓱한 얼굴로 뒷목을 문질렀다. 그의 헛기침 소리에 은영은 잠깐 그를 돌아보았으나 승현의 옆얼굴에서 어떤 감정의 파편을 찾아내지는 못했다.

그럴 수밖에 없었다. 지금 그녀의 눈엔 그런 게 들어오지 않았으니까.

"그래서 생각을 해 봤어요. 지금의 날 제일 많이 사랑해 주는 사람이 누굴까. 답이 금방 나오더라고요."

"누굽……니까?"

조심스레 되물은 승현을 돌아보며 은영은 웃으며 답했다.

"샛별이요. 제 동생."

길게 뜸 들이지 않고 나온 그녀의 답에 승현은 안도인지 탄식인지 모를 숨을 짧게 뱉어 냈다. 그러나 그의 숨은 곧 멈추고 말았다.

"그래서 이런 결정을 내릴 수밖에 없었어요. 죄송해요."

은영은 안에 무엇이 들었는지 가르쳐 주지 않고 여태 들고 다니던 종이 가방을 승현에게 내밀었다.

받으면 안 될 것 같다는 생각을 하면서도 승현은 은영이 주는 걸 받아 들었다. 그리고 안에 든 내용물을 확인한 순간, 아찔한 현기증을 느끼고 말았다.

그가 여태 그녀에게 사 주었던 옷과 액세서리들.

'정 부담되면 일이 다 끝난 다음에 저한테 반납하세요. 그럼 되지 않겠습니까.'

이걸 그녀가 그에게 돌려주는 게 무슨 뜻인지 그는 분명하게 기억하고 있었다. 어떻게 기억 못 할까.

"제가 한 일에 대해 끝까지 책임지겠다던 약속, 못 지켜서 죄송해요. 그런데 저…… 이제 승현 씨 못 만날 것 같아요."

그만해도 될 것 같습니다, 우리.

겨우 한마디. 딱 그 한마디. 진작 했어야 할 걸 미처 하지 못해 계속 미루고 미뤄 온 그 말이 결국, 나오고 말았다.

그것도 승현이 아닌 은영의 입에서.

"저 이제 승현 씨 얼굴 못 보겠어요. 샛별이 앞에서 어떻게 계속 승현 씨랑 연락해요."

빠르게 눈꺼풀을 깜빡이던 은영의 눈에서 결국 투명한 물방울이 하나 톡 떨어지고 말았다. 결국 눈물을 삼키는 데 실패한 그녀는 얼굴을 향해 손부채질을 하며 승현에게는 시선을 주지 못한 채 질문을 던졌다.

"승재 씨가 샛별이한테 헤어지자고 한 거, 저 때문이죠?"

"아뇨, 저 때문입니다."

"아뇨, 저 때문이잖아요. 제가 맨 처음에 승현 씨 선을 망치는 바람에."

그때 모든 게 꼬였다. 그러니 다 제 잘못이었다. 승현을 승재로 오해하지 않았다면, 그래서 그가 자신과 엮이지 않았다면…….

남남이어야 했다.

만약 만난다면 샛별과 승재가 결혼을 한다고 해서, 그 상견례 자리가 처음이어야 했다. 그렇게 사돈으로 만나 특별한 일 없으면 만날 일 없이 데면데면하게 살아야 했다.

"제가, 저 때문에, 샛별이뿐만이 아니라 승재 씨랑 승현 씨한테까지……."

"은영 씨한테 그런 부탁을 한 건 접니다. 그러니 저 때문이에요. 자책하지 마세요."

"하지만, 하지만……!"

"은영 씨."

승현이 단호한 부름으로 그녀의 말을 끊었다. 그를 돌아보는 젖은 눈에서 눈물이 한 방울 더 툭 떨어졌다. 그에 승현의 손이 움찔거렸지만, 그 손은 위로 올라가지 못한 채 그의 무릎 근처에서 주먹만 꾹 쥐었다.

"은영 씨가 제 선을 망쳤어도 거기에서 가짜 애인을 내세우기로 결정한 건 접니다. 그리고 전 은영 씨한테 제 선을 망쳤다는 사실을 들먹이면 은영 씨가 죄책감을 느낄 걸 알고 있었어요. 당신이 착한 사람이란 걸 알고…… 제가 처음부터 당신을 이용한 겁니다. 은영 씨 잘못은 하나도 없어요."

"하지만."

"사과는 괜찮습니다. 아니, 제가 사과하겠습니다. 마음고생하게 해서 미안합니다."

승현이 은영을 향해 고개를 숙여 보였다. 그녀가 한 상상과는 전혀 다른 그의 반응에 은영은 어쩔 줄을 모르고 눈만 깜빡거렸다. 그녀는 자꾸 샘솟는 눈물을 이제 더 참지 못했다.

"왜 승현 씨가 사과를 하고 그래요. 제가 잘못한 건데……!"

"정말 은영 씨가 잘못한 거면 지금 울고 있는 건 저겠죠. 은영 씨가 아니라."

승현은 주머니에서 손수건을 꺼내 은영에게 건넸다. 차마 그걸 받지 못하고 도리질만 치는 그녀의 손에 승현은 억지로 손수건을 쥐여 주었다. 직접 닦아 줄 수 없는 상황에서 그게 그가 할 수 있는 최선이었다.

은영은 입술을 꾹 깨문 채 승현의 손수건으로 얼굴을 덮었다.

속에서 자꾸만 울컥울컥 치솟는 감정에 도무지 눈물이 멈추지 않았다. 잘한 것도 없는데 왜 이렇게 눈물이 나는지. 그녀 자신도 도통 알 수가 없었다.

"승재가 샛별 씨한테 헤어지자고 한 건 아마 다른 이유가 있는 것 같습니다. 그게 정확히 뭣 때문인지는 말해 주지 않아서 모르겠지만……. 그런데 혹시."

승현이 은영에게 뭔가를 묻기 위해 운을 떼려던 찰나, 승현의 주머니 속에서 핸드폰이 진동하기 시작했다.

처음엔 무시하려 했지만, 계속되는 진동을 결국 견디지 못한 승현이 신경질적으로 핸드폰을 꺼냈다. 계속 울리는 전화를 끊어 버리기 위함이었다. 그러나 발신자의 이름을 보고 잠시 움직임을 멈춘 승현은 저도 모르게 혀를 차고 말았다.

"죄송합니다. 잠깐 전화 좀 받을게요."

"네, 그러세요."

은영이 승현의 손수건으로 눈물을 수습하는 사이, 승현은 고개를 옆으로 돌리며 핸드폰을 귀로 가져갔다.

"네, 접니다. 네. ……그렇군요. 알겠습니다. ……곧 가겠습니다."

금방 전화를 끊은 승현은 길게 한숨을 내쉬었다. 손바닥으로 얼굴을 덮은 채 무언가를 잠시 고뇌하던 그는 미안함과 답답함이 섞인 얼굴로 은영을 돌아봤다.

"죄송합니다. 그동안 의식이 없던 할아버지가 깨어나서 절 찾는다고 하시는군요. ……가 봐야 할 것 같습니다."

"네, 그럼 가 보셔야죠."

고개를 끄덕인 은영이 먼저 자리에서 일어났다. 그녀는 젖은 손수건을 내려다보며 잠시 망설이다가 그대로 승현에게 돌려줬다.

"빨아서 드릴 수 있으면 좋을 텐데……."

"신경 쓰지 마십시오. 괜찮습니다."

승현은 젖은 손수건을 받아 그대로 주머니에 넣었다. 그리고 은영에게 받은 종이 가방을 들고 걷기 시작했다.

"승재한테서 자세한 이야기 듣게 되면 연락드리겠습니다."

"아뇨……."

"메시지만 보내겠습니다. 찾아가진 않을게요."

허락을 구하는 승현의 목소리는 부드러우면서도 단호했다. 결국 은영은 망설이다가 고개를 끄덕였다. 메시지만이라면 괜찮지 않을까 하는 생각으로.

"그럼 가 보세요, 승현 씨."

"타세요. 가까운 역까지 바래다 드리겠습니다."

"아니에요. 얼른 가 보셔야죠. 혼자 갈 수 있어요. 택시 타면 돼요."

은영은 승현의 마지막 호의를 과할 정도로 거절했다. 두 손을 앞으로 모아 가방을 쥐고 선 그녀의 모습에서 승현은 투명한 벽의 존재를 느꼈다. 무언가 한마디 더 꺼내려다가 그대로 입을 다문 승현은 작은 한숨과 함께 은영의 모습을 눈에 담았다.

"만약에……."

"네?"

"……아뇨, 아무것도."

고개를 흔든 승현이 차에 올랐다. 곧장 차에 시동을 건 그는 차창 너머로 저를 보는 은영과 눈을 맞췄다.

"조심히 들어가세요, 은영 씨."

"네, 승현 씨도요. 할아버님 얼른 쾌차하시길 바랄게요."

"……네, 감사합니다. 그럼."

하고 싶은 말이 많은데, 너무 많은데. 입 밖으로 내뱉을 수 있는 건 아무것도 없었다.

결국, 말없이 눈짓으로 인사를 건넨 승현은 차를 출발시켰다.

백미러 너머로 반듯하게 선 은영이 이쪽을 바라보는 게 느껴졌다. 하지만 그도 잠시. 두 사람 사이의 거리가 점점 멀어지고, 곧 백미러에 맺혀 있던 상은 사라지고 말았다.

도로로 빠져나와 병원을 향해 달리며 승현은 미처 꺼내지 못한 마지막 말을 곱씹었다.

'만약에 승재랑 샛별 씨가 다시 만나면, 우리도 다시 만날 수 있는 겁니까?'

더 이상 내 얼굴을 보고 싶지 않은 이유가 오로지 그것 하나 때문인지. 아니면 다른 이유가 더 있는지. 당신이 날 만나는 이유는 아직까지도 책임감 하나뿐이었는지.

묻고 싶었지만 묻지 못했던 그 수많은 말이 머릿속에서 엉망진창으로 뒤엉켜 더는 아무런 생각도 떠올릴 수 없었다.

✽✽✽

며칠 내내 의식 불명이었다던 태용은 얼굴이 많이 수척해져 있었다.

부모님은 이미 왔다 가셨고, 회사 사람들 역시 줄줄이 문병 대기 중이었다. 승현이 그 사람들을 제치고 혼자 병실로 들어갈 수 있었던 건 그가 태용의 손자이기 때문이 아니라 태용이 그러길 원했기 때문이었다.

"승현아…… 우리 승현이 얼굴 좀 보자."

"할아버지."

승현은 태용이 누운 침대 옆 의자에 앉아 그를 바라봤다.

늘 그랬던 것처럼 주치의는 위독! 안정! 두 단어를 강조했다. 그렇지 않더라도 며칠 새 핼쑥해진 얼굴을 보니 차마 모진 말이 튀어 나가지 않았다.

"좀 괜찮으세요?"

"괜찮다. 괜찮으니 걱정 안 해도 돼……. 그보다 왜 혼자 왔어……?"

"그게, 승재도 지금 아파서……."

"아니, 승재 말고."

태용의 눈동자가 어지럽게 승현의 주변을 방황했다.

"그 아가씨. 그 아가씨는……."

"할아버지, 제발……!"

승현은 당연히 할아버지가 찾는 사람이 승재일 줄 알았다. 아무리 그래도 같은 손자인데, 겨우 몇 분 차로 형 동생이 갈린 쌍둥인데. 어떻게 이런 순간까지 승재를 뒷전으로 미룬단 말인가.

"말씀드렸잖아요. 저 은영 씨랑 헤어졌어요. 이제 더 이상 은영 씨 찾지 마세요."

"왜, 왜 헤어져. 왜!"

급하게 몸을 일으키려는 통에 침대가 덜컹거렸다. 그러나 그를 바라보는 승현의 눈동자는 그저 잠잠하기만 했다.

"왜겠어요."

원망을 담은 눈빛이 태용을 향했다. 그러나 태용은 그 눈에 서린 뜻을 읽지 못한 건지, 아니면 읽고도 모르는 척하는 건지 주름진 얼굴로 고집스레 고개를 흔들었다.

"그 아가씨 아니면 결혼 안 하겠다고 해 놓고……."

"할아버지. 승재, 샛별 씨랑 헤어졌어요."

"샛별?"

그 이름이 은영의 동생의 이름임을 깨닫는 순간 태용의 눈에 이채가 돌았다.

"그럼 잘된 거 아니냐? 그 애들이 헤어졌으니 이제 아무……."

"잘되긴 뭐가 잘돼요! 승재가 헤어졌는데 제가 어떻게 은영 씨를 만나요, 어떻게!"

"왜 못 만나!"

"할아버지가 이러시니까요!"

자리에서 벌떡 일어나며 소리를 지르는 승현의 뒤로 그가 앉아 있던 의자가 넘어져 타당, 탕! 요란한 소리가 울렸다.

승현이 제 앞에서 이렇게까지 큰소리를 내는 건 처음 보는 태용이 멍한 눈으로 그를 올려다봤다. 승현은 오른손으로 거칠게 얼굴을 쓸다가 어느새 붉어진 눈가로 태용을 내려다봤다.

"항상, 왜 항상 승재한테만 양보하라고 하세요. 걔 제 동생이에요. 할아버지 손자잖아요. 왜…… 왜 항상 그렇게 승재한테만 엄격하게 구세요?"

"왜긴 왜야? 그럴 만하니까 그런 거지. 승재 그놈이 언제 너한테 뭐라고 한 적 있더냐?"

"그러니까 제가 승재한테 더 미안한 거라고요!"

"아니, 근데 이놈이……! 쿨럭, 쿨럭쿨럭!"

"회장님!"

목 끝까지 벌게져서 소리를 지르던 태용이 결국 마른기침을 토해 내며 침대 위에서 반쯤 뒹굴었다. VIP 병실 바깥 응접실에서 대기하던 주치의와 간호사가 그 소리에 놀라 뛰어 들어와 침대를 둘러싸고 태용의 상태를 살폈다.

"회장님! 괜찮으십니까, 회장님!"

"아이고, 도련님! 그러게 회장님 기분 좀 맞춰 드리라니까요."

"……가 보겠습니다. 할아버지 상태 좋아지면 그때 다시 연락 주세요."

"도련님! 도련님!"

주치의가 뒤에서 부르거나 말거나 승현은 몸을 돌려 침실을 빠져나왔다. 그러나 멀리 가지도 못한 채 병실 문 앞에서 멈춰 서고 말았다.

"……."

문고리를 잡은 채 망설이기를 한참. 결국 승현은 다시 몸을 돌려 응접실을 지나 안쪽 침실로 들어갔다. 아니, 들어가려 했다. 미처 다 닫히지 않은 문틈으로 새어 나온 목소리가 아니었다면.

"나중에 알게 되면 진짜 크게 화낼 것 같은데……."

"윤 박사 자네만 입조심 하면 돼. 자네 아니면 승현이가 어떻게 내 상탤 알겠어?"

"그래도…… 일단 예정대로 수술은 진행하시죠. 상태 괜찮으실 때 하셔야지, 아니면……."

"자네 그걸 지금 말이라고 하나? 아무리 쉬쉬한다고 해도 수술을 하면 그걸 어떻게 몰라? 승현이 마음 돌려놓기 전까지는……."

벌컥 밀어 연 문 너머로 경기를 일으키듯 어깨를 들썩이는 윤 박사와 깜짝 놀란 눈으로 이쪽을 바라보는 태용의 얼굴이 보였다.

승현은 울분에 찬 얼굴로 두 사람을 번갈아 봤다. 치밀어 오르는 화를 어찌하지 못해 아무 말도 꺼내지 못하는 승현을 알았는지 윤 박사는 물론이거니와 태용도 아무 말도 꺼내지 못했다.

잠시 후, 승현의 눈치를 보다가 조심히 입을 연 건 태용이었다.

"흠흠, 간다더니 왜 안 가고……. 승현아, 내 말 좀."

"승재한테 사과하세요."

너무 큰 실망은 때로는 마땅한 분노마저 잊게 만들었다. 어쩌면 지금 이 순간, 그는 포기 혹은 체념을 해 버린 걸지도 모르겠다.

자신이 기대하는 반응이 돌아오지 않을 걸 알기에 승현은 애써 자신의 감정을 이해시키려 노력하는 대신 무감각한 얼굴로 태용의 얼굴을 보기만 했다.

"사과라니, 대체 뭘……."

"할아버지가 잘못했다고 생각하시는 거 전부 다요. 안 그러면 저 다시는 할아버지 안 봐요. 돌아가신 후에도."

"너, 너 지금 그게 무슨!"

"지금 수술하실 수 있다는 거, 부모님께는 제가 따로 말씀드리겠습니다. 그럼."

승현은 할아버지가 아닌 직장 상사를 대하듯 그에게 정중하게 고개를 숙인 뒤 몸을 돌렸다.

이번에는 망설임 없이 밖으로 나가려 걸음을 옮기는데 그의 뒤로 태용의 노한 목소리가 뒷덜미를 잡아챌 기세로 쩌렁쩌렁하게 울려 왔다.

"이게 다 널 위한 일이라는 걸 왜 몰라! 왜!"

딴에는 답답함이 가득한 그 목소리에 문고리를 잡던 승현의 입가에 쓸쓸한 미소가 맺혔다.

'이게 어떻게 절 위한 일이에요.'

곁에 있어 줬으면 하는 사람은 전부 내 옆에 없는데.

❋❋❋

"나 왔어…….."

"언니, 벌써 와?"

현관문을 열고 집에 들어섰을 때 은영을 반기는 건 평소와 다름없는 샛별의 목소리와 집에 가득한 음식 냄새였다.

뭐 시켜 먹었나 보네, 하고 생각 없이 구두를 벗던 은영은 눈앞에 펼쳐진 광경에 입을 떡 벌렸다.

"아니…… 이게 다 뭐야?"

"헤헤, 좀 많지? 갑자기 막 이것저것 먹고 싶어져서."

바닥에 넓게 깔아 놓은 신문지 위로 치킨, 피자, 짬뽕, 탕수육, 그리고 도넛과 케이크가 펼쳐져 있었다. 저것들이 대체 몇 인분인지. 은영은 벌어진 입을 다물지 못하고 그 주변을 훑어봤다.

"세상에…… 이걸 다 먹으려고 시킨 거야? 다 먹을 수 있어?"

"헤헤헤, 미안. 근데 이것저것 다 먹고 싶은데 뭐 먹을까 고민하는 것도 스트레스라서. 엄마한테는 비밀이야. 엄마한테도 이걸로 여러 번 혼났거든."

은영의 옆에 엉겨 붙은 샛별은 그녀의 팔에 팔짱을 끼고 어깨에 머리를 기댄 채 칭얼대듯 투정을 부렸다.

"나 내일부터는 정상으로 돌아갈 테니까 오늘만 봐주라, 응? 응?"

그 말에 은영은 저도 모르게 한숨을 뱉고 말았다. 초콜릿케이크를 만들어 달라고 했던 것도 혹시 그 연장선이었던 걸까?

"샛별아."

"우리 언니가 날 왜 그렇게 부를까아? 나 혼내려고? 혼낼 거야? 나 잘 사귀던 남친한테 막 이유도 못 듣고 까였는데? 되게 불쌍한데?"

자학적으로 꺼내는 말에 은영이 되레 움찔했지만 그녀의 예상과 달리 샛별은 목소리가 떨리지도 않고, 눈가가 붉어지지도 않았다.

그걸 의외라는 눈으로 쳐다보는 걸 눈치챈 걸까? 샛별이 히힝, 하고 웃으며 은영의 허리를 넙죽 끌어안았다.

"이제 진짜 괜찮아. 나 연애 경력 어마어마한 거 알지? 예전에도 이렇게 털어 내고 다음에 좋은 남자 만났어."

"샛별아."

"오늘 나 때문에 신경 쓰여서 일찍 들어온 거지? 그럴 필요 없는데……. 근데 진짜 내가 노파심에 말하는 건데, 괜히 나 신경 쓴다고 승현 오빠랑 막 어색해지고 그럼 안 돼. 알지? 뭐, 만약에 언니가 승현 오빠랑 결혼한다고 하면 상견례 자리에 무슨 얼굴을 하고 나가나는 좀 생각을 해 봐야겠지만……."

"나, 승현 씨랑 사귀는 거 아니야."

"그래, 승현 오빠랑……. 뭐? 뭐라고?"

별생각 없이 고개를 주억거리던 샛별의 움직임이 딱 멈췄다. 경악한 얼굴로 고개를 번쩍 든 그녀는 차마 절 바라보지 못하는 은영의 얼굴을 두 손으로 붙잡고 이리저리 뜯어봤다.

"안 사귄다니? 벌써 헤어졌어? 나 때문에? 지금 헤어지고 오는

379

길인 거야?"

"아냐, 그게 아니라. 처음부터 사귄 적 없어. 나랑 승현 씨, 그냥 연기한 거야."

"연기……?"

샛별은 도저히 이해가 안 간다는 듯 얼굴을 종이처럼 구겼다. 그런 그녀에게 은영이 하나하나 설명해 주었다. 자신이 승현의 선자리를 망친 것과 그게 어떤 자리였는지, 왜 자신이 승현의 가짜 애인 노릇을 했는지.

은영의 설명은 꽤 길어졌다. 샛별은 넋 나간 얼굴로 그녀가 하는 이야기를 그저 듣기만 하다가 멍한 목소리로 물었다.

"그러니까…… 그게 다 거짓말이었다고?"

은영은 그 질문에 차마 고개를 끄덕이지도 흔들지도 못한 채 "미안……." 그 한마디만 하고 고개를 푹 숙였다. 그녀의 반응에 허, 하고 숨을 뱉은 샛별은 도저히 믿을 수가 없다고 고개를 흔들었다.

"다 거짓말이라고? 막 보고 싶다고 통화한 것도, 언니 보려고 승현 오빠가 여기까지 찾아온 것도, 데이트하러 갈 거라고 나한테 옷 골라 달라고 한 것까지 전부 다?"

"보고 싶다고 통화한 건…… 거짓말 맞아. 승현 씨가 찾아온 건 그냥 나 연락 안 된다고 걱정해서 그런 거였고, 옷 골라 달라고 한 건……."

정작 샛별과 함께 옷을 사러 다닐 땐 도저히 이해 못 했던 그녀의 말을 은영은 뒤늦게 이해하게 됐다.

이왕이면 더 예쁜 옷을 입고, 예쁘게 꾸며서 그를 만나고 싶었다. 그와 마지막으로 만날 생각을 했을 때에도 마찬가지였다. 샛

380

별이 권한 옷을 그대로 입고 나간 건, 그에게 마지막으로 기억되는 모습이 예뻤으면 했기 때문이었다.

이제는 두 번 다시 안 볼 사인데. 왜 그런 생각을 했냐면……
왜냐하면.

"그거는…… 연기가, 아니었는데……."

잘한 것도 없는데 눈물이 났다. 아까 승현의 앞에서도 한참을 울어 놓고 뭘 잘했다고 또 우는지. 이제는 다 말랐다고 생각한 눈물의 궤적을 덧그리듯 새로 솟은 눈물이 뺨을 가로질렀다.

문득 승현이 내밀었던 손수건이 생각났다. 쓴 걸 세탁도 안 하고 돌려주는 건 예의가 아닌데. 그걸 그대로 돌려줘 버린 자신이 참 못난 것 같고, 또 미련이 남았다. 그걸 그냥 그대로 가져왔으면, 그러면 돌려준단 핑계로 한 번이라도 더 볼 수 있었을지도 모르는데……

"승현 오빠…… 좋아하는구나, 언니."

"아니야. 아니야, 내가 무슨 자격으로……."

있는 힘껏 고개를 흔드는 움직임에 흐르던 눈물이 사방으로 튀었다. 샛별은 제 손등으로 떨어진 은영의 눈물을 물끄러미 보다가 언니의 얼굴로 손을 뻗었다.

"사람이 사람 좋아하는데 자격이 어디 있어. 언니, 있잖아. 마음이란 게…… 물처럼 높은 데서 낮은 곳으로 흐르는 게 아니야. 어느 순간 그냥 가 있는 거야."

샛별의 손이 뺨에 닿는 순간 은영의 눈에서 눈물이 왈칵 솟았다. 소리 내 울지도 못하고 입술을 깨문 채 끅끅대는 은영을 샛별이 꼭 안아 달래 주었다.

"언니, 승현 오빠 좋아하지?"

"흑, 흐윽……."

우느라고 대답을 못 하고 있던 은영의 고개가 끝내 위아래로 끄덕여졌다. 힘든 건 그 한 번뿐이라 한 번 끄덕이고 난 다음에 은영은 몇 번이고 더 고개를 끄덕였다.

"나, 나…… 그 사람 좋아해. 승현 씨가 좋아……."

어렸을 때의 풋사랑도 아주 오래 가슴에 담고 살았다. 그런데다 커서 마음에 담은 이 사람은, 앞으로 수없이 떠올리게 될 이 첫사랑은 대체 언제쯤 담담해질까?

숨을 들이쉬기만 해도 가슴이 턱 막히는 게 가슴속에 커다란 바윗덩어리 하나가 들어선 기분이었다. 아래에서부터 턱 끝까지 가득 찬 이 감정이 대체 몇날 며칠을 울어야 녹아 사라질지 가늠조차 되지 않았다.

허억, 허억. 우느라 버거워진 호흡을 겨우 뱉은 후에야 은영은 샛별에게 생각이 미쳤다. 그녀는 뿌연 시야 속에서 억지로 동생의 얼굴을 찾으며 눈을 깜빡였다.

"어떻게…… 어떻게 이걸 하루만 울고 멀쩡한 척을 했어, 어떻게……."

"보이기 싫은 사람이 있으면 그렇게 돼. 그런데……."

내내 차분하다고만 생각했던 샛별의 목소리가 잘게 떨리고 있었다. 울음 섞인 제 숨소리 때문에 잘못 들은 줄 알았던 은영은 곧 샛별의 얼굴이 일그러지는 걸 보고 제가 잘못 들은 게 아니란 걸 알 수 있었다.

"언니가, 이렇게 울어 버리면……."

"샛별아……."

"내가, 어떻게 멀쩡한 척을 했는데……!"

끝내 굵은 눈물을 뚝뚝 떨어뜨리며 엉엉 울기 시작한 샛별에 은영은 똑같이 눈물을 떨어뜨리며 그녀를 끌어안았다.

다 식어 가는 음식들 사이에서 은영과 샛별은 그렇게 한참을 울었다. 서로가 서로를 든든한 지지대 삼아서.

−다음 권에 계속